From Heidi Reumann Kuhn
Hamburg 22.6.80

„Eine Geschichte", sagte der Buschmannsträfling,
„ist wie der Wind.
Sie kommt von weither, und wir spüren es."

LAURENS VAN DER POST

WENN STERN AUF STERN AUS DER MILCHSTRASSE FÄLLT

HENSSEL VERLAG
BERLIN

Titel der englischen Originalausgabe
A STORY LIKE THE WIND
übertragen von Brigitte Weidmann

4. Auflage 1979
ISBN 3-87329-078-2

© 1972 Laurens van der Post
Verleger der Originalausgabe:
THE HOGARTH PRESS Ltd., LONDON

Schutzumschlag: Förtsch-von Baumgarten
Deutsche Rechte: Karl H. Henssel Verlag Berlin
Satz und Druck: Saladruck
Bucheinband: Schöneberger Buchbinderei, beide in Berlin

Für
Emma-Clare Crichton-Miller und Rupert van der Post;
David James Laurens Crichton-Miller und
Rebecca van der Post, um zu erfüllen,
was schon allzu lange versprochen war.

Und für meine Frau Ingaret Giffard,
die mich dabei ermutigte.

TESTAMENT

Áke̦n ǂēnnă, tī ē, n̆ ǃkã̄ sshŏ aū ǃǂóë-sshŏ-ǃkuí,
ssē ǃǂu̦ŏnniyă, kkē, n̆ ssē ǃkúïte̦n n̆-kă ǃǂóë, n̆ ssē
ttumm-ă ǃkḗ-tă-kŭ kă kkŏ-kkŏmmĭ . . . .
                                            Tā, n̆ ǃkŭ ǁhă̆;
n̆ ɣaúkĭ ǀkĭ kkŏ-kkŏmmĭ
N̦ ǃkŭ-g˙ǀnĕ ī̃, ( ) ttumm̄ă ǁgá̦uë kkumm̄, hă̆ n̆ ka
ttŭ hă̆; aū kă̆ ǀnĕ ǃkã̆ ǃkã̄ sshō̄, ā̃; hă̆ ssē-g ǀnĕ
                          aú kā tắttĭ ē, n̦ ǀkḗ
ssīn̦ ǃgwḗte̦n ǀu̦hí hhóä ǃǂárrä; hīn̦ ǃgwḗte̦n ǀkam̦
ǁā n̆-kă ǃǂóë; n̆ ssē ǁā ssuēn̄ hī̆; n̆ ssīn̦
ttum̋mttum̋m kī ǀu̦ā̄ ǁē; aū n̆ ǃno̦á̆ ǃkú̦, ē n̆ ssīn̦
ǁa ī̃; aū kā tắttĭ ē kko̦mm̄ ǁǀku̦án̆ ē ǃkhwē.

"Weißt du, ich sitze und warte, bis der Mond wiederkommt, damit ich auf die Geschichten all der Menschen horchen kann ... Denn ich bin hier – in einer großen Stadt – niemand erzählt mir Geschichten – ... Ich horche bloß und laure auf eine Geschichte, ich möchte eine hören; wenn mir doch eine ins Ohr triebe ... Ich will bei mir zuhaus sitzen und horchen, die Ohren rückwärts geneigt zu den Fersen, auf denen ich warte. Damit ich spüre, da ist eine Geschichte im Wind."

VORWORT

Ich beginne mit diesem Zitat aus den Aussagen eines Buschmannsträflings, die hundert Jahre zurückliegen; seine Sehnsucht nach Geschichten war offenbar noch größer als sein Heimweh und sein Bedürfnis nach Menschen. Er war einer jener noch übriggebliebenen Ureinwohner Afrikas, die dem Untergang geweiht sind, und man hatte ihn zur Arbeit am Wellenbrecher in Table Bay verurteilt. Das galt damals auf dem Kap der Guten Hoffnung als schwerste Strafe für ein Verbrechen außer der Todesstrafe. Er war verurteilt worden, weil er hungrig war und sich ein Schaf aus der Herde eines Mannes jener Rasse holte, die das ganze große Land seines eigenen Volkes gestohlen hatte.

Seine Aussagen sind für mich etwas vom Tragischsten und Bedeutsamsten, was in meinem Vaterland geäußert worden ist, doch ich habe nicht mehr davon wiedergegeben, weil das Zitat hinreichend zeigt und besser als alles, was ich in der Weltliteratur sonst gefunden habe, daß der lebendige Geist Geschichten braucht, damit er überleben und sich erneuern kann. Durch diese allgemeine Überlegung bin ich dazu gekommen, mir die Geschichte vorzunehmen, die ich jetzt erzählen will. Ich hatte aber noch einen andern Grund, sie zu schreiben, und der war für mich persönlich genauso zwingend.

Es ist viel über afrikanische Geschichte geschrieben worden, über die schreckliche Vergangenheit, über Rassenprobleme und solche sozialer und wirtschaftlicher Art; über den Schmutz, die Hitze, das Fieber, die Moskitos und manches andere, was unangenehm und unerklärlich ist in diesem Land. Doch soviel ich weiß, hat noch niemand den Aspekt Afrikas festgehalten, um den sich diese Geschichte dreht. Er läßt sich mit rein rationalen Mitteln oder durch ausschließlich dokumentarische, tatsächliche Vorgänge nicht wiedergeben. Und was mit Hilfe der Vorstellungskraft geschrieben ist, kann auch nicht einfach wie etwas Geschichtliches dargestellt werden. Sondern nur auf eine Weise, in der Afrika selbst unübertrefflich gewesen ist und die es seit unvordenklichen Zeiten bis zum heutigen Tag durch Geschichten, Mythen und Sagen überliefert hat. Sie allein können widerspiegeln, was ich als jene Magie bezeichnen möchte, die das Leben im primitiven Afrika meiner Meinung nach gehabt hat, bevor wir Europäer kamen und sie zerstörten.

Ich bin glücklicherweise gerade noch rechtzeitig geboren worden, um etwas von dieser uralten afrikanischen Merlin-Welt zu erleben. Ich war ihr als Junge so nah, daß ich nur dazusitzen und zuzuhören brauchte, wie die toten Helden und ihr Zeitalter der Magie nochmals zum Leben erwachten auf den Lippen lebendiger Menschen, die so etwas erfahren und sogar selbst getan hatten. Deshalb trugen die Märchengestalten meiner Kindheit nicht die blassen Züge jener Rasse, der ich und meine Familie angehören, sondern diejenigen der gelben, kupferfarbenen und schwarzen Eingeborenen des Landes. Das galt für alle Mitglieder meiner Familie. Ich war eins von fünfzehn Kindern. Wenn wir paar wenigen, die von unserer einmal so großen Pionierfamilie am Leben geblieben sind, zusammenkommen und uns unser Verhältnis zu den verachteten Farbigen unserer Kindheit ins Gedächtnis zurückrufen, bin ich überrascht, wie herzlich unsere Stimmen werden, wie lebhaft das Gespräch und wie rege die Phantasie.

Bei uns arbeitete zum Beispiel ein Mann, halb Buschmann und halb Hottentotte, der bereits als Junge zu uns gekommen war und schon damals geringschätzig „Vet-Kop" (Dummkopf) genannt wurde, weil seine ersten Arbeitgeber, die ihn mitnahmen, es nicht für nötig hielten, ihn zu fragen, was für einen Namen ihm seine Eltern gegeben hatten. Er war so brutal von seiner eignen Gesellschaft getrennt worden, daß er selbst sich nicht mehr an seinen richtigen Namen erinnern konnte.

Er kam immer wieder wegen kleiner Verstöße gegen ein ungerechtes Gesetzbuch ins Ortsgefängnis und kehrte jedesmal gradewegs zu uns zurück. Es wäre zu Haus in unsrer Kinderschar eine Meuterei ausgebrochen, wenn meine Eltern ihn fortgeschickt hätten. Doch glücklicherweise mochten sie ihn auch, und er hatte mehr Einfluß auf meine Phantasie als alle Geistlichen der *Dutch Reformed Church*. Auch heute noch bin ich traurig darüber, daß er nicht mehr am Leben ist und mir mit seinem Regenbogengeist die jetzigen trüben Zeiten bunt färbt wie früher meine Kindheit.

Wir Kinder konnten wirklich von Glück sagen, daß wir durch Leute wie *Dummkopf* mit dieser Vergangenheit Kontakt hatten, bevor der abweisende calvinistische Geist unserer Gesellschaft uns in mürrische, hart und abfällig urteilende Geschöpfe verwandeln konnte. So waren wir ganz offen für das Wunder Afrika. Der Zustrom einer primitiven Welt in meine Phantasie war deshalb so kräftig, daß ihr Reichtum sogar mich überrascht hat. Ich wende mich ihm immer wieder beharrlich zu wie jemand, der in einer kalten Winternacht ans Feuer rückt, um sich zu wärmen. Je älter ich geworden bin, desto klarer ist mir auch geworden, wieviel ich dieser rasch verschwindenden afrikanischen Welt verdanke. Und ich bin immer mehr zu der Überzeugung gelangt, daß sie irgendwie festgehalten werden muß, damit sie immer da ist und dazu beiträgt, die eisige Phantasie unserer Zivilisationssysteme aufzutauen und eine Art Frühling vorzubereiten in der menschlichen Seele.

Ein solches Festhalten ist auch dringend notwendig, weil die überkommene Art und Weise, diesen Aspekt des Lebens zu erhalten, in den Gesellschaften der afrikanischen Völker selbst verlorengegangen ist; sie wird nicht mehr von Generation zu Generation weitergegeben in Form von Geschichten. In meiner Kindheit verfügte Afrika zu diesem Zweck über einen ungeheuren Reichtum an ungeschriebener Literatur. Wir aber haben, und zwar einfach durch den radioaktiven Niederschlag der Atomspaltung im europäischen Geist, die Achtung des heutigen Afrika vor seiner großen gesprochenen Literatur der Vergangenheit zerstört. Die modernen Gesellschaften der afrikanischen Völker haben leider ihr ursprüngliches Naturell in einem Maße abgelegt, daß sie sogar dazu neigen, jedem zu mißtrauen, der sie wie ich wieder auf das Wertvolle ihrer eigenen Ursprünge hinzulenken versucht. Sagt man, bis jetzt habe noch keine Gesellschaft das Gleichgewicht zwischen Primitivem und Zivilisiertem richtig getroffen, wird das von vielen Afrikanern als eine Form von intellektueller Bevormundung, wenn nicht gar als Trick aufgefaßt, sie zu selbstsüchtigen europäischen Zwecken in einem ,,zurückgebliebenen Geisteszustand" zu erhalten. Die Menschen in Afrika so weit zu bringen, daß sie sich ihrer angeborenen Phantasie schämen, ist etwas vom Schlimmsten, was wir ihnen angetan haben. Sie sind durch uns zu Kindern geworden, die sich ihrer Mutter schämen, die sich des ursprünglichen Geistes schämen, der ihre besondere Wesensart hervorgebracht hat und dem sie vorzeiten ihre ganze Lebendigkeit verdankten.

Es gibt eine ganze Reihe persönlicher Gründe für meinen Versuch, durch eine Geschichte etwas von dem Wundervollen und Ehrwürdigen im primitiven Leben Afrikas zu erhalten. So hoffe ich beispielsweise dazu beizutragen, daß die afrikanische Phantasie ihre Selbstachtung, die man ihr nie hätte nehmen dürfen, zurückgewinnt. Ich habe auch den Glauben, daß meine Geschichte noch zu dieser späten Stunde in gewissem Maße bewußt machen könnte, wie sehr die verachteten primitiven Werte von den zivilisiertesten Menschen mit Ehrerbietung behandelt werden sollten, und zwar nicht nur um ihrer selbst willen, sondern weil auf diesem Weg die zivilisierten Menschen dazu gelangen, dem Afrikaner in ihren Gesellschaften jene Achtung entgegenzubringen, die sie für sich selbst auch in Anspruch nehmen.

Zu guter Letzt aber ist bei einer Geschichte die Szenerie kein Foto. Sie ist ein Bild, das nur einen Ausschnitt aus einer ungeheuren Landschaft wiedergibt, und auch er ist nicht erschöpfend, weil wie bei allen Bildern nur das für die Leinwand ausgewählt wird, was der Maler auf dem Schauplatz für bedeutsam hält. So sind zum Beispiel die Matabele in dieser Geschichte als solche nicht typisch und werden nur insoweit beschrieben, als sie mit dem aufgeladen sind, was für den Afrikaner typisch ist. Ich habe sie als elektrischen Leiter benutzt, weil in jener „fernen Gegend", die das Rohmaterial für meine Geschichte liefert, noch vor ein paar Jahren, als ich sie wiederentdeckte, ein von unserer eigenen Zeit fast unberührter Matabele-Stamm wohnte. Ich erlebte, wie sie noch immer nach uraltem Brauch ihre Geschichten erzählten. Eine dieser Stimmen hatte ich beim Schreiben im Ohr, und sie hat aus meiner Geschichte eine Sache gemacht, die weniger der Schriftstellerei und festgelegten Schablonen verpflichtet ist als dem gesprochenen Wort, das mir unmittelbar zugefallen ist aus ihrer glühenden Phantasie.

ERSTES KAPITEL

Hintza merkt etwas

François war grade dreizehn, da geschah etwas, und nur deshalb ist unsere Geschichte überhaupt zustande gekommen. Er lag im Bett in seinem Zimmer ganz im westlichen Teil des Farmerhauses und schlief fest. Da winselte ihm Hintza gespannt und schrill direkt ins Ohr und weckte ihn.

Hintza war ein prächtiger junger *ridge-back*. So heißen die bekanntesten Jagdhunde in Südafrika. Er war ein besonders hübscher Welpe eines Sechserwurfes der Hündin Nandi und des Rüden Dingiswayo, kurz 'Swajo, die beide dem Oberaufseher über eines der größten Wildschongebiete in Afrika gehörten. Es lag im Westen, etwa fünfzig Meilen jenseits des sichelförmigen Hügelzuges, der Hunter's Drift im Osten umschloß wie der Halbmond mit seinen Hörnern einen Stern. Der Hügelzug lief in zwei scharfe Spitzen mit Steilklippen aus; sie schnitten in die Bänke des Flusses ein, der ganz in der Nähe am Wohnhaus der Farm vorbeifloß.

Dieser Wildhüter war einer der größten Jäger Afrikas gewesen, bevor er die Aufgabe übernahm, das in Afrika immer mehr verschwindende Wild zu schützen. Er war weiterum bekannt als Mopani Théron. Man sah ihn selten ohne seine Hunde auf seinen ununterbrochenen Streifzügen gegen die Wilderer, die es auf Stoßzähne, Rhinozeroshörner, Leopardenfelle und andere wertvolle Felle abgesehen hatten. Diese abgelegene Gegend war fast durchweg von dichtem Busch bedeckt, und die Wilderer brachen von ihren geschickt getarnten Schlupfwinkeln aus immer wieder in Mopanis Schongebiet ein, das annähernd so groß war wie Frankreich, woher seine Vorfahren stammten. Eine ganz frühe und lebendige Erinnerung von François war, wie er plötzlich zum ersten

Mal Mopani vor sich sah, der an einem heißen Sommertag auf seinem lebhaften Basuto-Pony, das viel zu klein wirkte für den großen Reiter, auf die Terrasse von Hunter's Drift zuritt, wobei seine langen Beine frei in den lockeren, primitiven Steigbügeln baumelten, die alle Langstreckenreiter in Afrika verwendeten. Wie Mopani in diesem Augenblick auf ihn gewirkt hatte, konnte François erst ein paar Jahre später beschreiben, nämlich nachdem er in der illustrierten Ausgabe des Hauptwerkes von Cervantes, die sein Vater besaß, die Reproduktion einer Darstellung des hochaufgeschossenen Don Quijote von Daumier gesehen hatte. Da ging ihm auf, daß Mopani Théron mit seiner langen, sehnigen Gestalt, seinen asketischen Zügen und dem gepflegten Spitzbart damals wie ein zweiter Ritter de la Mancha ausgesehen hatte, der erschienen war, um mit seiner Lanze gegen das Böse im afrikanischen Busch anzustürmen. Besonders auffällig war die Ähnlichkeit an jenem Abend vor langer Zeit, als er bei Sonnenuntergang davongaloppierte, um ein paar Wilddieben aufzulauern, die meist nachts unterwegs waren, und sein langer, pechschwarzer Schatten im scharlachroten Staub neben ihm herzog. Nur hatte er im Gegensatz zu dem spanischen Ritter zwei herrlich muntere, überaus kräftige Hunde, die so leicht wie Wildhunde, die nie im Schritt gehen, hinter seinem Pferd herliefen: natürlich Nandi und 'Swayo. Wie alle *ridgebacks* hatten sie löwenfarbene Felle. Wenn man im Busch jagte, der auf Hunter's Drift eindrängte wie auf das große Wildreservat, mußte man deshalb gut aufpassen, daß man sie nicht etwa für gerade angreifende Löwen hielt, wenn plötzlich ihr elektrisierendes Gelbbraun im Unterholz aufflakkerte.

Der Vater von François hatte Hintza an einem kalten Winterabend nach Hause gebracht. Die Sonne, rot in einem türkisen Himmel, verschwand gerade über der ungeheuren Wüste, die westlich von Hunter's Drift in etwa fünfzig Meilen Entfernung am Rand des Busches jäh begann. Da war man scheinbar noch tief im Buschgelände, doch im nächsten Augenblick trat man daraus hervor und einer Wüste entgegen, die sich an die tausend Meilen erstreckte und in ein Dünenmeer aus aufgetürmtem Sand verebbte, der so fein war, daß schon der leichteste Wind von den sich kräuselnden Dünenkuppen einen rauchartigen Staubschaum aufwirbelte und leise dabei stöhnte, bis der Klang sich verlor im Echo der mächtigen Brandung des kalten Südatlantiks, an die ein gelb glänzender Strand anschloß. An diesem Abend war sein Vater nicht auf dem gewohnten, etwa zehn Meilen langen Weg von der Eisenbahnstation nach Hause gekommen, sondern auf einem fünfzig Meilen entfernten rückwärtigen Fußpfad durch den Busch, der an Mopani Thérons Ausgangslager vorbeiführte.

Was er wohl getan hatte in Mopanis Lager? Das fragte er François mit geheimnisvoller Miene und in jenem neckenden Ton, den er seinem einzigen Sohn gegenüber offenbar immer dann anschlug, wenn seine Zuneigung besonders stark war und ihn eine Gefühlsaufwallung überkam, die er unterdrücken wollte. François erinnerte sich später ganz besonders an diesen Punkt ihrer Begegnung, weil es ihm damals so vorkam, als sei dieser paradoxe Wesenszug seines Vaters noch nie so lebhaft, so nachdrücklich hervorgetreten. So stark war dieser Eindruck, daß er sich sonderbar unbehaglich fühlte an diesem Abend mit dem roten Sonnenuntergang, als ob sein Vater diesmal nicht nur wie zu jedem Zeitpunkt seines spartanisch geführten Lebens männliche Zurückhaltung und tiefes Empfinden vereinbaren wollte, sondern als ob es noch etwas anderes bedeutete. François wollte unbedingt wissen, was hinter all dem steckte, und sollte sich später erinnern, daß er seine Reaktion instinktiv damit verknüpfte, daß sein Vater noch nie so müde und plötzlich so schmal und soviel älter ausgesehen hatte nach einer Reise. Doch dann erklärte sein Vater, warum er den langen Umweg gemacht hatte, obwohl er doch nur für eine Nacht bei Mopani Théron geblieben war, und da verschwand jede Spur dieses unbehaglichen Gefühls. Er sagte, er habe sich schon die ganze Zeit unterwegs überlegt, daß François zwar ein eigenes Gewehr habe (er hatte zu seinem zehnten Geburtstag ein neues 22er-Repetiergewehr und zweihundert Schuß Munition bekommen), aber noch etwas brauche, damit er mit allem versehen sei, was ein Jäger haben müsse. Ob François eine Ahnung habe, was das sein könnte?

François hatte da einen ganz ausgezeichneten Einfall, nicht etwa, was es sein könnte, sondern was er gern gehabt hätte. Er sah seinen Vater, der groß vor ihm stand, prüfend an, konnte aber keine Ausbeulung in seiner Kleidung entdecken oder sonst ein Anzeichen dafür, daß er ihm etwas von Bedeutung mitgebracht haben könnte. Im stillen flehte er die Vorsehung rasch und inständig an: „Lieber Gott, bitte nicht schon wieder ein Jagdmesser!" Da streifte sein Vater die Klappe der weiten, tiefen Tasche seines alten Militärmantels hoch, ließ seine rechte Hand darin verschwinden, zog sie wieder heraus und half noch mit der linken nach. Und dann streckte er François in der Höhlung seiner beiden Hände etwas Dunkelgoldenes entgegen. Natürlich war's genau das, was François sich insgeheim gewünscht hatte; vielleicht ein bißchen kleiner als erwartet, aber jedenfalls ein Welpe, ein eigner Hund. Er war höchstens vierzehn Tage alt und schlief, sicher erschöpft von der Reise und dem Schock, mit einemmal so allein zu sein. Die Augen waren fest zu, und in den Winkeln hatten sich Fältchen gebildet wie bei Augen, die viel zu gespannt und zu lange in die afrikanische Sonne geguckt haben; die Wimpern waren auch für einen Rassehund ungewöhnlich lang. François nahm ihn behutsam in die Hand. In einer Aufwallung von Freude spürte er, daß der Welpe so warm war wie sein Frühstückstoast. Gerade als er das dachte, öffnete der Welpe plötzlich die Augen und sah zu ihm hoch. François war ganz verblüfft, als er sah, daß sie tiefdunkelblau waren. Noch nie hatte er Tieraugen gesehen, deren Färbung so ausdrucksvoll und wie bei einem Menschen war, schon gar nicht bei einem so kleinen, müden und verwirrten Geschöpf wie diesem Welpen da in seinen Händen. Als er sie so betrachtete, nahm seine Verwunderung noch zu, weil die Verwirrung in den Welpenaugen nach und nach verschwand. François beugte sich über ihn und gab zur Begrüßung ein paar Töne von sich, da kam ihm plötzlich eine kalte, feuchte, schwarze Nase entgegen, und eine rosarote, weiche Zunge leckte ihm die Backe.

„Wie heißt er?" fragte François seinen Vater, und seine Stimme brach fast vor Freude, Dankbarkeit und Überraschung, die alle gleichzeitig in ihm hochkamen.

„Er hat noch keinen Namen", sagte sein Vater. „Da er dir gehört, mußt du ihm einen geben, und ich bin sicher, du findest einen guten, passenden. Aber denk dran, bevor du dich entscheidest, daß er sehr vornehmer Abkunft ist und eine Mutter namens Nandi und einen Vater namens Dingiswayo hat – du weißt ja, zwei illustre Namen."

Der Vater von François war ganz im Süden Afrikas unter dem großen Volk der Amaxosa geboren worden und sprach ihre Sprache so gut wie Englisch und Afrikaans. François war mit den Märchen, Mythen, Sagen und mit der Geschichte der Amaxosa aufgewachsen und kannte sie vielleicht sogar besser als diejenigen des so weit entfernten Europa, woher seine Leute vor etwa dreihundert Jahren gekommen waren. Am allerbesten kannte er allerdings diejenigen des Buschmannvolkes; ihm hatte seine alte Kinderfrau Koba angehört, die vor ein paar Monaten gestorben war.

Alles, was ihm sein Vater von den Amaxosa erzählt hatte, machte sie, wenn man von Kobas Buschmännern absah, zu seinem Lieblingsvolk. In ihrer Geschichte fand er einen der obersten Amaxosa-Häuptlinge, einen feurigen, mutigen Mann namens Hintza, der im langen Krieg der Axt eine Rolle gespielt hatte, besonders eindrucksvoll und wußte deshalb sofort, wie er den Welpen nennen wollte. Mit seiner hellen Stimme und mit einer Bestimmtheit, die sogar ihn selbst überraschte, verkündete er, als ob das ganz selbstverständlich wäre: „Also gut, dann heißt er Hintza."

Als der Welpe, der sich an seine Brust gekuschelt hatte, den Namen Hintza hörte, wurde er merkwürdig munter; warum, das sollte erst viel später klarwerden. Dann beruhigte er sich wieder, schloß die Augen, seufzte tief und schlief weiter.

François spürte, daß er jetzt eine angemessene Unterkunft für Hintza beschaffen mußte. Er drehte sich auf der Stelle um, stürmte im Laufschritt gradewegs die breiten Stufen der geräumigen Terrasse hoch, verschwand im Haus und ging rasch in sein Zimmer. Dort nahm er einen alten Wintermantel aus dem Schrank, drehte daraus am Fußende des Bettes eine Art riesiges Vogelnest, bettete Hintza sanft mitten hinein und deckte ihn mit dem Zipfel seiner eignen Wolldecke zu. Kaum war das erledigt, rannte er hinaus zu den Melkschuppen, die eine Viertelmeile entfernt am Ende eines großen Gemüse- und Obstgartens auf dem fruchtbaren schwarzen Boden zwischen Haus und Hügeln lagen. Die Matabele-Hirten waren gerade mit dem abendlichen Melken fertig geworden, und in der Nähe des Einganges standen bereits ein Dutzend großer, schimmernder Metalleimer, die bis zum Rand mit Milch gefüllt waren, auf dem Steinfußboden an der Wand. Für François hatte die Milch immer etwas Magisches gehabt; denn sie leuchtete nicht nur schneeweiß in der Dämmerung, sondern bildete sogar eine Schaumkrone, weil die Matabele sie so geschickt, in so kräftigen Strahlen herausmelkten, daß im Schuppen ein Geräusch entstand, als ob es regnete. Dieser im braunen Abend gardenienweiß schimmernde Schaum erhob sich hoch über die silbrigen Ränder wie ein mohammedanischer Palast.

Rasch nahm er die Schöpfkelle aus blitzendem Kupfer, die mit anderen Molkereigeräten an einer Stange über den Eimern hing, und begann seine kleine Milchkanne so hastig zu füllen, daß er dabei ein bißchen verschüttete. Der oberste Hirte, ein hochgewachsener, breitschultriger, grauhaariger Matabele vornehmer Abkunft, den François sehr mochte, wies ihn deshalb ernst zurecht. Er hieß 'Bamuthi, was „der vom Baum" bedeutete. Man sagte, er sei ganz unerwartet unter einem heiligen Baum geboren worden, als seine Mutter sich vor ihren Erbfeinden verbarg, den Mashona, die ihren

Kraal angegriffen hatten, während die Männer auf der Jagd waren. Soweit François überhaupt zurückdenken konnte, war 'Bamuthi immer in Hunter's Drift gewesen.

„*Gashle!* Langsam, Kleine Feder", sagte er mit seiner tiefen Baßstimme. „*Gashle!* Wer Nahrung verschwendet, ruft den Hunger. Und warum willst du dir denn ausgerechnet den Appetit verderben, wenn das Abendessen schon fast fertig ist?"

„Kleine Feder" war der Matabele-Spitzname für François. Für die Matabele und viele andere afrikanische Völker besagten europäische Namen nichts, und so bestanden sie darauf, allen Weißen, mit denen sie zu tun hatten, besondere afrikanische Namen zu geben, die ihre charakteristischen Eigenschaften symbolisieren sollten. Ihn hatten sie einfach so genannt, weil sie seinen Vater (allerdings nie offen, sie meinten, es sei ein tiefes Geheimnis) „den großen Vogel" nannten. François war von Anfang an eingeweiht, weil seine alte Kinderfrau es ihm erzählt hatte, und er wußte, daß dieser Name ihre instinktive Achtung zum Ausdruck brachte. Vögel hatten nämlich für die Leute in diesem großen Buschland viele magische Eigenschaften. Zum Beispiel glaubte man, daß sie das Geheimnis aller Lebewesen wüßten, daß sie über eine gewaltige Sehergabe verfügten und die Herzen derer mit Weisheit erfüllten, die sich die Mühe nahmen, ihre Sprache zu lernen und ihnen zuzuhören. Deshalb hatten afrikanische Häuptlinge früher um den Kopf immer ein Metallband getragen, in dem eine lange schwarz-weiße Schwanzfeder des *umXwangbe* (des heiligen Ibis) steckte. Dadurch machten sie alle ihre Leute auf die angeborene Weisheit und Inspiration in ihren Köpfen aufmerksam. Die Buschmänner, so wußte François durch die vielen wunderbaren Geschichten, die ihm Koba nachts vor dem Schlafengehen erzählte, schrieben den Vögeln sogar noch mehr Magie zu als die Matabele, Barotse und Shangaams. Er war deshalb nicht erstaunt gewesen, als Koba ihm unter dem Siegel der Verschwiegenheit mitgeteilt hatte, wie sein Vater auf Sindabele hieß, und zugab, die Matabele hätten es ihrer Meinung nach mit diesem Namen nicht so schlecht getroffen. (Eigentlich haßte sie nämlich die Matabele und alle anderen schwarzen Afrikaner und nahm es ihnen übel, daß sie auch dabeigewesen waren, als die Letzten ihrer Rasse, die einmal Herr über ganz Südafrika oder sogar den ganzen Kontinent gewesen war, so unbarmherzig verfolgt und aufgerieben wurden.)

Offenbar war es also folgerichtig oder sogar selbstverständlich, daß François bei seiner Geburt als Feder des großen Vogels, seines Vaters, betrachtet wurde. Er war mit diesem Namen, den ihm die Matabele gegeben hatten, jahrelang sehr zufrieden gewesen, doch neuerdings fand er das „Kleine" vor „Feder" irgendwie unangenehm, als ob er allmählich spürte, es sei höchste Zeit, daß das „Kleine" wegfalle und er wenigstens zu einer Feder normaler Größe avancierte oder sogar zu einem zweiten, unabhängigen Vogel. Bei dieser Gelegenheit nun störte ihn das „Kleine" mehr denn je; vielleicht hatte die Tatsache, daß er gerade Besitzer eines Welpen geworden war – und eines Welpen, der bald zu einem Jagdhund heranwachsen würde –, in ihm das Gefühl dafür wachgerufen, daß er eine Grenze überschritt, daß er seine Kindheit für immer hinter sich ließ und einen ersten Schritt auf die Welt zuging, wo er als Mann voll verantwortlich war.

Er reagierte deshalb ungewöhnlich scharf auf das, was 'Bamuthi gesagt hatte, und schlug mit einem Sindabele-Sprichwort zurück: „Wer urteilt, bevor er weiß, worum es geht, wird bald erfahren, wie man Perlen aufreiht." – „Perlen aufreihen" war im Sindabele ein bildlicher Ausdruck für Tränen, die man bei großem Kummer vergoß und die wie Perlen blitzten.

Doch 'Bamuthi antwortete sanft, ohne eine Spur von Ärger: „Und selbst der größte Vogel, Kleine Feder, muß vom Himmel herunterkommen, damit er einen Ast findet, wo er schlafen kann."

Das war wieder ein Sprichwort und, wie François sofort spürte, auch ein versteckter Vorwurf, denn es besagte, kein

Mensch, wie alt und groß er auch sei, könne immer mit hoch erhobenem Kopf durchs Leben gehen.

Da in diesem Augenblick seine kleine Kanne voll war, stülpte er den Deckel kräftig drüber und kehrte jäh und ohne ein weiteres Wort in sein Zimmer und zu Hintza zurück. Hintza schlief immer noch fest, doch als François ihm eine Schüssel voll kuhwarmer Milch vors Gesicht hielt, machte der Milchgeruch die glänzende kleine Nase so lebendig, daß sie sich zuckend in lauter feinste magnetische Fältchen legte. Einen Augenblick später waren die großen blauen Augen weit offen. Hintza kämpfte sich aus seiner Wolldecke heraus und stand schließlich so wacklig und zittrig da, daß François ihn mit einer Hand am Bauch stützen mußte, während Hintza sich über die Milch hermachte und schlabberte, wie wenn er tagelang nichts bekommen hätte.

Von da an brachte Hintza jede Nacht seines Hundelebens im Zimmer von François zu. Das war nicht etwa ungewöhnlich. In der wilden Gegend, wo François wohnte, mußte man der Tatsache ins Auge sehen, daß das ganze Jahr über unzählige Hunde von Leoparden getötet wurden. Leoparden waren große Feinschmecker und liebten zwei Gerichte über alles: Hunde und Paviane. François hatte selbst schon siebenmal erlebt, daß *ridge-backs*, die Lieblingshunde seines Vaters, von Leoparden gerissen worden waren.

Die Schwierigkeit bestand darin, daß ein Hund, der auf sich hielt, einfach nicht einsah, warum er sich vor einem Leoparden fürchten sollte. Leoparden waren kaum größer als er selbst und auf jeden Fall Katzentiere, vor denen ein Hund unmöglich Respekt haben konnte. Standen die Hunde einem Leoparden gegenüber, griffen sie ohne Zögern an. Leider verfügten aber Leoparden nicht nur über ein Gebiß, das schärfer war als ein Hundegebiß, und über genauso kräftige Kiefer, sondern dazu noch über vier Tatzen mit langen, scharfen, stahlharten Krallen. Hunde hatten gegen so schweres Geschütz keine Chancen.

Deshalb war es zu Hause bei François üblich, die *ridge-backs* nachts drin zu behalten. Die Bewachung des Wohnhauses überließ man fünf großen Bastarden, denn in Afrika waren die Bastarde viel schlauer und konnten sich viel besser in acht nehmen als Rassehunde wie Hintza, was sich François jetzt allerdings ungern eingestand. Die Bastarde mußten ohne automatische Privilegien durchs Leben kommen und entwickelten deshalb ihren Spürsinn und ihre Intelligenz um so mehr. Auch wurden sie nicht von Erwägungen behindert, die sich auf so etwas wie Ehre und Selbstachtung bezogen oder auf jenen bekannten bürgerlichen Zwang, ,,den Schein zu wahren". Wenn sie einem wilden Tier gegenüberstanden, kämpften sie so grimmig und vielleicht noch schlauer als ein *ridge-back*. Aber sie kämpften erst, wenn es keine andere Möglichkeit mehr gab, und schlugen lieber an beim ersten Anzeichen von Gefahr. Hintzas Rasse war zu stolz, um der Klugheit Vorrang einzuräumen. Sie war auf den Menschen angewiesen und der Mensch auf sie, damit sie beide im Busch auf der Höhe waren. Wenn *ridge-backs* von wilden Tieren herausgefordert wurden, selbst von Leoparden, war es für sie Ehrensache, ohne Zögern ranzugehen. Deshalb wurden in Hunter's Drift alle reinrassigen Hunde grundsätzlich so dressiert, daß sie Wild jeder Art, vor allem aber Leoparden und Löwen, nur angriffen, wenn ihr Herr es ihnen befahl.

Hintza wurde achtzehn Monate lang mit der ganzen liebevollen Hingabe und angeborenen Geduld und einer Aufgeschlossenheit, wie sie nur ein einsamer Junge wie François haben kann, zum Jagdhund dressiert. Er sprach mit Hintza fast nie Afrikaans, Sindabele oder Englisch, sondern in der Buschmannsprache. Er hatte sie von Koba gelernt, und soweit er zurückdenken konnte, hatte sie immer in ihrer eigenen Sprache mit ihm gesprochen, wenn sie beide allein waren. Ja, seine erste deutliche Erinnerung war nicht etwa die runzlige Magnolienhaut und das irgendwie mongolische Gesicht der alten Koba, sondern das pfauenfarbene Licht leuchtender Sonnenuntergänge in Hunter's Drift, das auf einer Halskette aus schweren, tiefblauen und roten Glasperlen spielte, welche sie immer trug, und ihre Stimme, die ein Buschmann-Wiegenlied sang, um ihn gegen seinen Willen in den Schlaf hineinzuschmeicheln.

Die Buschmannsprache war sehr schwierig zu sprechen, weil fast jeder zweite Konsonant irgendein Schnalzlaut war. Aber François mochte Koba so gerne. Dann hatte es auch einen ganz besonderen Reiz, gewissermaßen ein verborgenes Leben zu führen und eine eigene Geheimsprache zu haben. Es war fast, als ob ein wichtiger Teil seiner selbst fühlte, daß die Welt der Erwachsenen feindlicher Boden war, wo es sich empfahl, im Umgang mit denjenigen, die seine Geheimnisse teilten, einen Kode zu gebrauchen. Die Buschmannsprache kam diesem Bedürfnis voll entgegen. Und ganz überwältigend war zu guter Letzt, daß Koba zufolge alle Tiere, Vögel, Reptilien und Insekten Afrikas und alle Pflanzen die onomatopoetische Sprache des Buschmanns verstanden.

Sie erzählte ihm viele Geschichten, wie am Anfang die Menschen der frühen Rasse – so nannte sie die ersten Buschmänner – in vollkommener Harmonie mit allen Lebewesen und Pflanzen auf Erden gelebt hatten. Erst als die Menschen der frühen Rasse das erste Feuer unter dem Flügel des großen Straußes wegstahlen, des Stammvaters aller Strauße, und es ihren eigenen selbstsüchtigen Zwecken dienstbar machten, hatten die Tiere Angst bekommen und liefen vor den Menschen davon. Doch auch nach ihrer Flucht vergaßen sie die Bedeutung jener Laute nicht, durch die sie sich friedlich mit dem Menschen verständigt hatten.

Sogar in seinem eigenen noch so kurzen Leben gab es nach der Meinung von François Anzeichen dafür, daß die alte Koba recht hatte. Es sah gleich von Anfang an so aus, als ob Hintza das beweisen wollte. Als François einmal mit ihm in der Sonne auf der Terrasse von Hunter's Drift spielte, tappte der Welpe auf gut Glück am Rand der hohen Terrasse herum. François hatte Angst, er könnte hinunterfallen, und rief laut in der Buschmannsprache: „Hierher, Hintza, hierher!"

Er hatte dabei das *tza* ganz besonders betont. Doch statt kehrtzumachen und zu ihm zurückzukommen, sprang der Welpe zu seiner Verblüffung vorwärts und verschwand über dem Rand der Terrasse. Erschrocken lief François zu ihm hinunter und sah, daß er sich aus dem Staub aufgerappelt hatte, glücklicherweise unverletzt, aber noch schwach auf den Beinen durch den Aufprall. Er starrte wild, mit gesträubtem Fell und geöffneter Schnauze um sich und knurrte die leere, vor Licht und Hitze zitternde Luft an, als habe er erwartet, irgendeinem Feind gegenüberzustehen.

Da ging François mit einemmal ein Licht auf. Vor langer Zeit hatte ihm Koba erklärt, warum die beiden wichtigsten Befehle für Jagdhunde, die von jedermann vom Kap der Stürme bis zum Broken Hill gebraucht wurden, *tssisk* und *tza* waren. *Tssisk* sagte man, wenn ein Jagdhund im Busch irgendein beliebiges Wild aufscheuchen sollte, und *tza*, wenn er ihm, nachdem es aufgescheucht war, so schnell als möglich nachsetzen sollte. François war es demzufolge sofort klar, daß der Welpe das „*tza*" in Hintza instinktiv als Befehl aufgefaßt hatte. Von da an wurde Hintza von François und allen andern in Hunter's Drift „Hin" genannt. Das „*tza*" der Buschmannsprache hängte man nur an, wenn er tatsächlich flüchtendem Wild nachsetzen sollte.

Die beiden Wörter, erzählte ihm die alte Koba, waren deshalb so wirksam, weil die Jäger der Menschen der frühen Rasse sie direkt von den Sternen hatten. Die Sterne, sagte Koba, seien die größten Jäger aller Zeiten, und wenn François einmal nachts mit ihr in die Dunkelheit hinausgehen wolle, wo man die Geräusche vom Haus her nicht mehr höre, werde sie ihm zeigen, was sie meine.

Er war also mit ihr in einer sehr kalten, klaren, stillen Winternacht hinausgegangen und hatte gewartet, bis man nicht einmal mehr den Ruf eines Löwen, eines Schakals, einer Hyäne, eines Buschbocks, einer Eule oder eines Nachtregenpfeifers hörte. Als sie neben der dichten Hecke aus mächtigen Feigenbäumen am Rand des Obstgartens standen und tief in den Himmel hineinsahen, der an seinen schwarzen Säumen unter dem Gewicht der Sterne aufplatzte, vernahm François einen fernen Ton, der so klang, wie wenn er sich die große Perlmuttermuschel in der Bibliothek seines Vaters ans Ohr hielt.

„Jetzt paß auf, Kleine Feder", hatte Koba gesagt, „paß auf, und du wirst hören, wie sie dort oben im Busch der Nacht jagen."

Er horchte bereits gespannt und neigte folgsam sein rechtes Ohr den Sternen zu. Und mit einemmal hörte er die Sterne zwar schwach, aber deutlich,„*tssisk!*" ausrufen, und ein anderer Schwarm rief „*tza!*".

Nach drei Monaten kannte Hintza die Buschmann-Namen der wichtigsten Tiere, Reptile und Vögel im Busch und auch die Befehle, die François im Zusammenhang mit ihnen wahrscheinlich brauchen würde. Wenn François zum Beispiel „Schlange" sagte in der Buschmannsprache, war es nicht mehr nötig, noch den Befehl „bleib und warte" hinzuzufügen, weil Hintza bereits wußte, daß es absolut verboten war, Schlangen anzugreifen. Das war ebenfalls strenge Vorschrift in Hunter's Drift, denn der Busch war voller Giftschlangen. François wurde deshalb vom frühen Kindesalter an dazu angehalten, an seinem Gürtel aus Leopardenfell, den er um seine robuste grüne Kordjacke trug, immer einen Lederbeutel zu befestigen, der alles enthielt, was man brauchte, wenn man von einer Schlange gebissen wurde: ein kleines Skalpell, eine Injektionsspritze und ein besonderes, als Gegengift wirkendes Serum.

Und wirklich, einmal rettete François 'Bamuthi das Leben, als sie draußen im Busch eine Kuh und ein Kalb suchten, die verlorengegangen waren. 'Bamuthi war von einer schwarzen Mamba, der allergiftigsten Schlange im Busch, in den nackten Fuß gebissen worden. Bei all seiner Klugheit und Erfahrung war er leider in bezug auf Schlangen und vor allem schwarze Mambas überaus abergläubisch, denn alle Matabele und Zulus hielten sie für Reinkarnationen ihrer Vorfahren, die erschienen waren, um sie entweder zu warnen oder zu trösten oder um sie zu bestrafen, weil sie die Stammesethik in irgendeiner Hinsicht außer acht gelassen hatten. 'Bamuthi glaubte also sofort, der Geist seiner Vorfahren habe ihm wegen irgendeines unwissentlichen Verstoßes gegen den Sittenkodex der Matabele auf diese Art und Weise bestraft, und wollte sich seelenruhig auf der Stelle hinsetzen, um zu sterben.

François packte aber sofort die Sachen aus, die man im Falle von Schlangenbissen braucht, schnürte sein Taschentuch straff über der Stelle zusammen, wo die Schlange gebissen hatte, schob ein dickes Stück Holz hindurch und drehte es fest zu einer chirurgischen Aderpresse zusammen, damit das Gift nicht durch die Arterien ins Herz gelangte, wo es sofort tödlich gewesen wäre. Dann spritzte er an drei übereinanderliegenden Stellen Serum in 'Bamuthis Bein.

Unterdessen versuchte er, ihn zu trösten, und sagte: „Bitte, mach dir keine Sorgen, alter Vater, das ist ein mächtiger Zauber, viel mächtiger als aller Schlangenzauber. Bald bist du wieder wohlauf, glaub mir."

Doch der alte 'Bamuthi schüttelte nur traurig den Kopf und antwortete: „Kleine Feder, wenn die Geister rufen, wie mich dieser große schwarze Geist jetzt gerufen hat, kann kein menschlicher Zauber verhindern, daß ich ihm folgen und meinen Schatten verlieren muß." Das war ein bildlicher Ausdruck für „sterben" im Sindabele.

François tat weiterhin alles, was er tun konnte, um 'Bamuthi zu trösten, aber 'Bamuthi sagte nur: „Danke schön, Kleine Feder, aber nun sei bitte still, denn ich muß jetzt hier sitzen und mich für die lange Reise fertigmachen."

Von diesem Augenblick an lehnte er es fast zwei Stunden lang ab, irgend etwas zu sagen, und saß einfach da, immer noch schwarz wie Marmor, und seine großen schwarzen Augen waren so traurig und fern, daß François fast in Tränen ausbrach.

Als er dann die Aderpresse abgenommen hatte und merkte, daß einzig und allein 'Bamuthis Stimmung noch zu wünschen übrigließ, drängte er: „Komm, alter Vater, siehst du, der Zauber hat gewirkt. Es ist alles in Ordnung. Jetzt lassen wir die Kuh und das Kalb und gehn nach Hause, um uns auszuruhen."

Aber 'Bamuthi war erst nach ein paar weiteren Stunden überzeugt. Als er François schließlich erlaubte, ihn nach Hause zu führen, ging er nicht wie ein Mensch, der bei vollem Bewußtsein ist, sondern eher wie ein Schlafwandler. Diese Episode knüpfte ein noch engeres Band zwischen ihnen.

Der springende Punkt bei der Sache war, daß das Gegengift bei Schlangenbiß nur richtig wirkte bei Bissen in die Extremitäten von Menschen und größeren Tieren wie Rindern und Pferden. Hunde wurden aber immer in den Kopf gebissen, wo man unmöglich eine Aderpresse anlegen konnte, und auch wenn man oberhalb des Schlangenbisses selbst jede Menge Serum spritzte, war die Wunde im allgemeinen den lebenswichtigen Nervenzentren im Gehirn so nah, daß das Gift nicht rechtzeitig neutralisiert wurde.

Dank seinen Kenntnissen in der Buschmannsprache und seinem Vertrauen in François lernte Hintza diese Lektion rasch und gründlich. Sie bildete die Grundlage für das ganze komplizierte Gebäude seiner Erziehung in all den vielen Angelegenheiten im Busch, wo es um Tod und Leben ging. Er lernte, so lange ruhig neben François zu stehen und mit Nase und Schwanz die Richtung anzugeben, in welcher seine scharfen Sinne den Feind aufgespürt hatten, bis er einen anderen Befehl erhielt. Auch wurde er von François geschickt darin bestärkt, ihn in Augenblicken akuter Gefahr durch eine Art dringendes, kaum hörbares Winseln zu verständigen.

Das zeigt wohl hinreichend, was für ein Kumpel er war an jenem ereignisreichen frühen Morgen etwa achtzehn Monate, nachdem François ihn bekommen hatte, und warum er François so sachte davon in Kenntnis setzte, daß da draußen etwas Seltsames im Gange war oder in Gang kommen sollte.

Trotz seiner Jugend und obwohl er einen tiefen Schlaf hatte, beherrschte François schon lange das Geheimnis der

Pioniere, wie ein Tier zu schlafen, das ständig auf der Hut sein muß. Er wachte für gewöhnlich in regelmäßigen Zeitabständen von selbst auf und horchte kurz, aber höchst konzentriert, ob die Geräusche im Busch irgend etwas Bedeutsames berichteten vom Leben in der Nacht. Wenn alles normal war, schlief er sofort wieder ein.

Er war deshalb mit einem Schlag hellwach, als Hintza sich regte; er streckte die Hand aus und streichelte ihn, um ihn zu loben und mit ihm Kontakt zu haben. Als er ihm mit den Fingern sacht über den Rücken strich, stellte er überrascht fest, daß das sonst so weiche gelbbraune Haar das Rückgrat entlang steif gesträubt war. Diese Rückenbürste war für François zuerst einfach etwas besonders Attraktives an Hintzas Erscheinung gewesen, doch inzwischen konnte er an ihr ablesen, was es mit dem unsichtbaren Treiben im Busch, das Hintza mit seinen scharfen Sinnen registrierte, wirklich auf sich hatte. Das drängende Leben in dem jungen Hund sprach durch das goldene Haar auf seinem Rücken und ordnete es wie ein Magnet zu einem bedeutsamen Muster. Jetzt stand das Rückenhaar steif in die Höhe und zuckte vor Hinweisen. Und wirklich, nur in der Nacht, als ein Löwenpaar über die Mauern des Viehkraals jenseits des Gartens sprang und ein paar der besten Kühe riß, hatte es unter den Fingern von François so elektrisch geknistert.

Er sprang augenblicklich aus dem Bett und beugte sich zu Hintza hinunter.

„Rasch, Hin, rasch", flüsterte er. „Was ist's? Zeig mir's rasch."

Doch Hintza ging weder auf die Tür noch aufs Fenster zu wie sonst bei solchen Gelegenheiten, sondern gab nur Töne von sich, die offenbar besagten: „Ich weiß nicht, was, aber etwas Seltsames und furchtbar Wichtiges geschieht draußen."

François fuhr rasch in einen wollenen Pullover, denn am Morgen war es oft kalt, und wenn er schon schießen mußte, was sehr wahrscheinlich war, wollte er nicht vor Kälte zittern und dabei sein Ziel verfehlen.

Das Schießen war für François im Augenblick vielleicht das schwierigste Problem. Er hatte keine Ahnung, was für Schwierigkeiten ihn im Busch erwarteten, doch nach Hintzas Verhalten zu urteilen konnte es so gefährlich werden wie noch nie zuvor in seinem jungen Leben. Wenn es sich zum Beispiel um einen Löwen handelte oder um einen Leoparden, war sein eigenes 22er-Repetiergewehr viel zu leicht; auch wenn er gut schoß, was fast immer der Fall war, konnte er damit nichts ausrichten. Leider gab es in seinem Zimmer nur zwei Gewehre. Die andere Möglichkeit war ein schwerer Vorderlader, den ihm sein Vater vor ein paar Jahren geschenkt hatte. Er stammte noch von seinem Großvater, der vor etwa hundertdreißig Jahren einen Ochsenwagentreck ins Landesinnere geführt und ihn dabei in manchem verzweifelten Kampf mit Zulus und Matabele gebraucht und auch Rinder und Schafe damit vor wilden Tieren geschützt hatte. Es war ein ausgezeichnet gearbeitetes Gewehr mit kunstvollem Elfenbeinvisier und langem, achteckigem Lauf, in welchen seitlich ein Paisley-Muster eingraviert war. Man konnte es, und das war das Verlockende daran, einerseits als Schrotflinte verwenden und eine ganze Menge Bleischrot den Lauf hinunterschieben; andererseits war es aber, wenn man eine zusätzliche Ladung Schießpulver und hinterher eine große, massive Bleikugel den Lauf hinunterstöpselte, eine hochwirksame Großwildwaffe.

François wußte, daß sein Großvater mit diesem Gewehr manchen bösartigen Elefanten und menschenfressenden Löwen geschossen hatte, wenn es mit massiver Kugelmunition geladen war. Er konnte sich darauf verlassen, daß er an ihm eine ausgezeichnete Verteidigungswaffe hatte. Ganz besonders mochte er auch, daß zu dem Gewehr ein schönes Pulverhorn gehörte, welches er an einem Riemen aus weichem rotem Impala-Leder über der Schulter trug. Dazu kamen noch fachmännische Gerätschaften, mit denen man Blei einschmelzen und in runde Gewehrkugeln gießen konnte, die genau das Kaliber des Gewehres hatten. Das tat François jeweils mit großem Vergnügen, denn er spürte, daß in dieser Tätigkeit etwas Magisches lag. Er hatte auch dafür gesorgt, daß sein Schießpulver stets trocken, das Horn voll und ein Vorrat von hundert Bleikugeln in seinem Zimmer war.

Er mußte sich also jetzt entscheiden, ob er seine 22er-Büchse nehmen sollte, die den Vorteil hatte, daß sie ein Repetiergewehr mit fünfzehn Patronen im Magazin war, oder den wuchtigen achteckigen Vorderlader. Dieser hatte zwar eine gefährlichere Ladung im Lauf, aber wenn man nicht traf, brauchte man, und das war sein Nachteil, mindestens eine Minute, um ihn wieder mit Schießpulver zu laden, mit dem Ladepfropf hineinzufahren und das Pulver an Ort und Stelle zu stöpseln und schließlich eine neue Bleikugel hinunterzuschieben.

Einen Augenblick lang war er versucht, seinen Vater zu wecken. Doch sein Vater fühlte sich nicht wohl und brauchte viel Schlaf und innere Ruhe. So nachdrücklich hatte ihm das seine Mutter eingeprägt, daß er sogar der Versuchung widerstand, aus dem Eßzimmer, wo die Gewehre seines Vaters standen, ein geeigneteres Repetiergewehr schwereren Kalibers zu holen. Er hatte nämlich Angst, die so leicht knarrenden Bretter des langen Korridors zwischen seinem Zimmer und dem Eßzimmer könnten trotz größter Vorsicht so aufbegehren, daß seine Eltern erwachten.

Mehr instinktiv als überlegend wählte er den schweren alten Vorderlader, der seine Vorfahren nie im Stich gelassen hatte und über mehr Erfahrung verfügte als François und sein Repetiergewehr zusammen. Eilig schob er eine überaus schwere Ladung Schießpulver den Lauf hinunter, stöpselte es ruhig an die richtige Stelle, steckte dann eine runde, schwere Kugel in den Lauf und stieß sie kräftig hinunter, damit sie sich weder durch eine Erschütterung noch durch einen Stoß verschieben konnte. Dann prüfte er rasch, ob der Abzug leicht und geräuschlos funktionierte. Das war der Fall, denn François verbrachte eine Menge seiner Freizeit damit, seine Gewehre zu ölen und zu putzen. Er hängte sich das Pulverhorn über die Schulter, steckte sich eine Handvoll Bleikugeln in die Tasche, öffnete leise die Tür zur Terrasse und trat mit Hintza, der neben ihm vor Erregung zitterte, hinaus ins Freie.

Sofort bemerkte er, daß der Morgenstern, das Herz der Morgendämmerung, wie ihn die alte Koba immer genannt hatte, bereits hoch am Himmel stand. Ein roter Lichtstreifen zog sich dicht über den gezackten Hügelkuppen im Osten durch die Dunkelheit. Als ihm klargeworden war, daß die Morgendämmerung gerade hereinbrach, wurde ihm noch etwas anderes, Merkwürdiges bewußt. Die fünf Bastard-Wachhunde waren immer noch völlig ruhig und gaben keinerlei Anlaß zu der Vermutung, im Busch sei etwas Ungewöhnliches im Gange. Diesen Gegensatz zwischen ihrem und Hintzas Verhalten fand François so frappant, daß er zum erstenmal in seinem Leben dazu neigte, Hintzas Scharfsinn zu mißtrauen.

Da stand er nun und sah zu, wie der rote Streifen über den schwarzen Hügeln breiter wurde, und horchte gespannt, ob irgendein ungewöhnliches Zeichen eine Erklärung für Hintzas Drängen lieferte. Hintza wurde immer ungeduldiger und war sichtlich verwirrt, daß François nur widerstrebend mit ihm kam. Er fing an, ihn höchst suggestiv, ja schmerzhaft in die Fersen zu zwicken. Sonderbar, in diesem Augenblick, wo der Tag anbrach, war nicht das geringste verräterische Geräusch zu hören; es lag eine seltsame Stille über dem Busch.

Zu dieser Stunde erreichte sonst die „Morgendämmerung-Symphonie", wie der Vater von François sagte, bereits ihr Crescendo. Der ganze Chor der Paviane, Affen und Buschäffchen und der wohl über hundert verschiedenen Arten von Vögeln hätten dem Tag ihr Hosianna entgegensingen sollen. Auch die hämischen Schakale und Hyänen, die die Nacht liebten und sich jetzt vor dem Licht zurückzogen, ließen normalerweise ihre höhnischen Stimmen hören, bis sie durch den gebieterischen Baß eines großen alten Löwensolisten, der ein ganzes weites Tal in den nahen Hügeln beherrschte, zum Schweigen gebracht wurden. Sie alle hatten sonst um diese

Zeit bereits in die Musik der Morgendämmerung eingestimmt. Doch heute schwiegen sie. Nur etwas höchst Ungewöhnliches konnte ein so gewaltiges Loch von Schweigen erzeugt haben.

François beugte sich zu Hintza hinunter, tätschelte ihm zärtlich den Rücken und flüsterte: ,,Guter Hin, geh voran, bitte. Geh voran!"

Hintza trabte sofort los und François hinterher, was ihm nicht leichtfiel, denn er trug ja das schwere Gewehr. Trotzdem hielt er Schritt, bis sie den großen Gemüse- und Obstgarten hinter sich gelassen hatten, vorbei am Viehkraal und an den Melkschuppen, wo die Kühe und Kälber so still waren wie die Tiere im Busch, dann vorbei an den runden Bienenstockhütten. Sie bildeten den Kraal, in dem 'Bamuthi und die andern Hirten wohnten, und wurden von einem sehr hohen, dichten, mit gefährlichen stachligen Weißdornästen durchflochtenen Holzzaun abgeschirmt.

Am Ende der weiten Lichtung, die die Farm umgab, bog Hintza scharf ab auf einen schmalen, beschwerlichen Pfad zu, der im dichtesten Busch den Fuß der Hügel entlangführte, wo sich eine tiefe Spalte öffnete und viele Meilen geradeaus bis zu dem großen Wildschongebiet erstreckte, das unter Mopani Thérons Aufsicht stand. François fand, es sei jetzt an der Zeit, vorsichtiger zu werden.

,,Hierher, Hin, hierher!" rief er leise.

Augenblicklich machte Hintza kehrt, nahm ihm gegenüber Aufstellung und blickte ihm fest, aber ungeduldig ins Gesicht.

,,Jetzt langsam, Hin, langsam", befahl François, ,,wenn wir in diesem Tempo weitermachen, bin ich so atemlos und zittrig, wenn ich schießen muß, daß ich nicht treffe, und das darf nicht passieren, weil ich nur einen Schuß auf einmal im Gewehr habe. Schau her, es ist nicht unser gewohnter flinker kleiner Kläffer (das war ein Buschmann-Ausdruck für ,,Repetiergewehr"), sondern dieser altehrwürdige Gewehrveteran, der hat nur einen Schuß. Also bitte langsam und vorsichtig!"

Hintza wußte offenbar sofort Bescheid. Er ging jetzt viel langsamer auf dem düsteren, schmalen Pfad voran, stand ab und zu still, sah sich um, horchte und streckte vor allem die Nase in die Höhe, um an jeder Biegung des Pfades die taufeuchte Luft einzuziehen, bevor er geräuschlos weiterlief.

François hatte noch einen andern Grund, jetzt besonders vorsichtig zu sein. Dieser Pfad, den sie entlanggingen, war einer von drei Wechseln, den das Großwild benutzte, wenn es aus dem weiten, unbewohnten Busch im Osten herüberkam, um am Fluß zu trinken. Er wurde auch regelmäßig von Löwen und Leoparden benutzt, die nicht selten in Hunter's Drift einfielen und Kühe, Kälber, Ziegen, Schafe, ja sogar Hühner und Gänse schlugen.

Seit Jahren wurden deshalb diese Pfade nachts mit großen stählernen Löwenfallen abgeriegelt. Die Fallen waren geschickt versteckt und hingen an festen, schweren Ketten, die mit langen, tief in den Boden eingerammten Eisenspitzen verbunden waren. Sie funktionierten nach dem Prinzip von Mausefallen, waren aber natürlich viel größer und schwerer und hatten in ihren breiten Kiefern längere, schärfere, sägeartige Zähne. Genau über der Falle hing ein Fleischköder, und wenn sich ein Löwe oder ein Leopard das Fleisch holen wollte, hatte die große, gespannte Feder, die das Zuschnappen der Falle auslöste, eine solche Wucht, daß sie einmal das Bein eines Stieres, der hineingeraten war, durchschlagen und auch schon kräftigen Streifenhyänen das Genick gebrochen hatte. Eine solche Falle wog an die zwanzig Pfund und wurde täglich mit frischen Ködern an wechselnden Stellen ausgelegt.

François kannte den genauen Standort der Falle, die in der vergangenen Nacht auf diesem Pfad ausgelegt war, selbst auch nicht. Doch sie konnte, das wußte er mit Sicherheit, nicht über eine Meile vom Rand der Lichtung abliegen. Natürlich wollte er vermeiden, daß Hintza oder er selbst hineintrat oder daß sie durch Zufall auf etwas stießen, das möglicherweise in die Falle gegangen war. Und allmählich hatte er das unangenehme Gefühl, daß die seltsame Stille in diesem Teil des Busches irgendwie mit der Falle zusammenhing.

Glücklicherweise wurde es immer heller, je weiter sie kamen; bald konnte er jede Einzelheit im Busch und auch den Verlauf des scharlachroten Pfades vor ihm erkennen. Er begann deshalb immer zuversichtlicher hinter Hintza auszuschreiten, der sich, wie François ihm beigebracht hatte, bei jeder Biegung des Pfades vergewisserte, ob François ihm folgte, bevor er weiterlief.

So gingen sie schweigend noch etwa zehn Minuten und kamen zur großen Erleichterung von François heil durch den engsten, gefährlichsten Teil der Spalte in den Hügeln. Unmittelbar danach öffnete sich die Spalte rasch zu einem breiten Tal. Das erste, was François bemerkte, war ein riesiger Pavian-,,Wachposten", der hoch oben auf einem Felsblock der purpurfarbenen, steinernen *Krans*-Krone stand, die sich um die Hügelkuppe über ihm zog; sein kastanienbraunes Fell glühte schon auf in den ersten Sonnenstrahlen. Dieser Pavian hatte ja eigentlich die Pflicht, die Mitbewohner seines Felsens zu organisieren und zu ihrem Geschäft, der Futterbeschaffung, anzutreiben, bevor es allzu heiß wurde. Stattdessen sah er aufmerksam nach Osten in Richtung des Pfades, dem François und Hintza folgten.

Noch bedeutsamer war, daß Hintza plötzlich still stand und vorwärtsstarrte. Rasch war François bei ihm. Mit einem kurzen, leisen, vielleicht unnötigen ,,Steh, Hin! Steh!" blieb er selbst neben dem Hund stehen und suchte mit seinen scharfen Augen den Busch, die Hügel und den Himmel vor ihm ab.

Er brauchte nicht lange, da war ihm klar, was der Pavian so aufmerksam beobachtet hatte. In einer Entfernung von etwa einer Viertelmeile schwankten die Äste einer Gruppe von Marula-Bäumen, die zu den höchsten im Busch gehörten, als sei ein Wirbelwind in sie gefahren. François starrte auf die schweren Äste, während das Sonnenlicht an den Hügeln so weit abwärtskroch, daß es die Wipfel der Bäume berührte. Da merkte er, daß ein Schwarm von Geiern die Blätter und Äste so heftig in Bewegung gebracht hatte. So große hatte er noch selten gesehen. Wenn sich Geier auf diese Weise in den Baumwipfeln versammelten, bedeutete das, daß sie mit ihrem unheimlichen Instinkt erkannt hatten, wann und wo ein Lebewesen im Sterben lag.

„Was meinst du, Hin, was ist's? *Xkha?*" (Löwe)

Hintza, der das dunkle, explosive Wort für „Löwe" gut kannte, antwortete mit einem festen, verneinenden Blick.

„*Xhaueyaken?*" (Leopard) fragte François wieder in der Buschmannsprache. Hintzas Blick wirkte, obwohl das kaum mehr möglich war, noch verneinender als zuvor.

„Aber was ist's denn nur, Hin?" flehte François.

Ein schwaches, unsicheres Winseln war alles, was er aus Hintza herausbrachte, der sich rasch umdrehte und wieder lostrabte.

So überstürzt und sorglos wollte aber François der Sache nicht zu Leibe gehen, denn sie näherten sich offensichtlich dem Höhepunkt ihres Abenteuers.

„Fuß!" rief er leise, aber deutlich.

Es sprach wirklich für Hintza, daß er zurückkam, wenn auch widerwillig. Er ging jetzt zum erstenmal hinter François. Lautlos und langsam spannte François den Hahn seines Vorderladers, vergewisserte sich, daß das Zündhütchen richtig festsaß, und ging mit dem Gewehr im Anschlag, den Kolben fest in seinem rechten, den blauen, achteckigen Lauf auf dem linken Arm, langsam Schritt für Schritt weiter. Hintza hielt sich so geschickt hinter ihm, daß François vollkommen überzeugt war, daß er unbemerkt bis zu den Marula-Bäumen kommen würde, wo die Geier sich gerade jetzt ungeduldiger und gieriger gebärdeten. Doch ein einziger alter Geier saß hoch oben in der Sonne, reckte seinen langen, nackten Hals mit dem großen, hageren, hervortretenden Adamsapfel, der so rot war wie ein Stück rohes Fleisch in der Sonne, äugte herunter und sah den Gewehrlauf aufblitzen. Wie eine alte Hexe kreischte er eine Warnung, eine Verwünschung heraus und erhob sich mit seinen weiten, plumpen Schwingen schwerfällig in die Luft. Die anderen machten es ihm nach, so daß bald an die fünfzig dieser Riesenvögel mit ihren Trauerflorschatten über dem goldgrünen Busch kreisten und dem Morgen auf einen Schlag seine ganze Unberührtheit nahmen.

Das Auffliegen der Geier mußte jedermann im Busch in einem Umkreis von Meilen gewarnt haben. François ging deshalb noch vorsichtiger als zuvor in stark gebückter Stellung weiter, damit er sich gegebenenfalls auf den Bauch fallen lassen und die Bäume kriechend erreichen konnte.

Er wollte sich gerade in diese Kriechstellung herunterlassen, um vorwärts zu robben, da trafen unmittelbar nacheinander drei Geräusche sein Ohr: ein Schwirren, ein Sausen und ein dumpfer Aufprall. Sein Buschhut, den er nur am kühlen Morgen trug oder nachts, wenn Tau fiel, flog ihm vom Kopf. Er ließ sich platt vornüber fallen und drehte sich dann flink wie eine Katze auf den Rücken, um im Schutz des Unterholzes den Mechanismus seines Gewehres zu prüfen. Dabei bemerkte er, daß sein Hut in einem Dornbusch über ihm hing, von einem Pfeil durchbohrt. Hintza, dessen Haar sich vor Besorgnis und Entrüstung sträubte, sah auf ihn herunter, als wollte er sagen: ,,Na, so etwas muß ja passieren, wenn du mich nicht vorangehen läßt."

ZWEITES KAPITEL

Xhabbo erscheint

Ein flüchtiger Blick genügte, und François hatte sich vergewissert, daß sein altehrwürdiges Gewehr nicht zu Schaden gekommen war. Es hatte sich auch kein Staub angesammelt um Hammer oder Drücker, als er sich so plötzlich auf den Boden fallen ließ. All das sah eigentlich beruhigend aus, aber höchst alarmierend und vollkommen unerklärlich fand er den Pfeil in seinem Hut. Offenbar war da irgendwo ganz in der Nähe einer, der gelinde gesagt für ihn und für Hintza nicht viel übrig hatte. So etwas war weder ihm noch sonst jemandem in Hunter's Drift je passiert. Doch wer konnte das sein? Und warum?

Das einsame Leben im Busch hatte von François bereits in so jungen Jahren eine Selbständigkeit verlangt, die ihn ungewöhnlich reif machte. So durchforschte er jetzt sein Gedächtnis, ob ihm irgend etwas, irgendein Detail bekannt war, das wenigstens den Pfeil erklären konnte, ganz abgesehen von der Frage, wer denn in der heutigen Zeit selbst in diesem abgelegenen Busch überhaupt noch Pfeil und Bogen benutzen könnte. Die Antwort darauf, das wußte er genau, war lebenswichtig. Erst dann konnte er entscheiden, was weiter zu tun war.

Seit seiner Geburt hatten Angehörige vieler verschiedener Stämme in Hunter's Drift gearbeitet, aber alle diese Stämme hatten, soweit ihre Geschichte zurückreichte, nie Pfeil und Bogen benutzt. Da kannte er sich aus, denn schließlich hatte er so manchen Tag und Abend mit ihnen in ihren Hütten verbracht und zugehört, wenn sie von vergangenen Zeiten erzählten. Wie jedem Kind in Afrika war ihm bekannt, wie sie sich in ihrer langen Geschichte, die für ihn etwas Homerisches hatte, vor wilden Tieren geschützt und gegen viele Feinde verteidigt hatten. Er wußte zum Beispiel sogar die geheimen, angeblich mit unüberwindlicher Magie geladenen Namen, die die Matabele in Hunter's Drift ihren Lieblingswaffen gaben und die sie sonst unter keinen Umständen verrieten, nicht einmal ihren engsten Freunden, geschweige denn den „roten Fremdlingen", wie sie die Weißen nannten, die ihr Land erobert hatten.

François verdankte das zum größten Teil seiner außergewöhnlichen Beziehung zu 'Bamuthi. 'Bamuthi war nicht nur ein Matabele-Aristokrat, sondern auch der Häuptling des Stammes, dem sowohl die Hirten wie die Wächter in Hunter's Drift angehörten.

Vor Jahren hatte er François einmal von einer Schlacht erzählt, in der sein eigener Urgroßvater an den Ufern der großen Seen weit im Norden in einem von 'Mzilikatzes *Impis* gegen die Baganda gekämpft hatte. Als 'Bamuthi bemerkte, wie tief sich François mit ihm identifizierte und mit dem, was er ihm erzählte, schwand in einer Aufwallung von Zuneigung seine letzte Zurückhaltung. Er brach seine Geschichte ab, zeigte seinen großen Rindslederschild her, legte alle seine Speere, seine Assegais und seine Keulen darauf und erzählte dem entzückten kleinen Jungen unter dem Siegel der Verschwiegenheit, welche Rolle jede einzelne Waffe im Kampf spielte und wie sie vor der Schlacht angesprochen wurde.

Speere und Keulen, sagte er ehrfurchtsvoll, seien lebendige Wesen, und wenn man ihnen keinen richtigen Namen gebe, wüßten sie nicht, wie sie herkommen und ihre Pflicht erfüllen sollten, wenn man sie rief; übrigens müßte man ihnen den Namen desjenigen, der sie rief, auch mitteilen, da sie sonst möglicherweise dem Falschen dienten. So hatte er, 'Bamuthi, in diesem Zusammenhang einen besonderen Namen. Er wurde *U-Nothloba-Mazibuka* genannt, was besagt: „Der, der die Furten bewacht." Das war sein ererbter Titel und Beruf; denn gerade hier, dicht am Fluß, hatte der große 'Mzilikatze seiner Familie ursprünglich ihren Wohnsitz angewiesen, damit sie dieser Aufgabe nachkam. Darauf spielte auch der Name „Hunter's Drift" an. „Drift" ist der südafrikanische Ausdruck für „Furt", und die Farm war so genannt worden, weil sie genau dort lag, wo seit Jahrtausenden die verschwundenen Legionen von Afrika, vielleicht sogar von Sheba und Babylon, in ihrem verhängnisvollen Kommen und Gehen zwischen Norden und Süden den mächtigen Strom überquerten.

„Jetzt paß schön auf, Kleine Feder", hatte dann 'Bamuthi zu ihm gesagt und ihm einen Speer mit einer langen silberweißen Klinge gezeigt. „Dieser Assegai ist *U-Simsela-Banta-Bami* (Er-stöbert-auf-für-meine-Kinder).Den hat jenseits der Wälder der Nacht auf der andern Seite der großen Wasser und der Rauch-und-Feuer-Berge im Norden ein Zauberer, der Speere machte, für meinen Urururgroßvater geschmiedet. Er ist der beste Jagdspeer meines Volkes und hat Nahrung herbeigeschafft für viele hungrige Generationen. Dieser da", fuhr er fort und wies einen kürzeren Speer vor mit einem viel stärkeren, dickeren Schaft und einer breiteren Klinge, die in eine lange, schmale, schimmernde Spitze auslief, „ist *Imbubuzi* (Der Seufzerbringer), denn wenn er sich ans Werk macht, ertönen weit und breit viele Seufzer. Diese Keule da", und er hob einen riesigen Knüppel aus dunkelrotem Eisenholz auf, der so schwer war, daß er unterging, wenn man ihn ins Wasser warf, „das ist *Igumgehle* (Der Gefräßige), denn wenn man ihn im Kampf schwingt, tötet er den Feind so rasch, wie ein Vielfraß seine Nahrung hinunterschlingt." Dann hob er den allerlängsten, schlanksten Speer auf, der offensichtlich als Wurfspeer verwendet wurde. „Dieser Assegai ist *U-Silo-Si-Lambile* (Der hungrige Leopard), weil er sich aus eigenem Antrieb auf den Feind stürzt, wie ein hungriger Leopard auf einen Pavian, und ihn augenblicklich tötet."

Schließlich zeigte er ihm noch einen Knüppel, der so groß und schwer war, daß François ihn damals kaum hochheben konnte. „Und das hier ist *U-Dhl'-Ibusuku* (Der-im-Dunkeln-verschlingt), weil er vor allem benutzt wird, wenn nachts heimlich irgendein Unheil über die Menschen kommt."

François hatte sich alles gemerkt und war gar nicht erstaunt gewesen darüber, denn dadurch wurde das Volk des von ihm so hochverehrten 'Bamuthi ja nur in jener heroischen Vergangenheit angesiedelt, die er von seiner Lektüre her bereits kannte und die von Hektor und Achilles bis zu der Geschichte von König Artus, den Rittern der Tafelrunde und dem Schwert Excalibur reichte. Doch eins war ihm sogar damals nicht recht, nämlich daß ein so intelligentes Volk wie die Matabele Pfeil und Bogen nicht erwähnte und sie allem Anschein nach nicht benutzt hatte.

Hingerissen, wie er war von 'Bamuthis Bericht, hatte er ihn unterbrochen und ausgerufen: ,,Aber alter Vater, ihr habt doch sicher auch Pfeil und Bogen benutzt, um aus größerer Entfernung zu töten, als es mit einem Wurfspeer oder einer Keule möglich ist?"

Da hatte ihn 'Bamuthi nur mitleidig angesehen, weil er nicht einmal wußte, daß so etwas die Ehre eines Mannes betraf, und verächtlich geantwortet:,,Kleine Feder, solches Zeug benutzen nur die Massarwa, diese Feiglinge und Viehdiebe."

Massarwa war eine geringschätzige Bezeichnung der Matabele für die Buschmänner, auf die sie in früheren Zeiten wie auf wilde Tiere Jagd gemacht hatten.

Jetzt, angesichts der Gefahr, machte sich François all das blitzschnell klar. Da durchzuckte ihn ein Gedanke: Mein Gott, ob sich dort hinter den Bäumen vielleicht gar ein Buschmann verbarg, der entschlossen war, auf jeden, der sich ihm näherte, mit Pfeil und Bogen zu schießen? Bei diesem Gedanken überlief es ihn kalt. Denn ein Buschmannpfeil, war ihm eingefallen, war auch dann verhängnisvoll, wenn er nur die Haut ritzte, weil die Spitzen solcher Pfeile, wie jedermann aus der Geschichte wußte, immer in tödliches Gift getaucht waren. Doch bereits im Augenblick, als er das dachte, verwarf er es wieder als höchst unwahrscheinlich. Alle großen

Jäger, Reisenden und Forscher, die in Hunter's Drift abgestiegen waren und an die er sich überhaupt noch erinnern konnte, hatten ihm versichert, die Buschmänner seien sowohl von den Schwarzen als auch von den Weißen in ganz Afrika ausgerottet worden. Nur ein winziger Rest von Kobas tapferem kleinen Volk hatte überlebt, nämlich mitten in der Wüste, die am fernen silbrigen Rand des Busches viele Meilen jenseits des Flusses begann, vor Licht und Hitze vibrierend wie eine tönende Stimmgabel. Aber François hatte nie irgend etwas gehört, nicht einmal eine Vermutung, daß es in der Umgebung von Hunter's Drift wilde Buschmänner gab – so nannte man die wenigen Überlebenden, die wirklich unabhängig waren. Selbst die alte Koba hatte ihm vor ihrem Tod oft traurig erzählt, sie habe seit ihrem fünfzehnten Lebensjahr keinen ihrer Artgenossen mehr zu Gesicht bekommen außer die paar, die zahm waren wie sie selbst. ,,Zahm" nannte man die gleichfalls seltenen Buschmänner, die sich traurig damit abgefunden hatten, als hilflose Hausangestellte bei einer europäischen oder bei einer Bantu-Herrschaft zu dienen. Die meisten zahmen Buschmänner waren Überlebende von Massakern oder waren schon als Kinder von Jägern und Plünderern, die Expeditionen in die Wüste unternahmen, entführt worden. Nur ein paar dekadente lebten an den Rändern der großen Wüste, wo es mehr Wasser gab, doch sie waren keine echten Buschmänner, da sie sich mit den weniger angesehenen Bantu-Stämmen vermischt hatten.

Als François mit seinen Überlegungen so weit gekommen war, hörte er ganz in der Nähe in Richtung der Marula-Bäume ein leises Stöhnen und ein erbärmliches Wimmern wie von einem Menschen, der unerträgliche Schmerzen litt. Hintza hatte es auch gehört, und sein bis jetzt gesträubtes Fell wurde wieder glatt – ein Anzeichen dafür, daß keine Gefahr mehr bestand. Er kauerte immer noch in Angriffsstellung neben François. Aber seine Ohren wiesen steif und gespannt in Richtung des Geräusches, als sei ihm schon klar, was es damit auf sich hatte.

François wälzte sich deshalb sofort auf den Bauch, bedeutete Hintza mit der Hand, weiterhin still zu sein, und kroch mit äußerster Vorsicht auf das Geräusch zu. Dabei traf er die Vorsichtsmaßnahme, zuerst das Gewehr geräuschlos vor sich herzuschieben und es in Reichweite seiner rechten Hand auf den Boden zu legen, so daß er es beim ersten Anzeichen von Gefahr aufnehmen konnte.

In diesem überaus langsamen Zeitlupentempo näherte er sich einer Biegung des Pfades nicht weit von den Marula-Bäumen. Hier sah er durch das Unterholz hindurch, daß das Gras an ihrem Fuß zertrampelt war. Dann erblickte er einen kleinen gelben Mann, dessen Bein fest in der schweren Löwenfalle hing. Er machte verzweifelte Versuche, sich zu befreien. Offenbar hatte er sich schon stundenlang abgeplackt, denn das Gras war nicht nur überall flachgedrückt von der Falle und der Kette, die er beide in einem weiten Kreis mit sich herumgeschleift hatte, es war auch voller Blutflecken.

François wunderte sich nicht, daß der kleine Mann stöhnte. Er wäre auch nicht überrascht gewesen, wenn er bei den furchtbaren Schmerzen, die er haben mußte, laut geschrien hätte. Doch er wußte von Koba, wie tapfer und stoisch ein richtiger Buschmann war. François hatte Mitleid mit dem kleinen Mann, der sich in dieser schlimmen Lage befand, und war zugleich erleichtert, als er sah, daß ein Bogen und ein Köcher voller Pfeile neben ihm im Staub lagen; wahrscheinlich nahm er an, daß der nach François geschossene Pfeil getroffen hatte. Sein Speer lag auch da, aber in Reichweite von Händen, die jetzt völlig verzweifelt am Eisen der riesigen Falle zerrten.

François wußte, daß ein großes Unglück geschehen konnte, wenn er sich ohne Warnung sehen ließ. Bei seinen großen Schmerzen und nach all den Schrecknissen, die seine Rasse früher erlebt hatte, fühlte sich der gefangene Mann, der durch den Blutverlust und vor Erschöpfung fast ohnmächtig war, im schlimmsten Fall vielleicht genötigt, seinen Speer aufzunehmen und ihn nach François und Hintza zu werfen.

Das wäre jetzt, wo sie so nah bei ihm waren, wahrscheinlich verhängnisvoll gewesen.

Doch François empfand trotz der offensichtlichen Gefahr, die auf ihn zukam, weder Angst noch Groll. Er hatte nur Mitleid mit der kleinen gelben Gestalt in der Falle, die schon siebzehn große Löwen eine ganze Nacht lang festgehalten hatte bis zu dem Augenblick, wo man sie abschoß. Auch kamen in der Erscheinung des kleinen Mannes die vielen charakteristischen Züge jener Menschen zum Ausdruck, die ihm die alte Koba so liebevoll bis in alle Einzelheiten beschrieben hatte, so daß sie für François mit etwas Traumhaftem umgeben waren und er schon seit seiner frühen Kindheit bedauert hatte, daß diese kleinen Buschmannjäger mit dem Äußeren eines Kind-Mannes und mit ihren Bogen und Pfeilen für immer verschwunden waren.

Er hatte deshalb jetzt nur einen Wunsch, er wollte herbeistürzen und versuchen, den Buschmann in der Falle unverzüglich aus seiner schrecklichen, lebensgefährlichen Lage zu befreien. Aber wie?

Plötzlich erinnerte er sich, daß Koba ihm immer eingeprägt hatte, daß ihre Leute in jeder Situation aufs freundlichste antworteten, wenn man sie auf die richtige Weise grüßte. Das Entscheidende bei diesem Gruß war, daß der Buschmann sich groß und stark fühlen konnte. Die Buschmänner waren nämlich, wie Koba sagte, empfindlich in betreff der Tatsache, daß sie so klein waren, selten über einen Meter fünfzig, und sie ärgerten sich, daß das Schicksal sowohl die Schwarzen wie die Weißen größer und breiter und folglich auch kräftiger gemacht hatte.

Wenn man einen wilden Buschmann traf, mußte man ihm deshalb, so hatte Koba erzählt, zur Besänftigung und gleichsam zur Kompensation dieser biologischen Ungerechtigkeit zurufen: „Guten Tag, ich sah dich von fern und ich sterbe vor Hunger."

So rief François also, ohne sich zu zeigen, immer noch platt auf dem Boden liegend, damit er nicht so leicht getroffen werden konnte: „Guten Tag, ich sah dich von fern und ich sterbe vor Hunger."

Beim Klang einer Stimme, die ihn in seiner eigenen Sprache anredete, ließ der Buschmann von seinen Bemühungen ab und richtete sich starr vor Schreck auf. Er blickte wild um sich, als traue er seinen eigenen Ohren nicht. Und wirklich kam er offenbar fast sofort zu der Überzeugung, daß seine Schmerzen und die qualvolle Lage ihn zum Phantasieren gebracht hatten und daß es Stimmen in seinem Innern gewesen waren.

Er fing wieder an, sich noch verzweifelter als vorher mit seiner Falle abzumühen, und stöhnte dabei vor sich hin, als ob das Stöhnen seine Schmerzen lindern hälfe. Unverzüglich rief ihm François den Gruß lauter und zuversichtlicher zum zweitenmal zu. Diesmal war der kleine Mann seiner Sache offenbar sicher. Er sah in die Richtung von François, der es fast nicht aushielt, ihm in die Augen zu blicken, die vor Schmerz ganz dunkel waren. Trotzdem gab er François langsam, mit einer Stimme, die heiser war vor Schmerz und die nicht bewußt, sondern wie durch eine Art geschichtlichen Reflex aus ihm herauszukommen schien, die richtige Antwort, die die Buschmänner in Afrika seit Jahrtausenden auf diesen Gruß gegeben hatten:

„Ich war am Sterben, aber jetzt, wo du gekommen bist, lebe ich wieder."

Als François das hörte, stand er auf und rannte rasch vorwärts. Er schämte sich fast, daß er zuerst Bogen und Pfeile aufhob, als fürchte er noch, der Buschmann könnte sie vielleicht benutzen, wenn er einen roten Fremdling, selbst einen so jungen, auftauchen sah. Dann sagte er: „Bitte erschrick nicht, wir wollen dir helfen, so gut wir können."

Der kleine Mann dankte ihm murmelnd, so leise und undeutlich vor Schmerz, daß François ihn fast nicht verstand. Mit einemmal schienen seine weit aufgerissenen, schräggestellten schwarzen Augen ihren Glanz zu verlieren, die Lider schlossen sich, der Körper erschlaffte und fiel ohnmächtig hintenüber. François hatte das sichere Gefühl, daß diese Reaktion des gefangenen Mannes dafür sprach, daß er François vertraute. Nur weil er überzeugt war, daß man ihn aus der Todesgefahr rettete, in der er schwebte, gestattete er sich den Luxus, den Schmerzen und der Erschöpfung völlig nachzugeben.

Nichts hätte François gelegener kommen können. So konnte er die Falle anpacken, ohne daß der sich windende, zuckende Körper des Mannes ihn behinderte. Er wußte von früher, wie schwierig es war, die starke, große Feder der Falle so weit herunterzudrücken, daß ihre Kiefer sich öffneten; normalerweise machten das nämlich zwei erwachsene Männer. Er hatte es schon oft und unter Umständen versucht, die nicht so aufregend gewesen waren; dabei hatte er sich auf die Feder gestellt oder sie mit den Händen, auf die er sein ganzes Körpergewicht verlagerte, heruntergedrückt. Aber er hatte es nie geschafft. Seine einzige Hoffnung war jetzt, daß er ein langes, solides Stück Holz auftreiben und als Hebel verwenden konnte, um die Feder herunterzudrücken.

Er brauchte nicht lange, bis er einen festen, geraden, dürren Ast eines Assegaiholzbaumes fand. Dann suchte er sich zwei große Steine, trug sie zu der Falle und keilte die Kiefer der Falle fest zwischen sie ein, damit diese sich nicht verschoben und dabei das zerfetzte Bein noch mehr verletzten, wenn er den Hebel ansetzte. Dann stemmte er ein Ende des Astes unter einen zackigen Felsvorsprung, der gerade dort, wo man die Falle ausgelegt hatte, über den Pfad heraustrat, und drückte die Feder mit der ganzen Kraft und dem ganzen Gewicht eines Dreizehnjährigen herunter. Es ging viel leichter, als er erwartet hatte. Ja, er merkte sogar, daß die heruntergedrückte Feder unten blieb, wenn er den hölzernen Hebel mit der rechten Hand fest an Ort und Stelle hielt. Das tat er jetzt und verlagerte vorsichtshalber zusätzlich sein eigenes Gewicht auf die Feder, indem er sich seitlich auf den Hebel setzte. Dann hob er das Bein sorgfältig aus der Feder heraus. Es war furchtbar zugerichtet. Die Wunde klaffte derart, daß man hätte denken können, ein Leopard habe sie geschlagen; wahrscheinlich weil sich der Buschmann die ganze Nacht hindurch bemüht hatte, das Bein aus den sägeartigen Zähnen, die ihn festhielten, herauszubekommen. Zu seinem Schrekken begann die Wunde sofort wieder stark zu bluten, da das Blut in den Adern jetzt nicht mehr durch den Druck der Falle gestaut wurde. Seine größte Sorge war jetzt, ob das Bein vielleicht gebrochen war. Er tastete es so zart als möglich ab und stellte erleichtert fest, daß offenbar zwar das Fleisch, die Sehnen und die Muskeln gelitten hatten, Knochen aber wie durch ein Wunder nicht gebrochen waren.

Obwohl er sich jetzt auf die Untersuchung der Wunde konzentrierte, bewunderte er dabei unwillkürlich auch die Form des verletzten Beines – ein vielsagender Beweis dafür, wie tief sich das Bild, das Koba von ihrem Volk entworfen hatte, seiner Vorstellungskraft einprägte. Wie schön, wie muskulös war die Wade! Die Knöchel wirkten so zart und grazil wie diejenigen der *Tssessebe,* der schnellsten afrikanischen Antilope, die ihren Namen natürlich den Buschmännern verdankte. Er ahmte das Flirren des Windes nach, den sie durch ihre eigene Schnelligkeit erzeugte und der durch ihr glänzendes, tizianrotes Fell pfiff. Und wie klein und wohlgeformt waren die Füße! Ihm war fast, als vernähme er die Stimme der alten Koba, die ihm bei seinem dringenden Geschäft ins Ohr flüsterte: „Siehst du, ich hab dir's doch immer gesagt, die richtigen Männer meines Volkes erkennt man daran, daß sie so kleine Hände und Füße und so schöne Beine haben. Er ist einer von meiner Sippe – hilf ihm, wie ich dir geholfen habe!"

Die schreckliche Wunde blutete so stark, daß er nicht länger warten konnte. Er mußte sie irgendwie stillen, unter Anwendung all seiner Kenntnisse in Erster Hilfe, die jedermann in Hunter's Drift, einer Welt ohne Ärzte, von Kindesbeinen an beherrschte. Sofort dachte er an das Taschentuch, das er einstecken hatte, und an das weiße wollene Unterhemd, das er unter dem Buschhemd trug. Er legte sein Hemd ab, schlüpfte aus dem Unterhemd, machte daraus ein weiches Polster zurecht und legte es um die Wunde, verknüpfte Taschentuch und Halstuch und schnürte sie so fest um das Polster, daß es vorläufig nicht verrutschen konnte.

Er war gerade soweit, da schlug der Mann die Augen auf und sagte etwas, aber so undeutlich und keuchend, daß François voller Schrecken dachte, er liege vielleicht im Sterben. Doch der Buschmann versuchte nur, ihn zuerst in abgebrochenen Sätzen zu warnen, es sei ein Leopard in der Nähe, und dann weiter, er sei die ganze Nacht hindurch von dem Tier bedroht worden; und schließlich flehte er François an, er solle ihn nicht in die Hände eines schwarzen Mannes oder anderer Fremdlinge fallen lassen.

François versicherte dem Buschmann rasch, er werde ihn nie in fremde Hände fallen lassen, schritt dann über die Falle hinweg, hob rasch das Gewehr auf und nahm neben Hintza Aufstellung, denn er beobachtete, daß Hintza bereits gemerkt hatte, daß im Schutz des Busches ganz in der Nähe etwas Gefährliches auf sie zuschlich. Der Hund stand neben dem Buschmann, und die Bürste, die über seinen geschmeidigen, gelbbraunen Rücken lief, war steif aufgerichtet. Er ließ ein ärgerliches Protestknurren hören, weil ihn die Selbstbeherrschung, die man ihm bei der Dressur beigebracht hatte, daran hinderte, in den Busch zu stürmen und sich mit dem unsichtbaren Feind herumzubeißen.

„Vorsicht, *Xkaueyaken* (der Leopard) kommt zurück. Vorsicht!" sagte der Buschmann, offenbar ein erfahrener Jäger, beschwörend zu François. Er brachte die Worte schwächer und mit immer größerer Mühe heraus.

François hätte alles darum gegeben, wenn er diese Komplikation hätte vermeiden können. Es wäre ihm sogar lieber gewesen, jetzt auf einen Löwen zu stoßen, denn ein Löwe war nicht nur leichter zu schießen, sondern konnte zu dieser Tageszeit in der Regel auch von einem Angriff abgeschreckt werden. Löwen fühlten sich im Gegensatz zu Leoparden am Tag entspannter als nachts und waren folglich friedfertiger und träger.

Leoparden dagegen waren vorwiegend Nachttiere. Sie sahen am Tag schlecht und fühlten sich entsprechend unsicher. Da sie tapfer waren, neigten sie bei Tageslicht zu Panik und waren aggressiver als in der Nacht, auf die ihre Sinne so glänzend eingestellt waren. Das galt vor allem, wenn Leoparden entgegen ihren Instinkten aus Hunger tagsüber auf Nahrungssuche gingen. Und ganz bestimmt wäre dieser Leopard, vor dem der Buschmann ihn gewarnt hatte, überhaupt nicht darauf verfallen, die ganze Nacht bis zum Morgengrauen um die Falle herumzuschleichen, wäre er nicht sehr hungrig.

François mußte sich also aufs Schlimmste gefaßt machen. Hintzas Verhalten hatte sich plötzlich entscheidend geändert. Er sah nicht mehr tief in den Busch hinein wie zuvor, sondern drehte den Kopf langsam schräg aufwärts, und zugleich sank sein Schwanz entsprechend, bis seine Spitze und die Spitze seiner wieder ganz lebendigen, gekräuselten Nase, die vor Spannung bebte, wie eine Kompaßnadel auf die Mitte eines besonders dichten, ausladenden Baumes vor ihnen zeigten. Ein gewaltiger, dicht belaubter Ast reckte sich unmittelbar vor dem Kopf von François über den Pfad.

Die Blätter des Baumes waren in ihrem Spiel von Licht und Schatten selbst so gesprenkelt und gefleckt wie ein Leopardenfell. Es war die für einen Leoparden denkbar beste Tarnung des Angriffsweges. François überwachte deshalb abwechselnd Hintza und den Baum, und schließlich wurden seine Augen belohnt. Plötzlich bewegte sich etwas, das kompakter war als ein Blatt oder ein Schatten. Der Umriß eines von Licht und Schatten schachbrettartig gemusterten Tierrückens wurde sichtbar; langsam kroch es den Ast entlang auf sie zu. Als François das Tier erblickte, hielt es sofort inne und duckte sich so stark, daß sein Kopf auf dem Ast zu liegen schien. François beobachtete es gespannt, und allmählich gewöhnten sich seine Augen an die Nuancen der Formen, Schatten und Farben im Busch. Es war ein gewaltiger Leopard, sein Fell flackerte wie Lampenlicht in den schwarzen Blättern. Offensichtlich sammelte er sich zum Sprung.

François wußte, daß keine Sekunde zu verlieren war. Er legte den großen alten Vorderlader, den er die ganze Zeit im Anschlag gehalten hatte, an die Schulter. Wie Mopani Théron ihm seit Jahren nachdrücklich eingeprägt hatte, vergeudete er unter diesen Umständen keine Zeit damit, sorgfältig zu zielen, sondern schoß instinktiv, wobei er nicht aufs Gewehr, sondern auf den Kopf des Leoparden sah, denn er wußte, daß das Korn des Gewehres seinen Augen automatisch folgte.

Bevor er in der Morgendämmerung aufgebrochen war, hatte er eine so schwere Ladung Schießpulver ins Gewehr gestöpselt, daß ihn jetzt die Wucht des Rückstoßes fast hintenüber warf. Er taumelte, konnte sich aber noch im Gleichgewicht halten und lud rasch wieder sein Gewehr. Dabei blickte er ununterbrochen auf die Bäume vor ihm, besonders weil Hintza verschwunden war. Er stand noch so stark unter dem Eindruck der akuten Gefahr, daß er das Gefühl hatte, er lade sein Gewehr mit traumhafter Langsamkeit, obwohl er es in Wirklichkeit so schnell lud wie noch nie.

Als dann das Gewehr wieder geladen war und sich noch immer kein Leopard auf ihn gestürzt hatte, schritt er vorsichtig vorwärts durch die Rauchschwaden. Dort, in einer Entfernung von kaum fünfzehn Metern, hatte Hintza einen offensichtlich toten, männlichen Leoparden an der Kehle gepackt und hielt ihn unnötigerweise am Boden fest. François hatte noch nie einen so großen Leoparden mit einem so schönen Fell gesehen.

Er rief Hintza herbei und kehrte sofort zu dem Buschmann zurück, weil er überzeugt war, daß man in Hunter's Drift den Schuß gehört hatte und 'Bamuthi und vielleicht noch ein paar andere Hirten schon beunruhigt mit wurfbereiten Assegais unterwegs waren, um festzustellen, was es mit dem Schuß auf sich hatte.

Er konnte keine langen Erklärungen abgeben, sondern rannte einfach zu ihm und sagte: ,,Bitte, du mußt mir jetzt vertrauen und versuchen, auf einem Bein zu stehen und mitzukommen, rasch."

Der Buschmann war trotz seiner Schwäche sofort damit
einverstanden, daß ihm François auf die Beine half. Seine charakteristische Eigenart, sein unzähmbares Wesen kam darin
zum Ausdruck, daß er dabei nicht einmal ein leises Stöhnen
von sich gab. Er hatte offenbar an der Art, wie François gesprochen hatte, die Gefahr erfaßt und wollte jetzt auch seinen
Beitrag leisten. François legte beide Arme um ihn, und so
humpelte er auf einem Bein etwa fünfzig Meter den Pfad hinunter, obwohl ihm sicher jeder Hupfer stechende Schmerzen
bereitete. Da unten, nicht weit vom Pfad entfernt, kannte
François von früher her einen verborgenen Felsvorsprung,
der sich vom Vorgebirge bis in den Talgrund hinunterzog.
Sobald sie unten waren, führte er den Buschmann rasch vom
Pfad ab in den Busch hinein bis zu dem Felsvorsprung und
half ihm dabei, sich in einem tiefen, dunklen Schlupfwinkel
hinzulegen.

Dann sagte er ihm, er solle so lange warten und sich ruhig
verhalten, bis er wiederkomme, und rannte rasch zu dem
Leoparden zurück. Obwohl er später kaum wußte, wie er es
eigentlich geschafft hatte, schleifte er das schwere tote Tier
das ganze Wegstück bis zur Falle, suchte sich einen neuen dikken, hölzernen Hebel, drückte die Feder herunter, legte ein
Vorderbein des Leoparden in die Kiefer der Falle, zog den
Hebel heraus und ließ sie wieder fest zuschnappen. Dann
rollte er rasch die Steine beiseite, warf den Holzstumpf tief in
den Busch, brach einen Zweig ab von einem Ginsterbusch
und verwischte damit die schmierige Spur, die der Leopard
hinterlassen hatte, als er ihn den Pfad entlang schleifte; dann
warf er den Ast weg und rannte Hals über Kopf heimwärts.

Es war auch allerhöchste Zeit, denn knapp eine Viertelmeile weiter unten eilte ihm 'Bamuthi mit dem Schild am Arm
entgegen und schwang seinen großen Jagdassegai *U-Simsela-Banta-Bami*, und hinter ihm her liefen im Gänsemarsch drei
ähnlich bewaffnete Matabele-Hirten.

„Den erwachsenen Mann spielen, Kleine Feder", ermahnte er François, und sein dunkles Gesicht war ganz grau vor Aufregung, „bevor man aufgehört hat, ein Junge zu sein, ist wirklich eine schwarze Tat."

„Schwarz" hat die gleiche symbolische Bedeutung für Afrikaner wie für Europäer. Der dunkelhäutige, grauhaarige Matabele blieb stehen und stützte sich mit den Armen auf seinen großen Rindslederschild, ein bißchen außer Atem, weil er nicht mehr der Jüngste war und sich mehr beeilt hatte, als ihm eigentlich lieb war; er sah hochmütig auf François hinunter und sagte spöttisch: „Und jetzt, nachdem wir unsere morgendliche Arbeit unterbrochen haben, wirst du mir wohl die Nachricht vom Tod irgendeines erbärmlichen alten Pavians vermelden?"

Das verletzte François in seiner Selbstachtung, denn er war recht zufrieden mit sich gewesen. Außerdem lag ihm an seiner Aufgabe, dem Buschmann so bald als möglich zu helfen. Er schlug deshalb genauso spöttisch zurück:

„Wenn ihr alle so scharf darauf seid, eure alten Kühe weiterzumelken", sagte er schroff, „so schick doch die andern zurück an die Arbeit, die jedes Kind erledigen kann, genauso gut wie ein Mann. Und du, alter Vater, komm mit mir und sieh dir den Pavian selbst an, den wir erlegt haben."

'Bamuthi merkte am Ton, den François anschlug, daß mehr im Spiel war als bloßer jugendlicher Leichtsinn. Er verstand den Wink, schickte seine Begleiter nach Hause, damit sie weitermelken konnten, und ging auf dem Pfad hinter François her bis zu den Marula-Bäumen. Sie waren bald wieder bei der Falle. François trat wortlos beiseite, lehnte sich auf sein Gewehr und geruhte nicht einmal, auf den großen Leoparden hinzuweisen. 'Bamuthi konnte ihn ja selber sehen.

'Bamuthi ließ ein tiefes, klangvolles „*Yebo!*" hören – ein Ausruf, mit dem man im Sindabele seiner Verblüffung und Anerkennung Luft machte, wenn man etwas Unerwartetes entdeckte.

Ein paar Minuten lang stand er da und starrte auf den Leoparden, seine Augen waren groß und dunkel vor Respekt, und es gingen ihm ganz neue Gedanken durch den Kopf.

Nach einer Weile blickte er auf François und Hintza und dann wieder auf den toten Leoparden, doch zuletzt kamen die gemischten, widersprüchlichen Gefühle, die die Ereignisse dieses Morgens in ihm hervorgerufen hatten, zu einem großzügigen, überwältigenden Ergebnis.

Er streckte einen Arm aus, legte ihn François liebevoll um die Schultern und sagte: „Die Tat war zwar unklug, Kleine Feder, aber ich hatte doch unrecht, sie schwarz zu nennen. Vielleicht ist der Mann schon eilig unterwegs, um das Kind zu treffen. Jetzt lauf bitte nach Hause und erzähl's allen, das wird ihnen sicher Freude machen. Ich will hierbleiben, den Leoparden häuten, die Haut einsalzen, im Schatten aufspannen und eigenhändig präparieren. Dann kannst du das Fell in deinem Zimmer aufbewahren, und später werden deine Kinder und Enkel sehen, wie du am heutigen Tag allein die Grenze überschritten hast" – das hieß „erwachsen werden" im Sindabele.

So sehr sich François darüber freute, daß zwischen ihnen wieder alles im Lot war, so wenig war er mit diesem Vorschlag einverstanden. Denn er war überzeugt, daß 'Bamuthis erfahrene alte Augen bald bemerken würden, wie gestellt die Anordnung von Falle und Leopard war.

„Nein, alter Vater", sagte er deshalb zu 'Bamuthi. „Nein. Wir wollen zusammen nach Hause gehen. Was ich angefangen habe, will ich auch fertig machen, den Leoparden also selber häuten. Ich lasse Hintza als Wächter hier, damit die Geier, die sich da oben in den Bäumen versammelt haben, den Kadaver nicht anfressen. Unterdessen hole ich rasch, was ich für die Häutung brauche."

Glücklicherweise machte 'Bamuthi keine Einwände und gab nach; vielleicht weil er spürte, daß er schon unsanft genug mit François umgesprungen war. Mit jenem bestimmten, ausgreifenden Schritt voller langsamer, gewichtiger Anmut, den die Matabele im Wald anschlugen, wenn sie ein festes Ziel hatten, ging er voran auf die Melkschuppen zu und weiter zum Wohnhaus.

Als François nach Hause kam, unterhielt sich seine Mutter in der Küche mit der Köchin, einer respektablen alten 'Xhosa-Dame, die er immer sehr förmlich mit Ousie (alte Mutter)-Johanna anreden mußte. (Sie war Christin und hatte deshalb einen europäischen Namen.) Seine Mutter wurde von ihm selbst, von seinem Vater und allen Bediensteten der Farm „Lammie" (Kleines Lamm) genannt. Niemand redete sie jemals förmlich mit „Mistress" an, sehr zum Mißfallen europäischer Besucher, die das viel zu vertraulich und der Autorität der Weißen abträglich fanden. François hörte gerade, wie Ousie-Johanna seine Mutter zärtlich auszankte und ihr sagte, sie solle sich um den Vater keine Sorgen machen. Ihr sei sonnenklar, versicherte Ousie-Johanna ihrer Lammietjie (ihrem kleinen, kleinen Lamm, wie sie ihre Herrin nannte, wenn sie sich ganz besonders Sorgen um sie machte), daß er ganz einfach mehr essen müsse von dem, was sie für ihn gekocht habe, und im Handumdrehen werde er sich wohler fühlen. Doch der Mutter war das offenbar ein schwacher Trost, denn außer einem liebevollen „Guten Morgen" fragte sie ihn kaum, wo er gewesen war. Sie sagte nur noch über die Schulter: „Bitte denk dran, Coiske (eine Koseform für François, die *Swaske* ausgesprochen wurde), daß du mir nachher behilflich sein mußt bei der Vorbereitung unserer Reise."
Sie wollte am nächsten Morgen mit ihrem Mann in die Hauptstadt fahren, um die besten Fachärzte des Landes zu konsultieren. François konnte gerade noch erklären, er kehre jetzt zurück zu der Falle, um 'Bamuthi an die Hand zu gehen, und komme dann rasch wieder her, um ihr zu helfen, sobald sie dort fertig seien – eine Notlüge, die ihm unter diesen Umständen erlaubt schien.
Damit war zwar seine Mutter zufrieden, nicht aber Ousie-Johanna. Sie hatte nämlich ein riesiges Frühstück für ihn bereitgestellt: Maismehlporridge mit wildem Honig und Sahne, Würste eigener Herstellung, die auf duftenden Holzkohlen gegrillt waren; heiße Brotanschnitte, die frisch aus dem Ofen kamen und die Luft mit ihrem Geruch erfüllten, einem der äl-

testen, beruhigendsten, belebendsten Gerüche der Welt; frische Butter, eine Schale voll bernsteinfarbener Pfirsichmarmelade und einen blauen Emailletopf voller Kaffee.

Ein Glück, daß François schlingen konnte wie kein zweiter. Er schaffte diese Mahlzeit, für die seine Eltern vielleicht eine Stunde gebraucht hätten, in weniger als zehn Minuten. Dann rückte er seinen Stuhl beiseite, stürzte sich auf Johanna, die auf dem Tisch für den Nachmittagstee einen Kuchen anrührte, nahm ihre Hand, drückte sie sich gegen die Backe und sagte: ,,Danke, alte Mutter, das war prima. Bei dir schmeckt das Essen täglich besser!"

Ousie-Johannas Augen glänzten auf, und in den Augenwinkeln bildeten sich kleine Freudenfältchen. Sie war eine geborene Künstlerin und als solche schüchtern, empfindsam und zaghaft wie ein Kind, obwohl man das nie vermutet hätte hinter ihrer Athletenfigur, die sie sich dank ihrer eignen Kochkunst erworben hatte. Jetzt freute sie sich so über das Kompliment, daß sie ganz durcheinandergeriet; sie mußte sich die Hände auf die glühenden Backen legen. Dann sagte sie sanft, wie zur Selbstbestrafung: ,,Kleine Feder, du bist schon immer ein Prachtslügner gewesen!" So nannten die Amaxosa einen Schwindler, der zu dick auftrug.

Doch als François sie fragte, ob sie ihm rasch ein paar Brote und eine große Thermosflasche Milchkaffee zurechtmachen würde, er habe noch zu tun bei der Falle und wolle etwas mitnehmen, antwortete sie: ,,Auck! Hätt' ich mir's doch denken können, Kleine Feder, du hast mich nur gelobt, weil du noch mehr von mir wolltest!"

François flitzte in die Vorratskammer, wo auch die Arzneimittel aufbewahrt wurden, und deckte sich ein mit Bandagen, Notverbandszeug, drei Dutzend M-und-B-693-Tabletten (das neuste und angeblich absolut sichere Präparat zur Verhütung von tödlichen Wundvergiftungen und Infektionen beliebiger Herkunft, ob sie nun von Löwen, Leoparden oder durch die zahllosen seltenen, unsichtbaren Mikroben in Afrika hervorgerufen wurden), etwas Jod, einem Dutzend der neusten schmerzstillenden Tabletten und ein paar Schlafdragées.

Dann ging er rasch in sein Zimmer, tauschte den alten Vorderlader gegen sein leichteres 22er-Repetiergewehr aus, nahm seine große Wasser-Feldflasche für ganztägige Streifzüge in den Busch und ging wieder in die Küche, wo die alte Johanna sein Essen und die Thermosflasche schon fein säuberlich in seinen Proviantbeutel gepackt hatte.

Es war allerhöchste Zeit, daß er zu der Falle zurückkehrte. Hintza schäumte über seiner Arbeit, die Geier von dem toten Leoparden fernzuhalten, und brach vor Erschöpfung fast zusammen. Schlau wie immer, waren sie von den Bäumen heruntergekommen und hatten Hintza und den toten Leoparden dicht umringt. Sowie sich ein Kreissegment Hintza und dem toten Leoparden näherte, mußte Hintza auf sie losstürzen und sie verjagen. Dann flatterten sie mit einer für so plumpe, schwere Vögel phantastischen Gewandtheit rückwärts, und zwar in einem Tempo, daß Hintza sie jeden Augenblick zu erwischen glaubte. Und unterdessen zog sich das Kreissegment hinter Hintza zusammen, die langen, hageren Hälse reckten sich und waren drauf und dran, mit ihren scharfen Schnäbeln zuzuhacken. Wenn Hintza die einen in sichere Distanz getrieben hatte, mußte er sich deshalb rasch umdrehen und dasselbe mit der andern Flanke der Geierarmee wiederholen.

Als François sah, was die Geier mit Hintza gemacht hatten, war er so böse auf sie und so wütend, daß er auf der Stelle fünf von ihnen abschoß. Vielleicht hätte er diese übertriebene, ungestüme Reaktion später bedauert, aber damit war es endgültig vorbei, als er sah, wie die restlichen Geier über ihre toten Artgenossen herfielen und sie auffraßen. Sie hatten nicht einmal die Entschuldigung, daß sie am Verhungern waren, denn in dieser an Wild und Raubtieren so reichen Gegend waren sie immer fett und wohlgenährt.

Er war auch ärgerlich, weil ihr Treiben seinen Plan durchkreuzte. Er hatte beabsichtigt, zuerst dem kleinen Buschmann zu helfen. Doch weil Hintza so erschöpft war, mußte er sich vorher noch der schwierigen Aufgabe unterziehen, den Leoparden zu häuten. Sonst würden die Geier in seiner Abwesenheit das Tier mit Haut und Haar auffressen.

Wenn aber das geschah, würde 'Bamuthi Verdacht schöpfen und bei den vielen verräterischen Spuren im Busch sicher bald herausfinden, daß François sich mit etwas ganz Außergewöhnlichem beschäftigt hatte. Es blieb ihm deshalb gar nichts anderes übrig, als den Leoparden auf der Stelle zu häuten. Da er spürte, daß Hilfe für den Buschmann immer dringlicher wurde, machte er so schnell wie irgend möglich. Sobald er die schwere, nasse Haut unbeschädigt losgetrennt hatte, rollte er sie zusammen und packte sich das Bündel auf die Schultern.

Dann ging er den Pfad hinunter bis zu der Stelle, wo er den Buschmann versteckt hatte. Er war wach, lehnte sich gegen den Fels und hatte einen Pfeil auf dem Bogen, sicher beunruhigt durch den Lärm, den François gemacht hatte, als er die Geier schoß. François freute sich, daß der kleine Mann bei seinem Kommen sichtlich erleichtert war. Er kroch unter den Felsvorsprung, warf die Leopardenhaut auf den Boden und setzte sich neben den Buschmann. Dann holte er aus seinem Beutel die Flasche mit süßem heißem Kaffee hervor, gab dem Buschmann zwei schmerzstillende Tabletten und ließ ihn trinken.

Darauf packte er ein Drittel des wie immer überreichlichen Sandwich-Proviantes aus, den Ousie-Johanna für ihn zurechtgemacht hatte. Er versicherte dabei dem Buschmann, in allem, was er esse und trinke, sei ein mächtiger Zauber gegen den Schaden, den ihm die Falle zugefügt habe. Er erinnerte sich nämlich, daß ihm die alte Koba erzählt hatte, für die Buschmänner sei in allem Magie, deshalb mußten alle ihre Probleme und Schwierigkeiten auch magisch beantwortet werden. Und so groß, stark und ungewöhnlich reif er war für einen dreizehnjährigen Jungen, in Wirklichkeit war er noch so jung, daß er stark unter dem Einfluß der Menschen im

Busch stand, von den Matabele bis zu den Barotse und Shangaan, und insgeheim fast genauso an Zauberei glaubte wie sie selbst und die Buschmänner. Die Magie war vielleicht nicht alles, doch er war überzeugt, daß es mit ihr etwas auf sich hatte und daß sie, was das Leben im Busch anging, noch in erstaunlichem Grad in Kraft war.

Während er sprach, freute er sich darüber, wie rasch die schmerzstillenden Tabletten offenbar gewirkt hatten; der schmerzliche, angestrengte Ausdruck in den Augen und im Gesicht des verwundeten Buschmannes verschwand. So wunderbare Augen, dachte François, habe er noch nie gesehen. Obwohl der Buschmann jung war, lag in seinen Augen ein merkwürdiges Licht, das aus so früher Zeit zu kommen schien, daß es François den Atem verschlug.

Als er schließlich den Eindruck hatte, der Buschmann habe im Augenblick keine Schmerzen mehr und sei kräftig genug, machte er ihm klar, es leuchte ihm ein, daß er nicht in die Hände der Matabele oder anderer Fremder, auch nicht in die Hände von Europäern fallen dürfe. Doch wenn sie das vermeiden wollten, mußten sie ein viel besseres Versteck für ihn finden als diesen Felsvorsprung, unter dem sie jetzt saßen.

Als es soweit gekommen war, unterbrach ihn der kleine Mann und erklärte, er selbst kenne ein ideales Versteck ganz in der Nähe.

François sah ihn erstaunt an. Unwillkürlich rief er aus: ,,Aber du bist doch sicher noch nie hier gewesen in diesem feindlichen Land, das ist doch ausgeschlossen!"

Da erschien zum erstenmal ein bezauberndes Lächeln auf dem Gesicht des Buschmannes, und er nickte nachdrücklich mit seinem irgendwie mongolischen Kopf. Dann klärte er François rasch auf in seiner Sprache mit ihren vielen Schnalzlauten, die er so leicht und gewandt aussprach, daß die Worte wie Elektrizität auf seinen Lippen knisterten. Doch, er war schon einmal in dieser Gegend gewesen, als Junge etwa im Alter von François. Hier in der Nähe, gut versteckt in den Klippen über dem Fluß, gab es eine verborgene Höhle, die schon zu der Zeit der Menschen der frühen Rasse ein Wohnsitz des Stammes gewesen war, dem der kleine Buschmann angehörte. Sie hatten sie verlassen müssen, als die Matabele, Barotse und Shangaan und die „roten Fremdlinge" kamen und anfingen, seine Leute erbarmungslos zu jagen und auszurotten. Zwar waren sie überzeugt, daß ihre große alte Höhle nach wie vor nicht entdeckt worden wäre, so gut versteckt war sie, aber sie konnten sich keine Nahrung mehr beschaffen im Busch. So hatten seine Leute eines traurigen Tages, lange bevor er geboren wurde, tief in der Nacht die Höhle geräumt und waren in die große Wüste da drüben gezogen, wohin, das wußten sie, schon viele ihrer Sippe geflüchtet waren.

Er selbst war in der Wüste geboren worden, aber alle Buschmänner hatten noch Hoffnung, es werde eines Tages möglich sein, zu ihrem Wohnsitz in dieser Höhle zurückzukehren. Die Erinnerung daran und die Liebe zu ihr wurde bei ihnen durch Geschichten, Gedichte und Lieder, die ihnen ihre Eltern von früher Kindheit an beibrachten, lebendig erhalten, ja sogar durch die große Kunst der Tänze ums Feuer herum, die sie wenigstens einmal im Jahr in der Wüste veranstalteten, um auszudrücken, wie sie sich alle freuen würden, wenn der große Tag käme und sie ihre Höhle, ihre Honigweiden (Honig liebten sie über alles) und ihre Jagdgründe wieder in Besitz nehmen könnten. Zudem war es bei seinen Leuten ein überkommener Brauch, daß ein Vater den erstgeborenen Sohn zu der Zeit, wo er zum Mann heranwuchs – hier sah er François an und sagte, er meine, wenn er in das Alter gekommen sei, das François offenbar gerade erreicht habe –, aus der Wüste herausführe und ihm insgeheim den Weg zur Höhle zeige. Dort hielt er sich dann ein, zwei Wochen lang mit ihm auf, damit die der Höhle innewohnende Erinnerung, der magische Geist des Ortes und jenes Gefühl, einmal müsse die Rückkehr möglich sein, aufgefrischt wurden und den Sohn fortan immer begleiteten. Wenn der Vater starb – seiner war jetzt gestorben –, mußte der Sohn die Höhle aufsuchen, ihr die traurige Nachricht verkünden und sich als neuen Herrn vorstellen.

Wenn François ihm helfen würde, meinte dann der Buschmann, wäre es das beste, in Richtung der Höhle aufzubrechen. Da konnte er sich ungestört pflegen, denn die Höhle war noch nie entdeckt worden von einer anderen Rasse. Wenn er dann richtig gesund war, wollte er wieder zurückkehren in die sichere Wüste.

François bot ihm sofort seinen Arm, um ihn wie vorher zu stützen, doch der Buschmann lehnte ab und erlaubte ihm bloß, Bogen und Köcher zu tragen. Im übrigen bat er François, einfach hinter ihm herzugehen, und machte sich langsam in nördlicher Richtung auf durch den Busch und den Hügeln entgegen. Es gab keinen Pfad, auf dem man hätte gehen können, doch der Buschmann kannte offenbar jeden einzelnen Stein, jeden Baum und Strauch und jede Pflanze, als ob er zeit seines Lebens mit ihnen befreundet gewesen wäre.

Noch erstaunlicher fand François, daß der Buschmann auf ihrem Weg durch den Busch nicht ein einziges Mal auf einen Grashalm oder auf ein Blatt trat und keinerlei Spuren hinterließ, obwohl er durch sein so furchtbar zerfleischtes Bein behindert war. So stiegen sie allmählich bergauf und waren schließlich auf einem Gipfel des Hügelkranzes, der sich um Hunter's Drift zog. Da blieben sie, hinter ein paar düsteren Sturmbüschen verborgen, einen Augenblick stehen und schauten fünfhundert Fuß tief in den strudelnden Amanzimtetse, den „Fluß lieblicher Wasser", der Hochwasser führte. Es gab offensichtlich keinen Weg vom Fluß her die steile Felsklippe hoch, und noch schlimmer, es gab auch keinen, der den Rand der Klippe entlangführte. Doch der kleine Buschmann zögerte nicht im geringsten.

Er bog scharf nach rechts ab, ließ sich auf Hände und Knie nieder und kroch langsam unter den düsteren Sturmbüschen vorwärts, bis sie plötzlich auf eine schmale Spalte in der Felswand stießen, vor der ein riesiger Felsblock lag. Hier machte der kleine Buschmann François begreiflich, er solle ganz still sein und herkommen, und bat ihn dann flüsternd, ihm zu helfen, er wolle auf den Felsblock klettern. François half ihm sofort, und kaum war der Buschmann oben, da rutschte er auch schon über den Felsblock hinweg und verschwand auf der andern Seite.

François und Hintza machten es ihm rasch nach, gerade noch rechtzeitig, um zu sehen, daß der Buschmann bereits wieder auf allen vieren unter neuen Büschen hindurchkroch. Dann mußten sie plötzlich haltmachen vor einer zweiten Felswand; an ihrem Fuß wuchsen hohe, dichte Bäume und Dornbüsche und wilde Reben.

Ohne Zögern kroch der kleine Buschmann auf dem Bauch mitten in dieses schreckliche Dickicht hinein, und François und Hintza hinterher. Das Unterholz war so dicht, daß François kaum erkennen konnte, wo es weiterging, weil er von draußen aus dem hellen Sonnenlicht kam. Doch nach ein, zwei Minuten sah er sich einer runden Öffnung am Fuß des Felsens gegenüber. Sie war gerade so groß, daß man hindurchkriechen konnte. Der Buschmann kroch als erster hindurch, und François folgte ihm mit Hintza, der hinter ihm herjapste. Und dann stand François auf und befand sich in der geräumigsten und tiefsten Höhle, die er je gesehen hatte. Drinnen lehnte der kleine Buschmann keuchend an der Felswand, war aber sichtlich zufrieden. Das konnte François erkennen, denn in einer Entfernung von mehreren hundert Fuß fielen durch verschiedene schmale Öffnungen ein paar Lichtstrahlen in die Höhle. Die gelben Sandsteinoberflächen glühten auf wie Honig, und der flache, weiche Sandboden der Höhle wirkte wie eine orangenfarbene Matte.

Richtig aufgeregt wurde er aber, als er bemerkte, daß die glatten Wände der Höhle über und über mit den wunderbarsten Malereien bedeckt waren, die er je gesehen hatte. Eine stellte eine ganze Herde Elenantilopen dar, die in wilder Flucht so schnell davonstoben, daß er das Gefühl hatte, der Wind, den sie durch ihre Schnelligkeit erzeugten, brause ihm in den Ohren wie Violinentöne. Auf einer andern großen

Steinplatte war ein hübsches Genrebild mit einem großen Paar Giraffen, die sich zärtlich über ein zu ihren Füßen hingelagertes Giraffenkind neigten. Auf einer andern sah man einen Löwen, der seine Pranken in den Rücken einer riesigen Rappenantilope geschlagen hatte und sie gerade zu Boden riß. So ging es weiter; die meisten afrikanischen Tiere, die er kannte und liebte, waren in dieser oder jener charakteristischen Rolle auf die Wände gemalt. Doch die größte Fläche blieb offenbar einer Szene vorbehalten, die wohl noch niemand zu Wasser und zu Lande je geschaut hatte. Eine riesige Schlange wand sich aus einer ungeheuren Muschel heraus, und ein winziger Mantis mit einem kleinen Mungo daneben saß ruhig vor der Schlange, als würde er sagen: „Du tätest gut daran, dich ordentlich zu benehmen, sonst wird es dir übel ergehen."

Über der Gottesanbeterin, dem Mungo und der Schlange wölbte sich ein gut sichtbarer Regenbogen. Unter dem Regenbogen, aber gleichsam noch zu ihm gehörig, waren ein zart gezeichnetes und koloriertes Stachelschwein und daneben zwei kleine Hände erkennbar, die offenbar in rote Farbe getaucht und auf die steinerne Leinwand gedrückt worden waren.

François hätte das alles stundenlang anstaunen können, und es war ihm dabei nicht nur zumute wie in einer Kunstgalerie, sondern fast wie in der Kirche. Doch der Buschmann unterbrach ihn und sagte mit einer Stimme, die diesmal nicht vor Schmerz, sondern vor Erregung heiser war: „Das ist mein Wohnsitz und der Wohnsitz all meiner Leute."

Wie gern hätte François dem kleinen Buschmann die vielen Fragen vorgelegt, die in ihm aufstiegen! Doch er war bereits viel zu lange geblieben. Er sagte deshalb dem Buschmann rasch, er solle sich auf den Rücken legen, nahm den improvisierten Verband vom frühen Morgen ab und erklärte, er werde jetzt eine ganz besonders magische Medizin auf die Wunde auftragen. Bevor er das Jod in die offne Wunde träufelte, warnte er ihn, es werde wehtun, noch mehr als die Falle.

Der Buschmann zuckte aber nicht zusammen, wie François erwartet hatte, weit gefehlt: Als er das Jod wie lauter Nadelstiche in seinem Bein brennen fühlte, nahm sein Gesicht einen ganz fröhlichen Ausdruck an. Gerade weil es wehtat, war er offenbar überzeugt, daß der Zauber von François ein wirklich erstklassiger Zauber war.

Dann verband François das Bein mit einem richtigen Notverband und sauberen, sterilisierten Bandagen, ließ den Buschmann drei M-und-B-693-Tabletten schlucken und sagte ihm, er solle bei Sonnenuntergang noch drei nehmen. Dann wollte er aufbrechen, drehte sich um und ging auf den Eingang der Höhle zu, durch den das Tageslicht schimmerte wie durch den Wasserspiegel in einem tiefen Brunnenschacht. Da stand zu seiner Verblüffung der verwundete Buschmann auf, erhob fast wie zu einem strengen römischen Gruß die Hand halb über die Schulter, dankte ihm überströmend und sagte zum Schluß: ,,Bis zum heutigen Tag war Xhabbo einer; jetzt ist er zwei."

François hatte nur getan, was ihm selbstverständlich und naheliegend schien, und war deshalb überaus verlegen, daß ihm der Buschmann so überschwenglich dankte. Ja, er hatte Bedenken, ob er ihm angemessen antworten könne. Er wußte nämlich, daß er das mußte, denn er kannte die Spontaneität der Menschen, unter denen er aufgewachsen war. Sonst würde ihn der Buschmann für einen Flegel halten, um so mehr, als die Afrikaner sowieso dazu neigten, alle ,,roten Fremdlinge" so einzustufen. Aber wie?

Er konnte nur zu jener Ausdrucksweise Zuflucht nehmen, von der ein gut erzogener Buschmann bei solchen Gelegenheiten Koba zufolge wahrscheinlich Gebrauch machte. So antwortete er schüchtern: ,,Und jetzt, wo du gekommen bist, lebe ich wieder."

Dann fiel ihm noch etwas ein, und er fragte: ,,Habe ich richtig gehört? Du heißt wirklich Xhabbo?"

,,Weil mein Vater deutlich spürte, daß ich Xhabbo für ihn war, als ich erschien", antwortete der kleine Buschmann auf den Umwegen einer Sprache, der vielleicht Logik und Vernunft abgehen, was sie aber mit Empfindung mehr als aufwiegt. ,,Ich habe mich allmählich selbst deutlich als Xhabbo gefühlt und hatte kein bißchen das Gefühl, es gebe noch einen andern Namen für mich."

Xhabbo, das wußte François dank Koba allerdings genau, bedeutete *Traum,* und *Traum,* hatte sie ihm gesagt, war ein beliebter Name für alle erstgeborenen Söhne vornehmer Buschmannsippen.

Hintza, der gerade seine erste Erfahrung im Klettern gemacht hatte, lag die ganze Zeit über mit dem Kopf zwischen den Pfoten da. Schließlich hatte er den erschöpfendsten und ereignisreichsten Tag seines achtzehnmonatigen Lebens hinter sich. Seine lange rosafarbene Zunge bewegte sich wie ein Kannablütenblatt im Wind, und dazu schnaufte er wie der Blasebalg eines Hufschmiedes.

Jetzt rief ihm François zu: ,,Hierher, Hin!"

Hintza erhob sich mit der ganzen langsamen Würde äußerster Müdigkeit und verfügte sich zu François.

François deutete auf Xhabbo und sagte höflich: ,,Hin, Pfötchen. Das ist Xhabbo. Xhabbo, das ist Hin, ganz der deine, wie er der meine ist."

Hintza, ein Spezialist in der Kunst des Pfötchengebens, hielt seins sofort anmutig hin, und zwar so fix, daß François Xhabbo die Sache erklären und ihn bitten mußte, es zu nehmen. Denn die Hand zu geben, geschweige denn die Pfote, war nicht Brauch bei den Buschmännern. Glücklicherweise war Xhabbo nicht nur tapfer und hübsch, sondern auch verständig, er begriff augenblicklich. So ging zur großen Freude von François die Vorstellung ohne Formfehler vonstatten.

Dann hob François die Hand und grüßte Xhabbo mit dem Buschmann-Lebewohl *Taixai-Xhum,* ,,Mögest du gut ruhen".

Als er draußen im Tageslicht aufstand und sah, wie Hintza neben ihm auftauchte, fand er zum erstenmal an diesem Tag

Zeit, sich etwas vom Merkwürdigsten an diesem merkwürdig ereignisreichen Morgen durch den Kopf gehen zu lassen.

„Hin", fragte er sanft, beugte sich hinunter und streichelte ihn zärtlich. „Sag mal, wie hast du denn in der frühen Morgendämmerung nur herausgekriegt, daß etwas ganz Besonderes in die Falle gegangen war? Kein anderer Hund zuhaus, auch keiner in 'Bamuthis Kraal, hat etwas gemerkt. Los, Hin, heraus mit der Sprache! Wie hast du das angestellt?"

Hintza sah mit schräg erhobenem Kopf zu François hoch wie immer, wenn er genau auf seine Worte hörte. Er schien die Frage vollkommen zu verstehen. Seine empfindliche, feuchte, pechschwarze Nase kräuselte sich, die zahllosen, unendlich feinen Fältchen bebten vor Anstrengung, ihre höchste Konzentration zu demonstrieren. Er wiederholte die Szene im Zimmer von François, zog die finstere Morgenluft nochmals sorgfältig ein und bedeutete ihm: „Ich habe ja schließlich diese Nase da nicht zur Verzierung. Es war eine Witterung, die wir noch nie hatten in Hunter's Drift. Das mußte ich dir natürlich mitteilen."

François war noch nie so stolz gewesen auf Hintza. Rasch ging er zu dem Felsvorsprung zurück, wo er die Leopardenhaut zurückgelassen hatte, lud sie sich auf die Schulter und trug sie triumphierend nach Hause.

DRITTES KAPITEL

Hunter's Drift

François kam gerade noch zum Essen zurecht, einem seltsamen Essen, wie er sich später erinnerte. Pierre-Paul Joubert, so hieß sein Vater mit vollem Namen, ging es nämlich seit eineinhalb Jahren gesundheitlich immer schlechter. Das Bedrückendste war, daß es für seinen Zustand offenbar keine Bezeichnung gab. Wenn man wenigstens einen Namen dafür gehabt hätte, fühlte François, wäre es auch möglich gewesen, etwas dagegen zu tun. Aber ohne Namen war man so verloren wie ein Jäger, der in einer nebligen Nacht draußen im Busch war und nicht einen einzigen Stern hatte, der ihm den Heimweg wies.

'Bamuthi und die andern Hirten und Bediensteten waren überzeugt, daß daran eine Art Behexung schuld sei, und der Meinung war sogar Ousie-Johanna, die in ihrem Kopf ein gewisses kleinbürgerliches Christentum und im Herzen ein tätiges Amaxosa-Heidentum herumtrug und offenbar ohne geistiges Unbehagen vereinte. Sie hatten bereits versucht, sich mit François ins Einvernehmen zu setzen und baten ihre Lammie, einen ganz hervorragenden Zauberdoktor zu konsultieren, der in einem andern weiten Tal hinter den Hügeln bei einem wohlhabenden Matabele-Stamm wohnte. Von weit und breit kamen Leute, um ihn um Rat zu fragen, und 'Bamuthi zufolge hatte er noch jedesmal die schlimmsten Leiden der Bantu-Leute heilen können, sofern man ihn angemessen bezahlte.

François hatte mit 'Bamuthi wegen dieser Sache schon ein paar Diskussionen gehabt. Da er jung war und in einer heidnischen Umgebung aufwuchs, wo Zauberei eine bedeutsame Tatsache im Leben war, neigte er selbst auch dazu, daran zu glauben. Sein schwerwiegender Einwand gegen eine solche Erklärung war aber, daß es seiner Meinung nach niemanden gab, der seinem Vater feindlich gesinnt war und ihn so schlimm hätte verzaubern wollen. Denn Pierre-Paul Joubert war zwar eine Spur zu streng, wenn man ihn nach heidnischen Maßstäben beurteilte, aber so offensichtlich ein guter Mensch, daß er, soviel François wußte, keinen einzigen Feind hatte im Umkreis von Hunter's Drift.

Er hatte also 'Bamuthi und Ousie-Johanna auf diesen eklatanten Fehler ihrer Verzauberungstheorie hingewiesen und entrüstet eingewendet: ,,Man kann nur behext sein, wenn man Feinde hat! Sagt mir doch einmal, alter Vater und alte Mutter, wer hier auf unsrer Erde meinen Vater so hassen könnte, daß er ihn derart verzaubert?"

Da schüttelten aber 'Bamuthi und Ousie-Johanna nur den Kopf und waren ganz niedergeschlagen, daß François, auch wenn man sein Alter in Betracht zog, so naiv sein konnte. Natürlich war ihnen auch klar, sagten sie ihm, daß sein Vater keine Feinde hatte unter den Matabele, Barotse, Shangaan und Mashona oder irgendwelchen andern Leuten, die ab und zu durch die abgelegene Umgebung von Hunter's Drift kamen. Nein, er hatte einen viel mächtigeren Feind, obwohl weit in der Ferne. Nämlich die Regierung.

,,Die Regierung?" rief François aus. ,,Aber 'Bamuthi und Ousie-Johanna, wißt ihr denn überhaupt, was die Regierung ist?"

Natürlich, ganz genau wußten sie, was die Regierung war, gaben sie ihm zur Antwort. Hielt er sie denn für ahnungslose Idioten? Die Regierung war ein sehr großer, strenger, alter Roter Fremdling, ein tyrannisches Wesen mit einem langen weißen Bart und einem überaus klugen Kopf. Einmal im Jahr packte er seine besten Anzüge in einen Koffer, nahm den Zug zum großen Wasser, überquerte es mit einem ,,Wasser-Wagen" und besuchte den großen weißen obersten Häuptling auf der andern Seite des Wassers. Dann kam er zurück und hatte lauter Ideen zu absonderlichen neuen Gesetzen im

Kopf, mit denen er Leute im Busch wie zum Beispiel sie selbst schikanierte. Jedes Kind hier wußte doch, daß sich sein Vater mit diesem furchtbaren alten Herrn gezankt und sich geweigert hatte, ihm weiter zu dienen. Er war hierher gekommen in den Busch, um möglichst weit von der Regierung entfernt zu sein und Leuten wie den Matabele zu helfen. Die hatten das auch bitter nötig, weil die Regierung seit Lobengulas Tagen abgelehnt hatte, auf die Stimmen selbst der allerweisesten und berühmtesten *Indunas* der Matabele zu hören. Sie ging also mit ihnen nicht mehr wie mit ihren eigenen Kindern um, sondern wie mit lästigen *Impis* von 'Mzilikatze, die jeden Augenblick wieder eine Rebellion anzetteln konnten.

François hatte trotz seiner Jugend eine etwas aufgeklärtere Vorstellung davon, was für eine komplizierte Institution die moderne Regierung in der fernen Hauptstadt darstellte. Doch er verstand sofort, wie 'Bamuthi und Ousie-Johanna zu diesen Ansichten gekommen waren.

Pierre-Paul Joubert war ein geborener Lehrer, ein Mensch mit instinktiven Einsichten, der vollkommen überzeugt war, die Zukunft Afrikas könne, wenn sie nicht zunehmend zerstörerisch werden sollte, wofür es schon in seiner Jugend Anzeichen gab, nur schöpferisch sein, wenn sowohl Afrikaner wie Europäer einen Erziehungsprozeß durchmachten, der auf eine gemeinsame, nicht von Rassenvorurteilen bestimmte Lebensführung abzielte.

Als in Südafrika nach dem Krieg eine reaktionäre Regierung an die Macht kam und ihn daran hinderte, seine Erziehungsarbeit in diesem Sinne weiterzuführen, trat er vom Schuldienst im Süden zurück und wechselte hinüber in die Gegend nördlich des Limpopo. Dort schien eine liberalere Einstellung in diesen Belangen noch die Regel zu sein. Er machte sich mit seiner jungen Frau voller Hoffnung, voller Pläne und mit überströmender Energie an die Arbeit. Alle ihre Erwartungen schienen sich zu erfüllen, als er innerhalb Jahresfrist wieder mit der Schulung von Afrikanern betraut wurde. Doch im folgenden Jahrzehnt mußte er erleben, wie man das zweifelhafte Vorbild jener Rassenpolitik imitierte, die ihn veranlaßt hatte, sein Vaterland zu verlassen. Er leistete dem in seiner neuen Tätigkeitssphäre zwar hartnäckig Widerstand, doch als ihm klar wurde, daß alles umsonst war, und er sich allmählich wie mitschuldig vorkam an diesem verhängnisvollen Diskriminierungstrend, legte er sein Amt nieder, zog an die Westgrenze seiner neuen Heimat und gründete Hunter's Drift. Er wählte diese Gegend aus verschiedenen Gründen. Erstens gab es hier, wo die Hügel ausliefen und das Land gegen die große Wüste im Westen zu allmählich flacher wurde, natürliche Lichtungen im Busch mit fruchtbarem Veld, das sich ausgezeichnet als Weidegelände für Vieh eignete. Dann gab es ganz in der Nähe den Amanzim-tetse-Fluß, also Süßwasser. Denn Wasser war, das wußte schon der kleinste Knirps in Afrika, in diesem Teil Afrikas für jeden, ob er nun weiß, gelb, rot oder schwarz war, das größte Problem. Drittens hatte er schon eine Lichtung und eine ideale Stelle für einen Wohnsitz entdeckt. Ein solches Stück offenes Land lag nämlich einer breiten Furt über den Amanzim-tetse gegenüber, die Hunter's Drift den Namen gab. Genau hier überquerte die *Punda-Ma-Tenka*-Straße (die Aufheben-und-tragen-Straße, die wahrscheinlich so hieß, weil die Leute, die sie als erste benutzten, Träger gehabt hatten, die für sie das Gepäck aufhoben und trugen) den Fluß. Das war einer der berühmtesten Pfade in der afrikanischen Geschichte, bei weitem älter als alle Stammesüberlieferung. Er führte vom Kap der Guten Hoffnung im äußersten Süden durch Orte mit abenteuerlichen Namen wie Molopo, Mafeking, Lobatsi, Mahalapye, Bushman Pits, Old Copper Mine, Francistown, Makari-Kari, Nata, dann weiter am Rand der Wüste entlang und durch den dichtesten Busch bis zum Amanzim-tetse, den er bei Hunter's Drift überquerte. Von da führte er nordwärts am *Msuyhi-tonyi* vorbei, dem *Rauch-der-donnert*, wie die Afrikaner die Victoriafälle nannten, bis Kazangula am breiten Lauf des Sambesi, wo auch dieser große Fluß überquert werden konnte und wo sich der Pfad am andern Ufer nach allen

Himmelsrichtungen verzweigte; westwärts zu den Sümpfen und Bergen von Angola; nordwärts durch den Busch bis Broken Hill, dann zu den Feuer-und-Rauch-Bergen; ostwärts durch die Bangwelo-Sümpfe zwischen den großen Seen von Malawi und Tansania bis zum Indischen Ozean, wo er in Häfen wie Tanga, Daressalam und Kilindini in die große orientalische Welt mündete.

Das war auch gerade die Route, die alle großen Forschungsreisenden und Jäger in der afrikanischen Geschichte auf ihrem Weg ins Innere verfolgt hatten; sie wurde auf englischen Landkarten mit „Hunter's Road" bezeichnet. Männer wie Livingstone und Selous hatten sie benutzt, wenn sie von der zivilisierten Welt des Kaps aus ins unbekannte Innere vorstießen. Als die Eisenbahnen aufkamen und später nach dem Krieg die Flugzeuge, hatte die Straße für Europäer nicht mehr dieselbe Bedeutung. Doch für die Afrikaner war sie allem Anschein zum Trotz immer noch die Hauptstraße, auf der sie ununterbrochen zu Tausenden aus dem unterentwickelten, verarmten Norden in den reichen, aufstrebenden Süden zogen, um Arbeit zu suchen. Diese Tatsache fiel bei Pierre-Paul sehr ins Gewicht. Er wußte, daß er in Hunter's Drift einerseits durch Zeitungen und Briefe mit der zivilisierten Welt in Verbindung war, andrerseits aber auch mit dem inneren Afrika, das er so liebte. Hier erreichten ihn Nachrichten aus dem Mund lebendiger Menschen, die eine unmittelbare Beziehung zwischen ihm und diesem anderen, größeren Afrika herstellten, das er durch Schulung umsonst in die moderne Welt hatte eingliedern wollen.

Seine letzte und wichtigste praktische Überlegung aber war, daß die Eisenbahn, die vom Kap über Bulawayo und die Victoriafälle zum reichen Kupfergebiet tief im Norden führte, eine weite Schleife durch die Hügel zog und bis auf neun Meilen an Hunter's Drift herankam. Die Eisenbahn fuhr auch durch die größte Kohlenmine Afrikas, die tief im Busch ein ausgedehntes, modernes Industriezentrum hervorgebracht hatte. Dieses Zentrum hatte Kohle und Mineralien in Hülle und Fülle, aber kein bestellbares Land und kein Weideland. Wenn Pierre-Paul die Eisenbahnbehörden und das Bergwerk veranlassen konnte, dort eine Eisenbahnstation einzurichten, wo der Zug Hunter's Drift am nächsten kam, hatte er fast vor der Tür einen riesigen, reichen Absatzmarkt für Vieh und Lebensmittel. Und so geschah es auch wirklich. Ein paar Jahre später hielt der Zug jede Nacht an einer Stelle, die ,,Hunter's Drift Siding'' genannt wurde und wo bereits Maultierwagen auf ihn warteten, die über und über mit Frischgemüse und Frischfleisch für das Bergwerk beladen waren.

Dann gab es in der Umgebung von Hunter's Drift gegen Norden und Osten in Tälern und vereinzelten Lichtungen im Busch auch bereits sehr viele Bantu-Vorposten. Pierre-Paul wollte möglichst viele von ihnen anwerben, damit sie sich an der Entwicklung von Hunter's Drift beteiligen konnten, nicht einfach als Bedienstete, sondern als Partner, denen er sowohl Sicherheit und regelmäßigen Lohn als auch einen Anteil am Gewinn zusicherte, den er aus seiner Farm zu ziehen hoffte. Auf diese Weise konnte er im kleinen ein winziges Modell eines Afrika schaffen, wie es ihm als Erzieher vorgeschwebt hatte, eines von rassischen Vorurteilen freien Afrika. Diese Hoffnung war tatsächlich so verlockend, daß er und seine Frau keinen Groll gegen die Regierung empfanden, gegen die sie sich persönlich nicht hatten durchsetzen können. Gab es schließlich nicht das Sindabele-Sprichwort ,,Auch die größten und süßesten Marula-Bäume wachsen aus einem einzigen kleinen Stein heraus''?

All das hatte sich Pierre-Paul gründlich überlegt, und dann ging er zuallererst zu *U-Nothloba-Mazibuka,* dem herkömmlichen Wächter-der-Furt. Er war dem alten Würdenträger früher bereits ein paarmal begegnet und verbrachte jetzt eine Woche bei ihm in seinem Kraal *Osebeni* (Am-Flußufer) in einer andern Lichtung am Amanzim-tetse. Er nahm sich eine Woche Zeit, weil er die tiefe Abneigung der Afrikaner kannte, eine Sache überstürzt zu erledigen. Vom frühen

Morgen bis zur Abenddämmerung machte er dem alten Matabele-Aristokraten seine Aufwartung. Dieser trug um seinen grauen Kopf einen Metallring, der wie ein Heiligenschein aussah und ein Rangabzeichen darstellte: Er war *Induna,* ein hohes Ratsmitglied und Berater von Königen. Pierre-Paul war nicht im geringsten ungeduldig und legte dem würdevollen alten Herrn seine Pläne ausführlich dar. Er antwortete auf zahllose eindringliche Fragen mit der größten Gewissenhaftigkeit, denn für ihn als begeisterten Lehrer war es selbstverständlich, daß es auf jede Kleinigkeit ankam. Nach Ablauf dieser Woche erteilte der alte Mann seine Antwort auf eine Art und Weise, die weit überzeugender war als bloße Worte. Er rief seinen ganzen Stamm zusammen, damit alle mit Pierre-Paul bekannt wurden, ließ seinen ältesten Sohn 'Bamuthi kommen und sagte ihm vor allen, er solle mit Pierre-Paul ziehen und seinen Wohnsitz bei ihm nehmen.

Es war in der Tat bezeichnend, wie alle Besucher in Hunter's Drift spürten, daß es sich mehr um ein Familienunternehmen als um das übliche Herrschafts- und Bedientenverhältnis handelte. Deshalb drückten auch viele ihr tiefes Mißfallen aus und behaupteten hinter Pierre-Pauls Rücken rundweg, daß er für andere ,,alles verderbe", daß er ,,ausschere" usw. Noch schlimmer waren die bei passender Gelegenheit so hochherzigen Idealisten aus dem Ausland, die Hunter's Drift, nachdem sie seine Gastfreundschaft in vollen Zügen genossen hatten, als zu ,,familiär" ablehnten und nach ihrer Heimkehr sogar in diesem Sinne Briefe an Zeitungen verfaßten. Sie kränkten Pierre-Paul weit mehr als die Regierung, denn sie hatten, wie er sich ausdrückte, im Gegensatz zu seinem eigenen Volk nicht die Entschuldigung, ,,ihrer eigenen Geschichte in die Falle gegangen zu sein".

Die Nachricht vom Erfolg, den Hunter's Drift hatte, verbreitete sich im ganzen umliegenden Gebiet. Von weit und breit kamen europäische Farmer, um Pierre-Pauls Beispiel zu begutachten und es ihm gleichzutun. Doch er hatte bereits Vorsichtsmaßnahmen getroffen und dafür gesorgt, daß alles freie Land in der Umgebung für seine ihm befreundeten Bantu-Nachbarn vorgemerkt und auf ihren Namen amtlich eingetragen worden war. Es gab nur eine einzige verwirrende Ausnahme. Ein großes Grundstück zwischen ihm und der Eisenbahn war offenbar schon ein paar Jahre, bevor Pierre-Paul nach Hunter's Drift gekommen war, von einem mysteriösen Europäer namens Monckton gekauft worden.

Pierre-Paul hatte vergeblich versucht, möglichst viel über diesen Mann in Erfahrung zu bringen. Er wußte nur, daß er dort, fast in Reichweite seiner Hand, ein Stück Land vor sich hatte, das vielleicht noch schöner war als sein eigenes und strategisch sogar besser lag. Dem Eigentümer war es offenbar so gleichgültig, daß es ihm nie eingefallen war, es zu besuchen oder gar zu erschließen.

Im Laufe der Jahre entwickelte sich Hunter's Drift so gut, daß es sein Gebiet aufs Doppelte, ja sogar aufs Dreifache erweitern konnte. Seine prächtigen weißen Mauern, die sich über der breiten gelben Steinterrasse erhoben, sahen zunehmend ansprechender aus, als ihre blendenden Oberflächen durch den Schatten rasch wachsender Bäume und durch Kletterpflanzen und Reben, die rundherum angepflanzt worden waren, immer scheckiger und gesprenkelter wurden.

In diese Welt hinein wurde François geboren. Seine Eltern waren schon zwölf Jahre lang verheiratet, und da er nicht nur unerwartet, sondern auch spät kam, stellte er zwangsläufig eine ungewöhnliche Beziehung zwischen allen dreien her. Zwar waren seine Eltern von allem Anfang an hocherfreut über ihn, aber in einer Weise erfreut, die bei der im damaligen europäischen Afrika vorherrschenden Auffassung des Verhältnisses von Eltern und Kindern suspekt war. Ihr Verhalten zeigte nämlich gleich zu Beginn in mancher Hinsicht, daß sie ihrem Sohn gegenüber keine betont elterliche Haltung im konventionellen Sinn des Wortes einnahmen. Das machte Lammie anläßlich der Taufe in der Hauptstadt mehr als deutlich, obwohl es gar nicht in ihrer Absicht lag.

Sie bat nämlich ihre Bekannten zu der Taufeinladung, damit sie „das andere kleine Wesen" kennenlernen konnten, das in ihr Leben getreten war. Wer mit dem Paar wirklich eng befreundet war, wußte natürlich, daß sich in ihrer Formulierung weder Kälte noch mangelnde Liebe zu François aussprach. Sie wollte offensichtlich andeuten, daß das Kind nicht einfach eine egoistische Erweiterung ihrer Elternpersönlichkeiten sein sollte, sondern vielmehr jemand, der einen besonderen Charakter und eine eigene Persönlichkeit hatte. Es lag deshalb auf der Hand, daß François sich überhaupt nicht erinnern konnte, Pierre-Paul jemals mit „Vater" und Lammie mit „Mutter" angesprochen zu haben. Er nannte sie nur so, wenn er mit andern über sie sprach. Seine Mutter war eben immer „Lammie" und sein Vater „Ouwa" gewesen. Das letztere war ein Name, den François von der alten Koba übernommen hatte. Sie nannte Pierre-Paul sicher Ouwa, weil das offenbar der Name war, unter dem er ihr und ihren Leuten unten im Süden bekannt gewesen war. Es hieß wörtlich „Alter Wagen", wobei „ou" alt und „wa" Wagen bedeutete.

Als François in einer analytischeren Periode seiner Entwicklung von Koba wissen wollte, warum sie für Pierre-Paul einen so ausgefallenen Namen gewählt hätten, erklärte sie, weil er „wie ein Wagen viele Menschen samt ihren Schwierigkeiten mit sich durchs Leben trage".

„Aber warum *Alter* Wagen, Koba?" wandte François mit einem Anflug von Entrüstung ein, denn er fand, daß sein Vater jung und schön war.

„Weil ‚alt', meine Kleine Feder", hatte die alte Koba geantwortet und sich dabei über seine Empfindlichkeit so amüsiert, daß lauter feine Lachfältchen über ihr Gesicht liefen, „weil ‚alt' in der Buschmannsprache die höchste Achtung ausdrückt."

Obwohl für alle europäischen Kinder eine gesetzliche Schulpflicht bestand, entschloß sich sein Vater, ihn nicht zur Schule zu schicken. Offensichtlich war zwar seinen Eltern weit mehr als andern daran gelegen, daß ihr Sohn eine gute Schulbildung erhielt. Doch sie hatten nicht nur die Befürchtung, sondern waren vollkommen überzeugt, daß sogar in den besten Schulen des Landes auf eine Art und Weise unterrichtet wurde, die über „das andere Wesen" in den Kindern hinwegging. François wäre nach einer allgemeinen Schablone zurechtgestutzt worden und hätte die Schule genau wie unzählige andere als ein Mensch verlassen, der wie eine Maschine von einem fühllosen Förderband in einer großen Fabrik herkam.

Als die Behörden auf den Fall aufmerksam wurden, suchten sie ihn mit allen Mitteln zu zwingen, François in eine sogenannte anerkannte Schule zu schicken, doch Pierre-Paul leistete ihnen erfolgreich Widerstand. Er wies nach, daß es kein Gesetz gegen Privatschulen gab. So mußte er lediglich geltend machen, er habe in Hunter's Drift eine Privatschule eröffnet. Er konnte ja nichts dafür, daß er nur einen Schüler hatte. Wenn irgendwelche andere Eltern ihre Kinder in seine Schule schicken, für Kost und Logis sorgen und das geforderte Schulgeld zahlen wollten, so sei er bereit, sie aufzunehmen. Natürlich wohnte niemand in Reichweite oder schätzte seine Einstellung so hoch, daß sein Anerbieten Anklang gefunden hätte.

Sein Anspruch war rechtlich so unbestreitbar, daß einmal jährlich ein Inspektor von Amtes wegen die lange, beschwerliche Reise von der Hauptstadt nach Hunter's Drift auf sich nehmen, dort die vorgeschriebenen Prüfungen abhalten und kontrollieren mußte, ob François eine richtige Schulbildung im Sinne des *Education Act* erhielt. Zur Ehre der Inspektoren sei gesagt, daß sie diese Unterbrechung ihrer langweiligen, eintönigen Routinearbeit ungeheuer genossen und auf die Woche, die sie brauchten, um ihre Pflicht in Hunter's Drift zu erfüllen, mit Vergnügen zurückblickten. Es gab sogar einige, die in ihren Klubs in der Hauptstadt bei Whisky mit Soda zugegeben hatten, daß „eine gewisse Weisheit in der Verrücktheit dieses Kerls namens Joubert stecke".

Da es in einem Umkreis von über hundert Meilen keine andere europäische Familie gab, waren die Kinder 'Bamuthis und der anderen Hirten die einzigen Spielgefährten von François. Doch er fand ihre Kameradschaft in der wilden, ursprünglichen Umgebung so schön und erregend, daß er sich nicht bewußt danach sehnte, mit Kindern seiner eigenen Art zusammen zu sein. Er war ein häufiger, willkommener Gast in ihren Kraals, besonders in 'Bamuthis Kraal.

Im Vergleich mit ihnen wirkte er merkwürdig undiszipliniert. Er mußte lediglich am frühen Morgen, bevor es zu heiß wurde, zwei Stunden an den Lektionen arbeiten, die ihm Pierre-Paul aufgegeben hatte. Sein Vater war nämlich immer der Meinung gewesen, die übliche Schulzeit sei viel zu lang. Er war überzeugt, daß die Lehrer ein zu großes Mysterium aus dem machten, was sie ihren Schülern beibringen mußten, und daß intelligente Kinder dasselbe in einem Drittel der Zeit bewältigen konnten. Wenn François sein Pensum gelernt hatte, durfte er bis zum Abend am Leben auf der Farm teilnehmen, dann machte er für die Schule am nächsten Morgen noch eine Stunde Hausaufgaben. War aber die Schule aus, schob er schnurstracks ab zu den Matabele-Kraals.

Wie völlig anders hier gelebt wurde, sah man besonders gut in 'Bamuthis Kraal. Der alte Bamuthi hatte seine vierte, jüngste Frau in seinem Kraal in Hunter's Drift untergebracht; die andern drei ließ er mit den erwachsenen Kindern in Osebeni zurück, damit sie dort sein Land bestellten und sein Vieh hüteten. In der Welt innerhalb der dornigen Einfriedung, die die Hütten in einem weiten Kreis umgab, damit das Vieh nachts sicher war vor Löwen und Leoparden, war 'Bamuthi König. Seine Frau und die Kinder und sogar seine Mutter, die ihn ab und zu besuchte, waren seine gehorsamen Untertanen. Er herrschte streng über sie nach dem Gesetz seines Stammes, das durch das Beispiel tradiert wurde, und zwar schon seit Tausenden von Jahren, deren Geschichte in Vergessenheit geraten war. Dabei wurde vorausgesetzt, daß Furcht und Autorität, vor allem männliche Autorität, sowohl den Anfang der Weisheit als auch die Basis von Recht und Ordnung in einer Bantu-Gemeinschaft darstellten.

Es handelte sich aber nicht um Furcht im negativen Sinn, sondern um eine Art heilige Scheu, die durch das eindrucksvolle Wort *Ukw-seba* ausgedrückt und tief in der Kehle in einem klangvollen Baßton ausgesprochen wurde. Diese Scheu wurde instinktiv als eine Brücke zwischen dem Geist der Kinder und dem der Eltern anerkannt, zwischen dem Geist der Eltern und der Großeltern, der Großeltern und der Indunas, der Indunas und der unteren Häuptlinge und so weiter bis zum Obersten Häuptling. Zu guter Letzt bestand sie auch zwischen dem Obersten Häuptling und dem großen *Umkulunkulu,* dem frühen Geist aller Dinge.

Die einzige Schule, die es in dieser Welt gab, war die Schule praktischer Arbeit je nach Fähigkeit, und zwar vom Augenblick an, wo ein Kind sich auf den Beinen halten konnte. Nach Sonnenuntergang gab es dann noch eine andere Schule: Da wurden phantasievolle, farbenprächtige Geschichten, Mythen, Sagen und die mündlich überlieferte Geschichte der Bantustämme erzählt. Wenn ein Kind versäumte, den Teil an Verpflichtung zu erfüllen, der ihm nach dem herkömmlichen Verhaltensmuster innerhalb des Stammes zukam, wurde es von 'Bamuthi und seiner Frau streng bestraft.

François war oft überrascht, daß 'Bamuthi, offensichtlich ein Mann, der das Herz auf dem rechten Fleck hatte, auch wieder so unbarmherzig sein konnte, wenn ein Kind in seinem Kraal seiner Erwartung und seiner Vorstellung von Stammesetikette nicht entsprach. Das Leben im Kraal wurde bis in die feinsten Schattierungen hinein von der Stammesetikette bestimmt; jedes Kind wußte genau, wie es sich älteren Menschen gegenüber, wie es sich beim Essen benehmen sollte und wie es Habe und Würde der andern zu respektieren hatte. Wie überwältigend wichtig Höflichkeit, Sauberkeit, Selbstachtung und beständige Arbeit waren, wurde ihm durch routinemäßige Ordnung und Ordentlichkeit eingebläut. Die Matabele-Frau, also zuallererst 'Bamuthis Frau, ging mit dem guten Beispiel voran, indem sie die kleineren Kinder mit größter Aufmerksamkeit behandelte und alles, was ihr in die

Hände kam, mit den andern teilte. Dieses Teilen bezog sich sowohl auf harte Arbeit als auch auf die bescheidenen Gaben des Busches.

François war bei seinen Besuchen im Kraal immer wieder erstaunt, wenn er sah, daß jeder kleine schwarze Junge und jedes Mädchen bereits seit Tagesanbruch kräftig an der Arbeit gewesen war. Die Kleineren, die gerade erst laufen konnten, hüteten die Babys, da ihre Mütter, die am allerhärtesten arbeiteten, die Felder bestellten. Die älteren Brüder waren draußen und hüteten und beschützten die Rinder, Schafe und Ziegen. Die älteren Mädchen machten fleißig den Kraal sauber, fegten mit Handbürsten aus goldenem Amanzim-tetse-Schilfrohr die ausgedörrte Erde um die Hütten herum und besprengten sie mit Wasser, das sie mit Eimern aus dem Fluß schöpfen und hertragen mußten. Dann konnte sich der Staub für den Rest des langen, heißen Tages getrost um die Hütten ablagern. Einige zerstampften auch in großen Holzmörsern Korn oder Hirse; solche Mörser standen in jedem Kraal wie Flugabwehrraketen auf den Abschußrampen unmittelbar vor dem Start. Das melodische, regelmäßige Stampfen gab beharrlich den Takt an für den Chor der Vögel, Turteltauben und Zikaden, die im Busch draußen mit verzückten Stimmen und immer größerer, quecksilbriger Inbrunst sangen, je mehr sich die Sonne ihrem Scheitelpunkt näherte. Dieses Geräusch des Stampfens war für das Ohr, was ein flackerndes Feuer für die Augen ist, wenn man nachts in der Wildnis umherirrt: ein sicheres Zeichen, es sei Ordnung, ein Zuhause und eine planvolle Zuflucht für das Leben in dieser wilden, chaotisch reichen Welt der Natur.

François sah oft, wie 'Bamuthis älteste, knapp zehnjährige Tochter beim Stampfen noch ihren kleinen Bruder hütete. Sie trug ihn wohlgeborgen in einem Tuch auf ihrem schlanken, langen Rücken und erhob den riesigen Holzstößel, der fast doppelt so groß war wie sie selbst, hoch über ihren Kopf, um die purpurne Hirse im Mörser immer feiner zu zerkleinern. So heimisch fühlte sich da das schwarze Baby, daß es die Augen fest geschlossen hielt und selig schlief, obwohl sein Kopf wackelte, als würde er gleich vom Hals herunterpurzeln. Ein Kind war nie zu klein, um ins Familien- und Stammesleben einbezogen zu werden, und François sah, sei es am frühen Morgen oder spät in der Nacht, nie ein Kleinkind, das ausgeschlossen wurde oder sich selbst überlassen blieb. Jeder gehörte unbedingt allen andern an in einem für Europäer ganz unvorstellbaren Maß.

Bei oberflächlicher Betrachtung hatten die Jungs im Alter von François im Vergleich mit den Mädchen ein leichteres Leben, denn sobald sie überhaupt gehen konnten, mußten sie die Kühe, Schafe und Ziegen hüten helfen. Dabei hatten sie zu allerlei Spielen Gelegenheit, und das täuschte darüber hinweg, wie anspruchsvoll und verantwortungsreich ihre Aufgabe war. Erst wenn sie ihre Pflicht versäumten und etwas schiefging, sah François, was es mit ihrer Arbeit wirklich auf sich hatte. Einer der älteren Jungs war beauftragt, ständig nach wilden Tieren Ausschau zu halten, denn diese versuchten oft, ihre Herden zu überfallen. Der Wachposten und alle andern Jungs mußten deshalb schon beizeiten lernen, alle Spuren von Leben im Busch zu lesen, genau wie François zuhause lernen mußte, die Bücher seines Vaters zu lesen. François merkte bald, daß für seine schwarzen Gefährten jede Regung und jedes Geräusch eines Vogels oder eines Insekts eine besondere Bedeutung hatte. Ja der Busch war für sie eine Art riesiges Buch; seine Wörter waren die Geräusche der Vögel und Insekten, seine Handschrift das Hin und Her der Tiere von den Skorpionen, Tausendfüßlern, Eidechsen, Chamäleons, Schlangen, Felskaninchen über die kleinste Gazelle der Gegend, den zierlichen, flimmernden Steenbock (den 'Bamuthis Stamm als Regenbringer verehrte) bis zur stattlichsten Antilope wie beispielsweise der Rappenantilope und der Elenantilope.

Alles war wie ein Hieroglyphenkode, zu dem die Europäer den Schlüssel verloren hatten. So mußte sich François einfach bescheiden hinsetzen wie in den Schulstunden bei seinem Vater und von seinen Freunden die archaische Geheimschrift lernen. Sie lasen diese Schrift der Natur so gut, daß François nie in Versuchung kam, sich ihnen überlegen zu fühlen. Es sah immer so aus, als sei es für sie ein Kinderspiel – bis zu jenem strahlenden Frühlingsnachmittag, als François knapp neun Jahre alt war.

Die Sonne war gerade an dem Punkt, wo sie steil ihren leuchtend blauen Abhang hinunterzugleiten begann bis zum makellosen Horizont der großen Wüste im Westen. François hatte sich schon ein paar Stunden vorher, um die Mittagszeit, bei seinen Freunden eingefunden. An die zwölf verschiedene Gruppen von Jungs waren am Flußufer zusammengekommen, um ihre Herden zu tränken, zufällig an einer Stelle, wo ein Nebenfluß einmündete, der aber nur in der Regenzeit Wasser führte und zur Zeit ausgetrocknet war. An seinen ausgewaschenen Ufern lagerten dicke Schichten eines roten Töpfertones, aus dem die Frauen in den Kraals Wasser- und Milchkrüge, Töpfe und andere Hauswirtschaftsgeräte formten. Die Jungs aber modellierten daraus Armeen von winzigen, ockerfarbenen Matabele-Kriegern, die verschwundenen Impis von 'Mzilikatze und Chaka oder Herden von Rindern, Schafen und Ziegen. Daß sich so viele von ihnen an dieser einzigartigen Stelle trafen, war natürlich eine Gelegenheit, die man ausnutzen mußte. Sie hatten ja auch das Material zur Hand, das sie für eins ihrer Lieblingsspiele brauchten.

Sobald jede Gruppe ihre eigene Herde von kleinen Rindern modelliert hatte, wurden die Tiere halbmondförmig aufgestellt, und vor ihnen stand ein von geschickten Händen gelenkter, gewaltiger Bulle, eine Art Mithras-Stier. Es ging darum, wer in der Nähe dieses Uferabschnittes weiden durfte und wem die Kühe gehörten. Sie gingen mit den Hörnern aufeinander los, und der Stier, dessen Hörner und Beine zuerst brachen, hatte verloren. Der Halbmond von Rindern im Rücken des Siegers nahm dafür zu, denn er bekam alle Kühe des Geschlagenen.

An diesem stillen, leuchtend gelben Nachmittag dauerte der Kampf um die Meisterschaft besonders lang, weil so außerordentlich viele Stiere mit ihren Herden daran teilnahmen, und war viel aufregender als jeder andere, den François bis jetzt erlebt hatte. Ja, er wurde ein bißchen zu aufregend für den älteren Jungen, den Wachposten, der hoch oben auf einem Felsblock zurückgeblieben war, um sämtliche Herden zu bewachen, während unten am Flußbett der Kampf der Stiere ausgefochten wurde. Das Spiel faszinierte ihn so, daß er seiner Pflicht nicht mehr richtig nachkam. Zuschauer und Mitspieler heizten den Wettkampf an, indem sie sich Herausforderungen zuschrien, wie Kühe muhten und wie Stiere brüllten, auf die Erde stampften und manche Handvoll Staub aufwirbelten, um die Szene realistischer zu gestalten.

Als nur noch zwei Stiere übriggeblieben waren und der entscheidende Kampf bevorstand, ging die Neugier mit dem Wachposten durch. Er ließ seinen Felsblock im Stich und rannte rasch den Anhang hinunter, um dabeizusein. Die beiden Stiere hatten viele geschickte Scheinangriffe gemacht und vergeblich versucht, ihre Hörner in die Flanken des andern zu bohren. Jetzt war es soweit, daß sie sich in der klassischen Weise, mit gesenkten Köpfen und so fest ineinander verhakten Hörnern begegneten, daß aus den Kehlen der Zuschauer ein einziger Schreckensruf kam, der zu einem großen, funkelnden Schrei anschwoll: „Zuletzt das Hörnerwaschen!"

Das bedeutete, daß bei dem Schauspiel der Augenblick der Wahrheit gekommen war. Gleich würde ein Stier die Hörner im Blut des andern waschen. Dieser Ruf wäre sicher immer lauter und höher wiederholt worden, wenn nicht zwei andere Geräusche, die weit furchtbarer und gebieterischer waren, das Spiel unterbrochen hätten. Vom Flußufer her, unmittelbar hinter dem Felsblock, schnitt das hohe, messerscharfe Meckern einer Ziege, das rasch erstarb und in einen erstickten Husten überging, durch den Lärm des Kampfes und würgte ihn sofort ab. Dann hörte man das charakteristische Schnauben eines Löwen, der etwas anspringt, und schließlich die trommelnden Hufe von Rindern, die in panischer Angst auseinanderstoben.

Die Jungs standen alle ganz still da und sahen sich entsetzt an. Dann entdeckten sie gegen den Busch zu rote Staubwolken, die offenbar von einer Kuh, die ein Löwe zu Boden gerissen hatte, im Todeskampf aufgewirbelt worden waren. Rasch packten sie ihre Treibstöcke und Stäbe, die sie während des Spiels neben sich auf den Boden gelegt hatten, ließen ihr tönernes Vieh stehen und flitzten durch Büsche und Dornsträucher ihren richtigen Tieren zu Hilfe. Dabei ließen sie François weit hinter sich, teilten sich instinktiv in zwei Gruppen und riefen und schrien diesmal nicht zum Schein, sondern in wirklich hellem Zorn.

Es ging alles so rasch und verwirrend vor sich, daß François zuerst auf den Felsblock kletterte. Er kam gerade noch zurecht, um zu sehen, wie die kleinere Gruppe tobender Jungs mutig den Kopf eines gewaltigen, gepanzerten Krokodils mit Hieben traktierte, um ihm eine Ziege abzujagen, die es an der Kehle gepackt hatte und langsam zum Fluß zurückschleifte. Unterdessen hatte die andere, größere Gruppe von Jungs das Ende der Lichtung erreicht und begann einen ungeheuren tizianfarbenen Löwen, der knurrend über dem schlaffen Hals einer Kuh lag, die er gerade angefallen hatte, mit Steinen und Stöcken sowie mit Herausforderungen und Verwünschungen zu bombardieren.

Das Krokodil war bald so irritiert, daß es seinen Griff lockerte; schließlich waren seine Kiefer, wie jeder Bantu-Junge wußte, ja auch nicht besonders kräftig. So bekamen die kleinen schwarzen Kerle ihre Ziege, die sie fest bei den Hinterbeinen gepackt hatten, zu guter Letzt frei. Aber es war zu spät, sie lebendig zu retten; sogar aus der Entfernung konnte François erkennen, daß sie tot war. Immerhin wanderte sie jetzt in die eigne Speisekammer und nicht in die des Krokodils.

Der Löwe war eine viel ernstere Angelegenheit. Sobald die Jungs die Ziege weit genug vom Flußversteck des Krokodils in die Lichtung hineingeschleppt hatten, kamen sie rasch ihren Gefährten zu Hilfe, die sich daran gemacht hatten, den Löwen zu vertreiben.

Unglücklicherweise dachte aber der Löwe überhaupt nicht daran, sich vertreiben zu lassen. Wenn ihn ein Stein zu hart traf oder ihm einer seiner Quälgeister zu nahe kam, zeigte er jedesmal die Krallen, griff knurrend an und hieb mit seinen Pranken grimmig in die Luft, um sie zu verjagen. Bei solchen Blitzangriffen mußten sie aus Leibeskräften türmen, und selbst das wäre vielleicht schiefgegangen, wenn die andere Flanke ihrer kleinen Armee ihm nicht von der entgegengesetzten Seite der Lichtung in den Rücken gefallen wäre und ihn mit Steinen, Stöcken, Stäben und schrillen Schmähungen überschüttet hätte. Da mußte sich der Löwe rasch umdrehen und dieser neuen Bedrohung in seinem Rücken begegnen.

Ein Glück war auch, daß der Löwe im Augenblick das Töten satt hatte. Er wartete einfach darauf, sein Abendessen genießen zu können, und war nur verärgert, daß man ihn störte und sich so unbefugt in seine Angelegenheiten einmischte. Doch François bekam es allmählich mit der Angst zu tun, als seine Gefährten immer kühner und sorgloser wurden, weil es dem Löwen nicht gelang, einen von ihnen zu verletzen oder gar zu erwischen. Einer der Jungs, die den Löwen von hinten angriffen, war offensichtlich drauf und dran – er hatte schon die Hand ausgestreckt –, den Schwanz zu packen und zu verdrehen. Nach allem, was François über Löwen gehört hatte, war er überzeugt, daß eine so grobe Beleidigung den Unwillen des Löwen zu unerbittlicher Rachsucht gesteigert hätte. Er spürte, daß die Episode ihren Höhepunkt erreicht hatte, daß der Löwe an der Grenze dessen war, was sich bei ihm wie Geduld ausnahm, und daß es nicht mehr lange dauern konnte, bis er ernstlich angriff. Daß sich seine Laune verschlechtert hatte, zeigte sich auch daran, daß er tiefer knurrte und sich schneller umdrehte als je zuvor. Es konnte bald so weit sein, dachte François, daß einen oder ein paar seiner Gefährten das gleiche Schicksal ereilte wie die Ziege und die Kuh. Doch in diesem Augenblick wurde im Busch ein mächtiger Ruf tiefer Bässe laut, die wie eine einzige Stimme klangen. Sie schrien so leidenschaftlich und kräftig, daß François die einzelnen Worte kaum verstand, aber was sie meinten, war klar: ,,Tötet den Hexer, tötet!" wurde da mit der ganzen Autorität der Furchtlosigkeit befohlen, die in den Stimmen der Afrikaner liegen kann.

François war von all dem seltsam beeindruckt. Die heidnische Welt in Hunter's Drift war nämlich fest davon überzeugt, daß Hexer mit Vorliebe die Gestalt von Löwen annahmen und im Hinblick auf ihr mitternächtliches Mahl auf Pirsch gingen, wenn ihnen der Sinn nach Roastbeef stand. Was auch die Worte im einzelnen bedeuten mochten, ihre Absicht war klar und wurde noch klarer, als plötzlich 'Bamuthi mit seinem Rindsleder-Kriegsschild am Arm und dem berühmten Speer *U-Silo-Si-Lambile* (der hungrige Leopard) in der Hand aus dem Busch hervorstürmte. Hinter ihm her kamen noch ein halbes Dutzend ähnlich bewaffnete Hirten. Offenbar waren die Kampfgeräusche vom Flußufer her bis in ihre Kraals gedrungen. Sie begriffen sofort, daß es höchste Zeit war, und eilten rasch auf den Schauplatz.

Unter 'Bamuthis Führung versuchten sie nun geschickt, den Löwen allmählich zu umzingeln. Dieser wußte instinktiv, daß es jetzt um Leben und Tod ging. Er duckte sich deshalb tief neben der toten Kuh und prüfte mit den Krallen wiederholt den Boden um sich herum, damit er die richtige Stellung und den richtigen Halt hatte, um sich vorwärts zu schnellen, wenn es wirklich gefährlich wurde. Jeder Ausdruck von Ärger und gekränkter Würde war von seiner breiten Stirn und aus seinen Topasaugen gewichen. Sein Aussehen und sein Verhalten zeugten von gespannter, intensiver Wachsamkeit.

Zuerst ging 'Bamuthi langsam, Fuß für Fuß von vorn auf den Löwen zu. Er duckte sich dabei hinter seinen Schild und hob wie zum Angriff den langen Speer, und zwar so überzeugend, daß sich die ganze Aufmerksamkeit des Löwen auf ihn konzentrierte. Unterdessen schlossen die andern Hirten genauso langsam fast einen Kreis um den Löwen, der das offenbar spürte, denn in seinen Zügen drückte sich jähe Unsicherheit aus. Voller Zorn und Unbehagen peitschte er mit dem Schwanz so kräftig den Boden, daß der roteStaub hoch aufwirbelte. Einen Augenblick lang dachte man, er werde sich rasch umdrehen, um auszumachen, was hinter ihm vorging. Doch gerade da richtete sich 'Bamuthi zu seiner vollen Größe auf, als wolle er seinen Assegai schleudern. Der Löwe ließ sich offenbar täuschen durch dieses überzeugende Spiel und sammelte sich zum Sprung auf 'Bamuthi. Er wollte gerade losspringen, als zwei Hirten von hinten herbeistürzten und ihm die Flanken durchbohrten. Der Löwe drehte sich sofort um, und zwar so schnell, daß einem der Speerkämpfer der Assegai aus der Hand gewunden wurde und in der Flanke des Löwen steckenblieb. Sein gelbes Fell färbte sich rot, und obwohl er so schwer verletzt war, schaffte er es noch, sich samt dem Assegai, der über seinem Rücken wippte, mit unverminderter Kraft und Schnelligkeit auf seine heimtückischen Angreifer zu werfen.

Da stürzten 'Bamuthi und zwei andere Männer herbei, stachen wiederholt zu und zwangen den Löwen noch einmal, sich rasch umzuwenden. Von diesem Zeitpunkt an quirlte er mit solcher Geschwindigkeit hin und her und tanzten seine Angreifer in solcher Wut um ihn herum, daß François nur noch aufgewirbelte Staubwolken sah. Der Löwe war offensichtlich verloren, doch mit dem charakteristischen Mut seiner Art lehnte er es ab, sich geschlagen zu geben, und fiel immer noch so zäh wie zuvor über seine Angreifer her. Deshalb dauerte der Kampf zeitlich gesehen lang. Zuletzt trat Ruhe ein auf dem Schauplatz, und 'Bamuthi und seine Gefährten tauchten erschöpft aus einer Staubwolke auf. Einem hing dort, wo die Krallen des Löwen eingehakt hatten, die Wade herunter wie ein roter Fetzen; einem andern lief das Blut in Strömen über das Hinterteil. Als der Staub sich endlich verzog, gingen François und seine Gefährten ängstlich näher heran und versammelten sich um 'Bamuthi und die sechs Hirten, die sich mit ihrer breiten Brust keuchend über ihren Schild lehnten und schweigend, feierlich auf den toten Löwen mit fünf Speeren im Leib hinuntersahen, der neben der Kuh lag, die er gerade getötet hatte. Auf seinem Gesicht lag noch immer ein herausforderndes Zähnefletschen, das der Tod festgehalten hatte. Sie standen alle da und sahen den Löwen voller Bewunderung an; so hatten vielleicht die Männer eines vergangenen homerischen Zeitalters auf den Leichnam eines heldenhaften Feindes geblickt. Dann fingen die Vögel im Busch wieder an mit ihrem Abendlied. Flußaufwärts zeigten ein, zwei Nachtregenpfeifer mit ihrem Pfeifen an, daß die Schatten des Sonnenunterganges länger wurden und den hell beleuchteten Busch verfinsterten.

'Bamuthi hatte dem toten Löwen seinen schwarzen Marmorrücken zugekehrt und nahm die Schar der kleinen schwarzen Jungs rundherum in Augenschein. Dann ergriff er mit jener tiefen, feierlichen Stimme das Wort, die immer aus ihm sprach, wenn ein Gefühl überkommener Autorität und Verantwortung für den Stamm sein Denken und Fühlen beschäftigte.

,,Unsere kleinen Brüder riefen uns, und wir kamen", stellte er mit gewichtiger Bedächtigkeit fest. ,,Doch warum mußten sie uns rufen, warum mußten wir kommen?"

François merkte gleich am Ton und an der Rhetorik der Frage, daß wieder so etwas wie ein Augenblick der Wahrheit gekommen war an diesem langen Nachmittag.

Keiner seiner schwarzen Freunde antwortete. Sie sahen 'Bamuthi an und bettelten unbewußt um Verzeihung, als sei ihnen bereits klar, wie man ihr Verhalten zu guter Letzt beurteilen würde. Schließlich war 'Bamuthi genötigt, unheilverkündend zu bemerken: ,,Es ist vielleicht ganz gut, daß ihr jetzt nichts darüber sagen könnt, wiel eine so schwerwiegende Sache vom ganzen Stamm besprochen werden muß, damit man weiß, was zu tun ist. Übrigens müssen die verstreuten Rinder, Schafe und Ziegen aus dem Busch herausgeholt werden, bevor es zu dunkel ist. Macht euch schleunigst auf und davon!"

Da die Jungs im Augenblick lieber irgendwo Hand anlegten als Erklärungen abgaben, bildeten sie wieder wie zuvor zwei Gruppen und flitzten davon in den Busch, wo ihre Herden verschwunden waren. Eine ganze Weile hörte François, wie sie flehentlich ihre Lieblingskühe und Lieblingsziegen anlockten. Er selbst fühlte sich körperlich und seelisch erschöpft und blieb, wo er war. Er sah 'Bamuthi und den andern zu, die geschickt die tote Kuh und die tote Ziege häuteten, sie in Stücke zerlegten, die besten Teile des rohen Fleisches auf ihre Schilde legten und gebeugt unter ihrer Last zu ihren Kraals in Hunter's Drift zurückkehrten. Einer blieb als Wächter zurück bei dem Fleisch, das sie nicht wegtragen konnten.

Obwohl 'Bamuthi so beladen war, hatte er noch Kraft genug, François den kleinen Finger seiner linken Hand zu reichen und zu sagen: ,,Komm, Kleine Feder, das ist ein langer, schwarzer Nachmittag gewesen für uns alle."

François war froh über den kleinen Finger, und da ihn dieses Zeichen von Besorgtheit bei 'Bamuthi ermutigte und ihm um seine schwarzen Gefährten bange war, fragte er: ,,Aber was geschieht jetzt, alter Vater?"

,,Das müssen die *Indunas* (Ratgeber) entscheiden", antwortete 'Bamuthi, als wolle er sich zu dieser Angelegenheit lieber überhaupt nicht äußern.

François gefiel dieser Ton ganz und gar nicht. Es lag ihm am Herzen, seine Freunde in Schutz zu nehmen, und so sagte er: ,,Es war doch nicht ihre Schuld, alter Vater. Alles geschah so plötzlich. Sie gaben sich solche Mühe, das Vieh zu retten. Wirklich, du hättest sehen sollen, wie tapfer sie alle waren!"

Weiter kam er nicht, denn 'Bamuthi unterbrach ihn mit ungewöhnlicher Strenge, sicher weil er selbst innerlich mit sich nicht im reinen war.

,,Schluß für heute, Kleine Feder. All das muß gründlich untersucht werden, bevor mehr darüber gesagt werden kann. Du kannst auch sprechen am *Indaba* (der Versammlung des Stammes), wenn du willst. Doch wenn man die Sache jetzt beredet, kommt nichts dabei heraus als ein Spaziergang im Bauch eines Ochsen" – so drückte man im Sindabele „im Dunkeln tappen" aus.

Für so dringlich hielt 'Bamuthi die Angelegenheit, daß die gerichtliche Untersuchung, wie ein Europäer sagen würde, noch in der gleichen Nacht begann. Durch ein Gespräch mit Jungs seines eigenen Kraals erfuhr er, daß sie zu der Entschuldigung Zuflucht nehmen wollten, sie seien behext gewesen und man habe sie nur mit Hilfe eines übermächtigen Zaubers so überrumpeln können. Sie brachten das um so überzeugender vor, als es nicht nur eine Ausrede war, sondern etwas, woran sie nun nachträglich fest glaubten. Das merkte man an der Angst in ihren Stimmen, als sie 'Bamuthi ihren Fall darlegten. Wie sollte da nicht Zauberei im Spiel gewesen sein, fragten sie ihn, wo doch ein Löwe und ein Krokodil ihre Herden in ein und demselben Augenblick angegriffen hatten? War es bei den Matabele in der Geschichte des Viehhütens jemals vorgekommen, daß zwei Dinge so erstaunlich zusammentrafen?

'Bamuthi mußte sich eingestehen, daß ihm so etwas nicht bekannt war. Er beschloß deshalb, sich zu vergewissern, ob nicht jemand, der seinen Leuten feindlich gesinnt war, mit Hilfe der schwarzen Magie Unglück über ihr Vieh bringen wollte. Dabei ging es ihm nicht nur um die Gerechtigkeit, sondern auch um das Wohl seines Stammes. Noch in derselben Nacht wurde also ein Bote mit angemessenen Geschenken über die Hügel in das eineinhalb Tagesmärsche entfernte fruchtbare Tal geschickt, wo einer der größten Zauberer wohnte. Eigentlich war er mehr als bloß ein Zauberer; man hielt ihn auch für einen Seher und Propheten. Er hieß uLangalibalela. In diesem Namen lag eine Sindabele-Ehrenbezeugung, die dem uralten, hochangesehenen Beruf des Mannes Rechnung trug und nur annähernd wiedergegeben werden kann als „Der Sehr-ehrenwerte-Sonne-ist-heiß".

Der Sehr-ehrenwerte-Sonne-ist-heiß hatte 'Bamuthis Leuten ihrer festen Überzeugung zufolge schon früher geholfen.

So machte er zum Beispiel trotz seines merkwürdigen Namens Regen für sie in Zeiten, wo es dringend notwendig war, und ermöglichte durch die Deutung seltsamer Vorzeichen, daß verderbliche Entwicklungen ihrer persönlichen und gemeinschaftlichen Lebensordnung abgewendet werden konnten.

Noch keine Stunde war der Bote zurück, da wußte man bereits, daß die Deutung, die uLangalibalela dem Ereignis gab, nicht zugunsten der Freunde von François ausgefallen war. Zwar pflichtete uLangalibalela ihrem Einwand bei, soweit er die Ziege betraf. Das war seiner Meinung nach ganz offensichtlich das Werk herumstreichender Bakwena gewesen, die sich an dem verhängnisvollen Nachmittag wahrscheinlich in der Umgebung von Hunter's Drift aufgehalten hätten. Einer von ihnen, erklärte er, habe die Gestalt eines Krokodils angenommen, um sich zum Essen eine fette Ziege zu schnappen. Eine solche Verwandlung mußte man bei den Bakwena ja gewärtigen, denn ihr Name bedeutete ,,Krokodil-Männer"; das Krokodil war ihr Schutzgott und Totemtier. Diese Aussage unterstützte die Glaubwürdigkeit dessen, was uLangalibalela sagte, mehr als alles andre. Jedermann in 'Bamuthis Kraal wußte nämlich, daß am Tag des Unglücks eine Gruppe Bakwena, die unterwegs waren zu den nördlich gelegenen Kupferminen, wo sie Arbeit suchten, beim Rastplatz an der Furt ihr Lager aufgeschlagen hatte.

Mit dem Löwen hingegen hatte es eine ganz andere Bewandtnis. Der Löwe hatte uLangalibalela zufolge ganz aus eignem Antrieb gehandelt. Die Jungs, entschied er, hatten auf seine Anwesenheit im Busch höchst verantwortungslos reagiert, denn es hätte ihnen wie jedem Kind bekannt sein müssen, daß ein Löwe über einen eignen, mächtigen Zauber verfügte. Seit es Bantu-Leute gab, hatten sie eine stets vorhandene Gefahr ins Auge fassen müssen, nämlich daß alle Tiere, die sie jagten, sich verteidigten, indem sie entweder Schläfrigkeit erzeugten oder die Wachsamkeit des Jägers herabminderten. Je größer und gefährlicher das Tier war, desto größer war die Kraft, mit der es die Konzentration seines Verfolgers zerstreute. Bei Kindern und kleinen Jungs konnte das selbstverständlich katastrophale Folgen haben, es sei denn, sie waren gewarnt und mit wirksamen Zaubersprüchen gewappnet, vor allem natürlich mit Zaubersprüchen, die sie von ihm, uLangalibalela, bezogen hatten. Es müsse sich also um einen mächtigen Zauber handeln, wie es von einem so mächtigen Tier wie einem Löwen ja zu erwarten war.

François hatte ein ungutes Gefühl und fürchtete das Schlimmste für seine Freunde. Die Ziege, das war ihm klar, würde ihnen verziehen werden. Aber die Kuh war eine viel schwerwiegendere Angelegenheit. Kühe waren nicht nur größer und wertvoller, sondern auch ein verehrtes Bindeglied zwischen den lebenden Matabele und ihren toten Vorfahren. Man hatte François schon früh beigebracht, die Geister der Vorfahren wohnten den Kühen inne und teilten sich ihren Nachkommen besonders deutlich mit durch die Laute, die sie nachts in ihren Kraals ausstießen. Er hatte sogar Begräbnisse im Busch miterlebt, wo die schwarz-weiß gefleckte Lieblingskuh des verstorbenen Besitzers ans Fußende des Grabes geführt wurde, damit sie ihrem toten Herrn ein letztes Mal ins Gesicht sehen und seinen Geist sicher empfangen und in Obhut nehmen konnte, bevor der Leichnam endgültig zugedeckt wurde. Deshalb wußte François, daß der Tod der Kuh nicht nur als materieller Verlust, sondern auch als Entweihung betrachtet wurde.

Es spricht aber für 'Bamuthi, ja für den ganzen Kraal, daß sie mit ihrem Instinkt für Gerechtigkeit uLangalibalelas Urteil nicht sofort als letztes Wort akzeptierten, sondern die Untersuchung weiterführten. Alle Jungs wurden zu einem *Indaba* mit den *Indunas* bestellt. Sogar François hatte Gelegenheit, für seine Freunde zu sprechen, was er herzlich schlecht tat, so eingeschüchtert war er durch die Feierlichkeit und Wichtigkeit des Anlasses.

Über das endgültige Urteil bestand aber eigentlich nie ein Zweifel. Eines Morgens nach dem Melken, unmittelbar bevor die Herden auf die Weide getrieben wurden, versammelte man alle beteiligten Jungs in 'Bamuthis Kraal. Sie mußten sich mit ausgestreckten Armen nackt auf den Bauch legen. Frauen und Mädchen waren streng ausgeschlossen worden; es waren nur Männer, Jungs und die in böser Vorahnung wimmernden männlichen Kinder zugegen. Dann holte 'Bamuthi eine Peitsche aus feinem Impala-Leder hervor und erteilte einem Jungen nach dem andern eigenhändig mit voller Kraft ein Dutzend harte Hiebe. François war überzeugt, daß er keinen einzigen Hieb hätte ertragen können, ohne dabei irgendwie zu stöhnen oder zu wimmern. Doch zu seinem Erstaunen gaben die kleinen schwarzen Jungs, die so hilflos am Boden ausgestreckt waren, keinen Ton von sich und zuckten auch nicht zusammen, als ein Schlag nach dem andern fiel. Im Augenblick, wo ein Junge geschlagen wurde, sprang er auf und stand zur großen Verwunderung von François aufrecht da, ohne zu zittern oder zu weinen, und sah geradeaus, bis alle Schläge gefallen waren. Zuletzt stand die ganze Reihe von etwa zwanzig kleinen Jungs da, und noch immer hatte keiner gestöhnt oder eine Träne vergossen. Sie standen noch so da, als 'Bamuthi und die andern *Indunas* die Reihe abschritten, ihre Augen und Gesichter genau prüften und am Ende der Reihe kurz ein paar Worte wechselten. Dann wurde 'Bamuthi vorgeschickt, der zur Genugtuung aller laut verkündete: ,,Kein nasses Auge. Eine grimmige Schar von Männern sind sie."

Das war das endgültige Zeichen, daß die Jungs das Wohlwollen und die Liebe ihres Stammes voll zurückgewonnen hatten. Es war erstaunlich, wie ihre Gesichter aufleuchteten, als sie hörten, daß ihnen die Bezeichnung ,,Männer" verliehen wurde, denn damit ging ihnen wie auch François auf, daß die schreckliche Sache vorbei und für immer erledigt war. François erinnerte sich später, wie nah sich dadurch die Kraals gekommen waren, wie jeder, vom kleinsten Baby bis zur ältesten Großmutter und zum *Induna*, danach zu einer umfassenden Einheit gehörte, und wie vollkommen das Vergehen durch die Strafe getilgt worden war.

Wenn sich François später diese Sühne in Erinnerung rief, fand er den Abend dieses Tages auf andere Weise genauso denkwürdig. 'Bamuthi bat ihn zum Abendessen in die Haupthütte seines Kraals. François hatte seinen Platz neben ihm. 'Bamuthi und die Jungs waren schon vor ihm in der Hütte und sahen zu, wie der gewaltige gußeiserne Topf über einer rubinroten Schicht Holzkohlen auf einen Dreifuß gestellt wurde. Eine Glocke wohlriechenden Dunstes lag über der blauen, rauchigen Luft in der Hütte. Man hatte saubere Holzlöffel mit langen Stielen gegen den gußeisernen Topf gelehnt, und die bernsteinfarbenen Schöpfkellen standen oben im Dunst und Duft, der von dem Topf ausging, weit über den Rand vor. Die Jungs nahmen sofort die gelben Matten, die aus dem feinsten Amanzim-tetse-Schilfrohr geflochten und neben dem Eingang aufgeschichtet waren, rollten sie auf und setzten sich drauf; so hatte nämlich ein zivilisierter Mensch in guter Gesellschaft zu sitzen.

Das große Ereignis des Abends war für François eine Rede 'Bamuthis im Anschluß an das Essen. 'Bamuthi hatte offensichtlich die Ereignisse dieses Morgens im Auge, vermied es aber, sie direkt zu erwähnen. Ja, er war so erpicht darauf, nicht etwa in den Verdacht zu geraten, er bringe das unmittelbar Vergangene wieder zur Sprache, daß er instinktiv so tat, als spreche er einzig und allein zu François.

„Siehst du, Kleine Feder", hatte 'Bamuthi begonnen, „ich kann mich erinnern, daß ich einmal als Junge in deinem Alter in der Hütte meines Vaters in Osebeni saß, und zwar auch zu einem solchen Anlaß. Die Worte, die er dann zu mir sprach, waren die Worte, die sein Vater früher zu ihm gesprochen hatte und die früher sein Großvater gesprochen hatte und so immer weiter zurück bis zum ersten Menschen, der sie von Umkulunkulu hatte. Mein alter Vater wies mich darauf hin, wie ich es jetzt dir sage, daß ein Mann-Kind nicht früh genug lernen kann, daß zum Leben ein Herz gehört, das keine Furcht kennt. Mit einem Herzen, das nicht frei ist von Furcht, kann ein Mann weder sein Vieh schützen noch seine

Frauen und Kinder noch das Leben des Stammes oder des Volkes. Er kann auch nicht wissen, wie er die Wahrheit sagen, wie er die Schwachen verteidigen und Raubtiere und Menschen mit schwarzen Herzen überwinden soll. Solche Menschen haben Fischherzen, Wasserherzen und sind der Wahrheit fremd. Doch wie du vor kurzem erlebt hast, sind ein paar unserer Jüngsten gerade dabei, ein Herz zu finden, das frei ist von Furcht."

'Bamuthi versagte sich mit einer großen Willensanstrengung, die Jungs, die er meinte, anzusehen, aber das tiefe, stolze Vibrieren seiner gebieterischen Stimme war unüberhörbar. Dann legte er ausführlich dar, wie ein Mann-Kind lernen konnte, sich gegen die körperlichen Gefahren seiner Welt zu verteidigen, wie es lernen konnte, Schmerzen zu ertragen und ohne Klagen zu leiden. Vor allem mußte ein Mann-Kind lernen, geduldig zu sein, denn Umkulunkulu selbst hatte gesagt, Geduld sei ein Ei, in dem große Vögel ausgebrütet würden. Auch die Sonne, die da draußen ausblutete, bis es dunkel wurde, war so ein Ei. Wenn ein Matabele einem andern etwas besonders Gutes wünschen wollte, wünschte er ihm deshalb, das Leben möge ihm erlauben, ,,hamba gashle", ,,langsam zu machen". Im Busch kam alles Schlechte im Leben von der Eile her, denn die Eile war auch ein Kind der Furcht, und wer sich beeilte stolperte natürlich und lernte weder Frieden noch Glück noch Wohlstand kennen.

Ein Mann-Kind mußte aber auch lernen, wie man gegen die Herzen und das Denken anderer kämpft, die es samt seinen Leuten durch heimtückische Reden täuschen und verderben wollten. Deshalb mußte es redegewandt sein, damit die andern die Wahrheit spürten, wie es selbst sie spürte. Vor allem mußte es die Wahrheit gegen die Fremden verteidigen, die stets aus dem Norden kamen wie Wanderheuschrecken, um das Mann-Kind und seine Leute zuerst mit ihren zerstörerischen Zungen zu schwächen, bevor sie herbeizogen und ihre Speere wuschen. Es mußte auch redegewandt sein, damit es die Gedanken, Namen und Taten seiner Vorfahren seit Umkulunkulus Tagen seinen Kindern weitergeben konnte.

Dann mußte ein Mann-Kind lernen, seine Worte weder allzu sehr zu lieben noch für seine eigenen Zwecke zu benutzen. Es mußte immer aufrichtig sein gegenüber den Menschen seines Kraals und Stammes. Zwar mochten Zeiten kommen, wo es seine Beredsamkeit einsetzen mußte, um einen Feind zu täuschen. Doch unter keinen Umständen sollte es das seinen eigenen Leuten gegenüber tun. Zwischen ihm und den Seinen gab es nie Geheimnisse. Das war's, was ein von den Vorfahren überliefertes Sprichwort besagte: ,,Wer heimlich getötet hat, wird hören, wie es der ganzen Welt vom Gras des Veldes verkündet wird." Heimlichkeit stammte von der Furcht ab. Solange ein Mann nicht gelernt hatte, heimliche Gewohnheiten abzulegen, war sein Herz nicht frei von Furcht.

Ein Mann-Kind mußte auch lernen, wie man sang und tanzte, denn mit Singen und vor allem mit Tanzen konnte man seine Dankbarkeit zum Ausdruck bringen für alles Schöne im Leben. Singen und Tanzen halfen einem Mann mehr als alles andere, die großen Prüfungen des Daseins zu bestehen; man brauchte sie bei Geburten, bei der Heirat und stärkte mit ihnen vor dem Krieg sein Herz. Man brauchte sie auch nach dem Krieg, um den Geist des Todes auszutreiben, und man brauchte sie, um die Macht des Todes zu zerstreuen und den Lebenswillen wieder aufleben zu lassen, wenn einem selbst oder denjenigen, die man liebte, der letzte Verlust des Schattens drohte. François hatte ja sicher selbst gesehen, fügte 'Bamuthi hinzu, wie sie gegenseitig wieder Gesundheit ineinander hineingetanzt hatten und einen geteilten Menschen wieder eins machten mit dem Stamm, wenn sie mit dem Kranken – nicht körperlich, sondern innerlich – den magischen Kreis tanzten.

Schließlich mußte das Mann-Kind ein Mann werden, der leicht um andere weinen konnte, obwohl er nie um seiner selbst willen weinen sollte. Deshalb mußte es ab und zu ganz für sich allein bei Sonnenuntergang an den Amanzim-tetse gehen und sich da hinsetzen. Es mußte in den Viehkraal hinausgehen und die Zeichen der Sterne im Dunkeln beobachten und auf die Stimmen der Vorfahren hören, die durch die Laute des rundherum zufrieden träumenden Viehs mit ihm sprachen. So würde es lernen, in seinem Herzen nach den Dingen zu fragen, für die es keine Worte gab. Wenn jemand sich nicht darauf verstand, auf diese Weise zu fragen, bekam er auch die Antwort nicht, die ihn und seinen Stamm davor bewahrten, den Geist zu verlieren. Verlor man ihn aber, bedeutete das nicht nur, daß man Umkulunkulus alte Ehrennamen vergaß, es bedeutete letztlich auch, daß die neuen Ehrennamen, die man brauchte, um das Wachstum des Geistes zu fördern, vielleicht nicht eintrafen. Das hatte zur Folge, daß die Energie des einzelnen und des ganzen Stammes erlahmte und starb.

Ein paar Jahre später fühlte sich einmal ein besonders kühner Besucher in Hunter's Drift gedrängt, Pierre-Paul Vorhaltungen zu machen, und dabei rutschte ihm heraus: ,,Du lieber Himmel! Wie können Sie dabeistehen und zusehen, wie Ihr einziger Sohn verrückt spielt wie ein weißer Kaffer?" Wenn eine solche Äußerung dem Gastgeber gegenüber auch unangebracht war, so muß man der Gerechtigkeit halber doch sagen, daß François selbst durch sein Benehmen für diesen Ausbruch in gewissem Maße verantwortlich war.

Er hatte nämlich inzwischen von seinen schwarzen Gefährten gelernt, mit Tonsoldaten zu spielen. Wenn er seine Tonbataillone, die plump wirkten neben denjenigen, die seine Freunde geformt hatten, in die klassische, von den höchsten militärischen Autoritäten der Matabele vorgeschriebene halbmondförmige Aufstellung gebracht hatte, führte er vor ihnen einen Tanz auf, den angeblich die Matabele-Könige tanzten, bevor sie mit ihren Kriegern in die Schlacht zogen.

Er dachte sich zu dem Lied, das den Tanz begleitete, einen eigenen Text aus, obwohl es einen überkommenen Liedtext gab, den man für sehr wirksam hielt bei solchen Gelegenheiten. Dieses Lied war vor langer Zeit zum ersten Mal getanzt worden von einem berühmten Matabele-Helden, der u-Ndaba hieß, und hatte nicht nur Berühmtheit erlangt, weil es besagte, die Feinde seien endgültig auseinandergejagt; es hatte seinerzeit auch unfehlbar Regen gebracht. Das erste Mal, als es von François gesungen und getanzt wurde, war dank einem merkwürdigen Zusammentreffen ein jähes, heftiges und dringend notwendiges Gewitter über Hunter's Drift niedergegangen, dem dann noch ein gewaltiger Regenguß folgte. Dieses Zusammentreffen gab in den Matabele-Kraals sofort zu der abergläubischen Vermutung Anlaß, zwischen dem Tanz von François und dem Regen könnte ein Zusammenhang bestehen. Wenn etwas so zusammentraf, war es für die Matabele nie von ungefähr, und die Folgen des geschilderten Zusammentreffens waren besonders tiefgreifend, da die Matabele selbst schon lange darauf verzichtet hatten, mit diesem Lied und dem dazugehörigen Tanz den Regen herbeizurufen. Es hatte nämlich seit Generationen versagt, und sie waren zu der Einsicht gekommen, seine Kraft sei wohl mit dem großen u-Ndaba selbst entschwunden. Ihr ursprünglicher Glaube wurde nun aber zwei Jahre später während einer andern Dürre wieder bestärkt, nachdem nämlich 'Bamuthi François veranlaßt hatte, wieder zu tanzen. In der folgenden Nacht regnete es nämlich wieder. 'Bamuthis Erklärung für den Erfolg, den François hatte, war für ihn und seine Stammesgenossen höchst einleuchtend. Da die Macht sich offenbar vom schwarzen Mann auf den weißen Mann verlagert hatte, fand er es nicht weiter verwunderlich, daß der Sohn eines großen weißen Häuptlings die Gabe hatte, ,,die lange Wasserschlange" zu machen, und von andern zuständigen Geistern erhört wurde, die die geschwächten Matabele nicht mehr erhörten.

Am Morgen nach diesem Gespräch hatte man dann François geschickt veranlaßt, seinen Tanz vorzuführen. Es war ein besonders trockener Tag, und er tanzte ganz in der Nähe der Matabele-Kraals. Die Matabele-Hirten und ihre Jungs trieben gerade das Vieh nachhause und machten sich ans abendliche Melken, doch sie unterbrachen alle ihre Arbeit, um seiner Darbietung zuzusehen. Dabei blickten sie mit einem Auge auf den Jungen, der da herumhopste, den schaurigen Ruf ausstieß, der den Feinden der Matabele die Furcht ins Herz trieb, und mit seinen bloßen Füßen schwer auf den Boden stampfte, der wie eine Trommel dröhnte. Mit dem andern Auge hielten die Hirten natürlich nach einem großen Aufbau von Gewitterwolken Ausschau, die sich im Nordwesten auftürmten wie ein Geschwader von Segelschiffen vor der Schlacht.

Sein Haar war von der Sonne fast platinweiß gebleicht, und er hätte mit seinen blauen Augen gar nicht europäischer aussehen können. Doch die Laute, die aus seiner Kehle aufstiegen und die Bewegungen, die seine langen Beine und Arme und überhaupt seinen ganzen für sein Alter ziemlich großen und breitschultrigen Körper schüttelten, kamen von weither aus einer wilden, heroischen Matabele-Vergangenheit, mit dem einzigen Unterschied, daß François nicht u-Ndaba anrief, wie es der Brauch war, sondern seinen eigenen Namen eingesetzt hatte.

Er hob seine Beine, stampfte immer schneller und härter auf den Boden, sprang höher und drehte sich schnell herum, bevor seine Füße wieder aufprallten, und dazu sang und schrie er mit zunehmender Intensität und Lautstärke immer wieder den Kehrreim, wobei er vergeblich versuchte, seiner schrillen jungen Stimme einen tiefen, sonoren Klang zu geben:

> *„u-François u-Inkosi!* (François ist König)
> *Oho! Oh!*
> *Ha! Oyeeh!*
> *Jijidgi! Jijidgi!*

Oho! Oh!, *Ha!* und *Oyeeh!* waren Äußerungen reinsten, bittersten Hohnes; *Jijidgi!* ein Befehl an die Krieger, aufzubrechen und zu töten.

Aus all dem geht hervor, wie stark der nicht-europäische Einfluß auf François war. Er prägte seine Vorstellungskraft und trug genauso viel zu seiner Erziehung bei wie die Bücher im Arbeitszimmer seines Vaters und sein Schulunterricht. Zieht man die tiefe Anhänglichkeit an die verlorene Welt des Buschmanns in Betracht, die ihm die alte Koba eingeimpft hatte, und dazu noch das lebendige Beispiel der Matabele-Umwelt mit 'Bamuthi und den andern Kraals jenseits der großen Feigenbaumhecke am Ende des Gartens, kann man in François nicht mehr einfach ein Europäerkind sehen. Trotz der europäischen Einflüsse, die den Geist seiner europäischen Abstammung förderten, führte ihn 'Bamuthis und Kobas Welt immer mehr einem Vorbild entgegen, das anders war als alles Europäische und ihn der Erde und dem Geist Afrikas verband.

Soviel, um in großen Zügen darzulegen, zu was für einem „andern Wesen" François herangewachsen war bis zu dem Tag, als er mit Hintza Xhabbo aus einer Löwenfalle rettete und zu spät zum Mittagessen kam, wo er seinem kranken, erschöpften Vater bei Tisch gegenübersaß.

VIERTES KAPITEL

Fuß des Tages

„Oh, Coiske!" warf Lammie François sanft vor, als er sich die Serviette über die Knie legte, „warum kommst du gerade heute so spät?"

François war sowieso schon verlegen, weil er zu spät war und zum erstenmal in seinem Leben ein Geheimnis hatte, das er niemandem erzählen konnte. Er hätte deshalb kaum eine passende Entschuldigung gefunden, doch glücklicherweise ersparte ihm das sein Vater. Ouwa fand es diesmal offenbar nicht notwendig, Lammie zu unterstützen, wie er es sonst sogar bei nebensächlichen Dingen tat. Vielleicht bewegte sich sein Denken durch Schmerzen und Krankheit hindurch in einer Dimension, wo so etwas wie „zu spät sein" oder „rechtzeitig" nicht mehr wichtig war. Er sah bloß auf von seinem Teller und gab sich große Mühe, eine gewisse ironische Unbekümmertheit zur Schau zu tragen. Auf diese Weise drängte er mit Vorliebe seine Zärtlichkeit für François zurück.

„Neues vom Busch, o Jäger?" fragte er mit einer Stimme, die barsch klang vor Anstrengung und Schmerz. „Ist sie denn wahr, diese Riesenlüge, die deinem Erscheinen vorausgeeilt ist? Hast du es wirklich geschafft, einen gewaltigen Leoparden zu erlegen?"

François war dankbar für die Frage, doch wie jedesmal, wenn sein Vater ihn neckte, auch ein bißchen verwirrt. Trotzdem freute er sich darüber, weil es ablenkte, und begann mit seiner Geschichte dieses Tages vom Augenblick an, wo Hintza ihn kurz vor Tagesanbruch geweckt hatte. Während er sprach, kehrte seine Selbstsicherheit zurück, und zuletzt erzählte er sogar recht gut.

Dann half ihm auch die Tatsache, daß Ousie-Johanna als

ersten Gang der Mahlzeit offenbar eins seiner Lieblingsgerichte gekocht hatte. Es war eine Spezialität von Hunter's Drift, eine Art Milchsuppe aus frischer Milch und hausgemachten Nudeln mit braunem Natal-Zucker und wohlriechenden Zimtstengeln. Einen Augenblick lang verstieg er sich sogar zu der Annahme, Ousie-Johanna habe das vielleicht eigens für ihn gekocht, weil er einen Leoparden, einen der schlimmsten Feinde des zivilisierten Lebens in Hunters's Drift, erlegt hatte. Doch diese Illusion wurde ihm bald genommen, noch während er sprach und aß. Von seinem Platz aus blickte er nämlich auf die offene Tür, die auf den Korridor zur Anrichte hinausging. Als seine Augen sich an das schattige Mittagslicht gewöhnt hatten, sah er im Türrahmen Ousie-Johannas schwarze, leuchtende Augen und ihr rundes, gütiges Faltengesicht. Was zum Kuckuck wollte sie denn da? Das wurde ihm klar, als er bemerkte, daß ihre Augen nicht auf ihm, sondern auf Ouwa ruhten. Sie paßte sichtlich in großer Besorgnis auf, ob ihm dieses wohlriechende Gericht auch schmeckte. Unglücklicherweise aß Ouwa nur ein, zwei Löffel von der köstlichen Suppe und legte dann seinen schweren silbernen Suppenlöffel beiseite, als ob es über seine Kräfte ginge. Als das geschah, beobachtete François aus den Augenwinkeln, wie Ousie-Johanna ihre mollige Hand rasch ans rechte Auge führte und ein leises ,,O nein! Du lieber kleiner Gott im Himmel, o nein!" ausstieß, bevor sie im Hintergrund des dunklen Korridors verschwand. Nun wußte er also, daß sie das Gericht eigens für Ouwa zubereitet hatte; es war ja auch das medizinisch wirksamste in ihrem langen Repertoire von Gerichten, die einem wieder auf die Beine halfen, wenn man sich nicht wohlfühlte.

Unterdessen wurde François bald von Lammie ermahnt, er solle sein Essen nicht kalt werden lassen, bald von Ouwa, er solle weitererzählen. Richtig unterbrochen wurde er aber bei seinem Bericht nur ein einziges Mal, nämlich als er beschrieb, wie er vor der Entscheidung stand, sein 22er-Repetiergewehr oder den schönen alten Vorderlader in den Busch mitzunehmen. Er zögerte, weil ihm bewußt wurde, daß er nicht sagen konnte, was ihn letztlich bewogen hatte, den schweren alten Vorderlader zu wählen, nämlich daß er sich kein anderes Gewehr aus der Waffensammlung im Eßzimmer holen wollte, weil die breiten hölzernen Dielenbretter so leicht und laut knarrten und seinen Vater, der den Schlaf dringend brauchte, vielleicht geweckt hätten. Das mußte er also übergehen. Seine Entscheidung für den Vorderlader klang deshalb impulsiver und unüberlegter, als sie es gewesen war.

Sein Vater, mit einem Urteil wie immer rasch bei der Hand, unterbrach ihn plötzlich streng: ,,Aber sicher wäre das leichte 375er-Jagdgewehr mit den fünf Schuß im Magazin besser gewesen. Hast du denn nicht daran gedacht?"

,,Irgendwie schon", antwortete François ungeschickt.

,,Nur irgendwie?" fragte sein Vater scharf. ,,Du hast dir die Sache wohl in mehr als einer Hinsicht durch den Kopf gehen lassen?"

François konnte nur wiederholen, er habe zwar daran gedacht, sei dann aber zu der Einsicht gekommen, der Vorderlader, mit dem er ja schon oft geschossen hatte, werde es auch tun.

,,Du enttäuschst mich, Coiske. Ich hielt dich für reifer". Ouwa sprach mit einer solchen Milde, daß der Tadel um so schmerzlicher war. ,,Nimm mir's nicht übel, aber ich finde, daß unter den gegebenen Umständen deine Art, die Sache anzupacken, weder klug noch praktisch war."

All das tat François bitter weh. Er hätte seinem Vater gern erklärt, was wirklich in ihm vorgegangen war, vor allem, daß er den Vorderlader genommen hatte, weil er an Ouwas Wohl dachte, obwohl er sich im klaren war, welchen Gefahren er sich dadurch aussetzte. Doch er wußte, daß seine Rücksichtnahme ganz umsonst gewesen wäre, wenn er Ouwa jetzt darauf aufmerksam gemacht hätte, wie sehr er sich um seine Gesundheit sorgte. Vielleicht hätte Ouwa dann sogar gemerkt, daß jedermann in Hunter's Drift seinetwegen höchst beunruhigt war.

,,Vielleicht war es wirklich unüberlegt", sagte er deshalb beschwichtigend und führte seinen Bericht rasch zu Ende; natürlich überging er alles, was mit Xhabbos Rettung zusammenhing. Doch daß er nicht offen sagen konnte, warum er sich für den Vorderlader entschieden hatte, ging tief und tat ihm so weh, daß es zu einem Markstein seiner seelischen Entwicklung wurde. Nach dem Essen, bevor Ouwa hinausging, um seinen Mittagsschlaf zu machen, lobte er zum Glück François sehr nachdrücklich, weil er den Leoparden erlegt hatte. So konnte François das erlittene Unrecht vergessen und hatte auch Gelegenheit, rasch auf ein Wort mit Ousie-Johanna in die Küche zu verschwinden.

Sie saß an ihrem großen Tisch aus schlichtem weißem Holz, der wie immer so sauber gescheuert war, daß seine Platte wie Atlasseide glänzte. Sie saß da und stützte mit beiden Händen ihr mehrfaches Doppelkinn. In dem hellen, milden Nachmittagslicht, das leuchtend durch die großen weißen Fenster fiel, sah man jede Nuance ihrer Haut. François entdeckte sofort die dunklen, angetrockneten Tränenrinnen auf ihren Backen.

,,Was ist denn los, kleine alte Ousie?" fragte er.

,,Es ist alles umsonst, verdammt nochmal, Kleine Feder", brach es aus ihr hervor, wobei sie den einzigen Fluch an den Mann brachte, den sie überhaupt in den Mund nahm, und auch der rutschte ihr nur heraus, wenn sie unter großem seelischen Druck stand. ,,Es ist alles umsonst, verdammt nochmal. Hast du das gesehen? Nicht angerührt hat er das Essen, das ich mir die ganze Nacht hindurch ausgedacht und einen geschlagenen Vormittag lang für ihn gekocht habe, und zwar besser als je! Kaum angerührt hat er's. Das gehört sich nicht, verdammt nochmal. Der Mann ist ganz verflutscht behext (so sprach sie ,,ganz verflucht" aus); er sollte keine Zeit mehr verlieren und auf der Stelle zu uLangalibalela gehen. Auf der Stelle geh ich jetzt zu deiner Lammie und sag ihr das."

Lammie war immer ,,seine" Lammie, wenn Ousie-Johanna unzufrieden mit ihr war, und prompt „ihre" Lammie, wenn sie es Ousie-Johanna recht machte.

„Sag mal, kleine alte Ousie", unterbrach er sie, „ist es denn möglich, daß jemand von einem Zauberdoktor geheilt wird, ohne daß er ihn aufsucht? Können andere für ihn gehen?"

Ousie-Johanna sah einen Augenblick ganz verdutzt drein, aber nicht etwa, weil ihr sein Einfall abstrus vorkam, sondern weil bis jetzt noch keiner von ihnen dran gedacht hatte, wo es doch geradezu auf der Hand lag.

„Du bist ein schlauer kleiner Skelm", sagte sie dann – das hieß „ein kluger kleiner Schelm" und war, wenn man es mit der richtigen Betonung und im richtigen Augenblick sagte, ein Ausdruck bewundernder Liebe. „So wahr unser kleiner Herrgott im Himmel lebt, ich glaube, das ist durchaus möglich, aber warum gehst du nicht schnurstracks zu 'Bamuthi und fragst ihn? Er weiß es ganz bestimmt, der schlaue Matabele, der einen so prächtigen Schatten wirft!" Das war ein großes Kompliment der Bantu und hieß, daß man von jemandem sehr viel hielt.

François ging sofort hinaus zu den Kraals, um 'Bamuthi zu fragen, der für ihn in solchen Dingen die höchste Autorität darstellte. 'Bamuthi sagte ihm ohne Zögern, wenn jemand den Zauberdoktor besuche und etwas von Ouwa selbst mitnehme wie zum Beispiel ein Fingernagelschnippel oder noch besser ein Haar von seinem Kopf, dann könne der Zauberdoktor sehr wahrscheinlich den Zauber lösen, der über Ouwa lag, ohne daß Ouwa selbst anwesend war. Im gleichen Atemzug ermahnte er François, sich auch ja ein Haar seines Vaters zu beschaffen. Wenn die Doktoren in der Hauptstadt sie im Stich ließen, konnte er, 'Bamuthi, in die Wege leiten, daß der große uLangalibalela sich den Zauber vornahm, mit dem die Regierung, so war er nach wie vor überzeugt, Ouwa geschlagen hatte.

Am Nachmittag brachte François Ouwa ein Kaffeebrett auf die Terrasse und ein paar von Ousie-Johannas besten

Zwiebäcken und kleinen Kuchen, die oben und unten braun waren wie die Zigeuner und in der Mitte weiß wie der Schaum auf der Milch. Das war in Hunter's Drift ein fast geheiligter Brauch geworden. So weit zurück François sich überhaupt erinnern konnte, hatte er sich immer mit Ouwa und Lammie auf der Terrasse im Westen des Hauses getroffen, dem Sonnenuntergang zugesehen, Kaffee getrunken und Kuchen und Zwieback gegessen. Sie aßen zusammen und erzählten sich fröhlich, was es an dem Tag Neues gegeben hatte, bis der Augenblick kam, wo die Sonne den Horizont berührte. Es war ganz merkwürdig, wie sie da immer verstummten und dem Verschwinden der Sonne mit einem Schweigen zusahen, das voller Staunen und Ehrfurcht war. Jeder Sonnenuntergang war anders, und François konnte sich an keinen einzigen erinnern, der nicht ein gewaltiges Schauspiel mit einem ganz eigenen Glanz gewesen wäre. Er selbst wurde in dieses Schauen so hineingezogen, daß es für ihn kein bloß äußerliches Ereignis mehr war, sondern etwas, das tief in seinem Innern geschah. Die Zeit sollte kommen, wo er die Empfindung hatte, seine Vorstellungskraft sei bei diesem täglichen Ereignis mit einer unergründlichen mythologischen Verkündung konfrontiert. Dieser Eindruck wurde auch nicht herabgemindert durch die Gewohnheit, im Gegenteil, sein Sinn für das Wunderbare nahm noch zu und sein innerer Frieden war merkwürdig abhängig davon. Vorher aber las er jahrelang einfach alle möglichen Geschichten aus dem Sonnenuntergang heraus, die mit den herrlichsten Farben illustriert und von einem Gefühl begleitet waren, als triebe von der andern Seite der Welt eine mächtige Musik auf ihn zu.

Sie waren alle drei überaus enttäuscht und gereizt, wenn dieses abendliche Ritual durch irgend etwas gestört wurde, vielleicht weil „man dabei das Gefühl hat, daß wir selbst, der Busch, die Vögel, alle in Hunter's Drift, die Tiere, ja sogar die Fledermäuse einig sind und zueinander gehören". Das hatte Lammie, die die Fledermäuse sonst verabscheute, einmal nach einem besonders bewegenden Sonnenuntergang gesagt und links seine und rechts Ouwas Hand ergriffen.

Aus diesem mythologischen Augenblick kehrten sie immer bei Anbruch des Abends in die Wirklichkeit zurück, wenn von den Klippen am Fluß die Fledermäuse auftauchten und mit ruckartigen Bewegungen blitzschnell im Zickzack durch die braune Nachtluft flitzten wie Pinselstriche auf chinesischen Tuschzeichnungen vor dem im Westen verdämmernden scharlachroten Licht.

Dieser Nachmittag war keine Ausnahme. Als François kam, versuchte Ouwa aufzublicken, als ob weiter nichts wäre, und dankte ihm mit einem kurzen, sardonischen „Du bist wirklich ein patenter Bursche". In diesem Augenblick erschien auch Lammie. Sie goß wie immer den Kaffee ein, und sie machten es sich bequem, um dem Sonnenuntergang zuzusehen. Es war ein klarer, wolkenloser Abend ohne einen Hauch Feuchtigkeit, ohne einen Dunstschleier am Himmel. François konnte die Sonne verfolgen, bis ihr letztes Segment wie ein lind orangefarbener Splitter über der dunkelblauen Horizontlinie schwebte. So klar war es, daß die Silhouette der hohen Baumwipfel im Busch zwischen Hunter's Drift und der Wüste im Westen sich wie ein Band schwarzer Spitzen vor dem seidigen Licht eines japanischen Wandschirmes über das weite Hügelmeer zog.

In diesem Augenblick brach sein Vater, soweit sich François erinnern konnte zum erstenmal, das Ritual des Schweigens und rief, nicht auf Englisch, sondern auf Sindabele: „*Langa, valela.*"

Dieses „Sonne, ade!" klang so endgültig, daß es in François die schlimmsten Befürchtungen wachrief. Er ging die Nacht mit der festen Überzeugung zu Bett, daß Ouwas Worte mehr gewesen waren als einfach ein klassischer, angemessener Gruß für einen der vielen großartigen Sonnenuntergänge. So sicher war er seiner Sache, daß er vielleicht nicht hätte einschlafen können, wenn ihn nicht eins beruhigt hätte: 'Bamuthi hatte gesagt, es gebe noch einen andern Weg, mit der Krankheit seines Vaters fertigzuwerden. Es gab uLangalibalela, und es war bedeutsam genug, daß sein Name auch mit ihrer großen Sonne zu tun hatte.

François wachte früh um vier auf, als Ouwa und Lammie die letzten Vorbereitungen trafen. Ihr leichtester, schnellster und am besten gefederter Maultierwagen sollte sie nach Hunter's Drift bringen, damit sie den Schnellzug erreichten, der am frühen Morgen von Livingstone und den Victoriafällen kam und in die Hauptstadt fuhr. Ouwa hatte schon vor einer Woche entschieden, François solle unter keinen Umständen mit zu Station kommen. Das Leben, sagte er, sei ein Vorgang, bei dem Seiten umgeblättert würden, und wenn sie umgeblättert werden müßten, sollte es rasch und bestimmt geschehen. François hatte protestiert, aber umsonst. Es blieb ihm nichts anderes übrig, als sich auf seinen Platz im Eßzimmer zu setzen, neben sich Hintza, verjüngt und hellwach. Dann erschienen auch Lammie und Ouwa. François ließ seinen Kaffee und seine Zwiebäcke gierig in sich verschwinden. Lammie tat bei ihrer Portion ihre Schuldigkeit, mehr nicht. Was Ouwa mit seiner Portion angefangen hätte, bleibt im dunkeln, denn man ließ ihm gar keine Wahl. Ousie-Johanna war nämlich nicht in der Stimmung, seinen Zweifeln nachzugeben. Sie hatte ihre eignen Vorstellungen von dem, was gut und richtig war, und wer etwa gemeint hatte, sie lasse sich einfach abspeisen in einem kritischen Augenblick, wo sie ihre Pflicht und Schuldigkeit tun mußte, hatte die gewaltige Küchenfee von Hunter's Drift schwer unterschätzt. Als sich Ouwa setzte, trat sie mit einer großen, blauen, dampfenden Porzellankanne in Erscheinung, die einen so durchdringenden Geruch verbreitete, daß im Handumdrehen alles verpestet war und der sensible Hintza heftig niesen mußte. François fand das gar nicht verwunderlich, denn es war auch nicht gerade sein Lieblingsgeruch. Es handelte sich dabei um den Duft des schrecklichen *buchu*-Krautes – eine Art Buschmann-Universalheilmittel für alle Krankheiten, die Leib und Leben betrafen, ein Mittel, das nicht nur bei Ousie-

Johanna, sondern auch bei den Matabele und sogar bei Lammie Kredit hatte. Was Lammie anging, war ihr Glaube daran insofern unvollkommen, als sie es für ein Mittel gegen Erkältung und Grippe im Winter hielt. Aber Ousie-Johanna wollte von solchen Einschränkungen seiner Kraft nichts wissen. Wie eine Art weiblicher Merlin mit einem Zaubertrank zeigte sie die Kanne vor, setzte sie mit Bestimmtheit auf den Tisch ab, stellte einen großen weißen Humpen daneben und verkündete entschieden: „Du trinkst jetzt ganz verflutscht von diesem *buchu,* Ouwa, oder Ousie-Johanna wird nie mehr mit dir sprechen. Ich koch zwar vielleicht weiter für dich und meine Lammie bis an mein Lebensende, aber die Ousie-Johanna, die immer für dich gesorgt hat, jawohl, die wird nie mehr mit dir sprechen."

Ouwa war zwar etwas erstaunt über Ousie-Johannas Benehmen, aber gleichzeitig gerührt von ihrer Besorgtheit, die sich wie ein goldener Faden durch ihr ungestümes Auftreten zog. Er lächelte gezwungen und ironisch wie immer, füllte gehorsam den Humpen und führte ihn langsam an die Lippen. Doch bevor er ihn berührte, schien der durchdringende Geruch sogar seine vielgeprüfte Persönlichkeit abzuschrecken.

„Los, Ouwa, trink das ganz verflutscht hinunter!" ermahnte ihn Ousie-Johanna, die spürte, daß er drauf und dran war, ihr einen Korb zu geben, „du weißt doch, einen Mann, der in den kalten Morgenstunden zu einer Reise aufbricht, schützt nichts auf der Welt so gut wie *buchu.* Du weißt doch, wie oft ich euch alle drei mit meinem *buchu,* das ich besser mache als jeder andere, von schweren Krankheiten kuriert habe. Meine Schwester stand schon mit einem Fuß im Grab, und ich..."

„Meine liebe Ousie", antwortete Ouwa mit dem Humpen an den Lippen, „würdest du bitte aufhören, mich anzuschwindeln? Ich glaub dir doch schon lange!" Dabei führte er den Humpen zum Mund und trank den *buchu* so rasch als möglich aus.

Als er das erledigt hatte, schnitt er eine Grimasse und sagte zu François: „Noch nie hat ein Mann einer Frau soviel zuliebe getan...Ich kann dir drei gute Gründe nennen, warum ich das Zeug nicht hätte anrühren sollen. Erstens ist mir der Geschmack widerlich. Zweitens glaube ich, daß es völlig nutzlos ist. Drittens hätte ich den Platz, der in meinem zusammengeschrumpften Magen übriggeblieben ist, lieber für etwas heißen, süßen Kaffee aufgespart."

Doch nichts, was er sagte, auch nicht dieser Spaß, konnte das triumphierende, zufriedene Strahlen, das sich auf Ousie-Johannas Gesicht ausgebreitet hatte, im geringsten dämpfen, und dieses Strahlen wärmte ihn vielleicht mehr als der heiße *buchu*. Auch hatte Ousie-Johannas Intervention ein gewisses komisches Element ins Spiel gebracht, und das machte den bald darauf erfolgenden Aufbruch der Eltern leichter, als er sonst gewesen wäre.

François mußte sich jetzt um Xhabbo kümmern. Obwohl es noch dunkel war, hätte er sich, sobald das Geräusch der Wagenräder und das Klippklapp der Maultierhufe im Busch verklungen war, gern sofort auf den Weg gemacht in Richtung der Höhle, in der er den kleinen Buschmann zurückgelassen hatte. Doch das wäre Ousie-Johanna verdächtig vorgekommen. Er konnte sie nur bitten, ihm so bald als möglich sein Frühstück zu machen, er wolle im Busch draußen nach ein paar schönen, fetten Riesentrappen Ausschau halten, den in der Gegend heimischen wilden Pfauen, auf die Ousie-Johanna immer scharf war. Während sie sein Frühstück machte, ging er auf die andere Seite des Hofes hinüber in die große Vorratskammer, die er jetzt, wo er offiziell die Schlüssel von Hunter's Drift verwaltete, ohne weiteres aufschließen durfte, und holte sich drei besonders große, gute Stücke Rinder-Biltong, das heißt Fleisch, welches nach Landesbrauch an der Sonne getrocknet und reihenweise am Dachbalken aufgehängt wurde. Gleichzeitig deckte er sich reichlich mit Rosinen und gedörrten Pfirsichen ein. Diese Vorräte trug er in sein Zimmer, ohne daß es Ousie-Johanna sah, wickelte sie rasch in Papier ein und verteilte sie auf den Boden seines Proviantbeutels, den er immer mitnahm, wenn er für einen Tag in den Busch hinausging. Dann machte er seinen alten Vorderlader fertig, der ihm am Vortag so gute Dienste geleistet hatte. Er stöpselte diesmal keine massive Bleikugel, sondern eine gute Handvoll Bleischrot den Lauf hinunter und verwandelte ihn damit in eine Schrotflinte. Dann erschien er in voller Montur in der Küche und aß sein gewaltiges Frühstück auf, was Ousie-Johanna natürlich von Herzen freute. Er nutzte das gleich aus und überredete sie, ihm noch eine ganze Reihe von Schinken- und Käsebroten zurechtzumachen und die größte Thermosflasche, die aufzutreiben war, mit heißem, süßem Kaffee zu füllen. Kurz nach Sonnenaufgang machte er sich dann mit Hintza auf in den Busch.

Er staunte, wieviel schwieriger der Aufstieg war, als er es vom Vortag her in Erinnerung hatte. Je höher sie kamen, desto mehr wunderte er sich, daß der so schwer verwundete Xhabbo das überhaupt geschafft hatte, und er empfand immer mehr Achtung vor ihm. Als er auf dem Gipfel stand und sah, wie das trübe Wasser des Amanzim-tetse am Fuß der dunkelblauen Klippe schäumte, meinte er für ein paar Augenblicke, er habe den Weg zu der Höhle verloren. Verwirrt sah er sich um und merkte, daß er keine klare Vorstellung hatte, wie es jetzt weiterging. In seiner Ratlosigkeit wandte er sich Hintza zu. Hintza wurde immer ungeduldiger und versetzte ihm leichte Püffe ins Bein, was er jeweils tat, wenn er der Meinung war, es sei jetzt wirklich an der Zeit, daß François auf ihn achtete und sich auf die Socken machte; schließlich hatten sie allerhand dringende Geschäfte zu erledigen! François beugte sich zu ihm hinunter, kraulte ihn zärtlich hinter den Ohren und fuhr ihm durch das magnetische Rückenhaar. „Geh voran, Hin", flüsterte er dann in der Buschmannsprache, „geh voran. Aber nicht gar so schnell. Du mußt dicht an mir dranbleiben."

Hintza trabte sofort los, sah hie und da zurück, ob François auch noch hinter ihm sei, und blieb stehen, wenn die Gefahr bestand, daß sie zu weit auseinander gerieten. Bald waren sie wieder unter Felsblöcken und wilden Reben, umd François war es so, als hätte er sie schon einmal gesehen. Er war seiner Sache aber noch nicht ganz sicher, bis sie zu einem besonders großen, glatten Felsblock kamen, den er augenblicklich wiedererkannte; es war derselbe, den Xhabbo am Vortag mit seiner Hilfe erklettert hatte. Es wurde ihm allerdings bewußt, daß er ihn nicht auf Grund seiner Form erkannt hatte, sondern weil eine nicht zu übersehende Blutschliere, die offenbar von Xhabbos schrecklich verwundetem Bein stammte, über seine schimmernde Oberfläche lief.

Bevor er über den Felsblock kletterte, schnallte er seine Wasser-Feldflasche ab, goß ein bißchen von der kostbaren Flüssigkeit auf sein khakifarbenes Buschtaschentuch und entfernte sorgfältig alle Blutspuren von dem Stein. Dann kletterte er auf den Felsblock und wollte gerade auf der andern Seite hinunterspringen, als er auf der Kuppe eines ihm unmittelbar gegenüberliegenden Hügels eins der Tiere entdeckte, die er ganz besonders mochte. Es war ein seltenes Glück, wenn man einen kleinen Klippspringer sah, die kleinste Buschantilope. Der Klippspringer (wörtlich Felsblock-Springer) hieß so, weil er gewaltige Sprünge machen konnte wie eine Gemse. Sowohl die Matabele wie die Buschmänner hielten ihn für ein liebenswertes, sanftes und wohltätiges Geschöpf. Er war der Held in vielen afrikanischen Märchen, eine Art königlicher, anmutiger Däumling. In den Geschichten, die in den Bienenstockhütten im ganzen Land ums abendliche Feuer herum erzählt wurden, trat er immer in Erscheinung, um dem Guten über das Böse und dem Schönen über das Häßliche zum Triumph zu verhelfen und um die Schwachen und Schutzlosen vor dem Untergang durch Riesen und andere Buschtyrannen zu bewahren. François kannte viele von diesen Geschichten und erinnerte sich vor allem an eine, die ihm die alte Koba erzählt hatte.

In ihrer Geschichte war der Klippspringer das Bevorzugteste aller Geschöpfe, die Mantis, der Buschmanngott, geschaffen hatte. Es wurde geschildert, wie Mantis die kleine Antilope eigenhändig mit dem süßesten wilden Honig gefüttert hatte, was besagen wollte, daß Mantis dem kleinen Tier alle Süße des Daseins verliehen hatte, über die er verfügte. Es gab eine besonders bewegende Episode, als nämlich Mantis den Klippspringer einmal vor einem Elefanten retten mußte. Der Elefant spielte in der Welt des Buschmanns, ganz anders als in der Welt der Matabele – die gleiche Rolle wie die einäugigen Riesen in den griechischen Sagen, die François las, oder die bösen Riesen in den europäischen Märchen. Er bedrohte stets das Leben der Unschuldigen und Kleinen, die für die Buschmänner, die selber klein waren, so überwältigende Bedeutung hatten. In dieser Episode befand sich Mantis tief in einer Höhle am Abhang eines Hügels, wo ein paar wilde Bienen ihr Nest hatten. Er holte die durchscheinenden Waben mit allersüßestem Honig eine nach der andern heraus, warf sie seinem geliebten Klippspringer zu und rief laut dabei: ,,Iß, mein Honigkind, iß und wachs und sag mir, daß du glücklich bist!" Dann dankte ihm der Klippspringer mit seiner wunderbar weichen, flötenden Stimme. Doch mit einemmal fiel ein großer Schatten über die Höhle. Ein Elefant, der schon lange argwöhnisch beobachtet hatte, was Mantis tat, und der ein Lekkermaul war wie kaum ein andres Tier im Busch, war herbeigekommen, um den Honig für sich selbst zu schnappen. So gierig war dieser große Elefantenbulle, daß er nicht nur den Honig hinunterschlang, der draußen im Gras lag, sondern auch den kleinen Klippspringer. Als Mantis den Schatten bemerkte, rief er besorgt hinaus: ,,Du ißt und wächst doch schön, Honigkind?" Da hörte er statt des süßen Rufes der Dankbarkeit die rauhe, unhöfliche Antwort des Elefanten, der umsonst versuchte, einen Klippspringerruf nachzuahmen: ,,Wie soll ich denn wachsen, wenn du mir so wenig zu fressen gibst?" Mantis wußte sofort, daß Unheil im Anzug war. Mit der für ihn so charakteristischen Unbändigkeit sprang er aus der Höhle heraus und packte, so winzig er war, rasch einen zufällig da herumliegenden Stachel eines Stachelschweines, sprang dem Elefanten ins Maul und zwang ihn, ihn hinunterzuschlucken. Sobald er glücklich im Bauch des Elefanten gelandet war, begann er ihn mit dem spitzen Stachelschweinstachel so heftig und gleichmäßig zu stechen und zu kitzeln, daß der Elefant Magenkrämpfe bekam und einen solchen Brechreiz verspürte, daß er sowohl den Klippspringer wie auch Mantis erbrechen mußte, bevor ihnen ein Leid geschah. Dann machte er sich verärgert davon.

So einen kleinen Klippspringer sah François jetzt auf dem gegenüberliegenden Hügel. Seine zierlichen schwarzen Hufe wirkten wie frisch lackiert; sie gingen über in die langen, schlanken, mit kurzem Goldhaar bedeckten Beine. Darüber erhob sich der wohlproportionierte, gleichfalls mit goldenem Haar bedeckte kleine Körper, der im Augenblick vom Licht der frühen Morgensonne so gesättigt war, daß er nach oben zu und den gestreckten Hals entlang feurig aufflackerte bis zu dem stolzen kleinen Kopf, der mit einem zierlichen, schwarz glänzenden Paar Hörner bekrönt war, die wie Spiegel aufblitzten im klaren Morgenlicht.

François hatte den Eindruck, dieses kleine Tier sei ihm noch nie so schön und auch noch nie so rein und furchtlos erschienen. Es hatte François und Hintza gesehen, blickte aber nur gebannt in ihre Richtung. Da es wußte, daß es sicher war auf der Spitze, wo es stand, hatte es bloß einen flüchtigen Blick für sie übrig; dann blickte es wieder geradeaus über den Fluß und den Busch, als sei es wirklich Herrscher über die ganze unter ihm ausgebreitete riesige, schimmernde Welt mit ihrem gelben und grünen, vom Vogelgesang widerhallenden Dickicht und dem Blau, Zinnober- und Scharlachrot der vielerlei bunten Vögel von Hunter's Drift, die darüber hinwegflogen. François betrachtete es als besonders gutes Vorzeichen, daß er den Klippspringer jetzt und in dieser reglosen Haltung vor sich sah.

Xhabbo mußte sie von weitem gehört haben, und obwohl

er ziemlich sicher sein konnte, wer da kam, hatte er sich vorgesehen. Dasselbe tat auch François, als er nämlich den Kopf durch den Eingang streckte, rief er, immer noch flach auf dem Bauch, Xhabbos Namen und den üblichen Gruß. Dabei hob er das Kinn und sah sich um. Die Höhle schien leer zu sein. Dann antwortete vom andern Ende her eine Buschmannstimme, und wenig später tauchte Xhabbo auf. Er humpelte aus der Dunkelheit ins Licht eines schräg einfallenden Sonnenstrahls und blieb da mitten in der Nähe einen Augenblick stehen. Seinen Bogen, auf dem bereits ein Pfeil lag, hatte er in der Linken, seinen Speer, den er als Krücke benutzte, in der rechten Hand. François sprang sofort auf und ihm entgegen. Aber Hintza kam ihm zuvor. Er hatte Xhabbo gleich wiedererkannt, machte einen gewaltigen Satz nach vorn, setzte sich auf die Hinterbeine und hielt ihm grüßend sein Pfötchen hin. Xhabbo ließ Pfeil und Bogen sofort sinken und nahm Hintzas Pfote in die Hand; dabei ging ein breites Lächeln über seinem mongolischen Gesicht auf und beleuchtete seine feinen Züge. Dieser Sonnenstrahl genügte, um François zu zeigen, daß Xhabbos Gesicht wieder seine normale helle Aprikosenfarbe hatte. Ein großes Gefühl der Erleichterung wallte in ihm auf. Er legte ihm zum Willkomm die Hand auf die Schulter und spürte, daß die Haut, die er berührte, so trocken und kühl war wie seine eigne.

,,Du kommst wieder, wie gestern, Fuß des Tages", grüßte ihn Xhabbo.

,,Fuß des Tages?" wiederholte François, ganz verwirrt durch diesen Ausdruck.

,,Ja, so ist es", antwortete Xhabbo, und seine Stimme klang jetzt feierlich und ernst bewegt. ,,Als Xhabbo in der vorigen Nacht in den Zähnen des Ungeheuers im Busch gefangen war und dalag und sich im Dunkeln abmühte und spürte, daß es für ihn kein Entkommen gab und kein Ende der Nacht, da kamst du, das hat Xhabbo ganz klar gefühlt, wie Fuß des Tages und brachtest ihm den Morgen. Deshalb bist du für Xhabbo ganz klar ,Fuß des Tages'."

Xhabbo sprach langsam, überlegend, und suchte wie ein Jäger, der einer schwierigen Spur folgt, nach dem, was er zum Ausdruck bringen wollte. So konnte sich François in aller Ruhe klar machen, was er sagte. Dabei erinnerte er sich, wie ihm die alte Koba erzählt hatte, es gebe zwei große Sterne am Himmel, zwei sagenumwobene Jäger. Die beiden hießen, wobei die Abfolge wichtig war, Herz der Morgendämmerung und Fuß des Tages. Herz der Morgendämmerung und Fuß des Tages waren abwechselnd Morgen- und Abendstern. Wenn Herz der Morgendämmerung, wie sein Name besagte, Morgenstern war, war Fuß des Tages Abendstern und hieß dann Ferse der Nacht. Wenn Fuß des Tages Morgenstern war, wurde Herz der Morgendämmerung Auge des Abends. Dabei ging François plötzlich auf, daß Xhabbo ihm mit „Fuß des Tages" einen der höchsten Ehrennamen der Buschmänner verlieh. Er fühlte sich so unwürdig, unter die Sterne versetzt zu werden, daß er rot wurde und Xhabbo zu erklären versuchte, daß er zuhause ganz und gar nicht für eine so erhabene Persönlichkeit gehalten wurde, sondern für die Matabele und sogar für die alte Koba die allerkleinste kleine Feder war.

Doch als er das Wort Matabele erwähnte, wurde Xhabbo ganz böse. In seinen dunklen, großen, archaischen Augen funkelte ein uraltes Licht auf. Er machte eine Bewegung, die offenbar besagte, etwas Besseres könne man von Leuten, die so phantasielos, rücksichtslos und voller roher Gewalt seien wie die Matabele, ja auch nicht erwarten. Und er fügte rasch und ausführlich hinzu, was ihn und seine Leute angehe, werde François von jetzt an als Fuß des Tages bekannt sein.

François hielt es für das Beste, die Sache auf sich beruhen zu lassen. Er bat Xhabbo, sich mit ihm dorthin zu setzen, wo am meisten Sonne einfiel, denn es war da drinnen ziemlich kühl und er sah, daß Xhabbo eine Gänsehaut hatte. Hier konnte ihn die Sonne wieder durchwärmen. Dann holte François rasch die große Thermosflasche mit dem heißen, süßen Kaffee aus seinem Proviantbeutel hervor und gab

Xhabbo dazu noch zwei schmerzstillende Tabletten, die er mitgebracht hatte. Sobald das erledigt war, nahm er den Verband vom Vortag ab. Als die Wunde freilag, freute sich François zwar, daß sie so sauber aussah, war aber immer noch entsetzt über ihre Breite und Tiefe. Er konnte nichts weiter tun, als das Bein noch straffer einbinden, damit die beiden Wundränder stärker aneinandergepreßt wurden. Dabei fragte ihn Xhabbo ganz flehentlich, ob er nicht nochmals von der mächtigen Medizin bekommen könne, die François am Vortag in die Wunde geträufelt habe. Offenbar meinte er das Jod, das er für eine mächtige Medizin hielt, weil es die Kraft hatte, einen brennenden Schmerz zu verursachen. Doch François wußte, daß Jod nur sparsam angewendet werden sollte, und mußte ihn also enttäuschen. Er verband und bandagierte die Wunde so rasch als möglich. Als er fertig war, fühlte sich Xhabbo durch die schmerzstillenden Tabletten so wunderbar entspannt, daß er sich hinsetzen und das Essen genießen konnte, das François jetzt vor ihm ausbreitete.

Es wirkte auf Xhabbo wie ein großer, wertvoller Schatz. Er begrüßte alles, was zum Vorschein kam, mit Lauten, die großen Beifall ausdrückten. Einen wahren Sturm der Begeisterung verursachte das Biltong, das ganz unten im Proviantbeutel gelegen hatte. François wußte, daß die Buschmänner auch eine Art Biltong herstellten und Xhabbo deshalb eine Vergleichsmöglichkeit hatte für die großen Stücke Rinder-Biltong aus Hunter's Drift.

,,Das hier", rief Xhabbo aus und deutete auf das Biltong, ,,wird Xhabbo sehr kräftig und gesund machen, bevor der Tag zu Ende geht!"

Vielleicht war diese Äußerung nicht wörtlich gemeint. Aber sie machte François auf die Gefahr aufmerksam, daß Xhabbo möglicherweise allzu rasch wieder von hier weg wollte. Er protestierte unwillkürlich, denn er hatte Angst, es könnte Xhabbo auf seinem Rückweg in die Wüste zu seinen Leuten etwas zustoßen, wenn er mit einem nicht richtig verheilten Bein so allein und so lange unterwegs war.

Doch François hatte noch einen andern, ganz zwingenden Grund. Er konnte einfach den Gedanken nicht ertragen, sich so bald von dem kleinen Buschmann trennen zu müssen. Für ihn hatte dieses unerwartete Auftauchen eines Menschen, der dem Volk seiner geliebten Koba angehörte, etwas Magisches. Er hatte geglaubt, die Buschmänner mit ihren Körpern von Kind-Männern und mit ihren Bogen und Pfeilen und Pinseln seien für immer aus der afrikanischen Welt verschwunden. François hatte zwar viele gute, treue Freunde in Hunters's Drift, aber er hatte sie sich nicht selbst ausgesucht. Sie waren gleichsam von Ouwa, Lammie, 'Bamuthi und anderen für ihn ausgesucht worden. Bei Xhabbo hingegen fühlte er zutiefst, jenseits aller Worte, über die er verfügte, daß er zu ihm, zu ihm allein gekommen war. Gerade im Augenblick, wo er besonders dringend jemanden brauchte, der seiner eignen Wahl entsprach, war er – nein, waren er und Hintza – Xhabbo begegnet. Wie 'Bamuthi, Ousie-Johanna und die andern Matabele maß François einem solchen Zusammentreffen eine ganz besondere Bedeutung bei, und daß Xhabbo gerade jetzt erschien, wo er von seinen Eltern getrennt war, hielt er für das Wichtigste, was er je erlebt hatte.

Eine schöne Bestätigung dafür war auch, daß zwischen ihm und Xhabbo alles zum besten stand. Sie sprachen miteinander, als hätten sie sich zeit ihres Lebens gekannt. Xhabbo empfand es auch nicht als Verstoß gegen die guten Sitten, ab und zu die Aussprache von François zu berichtigen; François sprach nämlich Kobas Buschmannsprache, und Koba stammte aus einem andern, ein paar tausend Meilen weiter entfernten Landesteil. Das war zum Beispiel der Fall, als François Xhabbo von dem Klippspringerbock erzählte, der so ruhig und vertrauensvoll auf dem Dach seiner Behausung gestanden hatte. Er sprach von ihm, wie es die alte Koba immer getan hatte, als von dem, ,,der Mantis gehört", und das hieß: ,,der Kaggen gehört".

Xhabbo sah einen Augenblick verwirrt aus. Dann ging ein Lächeln reiner Freude über seinem Gesicht auf, und er rief:

„Ah, du meinst das Geschöpf, das Koeggen-A gehört!"
Xhabbo führte sofort näher aus, er sei auch der Meinung, daß es ein besseres Vorzeichen gar nicht hätte geben können. Die Höhle, in der sie saßen, war übrigens auch der Wohnsitz von Mantis. Wirklich, sie war der Wohnsitz von Mantis gewesen, bevor sie der Wohnsitz von Xhabbos Vorfahren wurde. Er hörte auf zu essen, stand zum Schrecken von François auf und humpelte ohne den Speer auf die weiche, honigfarbene Wand der Höhle zu. Wie Wasser beleckte dort der Widerschein der gelben Sonnenstrahlen das Bild, das Mantis darstellte und den Regenbogen, der sein Schwiegersohn war, und den Mungo, der sein Enkel war und einer Riesenschlange gegenüberstand. Xhabbo wies mit angewinkeltem Zeigefinger darauf hin; er wollte nämlich nicht so unhöflich sein, einfach geradenwegs auf einen so heiligen Gegenstand zu zeigen. Hier sah man, erzählte er François, wie Mantis am Anfang gegen die große Schlange in den Kampf gezogen war und sie tötete, um die Höhle für sich und die Menschen der frühen Rasse zu haben.

Dann humpelte Xhabbo wieder zurück und wurde immer lebhafter. Er meinte auch, die kleine Antilope sei ein klares Zeichen, daß Mantis die Höhle immer noch als „seinen Wohnsitz" betrachte und als „Wohnsitz dessen, was seinem Herzen gehörte". Er hielt es für erwiesen, daß sie noch immer unter dem Schutz von Koeggen-A stand und daß ihre Begegnung hier nicht zufällig war: der Alte Feuerdieb (das war der größte Ehrenname von Mantis) mit seiner unendlichen Schlauheit hatte es so eingerichtet.

Xhabbo berichtete dann viel von sich selbst und seinen Leuten, und François ermunterte ihn dazu. Er erzählte, vor etwa fünfunddreißig Tagen sei sein Vater gestorben. Da sein Großvater bereits tot war, „den Weg der Hyäne beschritten hatte", wie er sich ausdrückte, war jetzt er das Familienoberhaupt. Es war aber dringend notwendig, diese Sache rasch der Höhle zu berichten, damit sie den neuen Menschen kennenlernte, der für sie verantwortlich sein sollte. Xhabbo betonte, daß er sofort aufbrechen mußte, obwohl da draußen in der Wüste eine kritische Zeit war, denn es herrschte eine große Dürre und Mangel an Wild, und die letzten Wüstenmelonen waren praktisch aufgebraucht. Doch ein unverkennbares Zeichen hatte offenbart, wie dringlich die Angelegenheit war.

Am Himmel erschien nämlich die größte, längste, langsamste und röteste Sternschnuppe, die sie je gesehen hatten, und zwar in der Nacht, wo sein Vater starb. Natürlich hatte Xhabbo eine Sternschnuppe erwartet. Denn sie taten den Buschmännern immer kund, daß einer der Ihren starb. Die Sterne sahen und wußten alles. Sternschnuppen kamen, wie Xhabbo sich ausdrückte, um ihnen zu bedeuten, daß einer der Ihren, ,,der bis dahin aufrecht gewesen war, tief hinuntergefallen war, wie dieser Stern hinunterfiel, und im Dunkeln auf der Seite lag, bis das Herz der Morgendämmerung kam, um ihm den Weg zu zeigen."

Doch niemand, nicht einmal Xhabbo, hatte erwartet, daß dieses Ergebnis von einer so großen, so roten Sternschnuppe verkündet werde. Ihrer Größe und Farbe nach zu schließen konnte sie ein böses Blutvergießen ankündigen. Alle waren sich einig, er solle sofort die Höhle aufsuchen und dann rasch zu seinem Volk zurückkehren.

Bei seinem Aufbruch sei er vielleicht nicht so gut vorbereitet gewesen, wie er hätte sein sollen. Die Wichtigkeit seines Auftrages und die Folgen, die der Tod seines Vaters haben konnte, lasteten zu schwer auf seinem Herzen; seine Augen ,,fühlten, daß sie voll waren von inneren Dingen und weder leer noch offen genug, um äußere Dinge aufzunehmen." Niemals wäre er sonst in den Rachen des Tieres gestolpert, das ihn dann in den frühen Morgenstunden gepackt hatte. Doch vielleicht war auch das von dem weisen, schlauen Mantis so eingerichtet. Hatten er und Fuß des Tages sich nicht gerade durch sein Mißgeschick gefunden? Er müsse aber, sagte er mit einer gewissen Melancholie, trotzdem aufbrechen, so bald er könne.

Wann das seiner Meinung nach sein werde? fragte François. Xhabbo antwortete nicht gleich. Er stand auf, lief in der Höhle rundherum und probierte sein Bein aus. Dann setzte er sich wieder neben François und sagte: „Xhabbo fühlt, daß sein Bein in drei, wenn nicht sogar schon in zwei Tagen richtig neben seinem Bruder gehen kann. Möchte Fuß des Tages, wenn es soweit ist, nicht mitkommen? Das würde Xhabbo sehr freuen und würde auch Xhabbos Leute in der Wüste sehr freuen."

François faßte die Einladung als großes Kompliment auf und war überrascht, wie leidenschaftlich er wünschte, ja sagen zu können. Es war fast, als ob der Wunsch nicht zum erstenmal in ihm wach geworden wäre, sondern insgeheim in seiner Phantasie weitergewirkt hätte, seit Koba ihm zum erstenmal von ihren Leuten und ihrer Lebensweise erzählt hatte. Natürlich wußte er, daß er nicht mitgehen konnte. Aber er war bestürzt, ja verzweifelt, wenn er daran dachte, daß Xhabbo in drei oder gar schon zwei Tagen vielleicht für immer verschwand. Er protestierte also augenblicklich. Bei Xhabbos Verwundung, sagte er, werde es mindestens eine Woche bis zehn Tage dauern, bevor er daran denken könne, allein einen solchen Weg unter die Füße zu nehmen.

Daß sein Bein erst in einer Woche oder in zehn Tagen wieder heil sein könnte, fand Xhabbo so übertrieben, daß er lachte und lachte, als hätte er noch nie etwas so Lustiges gehört. Es war das wundervollste, ausgelassenste Gelächter, das François je gehört und gesehen hatte. Der ganze Xhabbo wurde gleichsam davon überwältigt; von der Epidermis bis ins Innerste, Geheimste seines Körpers schien er von diesem lodernden Gelächter besessen, und für irgend etwas anderes war offenbar in ihm gar kein Raum mehr. Ja es war ein so strahlendes Gelächter, daß François, dem es doch gar nicht nach Lachen zumute war, davon angesteckt wurde und er auch lächeln mußte.

Hintza lag neben ihm auf dem gelben Sand und sah schon die ganze Zeit aufmerksam von François zu Xhabbo und von

Xhabbo zu François, weil sie sich mittels jener ihm wohlbekannten elektrischen Konsonanten unterhielten, die zwischen ihnen hin- und herfuhren wie hausgemachte Blitze. Sogar ihn hatte offenbar eine unwiderstehliche Lachlust erfaßt. Schon grinste er François an, seine Mundwinkel zuckten und seine lange, rosafarbene Zunge schnellte mit einemmal heraus und beleckte die feinen, bebenden Winkel seiner langen schwarzen Lefzen, als seien sie plötzlich trocken geworden vor Erregung. Doch nach einem Weilchen hatten sich seine Grinskräfte erschöpft und es kam der Augenblick, wo seine Zunge verschwand und ein heftiger Nieser aus ihm hervorbrach; das war Hintzas gewohnte Art, ein Übermaß an Empfindungen loszuwerden, die er nicht auszudrücken vermochte. Als das geschah, sprang Hintza auf und begann mit Höchstgeschwindigkeit um Xhabbo und François herumzurasen, bis das Sonnenlicht trüb wurde vor gelbem Staub, so daß François ihm befehlen mußte, sich wieder neben ihn zu legen. Jetzt konnte Hintza nur noch grinsen und ziemlich flegelhaft die Zähne zeigen als Ersatz für Xhabbos strahlendes, blitzendes Lachen. Insgeheim leuchteten die Kraft und die Schönheit von Xhabbos Lachen trotz all der andern verwikkelten Reaktionen in diesem Augenblick so hell auf in der Phantasie von François, daß er etwas wie Neid empfand und nahezu alles darum gegeben hätte, wenn er selbst so hätte lachen können.

Xhabbo hatte sich auf den Boden fallen lassen, lag hilflos da und wand sich, wie wenn ihn sein Lachen tödlich verwundet hätte. Als es allmählich nachließ, rappelte er sich auf und setzte sich aufrecht hin, wenn er auch ab und zu noch kichern mußte, und François konnte endlich protestieren: „Xhabbo, das ist eine zu ernste Angelegenheit, um darüber zu lachen. Du wirst es nicht schaffen, ein paar Tage lang zu laufen." Xhabbo beherrschte sich, wurde ernst und sagte schließlich: „Fuß des Tages, die Wunden, die die Augen der Buschmänner füllen, sind immer leicht zu heilen. Die Wunden, die der Buschmann fürchten muß, sind die Wunden, die seine eigenen Augen oder die Augen seiner Leute nicht füllen. Das hat ihn Mantis gelehrt."

Mit Schrecken sah jetzt François am Einfallswinkel der Sonnenstrahlen, daß er bereits viel zu lange geblieben war. Er mußte sich rasch von Xhabbo verabschieden und versprach ihm, am folgenden Nachmittag wieder Nahrung und mächtige Medizin herbeizuschaffen.

François hatte keine Uhr. Bis auf seine Eltern benutzten alle in Hunter's Drift die Sonne als Uhr und Kompaß. Sobald er aus der dämmrigen Höhle heraustrat, sah er, daß die Mittagessenszeit bereits vorüber war; er hatte also eine grimmige Ousie-Johanna zu gewärtigen, deren Anspruch auf Autorität besonders groß war, weil seine Eltern nicht da waren und sie sich Sorgen machte. Denn es sah ihm gar nicht ähnlich, zu spät zum Essen zu kommen. Noch schlimmer war, daß er noch gar nichts unternommen hatte im Hinblick auf den offiziellen Zweck seines morgendlichen Streifzuges in den Busch. Er mußte zuerst noch etwas schießen für den Kochtopf.

Im Busch waren leider gerade diese Stunden zwischen Mittag und drei Uhr nachmittags die toten Stunden des Tages. Alle Tiere, Vögel, ja sogar Schlangen verfielen zu dieser trägen Zeit in einen tiefen Traumschlaf. Alles Lebendige schien sich von der Anstrengung, die das Leben bedeutete, zu befreien, und zwar in einem Maß, daß sowohl Matabele wie Buschmänner diesen Zeitabschnitt als die Stunden des Todes betrachteten und folglich auch glaubten, das sei die Zeit, wo Geister aus den Gräbern erständen und als bleiche Schatten vorwurfsvoll und rachsüchtig wie mit schwarzen Krähenflügeln da und dort umherstrichen.

In diesem Augenblick hörte er zu seiner Verwunderung am Fuß des Hügels ein paar Trappgänse rufen. Diesen Ruf mochte er zufällig ganz besonders, weil er selten, wohlklingend und voll glühender Leidenschaft war und alles umfaßte, was mütterlich war im Leben. Eine Trappgans bat ein Männchen, das weiter weg war, um Hilfe bei der Überwachung ihrer Jungen. Hintza hatte den anmutigen Ruf, der wie eine schillernde Seifenblase über der Grabesstille des Tages schwebte, auch gehört. Er machte François mit seinem Winseln in ganz hoher Tonlage darauf aufmerksam und richtete pünktlich Schwanz, Rückgrat und Nase wie eine Kompaßnadel auf den Laut aus. So ungewöhnlich war dieses wunderbare Lebenszeichen zu dieser Tageszeit, daß François unwillkürlich eine ganz übernatürliche Eingebung hatte. Das Haar auf seinem Hinterkopf wurde merkwürdig empfindlich. So kurz nach seinem Zusammensein mit Xhabbo und nachdem sie so viel über Mantis, den Herrn des Hügels und der Höhle, gesprochen hatten, war ihm ganz so, als sei ihm vielleicht der Buschmanngott selbst in seiner schwierigen Lage zu Hilfe gekommen.

Er beugte sich hinunter und flüsterte Hintza in der Buschmannsprache ins Ohr: „Zeig mir's Hin, zeig mir's rasch. Aber vorsichtig, es ist unsere einzige Chance." Hintza hatte ihn offensichtlich verstanden. Ja, er traf so sorgfältige Vorsichtsmaßnahmen, daß er nicht einen einzigen Busch streifte oder auf trockenes Holz oder dürre Blätter trat. François konnte ein herzliches Schmunzeln nicht unterdrücken, als Hintza derart übertrieben die Beine hob; er sah aus wie ein Schlafwandler, der über hohe Alptraum-Hindernisse steigt. Sie waren noch nicht weit den Hügel hinunter, als die Vögel plötzlich schwiegen. François fürchtete natürlich sofort, man habe sie aller Vorsicht zum Trotz doch gehört. Aber Hintza schien nicht die geringsten Zweifel zu haben. Knapp fünf Minuten nach ihrem Aufbruch blieb er im Schatten eines riesigen roten Felsblockes stehen. Seinen Schwanz streckte er in gerader Linie starr aus; er leuchtete wie eins der schönsten gelben Amanzim-tetse-Schilfrohre, und die Spitze zitterte vor lebensprühender Aufmerksamkeit. Seine glänzend schwarze, seidige Nase kräuselte sich, denn er fing die Witterung von etwas Lebendigem auf.

François ging langsam vorwärts, bis er im Schatten neben ihm stand, und kniete sich hin. Dabei achtete er sehr darauf, daß sein alter Vorderlader nicht in die Sonne kam und spiegelte; das hätte ihre Absicht durchkreuzen können. Er blickte in die Richtung, die Hintzas bebender Schwanz anzeigte und auch seine Nase, die sich vor Aufregung über diesen neuen Geruch abwechselnd kräuselte und glättete. Er sah durch einen Vorhang aus knochenweißen Dornsträuchern und langen gelben Grasbüscheln mit glänzenden Samenquasten. Einen Augenblick lang dachte er, auf der Erde vor ihm sei nichts Lebendiges. Doch plötzlich ertönte wieder der volle, wohlklingende Ruf einer Trappgansmutter in stolzer Besorgnis, und unmittelbar danach regte sich ein dunkelblauer Kopf, und ein Schopf heller Federn loderte kaum zwanzig Meter entfernt im fahlen Schatten auf.

François gab sehr drauf acht, daß er im Schatten des Felsblockes blieb, und richtete sich langsam zu seiner vollen Größe auf. Zwei Trapphennen und ein riesiger, aufgeplusterter Hahn mit in der Sonne über und über funkelnden Federn, der sich stolz blähte vor Verlangen, vor seinen Frauen und Kindern zu glänzen, waren da unten in einer kleinen Lichtung alle drei damit beschäftigt, drei kleinen Trappenküken beizubringen, wie sie sich selbst ernähren konnten. Es war ein rührender, unschuldiger Anblick. François hätte trotz Hintzas Ungeduld alles darum gegeben, nicht schießen zu müssen. Widerstrebender als jemals hob er den alten Vorderlader vorsichtig an die Schulter, wartete, bis die drei ausgewachsenen Vögel in Reichweite des Schrotes waren und drückte auf den Abzug. Wie immer sah er nach dem Schuß nichts als eine blaue Wolke von Schießpulver, doch er konnte sich darauf verlassen, daß Hintza erledigte, was etwa noch zu tun war. Und wirklich, als der Schrot mit ungewöhnlicher Wucht in die schläfrige, tödliche Stille krachte, sprang Hintza vorwärts und verschwand im Gras und in den blauen Rauchschwaden.

Alle drei Trappen waren tot, aber zu seiner Verwunderung jagte Hintza mit einem Trappenbaby in der Schnauze immer rund um die beiden andern Küken herum wie ein schottischer

Schäferhund, der ein widerspenstiges Schaf in den Stall zu treiben versucht. François war sofort zur Stelle, und Hintza hatte so zart zugepackt, daß er ihm das kleine Trappenküken vollkommen unverletzt in die Hand legen konnte. Im Augenblick, wo er es sicher abgeliefert hatte, hetzte er den beiden andern nach, fing eins, brachte es gleichfalls unverletzt her, flitzte wieder weg und machte dasselbe mit dem letzten der entsetzten kleinen Vögel, deren Herzen sichtbar klopften unter dem weichen Flaum ihrer Kehlen. François vergewisserte sich, daß sie auf einem Haufen dürrer Blätter und trockenem Gras in seinem geräumigen, leeren Proviantbeutel bequem untergebracht waren. Dann las er die drei toten Trappen auf. Er band ihre Beine zusammen, hängte sie über die Mündung seines Gewehres und trug sie über der Schulter auf dem kürzesten Weg nach Hause.

Die Vögel waren so schwer, daß er ganz atemlos war, als er die Matabele-Kraals erreichte. Er ging rasch auf die Küche zu; und im Augenblick, wo seine Schritte im Hof hallten, erschien Ousie-Johanna. Ihre dunkle Haut war fahlgelb vor Ärger und Besorgnis, und sie war sichtlich entschlossen, François mit ihrer flinken Zunge tüchtig herunterzumachen. Doch der Anblick der drei prächtigen Trappen, die über seiner Schulter hingen, nahm ihr den Wind aus den Segeln. So hatte François Zeit, als erster den Mund aufzutun und zu sagen: „Es tut mir leid, alte Ousie, daß ich so spät bin, aber einen so toten Busch hab ich noch nie erlebt. Ich wollte nicht nachhause kommen, ohne mein Wort zu halten, das ich dir gegeben habe, und diese Vögel da hab ich nur durch puren Zufall erst vor kurzem erwischt. Du verstehst das doch, nicht wahr, kleine alte Ousie?"

Ousie-Johanna war zwar innerlich besänftigt, fühlte sich aber noch verpflichtet, ihm einen Verweis zu erteilen. Doch gerade in diesem Augenblick kam 'Bamuthi von den Scheunen her, wo er für gewöhnlich in der Hitze des Nachmittags saß, auf sie zu. Mit seinen erfahrenen Augen erkannte er sofort, was für leckere Vögel François nach Hause gebracht hatte, und sprudelte eine ganze Reihe von Matabele-Komplimenten hervor wie: ,,Auck! Yebo! Hakiso!" usw.

François nutzte die Gelegenheit voll aus und sagte: ,,Kleine alte Ousie, ich glaube, eine Trappe für uns beide genügt; du gibst doch die beiden andern 'Bamuthi und seinen Leuten? Übrigens hab ich dir sogar noch etwas Besseres mitgebracht als Essen für den Kochtopf."

Ousie-Johanna war schon seit vielen Jahren Witwe, und wenn Ouwa nicht da war, betrachtete sie 'Bamuthi als Hauptersatz für die authentische Stimme männlicher Autorität, die sie in ihrem Leben missen mußte. Sie gab deshalb sofort in einer sehr bezeichnenden Weise nach, indem sie nämlich so tat, als sei sie ungehalten über François. ,,Du solltest wissen, daß du mich nicht zu belehren brauchst, was ich in solchen Fällen zu tun und zu lassen habe, François", sagte sie streng zu ihm, was auch durch das ,,François" statt dem üblichen ,,Kleine Feder" zum Ausdruck kam. ,,Kaum gesehen hab ich, was du da über der Schulter hattest, und schon war's eine beschlossene Sache, 'Bamuthi den größten Teil davon abzugeben. Bitte, 'Bamuthi, bedien dich. Aber was war das eben, noch etwas anderes willst du mir mitgebracht haben?"

François hatte bereits seinen Proviantbeutel abgesetzt und saß jetzt, immer noch schwer atmend nach dem langen, anstrengenden Nachhauseweg, in einer Ecke der Terrasse, auf die die große Küchentür hinausging. Nun mußte Hintza aufpassen, und François holte ein Trappenküken nach dem andern aus dem Beutel hervor, bis alle drei auf ihren zittrigen Beinen verdutzt auf der Steinterrasse standen. Ihr helltürkisen Augen zwinkerten und glitzerten in der platinweißen Sonne, denn im Beutel war es dunkel gewesen. Der Anblick dieser drei hilflosen kleinen Vögel überwältigte Ousie-Johannas großes, unterbeschäftigtes Mutterherz. Ihre ganze Person geriet in Wallung, bis ihr Schutztrieb auf Weißglut war. Da nahm sie die kleinen Vögel auf und trug sie stracks in die Küche, wo sie ihnen zugluckste, wie sie es sich von einer Trappenmutter vorstellte. Da Ousie-Johanna in Hunter's Drift die Aufsicht über den Hühnerhof führte, war dieses Glucksen für François eine klare Garantie, daß die drei kleinen Vögel bald eine Pflegemutter haben würden, nämlich eine untröstliche Henne, deren Eier sich nicht ausbrüten ließen. Ihr Los war ihm vor nur zwei Tagen von Ousie-Johanna geschildert worden.

François und 'Bamuthi sahen sich an. Als sich ihre Augen trafen, begannen sie still vor sich hinzulachen, bis 'Bamuthi der Sache ein Ende machte, indem er ihm zuflüsterte: „Ich rate dir, Kleine Feder, denk dran, daß nur einmal im Leben Trappen in den toten Stunden des Tages auftauchen, um dich vor der spitzen Zunge einer weisen alten Dame zu bewahren. Vergiß nicht: Wer allzu oft an der gleichen Stelle am Flußufer Wasser schöpft, endet im Krokodil."

Es war wirklich nicht notwendig, François daran zu erinnern, daß er sein Glück in den beiden letzten Tagen übermäßig strapaziert hatte. Er war sich darüber schon im klaren gewesen, als er Xhabbo darauf aufmerksam machte, er könne erst am Nachmittag des folgenden Tages wiederkommen.

Xhabbo hatte in den achtundzwanzig Stunden, wo François ihn nicht gesehen hatte, große Fortschritte gemacht. François wünschte zwar von ganzem Herzen, daß Xhabbo wieder auf die Beine kommen möchte, war aber geradezu traurig, daß er nicht etwas langsamer gesund geworden war. Dieser Fortschritt bedeutete, daß der kleine Buschmann noch kürzere Zeit in der Höhle blieb, als er angenommen hatte. Das erste, was François bemerkte, nachdem er Xhabbo begrüßt hatte, war eine tiefe kreisförmige Spur im gelben Sand auf dem Boden der Höhle. Offenbar war Xhabbo die Wände seines geräumigen Unterschlupfes entlang immer rundherum gelaufen, um sein Bein auf den Nachhauseweg vorzubereiten. Noch unheilverkündender war die Richtung, die ihr Gespräch nahm, nachdem François das verwundete Bein begutachtet und Xhabbo mit neuer Nahrung eingedeckt hatte.

François bemerkte, daß Xhabbo zwar erfreut war, ihn zu sehen, aber doch unruhig, ja aufgeregt. Seine schrägen,

schwarzen Augen blickten umwölkt und verwirrt. Auf die Frage, was denn los sei, antwortete Xhabbo, er habe nachts lange wach gelegen, denn es habe in ihm drin ,,gepocht".
,,Gepocht?" fragte François. ,,Was meinst du damit?" Xhabbo erklärte es lebhaft und umständlich. Alle Buschmänner hätten von Zeit zu Zeit etwas in ihrer Brust, das plötzlich zu pochen anfing.
,,Ach so", unterbrach ihn François, ,,dein Herz beginnt schneller zu schlagen?"
,,Nein, Fuß des Tages!" antwortete Xhabbo und schüttelte nachdrücklich den Kopf. ,,Es ist nicht das Schlagen des Herzens. Es ist vollkommen anders. Da ist eine Art Finger, der auf die Haut der Brust pocht wie ein Finger auf eine Trommel; er sagt dem Ohr, es solle horchen, wie an einem weit entfernten Ort gesprochen wird. Uns Buschmännern sagt man schon in früher Kindheit, wir müßten auf dieses Pochen in uns warten, um zu erfahren, was unsere Augen nicht sehen, unsere Ohren nicht hören können und unsere Nase, ja sogar die Nase einer Stachelschweinfrau nicht riechen kann." Das Stachelschwein hatte den Buschmännern zufolge den feinsten Geruchssinn von allen Lebewesen.
Er fuhr fort und erklärte, allen Buschmännern würde beigebracht, sie sollten sich von den andern fernhalten, wenn dieses Pochen in ihnen began. Sie mußten sorgfältig horchen, bis sie wußten, was es bedeutete. ,,Man wäre ein Dummkopf", sagte er, ,,wenn man das Gebot des Pochens nicht befolgen würde".
In vergangenen Zeiten war den Buschmännern viel Schlimmes zugestoßen, weil sie nicht darauf gehört hatten, was ihnen das Pochen sagen wollte. Es gab immer zwei Arten von Pochen. Es gab ein Pochen, das Dinge berichtete, die die Außenwelt betrafen. Das kam zum Beispiel Jägern zuhilfe und sagte ihnen, welche Richtung sie einschlagen mußten, um auf Wild zu stoßen. Aber es gab noch ein anderes, wichtigeres Pochen, das Dinge anzeigte, die erst viele Jahreszeiten später eintrafen. So manches Unglück war über Buschmänner ge-

kommen, die dieses zweite Pochen nicht beachtet hatten. Denn daran zu glauben, war am allerschwierigsten. Vielleicht konnte jeweils in einer Generation nur ein einziger von allen Buschmännern hören und verstehen, was dieses Pochen bedeutete. Und er war erschrocken darüber, daß er, Xhabbo, ziemlich stark das Gefühl hatte, daß er einer von diesen war.

„Erschrocken?" fragte François.

Xhabbo nickte nachdrücklich und antwortete: „Ja, Fuß des Tages, erschrocken, weil das Pochen, das ich höre, mir nicht gefällt. Es sagt mir, daß mit jedem Tag, wo die Sonne auf- und untergeht und einen Kreis beschreibt am Himmel, Dinge auf Xhabbo und seine Leute zukommen, die nicht erfreulich sind. Glaub mir, dieses Pochen ist ganz und gar nicht erfreulich, und Xhabbo ist sehr erschrocken darüber."

Xhabbo erklärte dann weiter, er habe dagelegen, und der Schlaf habe sich in seinem Kopf wie eine Gewitterwolke zusammengeballt. Da habe das Pochen auf seine Brust begonnen und sei so schnell geworden und so laut, daß die Schlafwolke verschwunden sei. Er setzte sich wie unter einem Zwang auf und füllte sich die Ohren mit dem Pochen. Er merkte, daß es aus großer Entfernung kam und ihn zurückrief in die Wüste und ihn ermahnte, er solle sich nicht verspäten, denn seine Leute müßten möglichst rasch weg von dort, wo er sie verlassen habe. Er pochte sich zum Zeichen, er habe verstanden und werde gehorchen, mit den Händen auf die Brust. Da hörte das Pochen auf, und es war ihm erlaubt, zu schlafen.

Aber mitten in der Nacht war das Pochen mit der gleichen Botschaft wiedergekommen, diesmal aber dringender, und er hatte wieder geantwortet. Doch das war noch nicht alles gewesen. Unmittelbar vor Tagesanbruch begann das Pochen aufs neue.

„Einmal Pochen, Fuß des Tages", stellte Xhabbo fast angstvoll fest, „kann man vernehmen und darüber sprechen, bevor man es glaubt. Zweimal Pochen ist ernster und muß befolgt werden, sobald man darüber gesprochen hat. Aber dreimal Pochen ist von Koeggen-A selbst und muß augenblicklich befolgt werden. So bin ich aufgestanden und den ganzen Tag in der Höhle rundherumgegangen, um sicher zu sein, daß ich zwei Beine habe, nicht nur eins, wenn ich mich auf den Weg mache. Deshalb spüre ich jetzt ganz deutlich, daß Xhabbo sich auf seinen Fersen umwenden und zum Wohnsitz seiner Leute zurückkehren muß."

François flehte Xhabbo sofort verzweifelt an, wenigstens noch einen Tag zu warten. Er erzählte ihm von seinen Plänen, ihm noch mehr Lebensmittel und Reiseproviant zu bringen. Doch er hatte nur teilweise Erfolg. Zum Schluß war Xhabbo widerstrebend damit einverstanden, noch bis zum Abend des kommenden Tages zu warten. Sobald es dann richtig dunkel sei, sagte er nicht ohne Bedauern, müsse er sich auf den Weg machen.

Jetzt packte François seine Geschenke aus. Ihm kamen sie unscheinbar vor, aber Xhabbo fand sie wunderbar. Als er den Feuerstein und die Zündschnur sah, geriet er vor Freude fast außer sich. Er probierte den Feuerstein immer wieder aus und machte dazu ein Gesicht wie ein Zauberer. Schließlich mußte ihm François sagen, er solle aufhören und die kostbare Zündschnur nicht sinnlos verschwenden.

Die Zeit war wieder rasch um. Als François aus der Höhle herauskam, war er erstaunt, wie tief die Sonne schon stand. Er schlug das schärfste Tempo an, das er und Hintza schafften, und ging auf dem kürzesten Weg nachhause. Er kam gerade noch zurecht, um mit Hand anzulegen, als die letzten Eimer Meerschaum-Milch herbeigetragen und in die großen metallenen Milchkannen geleert werden mußten, in denen die Milch nach Hunter's Drift Siding und dann mit dem Zug bis in die Bergwerkstadt transportiert wurde. Am nächsten Morgen ging er wieder los in den Busch hinaus und war zwei Stunden eher in der Höhle als am Vortag.

Als er mit Hintza durch den engen Eingang kroch, sah er Xhabbo ganz in der Nähe; er stand da, blickte ihm entgegen und bedeutete François mit dem Finger auf den Lippen, er solle still sein. Dann winkte er ihn näher heran und flüsterte ihm ins Ohr, er solle sich möglichst ruhig verhalten. Sie näherten sich langsam, auf den Zehenspitzen, dem entferntesten Winkel der Höhle. Da blieb Xhabbo stehen und wies mit ehrfurchtsvoll gekrümmtem Finger auf einen zitternden, glühenden Sonnenkringel auf dem feinen gelben Sand.

Zuerst konnte François, dessen Augen sich noch nicht ans Licht in der Höhle gewöhnt hatten, gar nichts entdecken. Dann verstand er plötzlich Xhabbos Gesten, denn da saß, fast so durchsichtig wie Bernstein in der Sonne, eine große Gottesanbeterin.

In der Umgebung von Hunter's Drift hatte François natürlich oft Gottesanbeterinnen gesehen. Doch noch nie an einer so feierlichen Stätte, die nach allem, was er von Xhabbo gehört hatte, der natürliche Tempel seines Gottes war. Auch kam es ihm so vor, als sei ihr Erscheinen zu diesem Zeitpunkt nicht zufällig, als sei es der krönende Abschluß dessen, was sich zwischen ihm und Xhabbo abgespielt hatte. Dabei verspürte er wieder dieses seltsame Prickeln im Haar am Hinterkopf.

Xhabbo hatte sich offenbar bereits eine feste Meinung gebildet über diese Heimsuchung durch das lebendige Bild seines Gottes. Er flüsterte François in hoffnungsvollem Tone zu, er werde schon noch alles verstehen. ,,Du siehst, Fuß des Tages, Mantis selbst ist gekommen und ruft mich. Als Xhabbo heute morgen erwachte und die Sonne durch dieses Loch in der Höhle schien, saß Mantis selbst da und blickte mit seinen Feueraugen auf Xhabbo. Bitte frag Mantis selbst, warum er gekommen ist!''

François befürchtete, die Gottesanbeterin werde beim Klang seiner Stimme augenblicklich davonfliegen. Und er war auch überzeugt, daß er gar nicht wußte, wie man so etwas angemessen machte. Aufgeklärten Leuten mag das lächerlich erscheinen – er hatte mit einemmal Angst davor, etwas zu beleidigen, was für einen gewöhnlichen Sterblichen einfach ein Insekt gewesen wäre. Xhabbo versicherte ihm umsonst, er müsse sich nur hinknien und höflich, in angemessen ehrfurchtsvollem Ton sprechen, dann werde Mantis sehr wahrscheinlich nicht wegfliegen, sondern antworten.

„Aber was soll ich ihn denn fragen, Xhabbo?" flehte ihn François an, denn er war überzeugt, er werde alles verpfuschen. „Nein, Xhabbo, nein. Nimm mir's nicht übel, aber ich bin felsenfest davon überzeugt, daß ich's vollkommen falsch machen würde. Bitte, kannst du ihn für mich fragen?"

Xhabbo kniete sich also hin, und dabei merkte François mit Erstaunen, daß Hintza sich gleichfalls flach auf den Bauch legte und sich sogar aalte, bis er ganz in der Nähe des kleinen Insekts war. Er begann es auf ganz außergewöhnliche Art und Weise zu betrachten, als sähe er etwas, was nach seinen Hundebegriffen ein Gespenst war. François ließ sich neben Hintza auf die Knie nieder und schämte sich, daß er nicht eher daran gedacht hatte.

Dabei hörte er, daß Xhabbo mit einer Stimme, die so weich und zärtlich war wie die einer Buschmannmutter, die ein Wiegenlied singt, die Gottesanbeterin ansprach: „O du, der du das Feuer erhascht hast, der du im Regenbogen wohnst; der du den Blumen und den Tieren und allem auf der Erde seinen Namen gegeben hast; der du die Farben verteilt hast, die so erfreulich sind für alle Honigtiere; du Wesen der frühen Rasse, der du Leute hörst, die von fernher kommen, und dessen Ohren auf den Wind hören, der von der andern Seite der Wüste kommt, und auf das Pochen der Sterne, die von der Jagd in der Einöde der Nacht sprechen, – bitte, o bitte sag mir, bist du gekommen, um Xhabbo zu seinen Leuten zurückzurufen?"

Beim ersten Gewisper drehte sich der seltsame Kopf der Gottesanbeterin, der so eigentümlich mongolisch oder sogar ähnlich wie der Kopf eines Buschmanns wirkte, langsam um. Ihre großen glänzenden Augen sahen seitwärts auf Xhabbo. Die Augen schienen wie Edelsteine in einem Sonnenstrahl aufzublitzen, und zur Verwunderung von François erhoben sich die Vorderbeine der Gottesanbeterin in die Luft und senkten sich dann langsam wieder.

„Siehst du", stieß Xhabbo gespannt und flüsternd hervor. „Siehst du, Mantis antwortet mit Ja."

Doch das genügte François nicht. „Frag ihn bitte, ob alles gut geht, wenn Xhabbo unterwegs ist!" wisperte er. Die Augen von Mantis blitzten wild, als ob in der Frage ein Zweifel läge, daß er sprechen und wissen könne, und das an einer Stätte, die Mantis selbst gehörte, was dem Fragenden ja bekannt sein mußte. Trotzdem bewegten sich die Beine wieder auf und ab, nicht nur einmal, sondern dreimal, wie mit Nachdruck.

François hatte noch vieles andere, was er Xhabbo gern hätte fragen lassen, aber etwas in der Haltung der Gottesanbeterin, vor allem der letzte Feuerblick ihrer Augen, warnte ihn, er habe sich schon genug herausgenommen. Xhabbo war offenbar derselben Meinung, denn er nahm François am Arm, zog ihn sachte hoch und führte ihn schweigend beiseite in die Mitte der Höhle. Die Gottesanbeterin saß unterdessen weiterhin in einer höchst nachdenklichen Haltung, mit seitwärts gedrehtem Kopf reglos da. Der leise Nachmittagswind drang durch die Löcher der Höhle und rauschte, wie unsere Erinnerung ans Meer in einer Perlmuttermuschel, die wir ans Ohr halten, leise rauscht. Es war, als ob er ihr Nachrichten von einer Zukunft brächte, die jenseits von Sonne und Sternen lag.

Alle Vorzeichen schienen trotz der Befürchtungen, die François hatte, darauf hinzuweisen, daß Xhabbo seine Wegstrecke glücklich zurücklegen werde. Doch in diesem Augenblick wurde sich François einer andern, größeren Sorge bewußt. Ob er und Xhabbo sich jemals wiedersahen? Diese Frage hatte für ihn eine so überwältigende Wichtigkeit, daß er sich fast davor fürchtete, sie zu stellen, und als die letzten praktischen Einzelheiten erledigt worden waren, entstand eine verlegene Stille, die eine ganze Weile anhielt. Sie saßen beide da und starrten sich gebannt und sprachlos an.

Plötzlich brach Xhabbo das Schweigen. „Xhabbos Augen sind so voll von Fuß des Tages, daß Xhabbo nicht weiß, ob Fuß des Tages nicht viel mehr in ihm drin ist als draußen, wie es den Anschein hat. Vielleicht gab es eine Zeit, wo Xhabbo und Fuß des Tages zusammen Wolken waren, wie sie zusammen Wolken sein werden, wenn der Wind kommt, um die letzten Spuren von Fuß des Tages oder Ferse der Nacht und von Xhabbo, dem Jäger, im Sand zu verwischen."

Wieder kam François da zu Hilfe, was er von der alten Koba wußte. Sie hatte immer gesagt, Wolken und der menschliche Geist seien austauschbar und gingen vor der Geburt, während des Lebens und nach dem Tod ineinander über. Er fühlte sich jetzt soweit beruhigt, daß er die schreckliche Frage stellen konnte: „Xhabbo, du kommst eines Tages wieder, nicht wahr? Du gehst nicht für immer?"

„Fuß des Tages", antwortete Xhabbo mit Nachdruck, „Xhabbo wird immer zurückkommen und dich besuchen. Es ist Xhabbo nicht möglich, zu sagen, wieviele Monde wachsen und sterben, wieviele Blätter fallen und wieviel Gras grün werden und wieder absterben wird, bevor er kommt. Doch er weiß durch ein anderes Pochen, das ihn in dieser Nacht erreicht hat, daß er zurückkehren wird und dich an dieser Stätte von Mantis wiedersieht."

„Aber Xhabbo!" rief François, und eine neue Sorge packte ihn, „wie kannst du mir ein Zeichen geben, das ich sofort erkenne, ohne daß die andern etwas merken?"

„Das Pochen in der Nacht hat mir so ein Zeichen mitgeteilt", sagte Xhabbo sofort. „Das Pochen, das du jetzt ja kennengelernt hast, wird dir Xhabbos Erscheinen anzeigen. Aber außer dem Pochen wird dir Xhabbo noch ein andres Zeichen geben. Am Tag das Zeichen des Nachtregenpfeifers. Und um klar zu machen, daß Xhabbo ruft und nicht ein richtiger Regenpfeifer, wird er lange und deutlich rufen, und zwar dreimal. In der Nacht aber wird Xhabbo einmal wie ein Nachtregenpfeifer rufen und gleich darauf wie ein Schakal bellen. Dann wird er sofort wieder wie ein Nachtregenpfeifer rufen und wie ein Schakal bellen, und das dreimal. Daran wirst du erkennen, daß Xhabbo auf seinem Weg zum Wohnsitz von Mantis ist und auf dich wartet."

Diesmal lehnte es Xhabbo ab, dazubleiben, als François aufbrach, und bestand darauf, mit ihm die Höhle zu verlassen. Sie kamen heraus und blickten westlich in ein funkelndes rubinrotes Licht, das Funken sprühte vor der sich erhebenden Brahmanenabenddämmerung, die den Sonnenuntergang wie ein Zeichen ihrer hohen Priesterkaste auf der dunkler werdenden Braue trug.

François war es, als habe ihm der Sonnenuntergang den Abschied besonders schwer machen wollen, denn er malte eins seiner schönsten Abschiedsbilder. Er verabschiedete sich aufs äußerste bewegt von Xhabbo, und zwar so, wie es ihn Koba gelehrt hatte: ,,Geh in Frieden, Xhabbo, geh in Frieden."

,,Bleib in Frieden, Fuß des Tages", antwortete Xhabbo, indem er seine Hand mit weit geöffneter Handfläche bis zu seiner Schulter hob, und er versuchte, sich selbst und François das Herz zu erleichtern, indem er hinzufügte: ,,Bleib in Frieden, während Xhabbo sich in dieser Nacht auf den Rückweg macht, bis wir uns wieder hier im Wohnsitz von Mantis treffen."

François drehte sich rasch um und ging den Hügel hinunter, so schnell er konnte. Obwohl es rasch dunkel wurde und François nicht sicher war, meinte er doch zu sehen, daß Xhabbo nach der Art aller Buschmänner, die vielleicht die natürlichsten Menschen von der Welt sind und also keine Hemmungen irgendwelcher Art haben, auch fast in Tränen ausbrach.

François war so durcheinander, als er das merkte, daß er wegsah, und da erblickte er genau über der Höhle, starr wie eine leuchtende Bronzestatue seiner selbst, den kleinen Klippspringer. Er nahm keine Notiz von ihnen, sondern sah einfach unverwandt mit unendlicher Ruhe ins Herz des scheidenden Tages. Und grade in diesem Augenblick ließ der große alte Löwe mit dem tizianfarbenen Haar, der dort drüben im Busch auf der andern Seite des Flusses ein eignes Tal beherrschte, ein ganz gebieterisches Brüllen hören, um der Nacht seine Verachtung auszudrücken. Aber der kleine Klippspringer beachtete das gar nicht, als wollte er François durch seine Haltung zeigen, er wisse, daß alle Dinge, wie immer sie sein würden und wie dunkel die anbrechende Nacht auch sei, gut sein würden für sie alle. Und da wußte François irgendwie, daß das genug besagte und daß er jetzt keinen Grund mehr hatte, seinen Aufbruch hinauszuzögern.

Obwohl er tüchtig ausschritt, war es schon ganz dunkel, als er vor der Küchentür stand. Ousie-Johanna beriet gerade mit 'Bamuthi und fünf Hirten, die mit Schilden und Assegais bewaffnet waren, ob sie aufbrechen sollten, um ihn zu suchen. ,,Kleine Feder", bemerkte 'Bamuthi würdevoll und spöttisch, ,,seit Tagen haben deine Freunde dich zum Waschen der Hörner ans Flußufer gerufen. Du bist nicht gekommen. Seit Tagen schon mußten wir alles mögliche, was es zu tun gab, liegenlassen und uns aufmachen, um dich im Dunkeln zu suchen. Das ist nicht recht. Du bist kein Hund des Windes (so bezeichnet man auf Sindabele jemanden, der kein Obdach hat). Du bist kein . . ."

Weiter kam er nicht. Plötzlich war es zuviel für François. Obwohl er doch so sehr wünschte, sich ganz wie ein Erwachsener zu benehmen und vor Menschen, die den Stoizismus so sehr bewunderten wie 'Bamuthi und seine Leute, keine Schwächen zu zeigen, konnte er nur noch murmeln: ,,Wieso soll ich mich nicht wie ein Hund des Windes fühlen, wenn mein Vater und meine Mutter weg sind?" Und er setzte sich hin, wo er gerade war, auf den Rand der Stufe zur Küche, und brach in Tränen aus.

Besorgt und zerknirscht ging da 'Bamuthi sofort auf François zu und nahm ihn bei der Hand. Mit ungewöhnlich bewegter Stimme, die tief und kräftig und bestimmt war vor Zärtlichkeit, sagte er: ,,Kleine Feder, ich sagte das nur, weil ich Angst um dich hatte und weil ich dir hier den Vater ersetzen soll. Hör mal, komm mit mir in meinen Kraal und iß mit mir und spiel mit deinen Brüdern, die dich alle die Tage lang umsonst gerufen haben."

So verbrachte François einen Abend, der nicht so traurig war, wie er es sich den Tag über vorgestellt hatte; denn zuerst wurden Geschichten erzählt, worin Ousie-Johanna ganz groß war, und dann spielten sie Rätselraten, und das lenkte François von sich selbst ab. Daß die gleichaltrigen Jungs und Mädchen der Matabele darin viel besser waren als er selbst, machte ihm heute weniger aus als je. Ja, der ganze Abend war so wichtig für ihn, daß er die Rätsel, von denen an diesem Abend die Rede war, nie vergaß. Da war zum Beispiel 'Bamuthis ,,Was steht immer und setzt sich nie?"

François konnte sich beim besten Willen nicht vorstellen, worauf 'Bamuthi hinauswollte, aber eins von 'Bamuthis kleinen Töchterchen kreischte sofort mit seiner silbrigen Stimme: ,,Alter Vater, was für ein dummes Rätsel! Natürlich ein Baum!"

Und 'Bamuthi blieb nichts andres übrig, er mußte mitlachen, als die ganze Hütte über ihn lachte, weil er doch schließlich alt genug war, sich etwas Intelligenteres auszudenken. Dann kam gleich ein viel schwierigeres von seinem ältesten Sohn, der gerade den Stimmbruch hatte und gleichzeitig auf zwei Tonlagen zu sprechen schien, worüber natürlich seine Schwestern hinter der vorgehaltenen Hand verstohlen kicherten. ,,Ratet, ratet, ich geb euch einen Ziegenbock, der mit einer Herde weißer Ziegen auf der Weide ist. Obwohl die Ziegen rührig sind, müssen sie an derselben Stelle kauen und schmatzen." Es entstand ein langes Schweigen. Beim Schein des Feuers mitten in der Hütte sah François, wie sich große, glänzend schwarze Augenpaare an andern orientierten, doch ganz umsonst: Zum Schluß mußte 'Bamuthi die Antwort beisteuern, wodurch er sein gesunkenes Ansehen zum Teil wiederherstellte, denn er sagte: ,,Das können bestimmt nur die Zunge und die Zähne sein."

Dann kam ein anderes Rätsel, das eine Menge Kopfzerbrechen machte: „Es gibt Dinge auf Erden, die fallen von Berggipfeln und zerbrechen nicht. Was mag das sein?" Die Antwort war natürlich „Wasserfälle", worauf sie alle hätten kommen müssen, denn sie wohnten doch so nah beim größten Wasserfall der Welt, dem Rauch-der-donnert.

Besonders gern mochte François eins, das 'Bamuthis älteste Tochter erzählte, die schüchtern fragte: „Was kann niemand sehen, obwohl es aus und eingeht, immer rundherum, hierhin, dorthin, über die ganze Erde, und die Toten lebendig macht und die Lebendigen wach?" Die Antwort war natürlich: der Wind.

Sogar Ousie-Johanna erwies sich als überraschend erfinderisch und führte ein Rätsel an, das ganz sicher nicht auf einer Bantu-Überlieferung beruhte und so avantgardistisch war, wie ein Rätsel im Busch nur sein konnte: „Kann mir einer von euch sagen, wer dieser ruhige, geduldige und liebenswerte kleine Kerl ist, der sich tagsüber ganz warm anzieht, aber in der kältesten Nacht nackt und bloß ist?"

Keiner, nicht einmal 'Bamuthi, konnte die Lösung finden, und die triumphierende Ousie-Johanna, deren rundes Gesicht wie ein Vollmond glühte, wurde unter großem, zustimmendem Applaus der Leute von Osebeni zur Rätselprinzessin erkoren, als sie zur Antwort gab: „Eine Wäscheklammer."

Nur ein Rätsel holte François einen Augenblick lang aus dieser warmen, freundlichen Atmosphäre der brechend vollen Hütte heraus. Das geschah, als einer der Matabele-Hirten fragte: „Kann mir jemand von euch den Namen der längsten Schlange der Welt sagen?" als die Antwort kam – ein Weg –, dachte François: „Und die längste der langen Schlangen der Welt ist der Pfad, auf dem jetzt Xhabbo in die Dunkelheit hinausgeht."

Als er wieder wohlbehalten in seinem Zimmer war, verharrte die Vorstellung eines Weges oder vielmehr eines dieser endlosen Fußpfade des Schwarzen Kontinentes, die sich wie eine Schlange westwärts durch den Busch und quer durch die große Wüste winden, lebendig in seiner Phantasie, und zwar so stark, daß er sich ab und zu aufsetzte und sorgfältiger als je auf die Geräusche der Nacht horchte, ob sie etwa in sich selbst verstimmt waren und ob der Rhythmus der Dunkelheit da draußen nicht erstorben war. Unten an den Flußufern grunzten die Flußpferde, die jetzt saftiges grünes Gras futterten. Ein prächtiger Buschbock bellte, um zu zeigen, wie mutig er war. Ein kastanienbraun behaarter Pavian wimmerte ab und zu vor Furcht; vielleicht schlich ein Leopard um den Baum herum, in dem seine Familie Schutz gesucht hatte. Auf der andern Seite des Hügels riß ein Elefant mit solchem Appetit und solcher Wucht Rinde von einem Baumstamm herunter, daß es wie Pistolenschüsse knallte. Die Ochsenfrösche liebäugelten in den schlammigen Wasserlachen des breiten, seichten Nebenflusses des Amanzim-tetse in der Nähe des Hauses mit dem Sternenlicht. Nachtregenpfeifer riefen sich immer wieder mit flötenden Stimmen, und die großen alten Geistereulen gaben philosophische Töne von sich und beantworteten sich gegenseitig das „Warum, was, wie und wer?", das die Matabele aus ihren Lauten heraushören. Doch es geschah nichts, absolut nichts Ungewöhnliches.

Nach dem Mittagessen, bevor er sich widerstrebend seinen Gefährten anschloß, die nachmittags das Vieh an den Fluß zur Tränke trieben, nahm er sich eine halbe Stunde Zeit und warf einen Blick in die Höhle. Ja, Xhabbo war fort. Und er hatte die Höhle so sauber und ordentlich zurückgelassen, als sei nie jemand in ihr gewesen. François sah nur, daß genau in der Mitte, wo der stärkste Sonnenstrahl auf den gelben Sand fiel, die Oberfläche geglättet, geebnet und mit Wasser besprengt worden war, und mittendrin war ein deutlicher Abdruck von Xhabbos gespreizter Hand und seinem Arm. Daneben hatte Xhabbo mit dem Finger ein großes, symmetrisches Kreuz gezogen. Das Kreuz war, wie er von Koba und

Xhabbo wußte, nicht nur ein magisches Zeichen für Heilung bei den Buschmännern, sondern wurde in der Wüste und im Busch auch oft verwendet, um den Ort zu bezeichnen, wo zwei Lebenswege sich trafen. Er zweifelte nicht, daß die in dieser grüßenden Haltung in den Sand gedrückte Hand und das Kreuz daneben Xhabbos Versprechen und seine Überzeugung bekräftigen sollten, sie würden sich eines Tages in dieser Höhle wiedertreffen, und zwischen heute und diesem unbekannten Augenblick würde alles gut sein.

FÜNFTES KAPITEL

Mopani

Als Xhabbo fort war, versuchte François eine Woche lang so zu tun, als sei gar nichts Besonderes gewesen, aber das war eine harte, wenn nicht unmögliche Aufgabe. Sogar der Appetit verging ihm, und zwar in solchem Maße, daß Ousie-Johanna sich ernstlich Sorgen machte und auf den Gedanken verfiel, er sei irgendwie krank. Natürlich war er noch zu jung, um sich vorzustellen, daß eine andere Art von Hunger von ihm Besitz ergriffen haben könnte. Zum ersten Mal hatte er keine Lust mehr, mit seinen Freunden am Flußufer zu spielen oder mit Hintza und seinem Gewehr durch die wirren Fransen des Busches zu streifen, um für seinen und Ousie-Johannas Kochtopf zu jagen. Früher hatte er dann und wann mitgeholfen, wenn gemolken und geschlachtet wurde oder wenn man die Maultierwagen mit Frischfleisch, Gemüse, Früchten und Milch für die große Bergwerkstadt belud, deren Bedürfnisse den Wohlstand von Hunter's Drift ausmachten. Jetzt ließ er das bezeichnenderweise alles sein und half lieber beim Bewässern des riesigen Gemüsegartens und der Obstgärten, die der Stolz der Farm waren. Früher war ihm diese Arbeit furchtbar langweilig vorgekommen, weil er zur schönsten Stunde des Abends geduldig an den Bewässerungsgräben stehen, langsam Wasser in ein Gemüsebeet nach dem andern leiten und so lange warten mußte, bis sie sich allmählich mit Wasser vollgesogen hatten. Dann mußte er die Wasserrinne schließen und dafür andere öffnen, damit Wasser ins nächste Beet gelangen konnte – und so weiter, bis es stockdunkel war.

War es nicht der Prozeß des Heranwachsens, der durch das drängende Gefühl für Leben in ihm gefördert wurde und einer unerfahrenen, verletzbaren Natur zu Hilfe kam, deren

Entwicklung stillzustehen drohte? Sein eigenes Heranwachsen zwang ihn, sich auf das Wachstum der Dinge in der Außenwelt zu konzentrieren, und ihr Beispiel trieb wiederum das Wachstum in ihm selbst voran. Innenwelt und Außenwelt sind, ob es einem bewußt ist oder nicht, eigentlich Ausdrücke für ein und dasselbe; sie sind voneinander abhängig, stehen in fortwährendem Austausch und zielen auf etwas Größeres ab als auf ihre Summe. Trotz ihrer unerbittlichen Strenge sind sie Verbündete des forschenden Geistes, vor allem eines jungen Geistes, dessen Aufgabe es ist, beide im kleinen Schrebergarten von Raum und Zeit miteinander in Einklang zu bringen. Von seinen augenblicklichen Nöten abgesehen, hatte François das Glück, frei zu sein vom Argwohn gegenüber Instinkt und Intuition, in den das heutige Europa die menschliche Vorstellung einsperren möchte. Die heidnischen Einflüsse seiner Umgebung ermutigten ihn zu fraglosem Einverständnis mit diesem Impuls in ihm selbst.

Eine Woche, nachdem Xhabbo fort war, geschah etwas im Garten, und so geringfügig es auch war, François merkte daran, daß die Zeit in ihm von neuem vorwärtsdrängte. Er leitete gerade Wasser in die breiten Tomatenbeete. Die stämmigen, hoch aufgeschossenen Pflanzen hingen voller Tomaten in allen Wachstumsstadien: von weißen, der Sonne geöffneten Blüten über winzige, grellgrüne Früchte und schon dikkere gelbe bis zu Tomaten von explosivem orientalischem Rot, einer Farbe, die ihnen die leidenschaftliche, sonnendurchglühte Erde von Hunter's Drift verlieh. Als das Wasser die Pflanzen erreichte, wurde es von der ausgedörrten Erde unter ihnen gierig aufgesogen. Der Geruch der Tomatenstauden war so intensiv und die gelbe Luft so beschwörend, die Sonnenstrahlen vibrierten wie die Saiten einer Riesenharfe zwischen dem smaragdgrünen Garten und dem Westen in seiner ganzen Pracht, daß François plötzlich Lust hatte, eine der größten Tomaten zu pflücken. Er beugte sich vor und wusch sie rasch im Wasser der Rinne. Dabei erblickte er das Haupt einer riesigen Gewitterwolke, die sich im Madonnenblau über ihm aufbaute und sich nun wie ein ungeheurer Blumenkohl im schattigen Wasser widerspiegelte: sein eigenes, im bewegten Wasser bebendes Gesicht starrte ihn an wie das eines Fremden. Dieser Anblick rief gleichsam ein merkwürdiges Schuldgefühl in ihm wach, als müßte er plötzlich einem zu Unrecht vernachlässigten Freund ins Gesicht sehen. Um dieses Gefühl loszuwerden, biß er rasch tief in die Tomate. Zu seiner Überraschung spürte er, wie sie von einem Vorgeschmack auf der Zunge willkommen geheißen wurde. Die Tomate war kühl. Sie hatte einen scharfen, wilden, barbarischen Beigeschmack. Da packte ihn eine Erregung, die diesem Reiz gar nicht angemessen war. Eine verlorene Köstlichkeit kehrte in sein Inneres zurück. Erregt und entzückt pflückte er noch eine Tomate und gab sie Hintza, der sie stracks hinunterschlang.

Hintza leckte sich noch voller Genuß die langen schwarzen Lefzen, da geschah wieder einer jener bedeutungsvollen Zufälle, die für ihr Leben im Busch so bezeichnend waren. Etwas Neues bestürmte seine wachen Sinne. Seine Zunge verschwand, und seine Schnauze schnappte so heftig zu, daß die plötzlich in ihm eingesperrte Luft ihn zum Niesen und Kopfschütteln zwang. François überlegte noch, da brach schon der wilde Lärm aller Bastarde rings um das Anwesen los. Es war klar, daß Hintza recht gehabt hatte; er mußte rasch handeln. Noch bevor er sich in Richtung der Farm in Trab setzte, war Hintza hinter den Feigenbäumen verschwunden, und als François schließlich die andere Seite erreichte, von wo er sehen konnte, wer sich der Farm näherte, erblickte er ihn zusammen mit zwei anderen Hunden, die beinahe so pedantisch wie Hintza alle Einzelheiten jenes Begrüßungszeremoniells absolvierten, das diese Hunde ganz besonders virtuos und anmutig beherrschen. Unmittelbar hinter den Hunden erkannte er die lange, hagere Asketengestalt Mopani Thérons, der von seinem offensichtlich müden Lieblingspferd stieg.

Für François hätte Mopani zu keinem besseren Zeitpunkt kommen können. Denn er war nicht nur traurig, weil er

Xhabbo verloren hatte, er fühlte sich auch vernachlässigt und war beunruhigt, weil er noch keinen Brief von Lammie und Ouwa erhalten hatte. So nahm er eine von Mopanis braunen, sensiblen Händen, die so lange, schmale Finger hatten, und rief aus: ,,Lieber Onkel, wie schön, daß du kommst! Bist du wieder einmal hinter den Wilderern her oder kommst du uns einfach besuchen? Nicht wahr, du weißt doch, daß Lammie und Ouwa in die Hauptstadt gefahren sind?"

,,Nein, mein kleiner Neffe", sagte da Mopani freundlich, ,,diesmal bin ich nicht hinter Wilddieben her, und natürlich weiß ich, daß Lammie und Ouwa verreist sind. Ich bin nur hergekommen, um einmal nachzugucken, wie ihr beide, du und dein Hund, miteinander auskommt. Allerdings habe ich auch eine Nachricht für dich."

,,Eine Nachricht, Onkel?" François war ganz verdutzt. Wer in diesem riesigen Wildpark, dessen Wächter Mopani war, kannte ihn denn so gut, daß er ihm eine Nachricht sandte?

Mopani erklärte das gleich: ,,Du weißt ja, von meinem Stammlager aus gibt es eine Telefonverbindung in die Hauptstadt. Gestern habe ich mit Lammie gesprochen, und sie läßt dir etwas ausrichten. Sie hat mich gebeten, dir zu erklären, daß weder sie selbst noch Ouwa bis jetzt einen Augenblick Zeit gefunden hat, dir zu schreiben. Dann hat sie mich gefragt, ob ich dich besuchen und dir alles erzählen würde. Und da ich an einem der nächsten Tage sowieso bei dir vorbeigekommen wäre, habe ich natürlich ja gesagt."

Der weise alte Jäger hätte keine besseren Worte finden können, um François eine Freude zu machen. Aber daß er mit Lammies Nachricht nicht herausrückte, war François gar nicht recht. ,,Ich bin so froh, daß du hier bist, Onkel", sagte er, ,,aber was hat denn nun Lammie gesagt? Was sagen die Ärzte? Wann kommen sie wieder? Wie geht es Ouwa?"

Mopani sprach, das war bezeichnend für ihn, langsam und bedächtig. Denken, nach dem rechten Wort suchen war für ihn offenbar so etwas wie Jagen; der menschliche Geist folgte der Spur der Bedeutung wie ein Jäger der schwachen, geheimnisvollen Fährte eines überaus scheuen Tieres durch das verworrene Dickicht des Busches. Ouwa hatte bereits zwei der bekanntesten Spezialisten der Hauptstadt aufgesucht. Beide hatten erklärt, organisch sei alles in Ordnung mit Ouwa, sie könnten nichts ernstlich Beunruhigendes an ihm feststellen. Doch sie empfahlen Lammie dringend, mit Ouwa sofort weit hinunter in den Süden ans Meer zu fahren, ans Kap der Guten Hoffnung. Dort werde er, davon waren sie felsenfest überzeugt, wieder gesund werden und könne auch noch die Bestätigung ihrer Ansicht bei Spezialisten einholen, die als die Besten ihres Faches in Afrika, ja sogar auf der ganzen Welt galten.

Als Mopani schwieg, saß François eine Weile lang still da. Bevor er irgendeinen klaren Gedanken fassen konnte, war plötzlich in seinem Kopf eine Frage fix und fertig und schoß wie der Blitz aus ihm heraus. So schnell war sie aber doch nicht, daß er nicht zutiefst erschrocken gewesen wäre über sie. Er nahm wieder Mopanis Hand und fragte: „Muß Ouwa sterben?"

Mopani war so überrascht, daß seine ruhige Hand zitterte und etwas Kaffee über seine Tasse schwappte. Er war von Natur ein so wahrheitsliebender Mensch, wie man sich nur denken konnte. Wahrheit oder, wie er in seiner ruhigen, bescheidenen Art viel lieber gesagt hätte, Genauigkeit war für ihn vielleicht das größte Gebot im Leben. Wären ihm Wahrheit und Genauigkeit nicht über alles gegangen, hätte er nicht so genau schießen können, wäre er kein wahrer Jäger gewesen. Und abgesehen davon, daß er Genauigkeit liebte, handelte er auch immer seinem Grundsatz getreu, daß jedes menschliche Wesen, wie klein es auch war, Anspruch auf genaue Beantwortung jeder beliebigen Frage hatte, die es stellen konnte.

Nach langem Zögern legte er François den Arm um die Schultern und sagte: „Hör mal, Coiske. Ich hab' dir erzählt, was die Ärzte gesagt haben. Sie wissen viel besser Bescheid in solchen Dingen als du oder ich. Und es wäre nicht recht, einfach über das hinwegzugehen, was sie gesagt haben. Aber ich selbst muß dir, da du mich fragst, antworten: Auch ich habe das Gefühl, daß Ouwa sterben muß."

Die Art, wie François reagierte, war die rührendste Bestätigung für Mopanis Glauben an die Wahrheit. Sein Gesicht drückte jetzt jene seltsame Erleichterung aus, die immer dann eintritt, wenn man Ausflüchte und Illusionen zu guter Letzt bekämpft und aus seinem Denken ausschließt. François wußte jetzt, daß er endlich einen ehrlichen Gefährten auf einem gefährlichen Pfad gefunden hatte, den er zuvor allein gehen mußte, und rief aus: „Glaubst du das wirklich? Weißt du, seit dem Tag, wo mir Ouwa den kleinen Hintza aus deinem Lager mitgebracht hat, habe ich das befürchtet. Ich bin so froh, Onkel, daß du mir sagst, was du wirklich denkst. Ich kann dir gar nicht genug dafür danken."

Wie Mopani hatte auch François in diesem Augenblick der Wahrheit einen Helfer: das natürliche Leben im Busch. Er war zwar noch jung, doch der Tod war ihm nicht fremd. Es gab, soweit er sich erinnern konnte, wohl kaum einen Tag, wo er nicht irgendein Lebewesen hatte sterben sehen. Zum Beispiel wurden in Hunter's Drift Tag für Tag Tiere geschlachtet, die er natürlich alle einzeln kannte. Er hatte lernen müssen, sich damit abzufinden, denn hier diente der Tod dem Leben. Da er dasselbe Gesetz in der Tierwelt, bei Vögeln und Insekten, ja sogar bei Pflanzen wirken sah, kam er nach und nach dazu, diese Seite der Realität zu bejahen. Auch war er selbst von früher Jugend an gezwungenermaßen ein Werkzeug des Todes geworden, weil er mithalf, Wild zu erlegen. Obwohl er noch so jung war, kam es für ihn überhaupt nicht in Frage, sich den Tod als etwas Furchtbares vorzustellen, wie das zunehmend der Fall war bei Großstädtern, die sich und ihre Kinder so weit als möglich von ihm fernhielten, sich also der natürlichen Hilfe beraubten, die das Leben dem Menschen bietet, damit er lernt, dem Tod ins Auge zu schauen. Für François gehörte der Tod genauso zur natürlichen Landschaft des Geistes wie zur körperlichen Welt. Er war allgegenwärtig. Fuhr man über den Amanzim-tetse, tat man das, was die Krokodile und Flußpferde betraf, auf eigene Gefahr. Und täglich drang man in den großen Busch ein, der so voller Gefahren steckte, daß ab und zu jemand auf Nimmerwiedersehen in ihm verschwand. Er wußte instinktiv, daß die Natur ein Beispiel gab, das man befolgen mußte, damit das eigene Leben sich entwickeln konnte; vielleicht war die Natur nur eine äußere Erscheinung der geistigen Welt, die man auf diese Weise von innen betrachten konnte.

All das bedeutete nicht, daß man sich, was den Tod anging, einem kraftlosen Fatalismus hingab. Zwischen dem Töten, um zu überleben, und der Ergebenheit in den Tod ohne zwingende Notwendigkeit wurde im Busch ein beträchtlicher Unterschied gemacht. Als sei dies letzte Ehrensache, kämpfte selbst das tödlich getroffene Tier noch gegen den Tod an, bis es in einem endgültigen Übergang, so glaubte zum Beispiel Mopani, die Verwandlung von Qual in vollkommenen Geistesfrieden erreichte, was deutlich zu erkennen war, wenn man den Gesichtsausdruck des toten Tieres betrachtete. Natürlich gab es einen Punkt, wo der Tod unausweichlich wurde, aber bis zu diesem Augenblick waren Mensch und Tier vor dem Leben verpflichtet, mit allen ihren Kräften den Tod zu bekämpfen, und sei es nur, um die Gewißheit zu haben, dies sei die rechte Art, in den Tod zu gehen.

Mopani sah noch zur Seite, da fragte François mit unerwartet lauter, entschlossener Stimme: „Darf ich dir etwas sagen, Onkel?" Er wartete gar nicht auf eine Antwort, sondern fuhr noch lauter und bestimmter fort: „Ich werde nicht zulassen, daß Ouwa stirbt."

Diese offene Kriegserklärung ans Schicksal überraschte Mopani so, daß er eine abrupte Bewegung machte, als werde direkt vor seinem Ohr eine Flinte abgefeuert. „Du willst es nicht zulassen, kleiner Neffe?" sagte er ungläubig. „Auch ich möchte ja alles tun, um es zu verhüten, aber was können wir beide machen, wenn selbst die besten Ärzte im Land nicht helfen können? Wir können nur für ihn beten, was ich nun schon seit mehr als einem Jahr tue."

„Laß mal, Onkel", antwortete François, „ich glaube, ich weiß schon, wie wir Ouwa vom Sterben abbringen. Ich werde den Ärzten in den Städten noch eine letzte Chance geben. Wenn sie für Ouwas Krankheit immer noch keinen Namen finden, während wir beide hier herumsitzen und wissen, daß er sterben muß, dann werde ich selber etwas unternehmen."

„Aber was in der Welt kannst du denn tun, kleiner Neffe? Sag's mir, und ich will dir nach Kräften dabei helfen." Der alte Mopani war ganz gerührt von diesem Entschluß, den er für hoffnungslos hielt.

„Bitte, Onkel, laß uns erst mal abwarten, was die neuen Ärzte sagen", wich François aus. „Wenn ich merke, daß ich Hilfe brauche, komm' ich zu dir. Das verspreche ich."

Mopani war viel zu einsichtig und mochte François zu sehr, als daß er ihn genötigt hätte, ihm zu antworten, was François offensichtlich nicht wollte. So ließ er die Dinge klug auf sich beruhen und dachte an seine Lieblingsdevise beim Jagen: Geh nie vor der Spur her. Es hat schon so mancher den Tod gefunden, weil er nicht bis zum Ende beherrscht der Spur gefolgt ist.

François seinerseits empfand während der drei Tage, die Mopani in Hunter's Drift blieb, ein quälendes Gefühl der Schuld, weil er ihn nicht ins Vertrauen zog. Manchmal war er nahe daran, mit Mopani über den Plan zu sprechen, den er ausgeheckt hatte. Am schlimmsten war es abends nach dem Essen, wenn Mopani in Ouwas Sessel am Tischende saß und die große, in Leder gebundene Familienbibel hervorholte, deren breite Messingbeschläge blinkten und auf deren Vorsatzpapier sich ein grüngelber Stammbaum ausbreitete. Dort, noch vor der Genesis des Menschengeschlechtes, stand die Genesis der Familie Joubert in Afrika geschrieben, standen die Namen aller Abkömmlinge des ersten Pierre-Paul Joubert, der vor über dreihundert Jahren mit seiner Familie aus La Rochelle geflüchtet war.

Mopani las, wie er sprach, langsam und mit Bedacht, denn Schreiben und Lesen machten ihm Mühe. François hörte aufmerksam zu, und es kam ihm so vor, als folge Mopani den Worten wie der Spur eines Tieres durch den Busch; er las mit wenig Rhythmus und viel Bestimmtheit. In solchen Augenblicken, wenn dieser durch und durch aufrichtige Mann ihm laut die heiligen Worte vorlas, hatte François ein besonders schlechtes Gewissen. Er dachte daran, wie geduldig ihm Mopani beigebracht hatte, das zu lesen, was in keinem Buch steht: die hieroglyphische Spur, die Schrift in der Bibel der Natur, wie Mopani sie nannte. François erinnerte sich, daß ihn Mopani nach einer im Lager verbrachten Nacht am Morgen jeweils zuallererst bei der Hand nahm und sie beide rund ums Lager gingen, um genau zu sehen, welche Tiere nachts in ihrer Nähe gewesen waren. Hier zum Beispiel war eine Hyäne herumgehumpelt und hatte versucht, Fleisch zu stehlen; dort, in höchstens sieben Meter Entfernung, hatte sich ein Löwe im Busch geduckt und das Lager beäugt, um zu sehen, was sie da eigentlich wollten; an einer anderen Stelle war ein Leopard herangeschlichen, hatte sich wieder verzogen und eine Runde bis zur anderen Seite des Busches gedreht, war wieder herangeschlichen und hatte sich von neuem zurückgezogen. Er dachte auch daran, wie Mopani ihm das Schießen beigebracht und ihm gesagt hatte, Schießen sei keine Willenssache, sondern eine Art Gegenverkehr zwischen Ziel und Schütze. Wenn man genau schießen wollte, ohne das Tier lediglich zu verletzen und unnötig zu quälen, so durfte der Schuß nie erzwungen werden, indem man mit dem Finger am Drücker zog. Statt dessen mußte man das Gewehr wirklich so lange auf das Ziel richten, bis man das Ziel nicht nur ganz im Auge, sondern auch ganz in der Vorstellung hatte und sich der Finger allmählich um den Drücker schloß, so daß sich der Schuß erst löste, wenn Ziel und Schütze eins wurden. ,,Denk dran, kleiner Neffe", hatte er öfter gesagt, ,,ein guter Jäger erzwingt seine Schüsse nicht, er läßt sie wachsen."

Natürlich empfand François, wenn er mit Mopani zusammen war, der ihm in mancher Hinsicht genausoviel bedeutete wie Ouwa oder Lammie, eine gewisse Verlegenheit. Äußerst unangenehm war ihm zum Beispiel, daß er, der weit weniger vom Leben verstand als Mopani, sich ihm ein bißchen überlegen fühlte, wenn er ihn so aus der Bibel vorlesen hörte, denn er selber hätte das viel leichter und fließender gekonnt. Vor allem erinnerte er sich an einen Besuch Mopanis; Ouwa und Lammie hatten die Gelegenheit benutzt und ihn um Beurkundung ihrer Unterschriften auf irgendeinem amtlichen Papier gebeten. Mopani hatte Ouwas Federhalter in die Hand genommen, als sei der ein höchst kompliziertes technologisches Instrument, hatte ihn mit andächtiger Sorgfalt ins Tintenfaß getaucht und sich ein paarmal geräuspert, bevor er die Feder ansetzte, wie wenn er einem verwundeten Tier mit einem Speer den Gnadenstoß geben wolle. Aber auch dann hatte er noch so lange gezögert, daß François, der damals noch ein unehrerbietiger kleiner Junge war, unruhig zu zappeln begann und beinahe gekichert hätte, weil er alles so komisch fand. Da hatte ihm Lammie ins Ohr geflüstert: ,,Still, Coiske, still. Siehst du denn nicht, daß Onkel Mopani gerade unterschreiben will?"

François gehorchte natürlich beschämt, und in einer Stille, die so groß war, daß man die Feder übers Papier kratzen hörte, als wolle sie mit der Spitze Löcher bohren, unterschrieb Mopani mit ,,H. H. Théron".

In diesem Augenblick, der noch so hell war in seiner Erinnerung wie das Licht der großen Öllampe im Speisezimmer, ging es François zum erstenmal auf, daß Mopani nicht der einzige Name des alten Jägers war. Er hatte noch andere, und was waren das wohl für welche?

Sogar Lammie wußte es nicht, denn als Mopani das Haus verlassen hatte, hörte er, wie sie Ouwa zuflüsterte: ,,Sieh mal, er hat mit ,H. H. Théron' unterschrieben. Was bedeutet denn dieses H. H.?"

Ouwa sah sich zuerst um, ob nicht jemand zuhörte, und François, der glücklicherweise schon wußte, wie verschwiegen Erwachsene vor Kindern sein können, sah mit gespielter Gleichgültigkeit weg, obwohl er die Ohren spitzte wie noch nie.

Er horchte heimlich, aber gespannt, und hörte, wie Ouwa sagte: „Ich will's dir sagen, aber du mußt mir versprechen, es keiner lebenden Seele weiterzuerzählen. Ich habe es erst in Äthiopien herausbekommen, als ich im Krieg als *scout* unter seinem Kommando stand, wie du weißt. Wir lagen ein paar Tage in unseren Unterständen. Es regnete so heftig, daß wir nicht weiterkonnten, und das ganze Elend und die Untätigkeit hatte jeden auf sich selbst verwiesen. Mopani lag neben mir, wir teilten unsere Decken, denn es war um Mitternacht empfindlich kalt geworden bei der Höhe. Da sagte er auf einmal zu mir: ‚Pierre-Paul, du bist doch ein Studierter. Ich möchte dich etwas fragen, was mich nun schon seit Jahren beschäftigt; vielleicht kannst du mir helfen. Nur mußt du mir versprechen, niemandem etwas davon zu erzählen. Ich habe zwei Vornamen. Seit jeher hießen die ältesten Söhne in meiner Familie so. Was der erste Name meint, kann ich mir einigermaßen vorstellen, aber der zweite ist mir immer ein Rätsel gewesen. Ich habe keine Ahnung, woher er stammt, und bin immer froh gewesen, wenn die Leute mich schlicht und einfach Mopani nennen. Ich sollte eigentlich damit zufrieden sein, als Mopani zu sterben, aber die beiden verdammten Namen knabbern nachts an meinem Gehirn herum wie Feldmäuse, und vielleicht kannst du mir helfen, daß ich diese Plage endlich loswerde.' Natürlich versprach ich's ihm. Du darfst zweimal raten, wie er heißt."

Lammie hatte angestrengt nachgedacht und geraten und geraten. Ihre großen braunen Augen waren dabei in ihrer neugierigen Verwunderung hübscher gewesen als je zuvor, und ihr reiches Haar hatte gestrahlt wie die Lichtsträhnen der alten Öllampe an der Decke. Nachdem sie aber alle möglichen Namenkombinationen durchprobiert hatte, mußte sie sich geschlagen geben.

„Nun", hatte Ouwa gesagt, „ob du's glaubst oder nicht,

sein vollständiger Taufname lautet Hercules Hyppolite Théron. Den Hercules, räumte Mopani ein, mochte er gerade noch hingehen lassen, aber als ich ihm erzählte, wer bei den alten Griechen Hyppolite gewesen sei und was er getan habe, da brummelte er vor Verlegenheit. Zuletzt sagte er so grimmig, wie man es ihm nie zutrauen würde, zu mir: ‚Ich mag dich ja sehr, Pierre-Paul, trotzdem warne ich dich noch einmal. Wenn du je einer lebenden Seele sagst, daß ich nach so einem Kerl benannt bin, bring' ich dich um, so wahr ich Mopani heiße.' Und noch beim Einschlafen hörte ich ihn mehrmals vor sich hin brummen: ‚Diese Namen! Wie kann man einem wehrlosen Kind so etwas Gräßliches antun. Ein Glück, daß ich Mopani heiße!'"

Aber damit war die Sache für Lammie noch nicht zu Ende, denn gleich stellte sie die unausweichliche Frage: „Und wie kommt er zu ‚Mopani'?"

Um ihr die Sache plausibel zu machen, hatte Ouwa ihr des langen und breiten erzählt, wie Mopanis Vater den ganzen langen Hunter's Road auf und ab, ja bis in seine verschiedenen Verzweigungen tief ins Herz Afrikas hinein, sich diesen Namen verdient hatte. Offensichtlich war er Mopani genannt worden, weil der Mopanibaum für alle Afrikaner das Sinnbild der Unzerstörbarkeit, ja Unsterblichkeit ist. War der Mopanibaum erst einmal zu seiner vollen Größe herangewachsen, schien er überhaupt nicht zu altern. Ouwa betonte mit Nachdruck, in keiner Trockenzeit habe er die schmetterlingsförmigen Blätter des Mopanibaumes jemals verdorren und absterben sehen.

Er konnte sich noch an die allerschrecklichste Trockenzeit erinnern, als die Erde schwarz und kahl geworden war, weil die Sonne Gras und Sträucher versengt hatte. Monatelang sah man zur Mittagsstunde unter einem erbarmungslos blauen Himmel ohne jeden Wolkentrost nichts als die Flammenwogen der Hitze, die über sie hinwegbrandeten wie die Quecksilbermeerdünung irgendeines „Alten Seefahrers". Doch selbst damals, so konnte sich Ouwa noch erinnern, standen die Mopanibäume wie Zerrspiegelbilder am Buschrand und hielten ihre Sonnenschirme aus zitternden grünen Blättern auf Malzzuckerstämmen über die ausgedörrte, sterbende Erde. Kein Wunder also, daß der Mopanibaum in der Vorstellung der Afrikaner ein schlagender Beweis für die Unüberwindlichkeit des natürlichen Wachstums war; Mopanis Vater war nach ihm benannt worden, weil er es verkörperte.

Ouwa hatte ihn schon gekannt, als er noch ein kleiner Junge gewesen war. Bei seinem Tod hatte er nicht älter ausgesehen als zu der Zeit, da er in Ouwas Leben trat. Er konnte sich noch gut daran erinnern, was für ein ungläubiges Raunen überall im afrikanischen Busch umging bei der Nachricht vom Tod des älteren Mopani. Zu jener Zeit war er unter dem Namen ,,Der große Mopani" bekannt; denn nachdem seine Frau auf dem Weg in den Süden gestorben war, tauchte er mit einem erst vierzehnjährigen Sohn wieder im Landesinneren auf. Dieser Sohn hatte soviel von seinem Vater, daß man ihn bald den ,,Kleinen Mopani" nannte, und als der ,,Große Mopani" starb, ließ man bei seinem Sohn ,,Der kleine" weg, und er wurde einfach Mopani. Lammie hatte ja wahrscheinlich bemerkt, daß er denselben alterslosen Eindruck machte wie sein Vater, und niemand wußte genau, wie alt er war.

Lammie, die wie alle Frauen dem Lebensalter eine größere Bedeutung beimaß als Männer, fragte natürlich gleich: ,,Aber *du* weißt doch bestimmt, wie alt er wirklich ist?"

Ouwa schüttelte nachdrücklich den Kopf. Während des Krieges hatte er tatsächlich einmal gewagt, Mopani nach seinem Alter zu fragen, doch der hatte ihn nur verdutzt angesehen und die Frage als äußerst belanglos zurückgewiesen: ,,Du weißt doch, Pierre-Paul", hatte er ruhig gesagt, ,,daß ich an solche Sachen überhaupt nicht denke."

Ouwa, der den Schulmeister in sich nicht unterdrücken konnte, hatte beharrlich weitergefragt: ,,Mußt du denn darüber nachdenken, Mopani? So etwas weiß man doch. Sicher bist du in amtlichen Angelegenheiten so oft nach deinem Alter gefragt worden, daß du es weißt."

„Wenn dem so gewesen ist", hatte Mopani bedächtig wie immer geantwortet, „so habe ich es wieder vergessen. Das Alter spielt in meinem Denken, ob es mich selbst betrifft oder meine Freunde oder sonst wen, überhaupt keine Rolle. Mich interessiert nur, was ein Mensch ist, und nicht, wie lange er es ist. Alter ist eine Angelegenheit zwischen Mensch und Natur; es genügt, wenn Sonne, Mond und Jahreszeiten über die Spanne unseres Erdenlebens Buch führen."

Ouwa beschrieb dann, wie er mit Mopani auf einem Felsblock vor dem weit geschwungenen Panorama des barocken Gebirges gesessen habe und wie Mopani, als er das sagte, mit einer fast besitzergreifenden Geste auf die unermeßliche Landschaft gedeutet hatte, die da so hoch im Blau hing. „Die Felswände dort sind mein Kalender", hatte er gesagt und dann auf die Sonne gewiesen: „Und dort ist mein Chronometer. Die beiden wissen, wann ich geboren bin und wann ich sterben muß. Das genügt mir, selbst wenn es Kerlen wie dir ungenügend erscheint."

Solche und andere Erinnerungen bestürmten François, als er sah, wie Mopani in Ouwas Sessel am Tischende saß und aus der Bibel vorlas, wahrscheinlich dem einzigen Buch, das er von Anfang bis Ende gelesen hatte. Ein wunderbares, warmes Gefühl der Gemeinsamkeit mit dem alten Jäger gab ihm Sicherheit und Vertrauen.

Am dritten Morgen nach Mopanis Ankunft waren sie gerade mit ihrem Frühstück aus Kaffee und Zwieback fertig und schauten hinaus in die Morgendämmerung, die für ein so rauhes, riesiges Land unglaublich zart, ja zärtlich war und die Fensterscheiben rosa färbte, da stürzte 'Bamuthi herein. Er verlor keine Zeit mit langen Begrüßungen, sondern wandte sich direkt an Mopani und bat ihn, sofort sein Gewehr zu nehmen und zu kommen, denn ein ungeheurer Elefant sei plötzlich aus dem Busch aufgetaucht und zertrample wütend die bescheidenen Gärten rund um die Kraals der Matabele. Obwohl es noch dämmrig war, konnte 'Bamuthi mit Sicherheit sagen, daß es sich um den großen alten Elefantenschurken handelte, der sie schon vor ein paar Jahren einmal heimgesucht hatte und sich damals glücklicherweise vertreiben ließ. Dieser alte Bulle hatte einen legendären Ruf, und wenn all die Geschichten stimmten, die man sich von ihm erzählte, so war er das größte Exemplar, das man je in Hunter's Drift zu Gesicht bekommen hatte. Er war ein Einzelgänger, eine der exzentrischsten Persönlichkeiten im Busch, eine richtige graue Eminenz der Natur mit einem Hang zum Zerstörerischen, so daß ihn alle nur unter dem Namen ,,Entwurzler großer Bäume" kannten. Daß er noch nicht gejagt und erlegt worden war, lag einzig daran, daß die Leute im Busch ihn für wahnsinnig hielten. Er galt deshalb als tabu. Denn man glaubte allgemein, der Wahnsinn beruhe darauf, daß ein mächtiger Zauberer in einem Körper wohne. Wenn man nun diesem Geist die Heimstatt nahm, die er sich in dem Elefantenkörper eingerichtet hatte, und er zwangsläufig umziehen mußte, wurde er wahrscheinlich noch zorniger und bösartiger.

Bei dieser Gelegenheit äußerte 'Bamuthi die Vermutung, der Entwurzler großer Bäume sei nicht nur wahnsinnig, sondern auch betrunken. Das überraschte weder François noch Mopani; denn gerade zu dieser Jahreszeit trugen die Marulabäume köstliche Früchte in solcher Überfülle, daß weder Mensch noch Tier sie alle verzehren konnten. Die Früchte fielen deshalb herunter, lagen überall auf dem Erdboden umher und begannen langsam zu gären. Elefanten waren wohl die größten Gourmets des Busches und schätzten die Marulafrüchte in allen ihren Stadien, besonders aber im letzten, alkoholischen. Sobald die Zeit gekommen war, strömten sie von weit und breit herbei und taten sich an ihnen gütlich. Als ruhige Bürger des Buschs benahmen sie sich bei ihrem Marula-Umtrunk ehrbar wie Gentlemen und betranken sich ganz gemütlich, so daß sie eine fast deutsche Gemütlichkeit um sich verbreiteten; dabei gaben sie Geräusche von sich, die man wahrscheinlich als Schluckauf deuten mußte, rieben wieder und wieder die Schultern aneinander und klopften sich gegenseitig mit verdächtig schlaffen Rüsseln liebevoll auf den Rücken.

Mopani, der sich stets dann am lässigsten gab, wenn es am meisten drängte, bemerkte lediglich: „Nun, Neffe (das ‚kleiner' ließ er charmant weg), ich nehme an, unser Kaffee hat noch Zeit, wir sollten wohl einmal nachsehen, was wir mit dem Entwurzler großer Bäume anfangen wollen." Bei diesen Worten setzte er die Kaffeetasse ab, stand wortlos auf und stakte aus dem Frühstücksraum, kam aber sogleich mit seiner Lieblingsflinte im Arm zurück, einer 9,9-mm-Mauser, als auch François das Zimmer wieder betrat; in der Hand hatte er Pierre-Pauls Elefantenbüchse.

Sie verließen das Haus, und schon auf der Terrasse hörten sie bei den Kraals der Matabele die Hunde bellen; Männer, Frauen und Kinder schrieen aus Leibeskräften und schlugen Kochtöpfe, Deckel und leere Paraffinkanister gegeneinander. Als sie bei den Gärten ankamen, erhob sich vor ihnen, genau in der Mitte des unermeßlichen magischen Lichtbildes, in das die Morgenröte den Himmel verwandelt hatte, die schwarze Gestalt des Entwurzlers großer Bäume wie ein Riese, der die Schranken namenloser Geschichte und vergessener Mythen durchbrochen hat. Ein weiter Kreis von etwa vierzig kreischenden Menschen umgab ihn. Sie bombardierten ihn so schnell sie konnten mit Steinen, brennenden Holzspießen, die wie Schwärme von Leuchtkäfern durch die Luft flitzten, langen, dunklen Assegais, gewaltigen Holzknüppeln und allem, was ihnen gerade unter die Hände kam. Doch der Elefant ließ sich nicht aus der Ruhe bringen. Was er nun eigentlich wollte, wußte er allerdings nicht recht.

Elefanten sind bekanntlich kurzsichtig, dafür sind Gehör und Geruchssinn besonders gut entwickelt. Beides half aber jetzt dem Elefanten in seiner gefährlichen Lage wenig, denn da ihn seine Feinde von allen Seiten umgaben, wurden seine Sinne aus allen Richtungen zugleich bestürmt. So warf er bald den Rüssel hoch und trompetete eine Art Schlachtruf hinaus, bald rollte er das empfindliche Organ aus Sicherheitsgründen rasch wieder unterm Kinn ein. Wandte er sich nach einer Seite, wichen die Feinde aus seinem begrenzten Gesichtsfeld. Also wirbelte er im nächsten Augenblick unglaublich flink herum und griff in der andern Richtung an, wieder umsonst. Die Gärten allerdings wurden bei jedem Angriff mehr zertrampelt, und da er schneller war als seine Feinde, kam er mit jeder Attacke dem zerbrechlichen Kreis der Matabele-Kraals unerbittlich näher.

Als Mopani und François erschienen, wurden die Männer, Frauen und Kinder augenblicklich still und atmeten auf. Sie waren offensichtlich erschöpft, ja nahe daran, den Mut zu verlieren. Die Stille ringsum erschreckte François mehr als der Lärm zuvor. In dieser plötzlichen Stille rauschte das Laub des Buschs im Morgenwind wie die ferne See, und die Blätter schimmerten im Sonnenaufgang wie bronzene Schuppen. Aber bald ging ihr Flüstern unter im Hosianna, das Vögel, Paviane und ein Löwenpaar dem Tag darbrachten. Gleich darauf vernahm François, wie es im Bauch des Entwurzlers großer Bäume vor Leben, Zorn und Anstrengung blubberte wie in einem Hexenkessel. Einen Augenblick lang war offenbar der riesige Marmorelefant durch das Schweigen seiner Feinde genauso verdattert wie François. Er stand stockstill da und streckte den Rüssel vor, um Witterung zu nehmen. François hatte noch nie so lange Stoßzähne gesehen. Wie sich in den unerforschten Tiefen eines Weltmeeres ein ungeheurer Fisch mit seinen Flossen an Ort und Stelle hält, so fächelte im bunten Raum zwischen ihnen der Elefant mit seinem Paar riesigen schwarzen Ohren nach Geräuschen. Doch er hatte gerade noch Zeit, sich zu orientieren, mehr nicht. Mopani wußte aus Erfahrung, daß so ein Augenblick nicht von Dauer war. Bald würde dieser sonderbare, ziemlich betrunkene Elefant, den die Stille in seiner Wut und Verrücktheit noch bestärken mußte, sein Zerstörungswerk wiederaufnehmen.

Als wäre es das Natürlichste von der Welt, sah er ruhig zu François hinunter und sagte mit seiner bedächtigen Stimme: „Übernimm du ihn, Neffe."

François konnte sich später nicht erklären, wieso auch er auf diese Situation reagierte, als sei sie ganz selbstverständlich. Er hatte gar keine Zeit, sich zu fürchten oder daran zu denken, daß er noch nie einen Elefanten erlegt hatte. Es war, als sei er ein objektives Instrument geworden. Das Gewehr seines Vaters kam irgendwie an seine Schulter. Der Schädel des Entwurzlers großer Bäume füllte sein Auge aus. Es visierte die einzige Stelle im massiven Knochen zwischen den Augenbögen an, wo eine schmale Öffnung zum Hirn führt. Auf diese wichtige Stelle des Elefantenschädels richtete er Kimme und Korn, bis Auge und Ziel vollkommen eins wurden. Dann verstärkte sich der Druck seines Fingers am Abzug auf ganz natürliche Weise, ohne zu zucken, und entließ eine Flammenwolke aus der Gewehrmündung. Der Schuß ging los. Der Knall schlug sonderbar fern an sein Ohr, als hätte jemand neben ihm geschossen. Unglaublich schnell ging der alte Elefantenriese in die Knie. Er schüttelte kurz den Kopf, erschauerte wie ein torpediertes Schiff, rollte langsam auf die Seite und verschwand hinter dem hohen Mais und der langschäftigen Hirse wie ein tapferer Zerstörer, der im unverwesbaren Grün des morgendlichen Meeres untergeht.

Ein Blick auf den Elefanten genügte – er war tot. Da überkam François ein eigenartiges Gefühl. In seinem Leben tat sich ein schwarzes Loch auf. Eben noch hatte die Riesengestalt des alten Kämpen die taufrische Welt mit soviel Leben erfüllt, und nun war da gar nichts mehr, überhaupt nichts. François fühlte weder Triumph noch Genugtuung. Was hinter ihm lag, schien nichts mit ihm zu tun zu haben. Er empfand nur diese sonderbare Schwermut.

Dann merkte er auf einmal, daß Mopani neben ihm stand. Er schaute auf den Elefanten herab und rief aus: „*Ja-nee,* in seiner Art war er *darem* ein Denkmal."

Ja-nee und *darem* gehörten zum Grundstock des authentischen Wortschatzes dieses merkwürdigen alten Jägers, zugleich aber zur Ausdrucksweise der verschwundenen Pioniergeneration Afrikas. *Ja-nee* heißt wörtlich ja-nein. Mopani gebrauchte es immer dann, wenn er mit einer Seite der Realität konfrontiert wurde, die seiner Meinung nach Frage und Antwort, positiv und negativ oder ähnliche Gegensätze überstieg. Es war sein Wort für das Hier und Jetzt des geheimnisvollen, unaussprechlichen und bleibenden Paradoxes im Herzen alles Belebten und Unbelebten, vor allem aber im Herzen des Menschen auf seiner kurzen Zickzackbahn durch Raum und Zeit. Mopani sprach es aus, als sei das Ja ein Eingang für den Lebensgeist und das Nein ein Ausgang für das große kosmische Paradox, das sich zwischen diesen beiden Extremen erstreckt wie der dunkle, unerforschte Busch.

Darem ist wohl noch schwieriger zu erklären. Es suggeriert eine Auffassung von Realität, die von jeder denkbaren adjektivischen oder adverbialen Kennzeichnung unabhängig ist, und so findet sich auch in keiner andern Sprache eine wörtliche Entsprechung dafür. Wenn man es durchaus übersetzen wollte, müßte man mehrere Ausdrücke miteinander kombinieren. Was zum Beispiel Mopanis Äußerung angesichts des toten Elefanten betraf, so bedeutete sie in etwa, daß ,,der Entwurzler großer Bäume indessen, trotzdem, aber ein Denkmal in seiner Art" war und daß diese Beobachtung trotz Argumenten, Ausnahmen und Einwänden, die man möglicherweise dagegen vorbringen konnte, unbezweifelbar und dauerhaft wahr bleiben werde.

Auch 'Bamuthi, das Stammesoberhaupt, war schweigend hinzugetreten. Nach einer Weile sprach er sehr feierlich: ,,Entwurzler großer Bäume war ein hoher Herr, und sein Rüssel war seine Hand. Er muß uns verzeihen, daß wir ihn getötet haben, aber es ging nicht anders." Dann kehrte er dem Elefanten langsam den Rücken und wies seine Leute an: ,,Sagt unserm Herrn und Gebieter, dem Elefanten, Dank dafür, daß wir ihn töten durften, damit wir leben können. Seht, sein Körper schenkt uns mehr Nahrung, als was er unter seinen großen Füßen an Mais und Hirse zertrampelt hat."

Offenbar äußerte er, was alle dachten. Die Frauen setzten sogleich mit jenem Klagelaut ein, den François schon so oft

gehört hatte. Während ihr Klagen in der Luft schimmerte wie die ersten Sonnenstrahlen auf dem zitternden Blättermeer des Busches, bildeten Männer und Jungs eine lange Reihe, faßten sich unter, schwenkten die Beine hoch über den Kopf und stampften immer und immer wieder alle zugleich auf den Erdboden, bis die Erde wie eine Trommel dröhnte. Denn so mußte nach der Überlieferung ein König geehrt werden. In der Welt der äußeren Erscheinungen war damit die Angelegenheit erledigt, nicht aber für 'Bamuthi und seine Stammesangehörigen, die das Ereignis über Generationen ausschmükken würden, und natürlich auch nicht für François, der sich sein ganzes Leben lang an diesen Morgen erinnern sollte.
Schon als 'Bamuthi berichtete, der Entwurzler großer Bäume sei aufgetaucht, hatte sich Mopani gedacht, das könnte eine einzigartige Gelegenheit sein, François in seinem Selbstvertrauen zu bestärken. Er nutzte sie um so lieber, als es ja nicht riskant war, François den ersten Schuß zu überlassen, wenn er mit dem Gewehr daneben stand. Doch er tat das mit Absicht so beiläufig, daß niemand den Eindruck hatte, er sei darauf vorbereitet gewesen, im Notfall selbst zu schießen. Aber François, der sich das Geschehnis nachher wieder in Erinnerung rief, hatte doch seine diesbezüglichen Vermutungen, und da sie immer offen miteinander umgingen, fragte er wiederholt: „Hast du wirklich geglaubt, Onkel, ich würde den Entwurzler großer Bäume mit dem ersten Schuß erlegen? Sicher hast du schußbereit neben mir gestanden, um ihm den Rest zu geben, falls ich es nicht schaffen würde?"

„Sieh mal, Coiske", gab Mopani auf alle diese Fragen geduldig zur Antwort, „jeder richtige Jäger, gleichgültig wie alt und erfahren er ist, macht sich in einer solchen Situation darauf gefaßt, daß er seinem Gefährten helfen muß. Alles kann schiefgehen, selbst dem Besten, und auch mir ist manches schiefgegangen, das kannst du mir glauben. Aber ehrlich, es ist mir nicht in den Sinn gekommen, du könntest ihn nicht treffen."

Mopani war sich nicht im klaren darüber, ob François seine

Motive erriet. Durch ihre jahrelange Bekanntschaft war ein so reibungsloses System der Verständigung entstanden, daß François bei ihren Unterhaltungen das Unausgesprochene genausogut verstand wie das Ausgesprochene. Mehr Worte hätten die Bedeutung dessen, was sich an diesem Tag zwischen ihnen abgespielt hatte, nur getrübt. Als Mopani also ankündigte, er müsse wohl am nächsten Morgen wieder zu seinen Pflichten zurückkehren, war François nicht überrascht. Er sah instinktiv ein, daß Mopani jetzt aufbrechen mußte. Nur als er sich bei Sonnenaufgang wieder mit einem Abschied konfrontiert sah, kam es ihm merkwürdig vor, daß in Hunter's Drift die Abschiede meist im Morgengrauen und die Ankünfte bei Sonnenuntergang stattfanden. Und er war selbst nach seinem erfolgreichen Elefantenabenteuer unglücklich darüber, daß er sich, nachdem Xhabbo gegangen war, jetzt auch von Mopani trennen mußte.

Als er die tiefen Satteltaschen aus dem Gästezimmer trug und draußen auf der Terrasse hinlegte, sah er, daß Mopani bereits seine 9,9-mm-Mauser prüfte. Rhythmisch und zugleich fest bewegte er das Gewehrschloß auf und ab und versicherte sich, daß es einwandfrei arbeitete. Er nahm das Schloß sogar heraus, klappte den Lauf hoch und hielt das Gewehr gegen das Licht, um zu sehen, ob sich nachts nicht etwa Staub angesetzt habe – alles Vorsichtsmaßnahmen, die man für überflüssig hätte halten können, weil Mopani sein Gewehr doch jedesmal vor dem Schlafengehen putzte. Obwohl er selbst gepackt hatte, schnürte er dann noch einmal die Satteltaschen auf und kontrollierte nach, ob er nichts vergessen habe. Schließlich gingen beide zu den Ställen und holten das Pferd oder vielmehr das Pony, wie diese kleinen, kräftigen, ausdauernden Pferde aus den Bergen des Basutolandes weit im Süden genannt werden. Es war eins von sieben, die Mopani sich hielt, und er legte außerordentlich hohen Wert auf sie, weil sie alle „gesalzen" waren, das heißt, die rätselhafte und meist tödlich verlaufende Pferdekrankheit überstanden hatten, die von Moskitos übertragen wird. Zwar war künstlicher Impfstoff zum Schutz der wenigen Pferde vorhanden, die es so weit nördlich im Landesinneren gab, aber Mopani hatte kein Zutrauen zu solchen Pferden. Er glaubte nur an Pferde, die die mysteriöse Krankheit dank ihrer robusten Konstitution überstanden hatten und gegen sie immun geworden waren.

Mopani hätte selbst das geringste Pferd seiner kleinen Koppel nicht für Geld hergegeben. Sie waren nicht nur ,,gesalzen", sondern kannten auch das Leben des Buschs und seine eigne Stimme und Denkungsart; sie waren eine Art Radar für ihn. In mancher finsteren Sturm- oder Nebelnacht hatten sie ihm den Weg gewiesen und Kunde von Dingen weit jenseits der Reichweite seiner Sinne gegeben. François kannte viele aufregende Beispiele dafür, wie sie in kritischen Augenblicken Mopani zu Hilfe gekommen waren und wie oft er, wenn er sich nachts in einer fremden Gegend nicht mehr auskannte, einfach die Zügel hatte durchhängen lassen, worauf ihn das Pferd von alleine nach Haus gebracht hatte. Das war altbekannt, und so genossen die Pferde bei den Matabele ein beträchtliches Ansehen. 'Bamuthi hatte François versichert, sie besäßen das zweite Gesicht, und wenn man zwischen ihren Ohren hindurch vor sich in die Finsternis schaué, könne man nicht selten Geister sehen.

Bei diesem Besuch auf Hunter's Drift ritt Mopani sein Lieblingspferd. Es hieß Flinker, und das paßte zu ihm. Kaum hatten François und Mopani den Hof, der das Anwesen von den Ställen trennte, zur Hälfte überquert, da erkannte Flinker Mopani schon an seinem weiten, ruhigen Schritt und begrüßte ihn prompt mit hellem Gewieher. Obwohl Mopani in seinem Leben sicher schon unzählige Male Pferde gesattelt hatte, legte er den safrangelben Woilach auf Flinker, als tue er es zum ersten Mal; denn eine weitere Maxime von ihm lautete: ,,Und wenn du noch so erfahren bist, tue stets alles, als sei's das erste Mal."

Dann ließ er Flinker die Zügel vorn herabhängen, der dies wie gewohnt als Zeichen verstand, daß er selbst im gräßlichsten Lärm oder Getriebe an Ort und Stelle warten mußte, bis sein Herr wieder zurückkam. Mopani schwang sich einen altmodischen Patronengurt um die eine Schulter und das Gewehr auf die andere, ging auf François zu, umarmte ihn und sagte bloß: „So Gott will, kleiner Neffe, werde ich dich bald wiedersehen."

Ohne sich umzudrehen, schwang er sich mühelos in den Sattel, und seine langen Beine reichten in den ebenfalls langen Steigbügeln, die er für weite Ausritte benutzte, fast bis auf den Boden. Er zerrte nicht unnötig an der Kandare, sondern sagte nur ruhig: „Los geht's, Flinker, mein Junge", und schon setzte sich der kleine Konvoi aus Mann und Pferd mit zwei Hunden in Bewegung, den Fußpfad entlang, der sich dem Matabele-Rätsel gemäß wie eine Schlange durch den Busch wand. François und Hintza sahen ihnen nach, bis sie im Busch verschwanden, und obwohl Mopani sich kein einziges Mal umdrehte, mußte er doch gemerkt haben, daß beide hinter ihm her sahen, denn unmittelbar bevor er ihnen aus den Augen schwand, hob er die Hand zu einem letzten Gruß über den Kopf.

SECHSTES KAPITEL

Die Tore der Entfernung

François hätte sich lieber vorgemacht, diese Trennung von Mopani sei alles in allem nicht schlimmer als andere bedeutsame Trennungen zuvor. Aber er hatte das ungute Gefühl, daß ein schwerer Sturm im Anzug war. Vielleicht war diese Trennung einmalig in ihrer Art und markierte wenn nicht das Ende eines Lebensabschnittes, so doch das Ende vom Anfang eines neuen. Daß er Xhabbo, Lammie, Ouwa und Mopani innerhalb weniger Tage verloren hatte, wäre für ihn zuviel gewesen, wenn er sich nicht darauf besonnen hätte, daß diese Trennungen trotz ihrer Schmerzlichkeit einen großen Vorteil boten: er konnte Ouwa jetzt ungestört am Sterben hindern.

Er lief daher in die Küche, sobald Mopani mit seiner Eskorte außer Sichtweite war. Ousie-Johanna wies ihn zurecht, weil er so hereinstürmte. Er mache einen solchen Wirbel, sagte sie, daß der Brotteig, der neben dem großen Küchenherd unter Leinentüchern aufging, womöglich in sich zusammensacke und völlig mißrate. Doch diesmal nahm François keine Notiz davon. Er zog einfach sacht einen Stuhl unterm Tisch hervor, setzte sich ruhig hin, stützte das Kinn in die Hände, blickte sie fest an mit seinen großen blauen Augen, die jetzt vor innrer Sammlung ganz dunkel wurden, und sagte in bittendem Ton: ,,Ousie-Johanna, ich brauche deinen Rat und deine Hilfe. Wenn wir jetzt nichts für Ouwa tun, ist es zu spät."

Bei diesen Worten vergaß Ousie-Johanna ihre heißgeliebten Brote. Sie watschelte so energisch auf François zu, daß die schwere hölzerne Küchendiele unter ihren wuchtigen Schritten bebte, und stieß heftig hervor: ,,Ich hätt' mir's denken können, daß Mopani, dieser alte Fuchs, den langen Weg nicht auf sich nimmt, bloß um uns zu besuchen. Ein richtiger Schelm ist der. Je älter sie werden, desto gerissener werden sie." *Sie* waren natürlich das Mannsvolk. "Ja, wissen hätt' ich's sollen, daß er nur deshalb hergekommen ist, weil er böse Nachrichten hatte. Aber das hättest du mir eher sagen können. Es ist nicht recht, eine arme alte Frau, die allein in ihrer Küche ist und sich die ganze Zeit über um euch sorgt, so lange im ungewissen zu lassen."

François suchte die ehrwürdige alte Dame zu beruhigen. Er erklärte ihr des langen und breiten, vor Mopanis Aufbruch habe er unmöglich etwas tun können, weil er ja gar nicht gewußt habe, ob Mopani mit seinen Plänen einverstanden gewesen sei. Er wollte noch mehr sagen, aber Ousie-Johanna schnitt ihm das Wort ab: "Ah, du kannst dem Kind eines getauften 'Xhosa-Vaters nichts vormachen. Zu guter Letzt gehst du also doch noch zu uLangalibalela, was du schon vor Monaten hättest tun sollen. Aber du und deine Lammie, ihr habt ja nicht auf die arme alte Johanna gehört. Ihr denkt ja immer, die ist nur fürs Kochen da und sonst zu weiter nichts. Was hat dir denn dieses Mannsbild, der Mopani, weisgemacht, daß du plötzlich Vernunft annimmst?"

François erzählte ihr, daß Lammie Mopani am Telefon mitgeteilt habe, die Ärzte in der Hauptstadt hätten wieder einmal versagt. Gerade jetzt, in diesem Augenblick, seien Lammie und Ouwa vier Tage und vier Nächte im Zug unterwegs, um weit im Süden andere Ärzte zu konsultieren.

Beim letzten Teil des Berichts schnaufte Ousie-Johanna vor Entrüstung und rief aus: "Einen mageren Nutzen werden wir davon haben!" Fett in jeder Form war für Ousie-Johanna wie für 'Bamuthi und überhaupt alle Afrikaner ein rechter Segen, Magerkeit hingegen ein Zeichen von Unglück – ein Glauben, den sie durch ihre stattliche Erscheinung bekräftigte. Dann fuhr sie rasch fort: "Wir müssen diesen schlauen Matabele (so nannte sie 'Bamuthi mit Vorliebe) herholen, gleich jetzt in der Mittagszeit, und einen Plan schmieden."

Sobald sie gegessen hatten, wurde 'Bamuthi gebührend in

die Küche beordert und hörte sich den Bericht von François und vor allem Ousie-Johannas weitschweifige Befürchtungen und Mutmaßungen, wie es nun eigentlich stehe, mit der ihm eigenen Geduld an. Er stimmte zwar zu, es sei an der Zeit, einen Plan zu machen, hatte aber große Bedenken, sofort etwas zu tun. Ousie-Johanna, die beim leisesten Anzeichen dessen, was sie als männlichen Eigensinn auslegte, reizbar wurde und schon aus Angst nicht gerade rücksichtsvoll war, schimpfte 'Bamuthi lange und ungerecht aus. Als er die Chance hatte, ihr ins Wort zu fallen, gab er zu bedenken, daß es seine Pflicht war, Hunter's Drift zu beaufsichtigen. Würde er nicht das Vertrauen, das Ouwa in ihn gesetzt hatte, enttäuschen, wenn er das Anwesen im Stich ließ? Gerade das mußte er aber tun, wenn sie uLangalibalela angemessen konsultieren wollten. Denn das war's doch, was sie alle im Auge hatten?

Sofort legte sich Ousie-Johannas Zorn. Sie versuchte 'Bamuthi zu beruhigen und stellte ihm die rhetorische Frage, was es schon ausmache, wenn ein paar Kühe mal einige Tage nicht ordentlich gemolken würden wie sonst oder wenn ein Wochenertrag an Gemüse und Früchten umkäme, wenn dadurch Ouwas Leben gerettet wurde? Waren sie nicht alle einer Meinung, nämlich daß diese albernen weißen Ärzte mit ihren Kneifern auf der Nase nichts taugten, wenn ein Mensch behext war? Und hatte 'Bamuthi nicht außer acht gelassen, daß Hunter's Drift während seiner Abwesenheit nicht im geringsten vernachlässigt wurde, da ihm genug erfahrene Helfer zur Seite standen? Und war ihm nach all den vielen Jahren nicht klar, daß es auch noch die alte Johanna gab, die noch keiner hinters Licht geführt hatte und die statt seiner ein Auge auf sie haben wollte? Es solle nur einer herumlungern – der hatte nicht mit ihr gerechnet!

Die Vorstellung, Ousie-Johanna könnte versuchen, die Matabele ihrer Disziplin zu unterwerfen, erschreckte 'Bamuthi sichtlich noch mehr als die Angst, Ouwas Vertrauen zu enttäuschen. Es widersprach den hartnäckigen Instinkten und Traditionen der Matabele, von einer Frau, und sei sie noch so weise und hochgeehrt, Befehle entgegenzunehmen. Sogar François wußte das schon und versuchte deshalb, Ousie-Johannas Taktlosigkeit rasch wiedergutzumachen, indem er 'Bamuthi vom Thema abbrachte. ,,Stimmt es, alter Vater", fragte er, ,,daß die Medizin gegen Ouwas Behexung um so weniger wirkt, je weiter sich Ouwa von uLangalibalela in Richtung Süden entfernt?" 'Bamuthi antwortete mit einem düsteren Ja und räumte damit ein, daß durch diese lange Reise in den Süden die Gefahr für Ouwa schon beträchtlich gewachsen war.

Ermutigt durch die Wirkung, die diese Eröffnung auf 'Bamuthi hatte, bohrte François nach: ,,Bedenk doch bitte einmal, alter Vater, daß die Ärzte in der großen Stadt am Meer den Entschluß fassen könnten, Ouwa noch weiter wegzuschicken, wenn sie keinen Namen für seine Krankheit finden und keine Medizin gegen sie machen können."

'Bamuthi und Ousie-Johanna waren verblüfft und erschrocken und riefen einstimmig aus: ,,Aber wie können sie ihn denn weiter fortschicken als bis zum großen Wasser?"

,,Sie können ihn aufs Schiff bringen und nach England schicken, wo die allerbesten weißen Ärzte wohnen, die noch viel weniger von Zauberei verstehen als ihre Kollegen hier. Wenn auch sie versagen, und das werden sie, wie wir alle überzeugt sind, was kann uLangalibalelas Medizin dann ausrichten?"

,,Glaubst du wirklich, Kleine Feder, daß sie unserm Großen weißen Vogel so etwas antun werden?" fragte 'Bamuthi ganz entsetzt über diese Aussicht.

,,Das glaube ich allerdings, alter Vater", antwortete François aufrichtig.

,,Dann wird unser aller Fett im Feuer zergehn", erklärte 'Bamuthi mit schicksalsergebener Stimme, ,,denn jedes Kind weiß, daß selbst die mächtigste Medizin auf Erden um so schwächer wird, je länger sie übers Wasser fährt."

François und Ousie-Johanna ergriffen dieses Eingeständnis mit solchem Eifer beim Schopf, daß sie 'Bamuthis Bedenken schließlich überwanden. Das kam bezeichnenderweise dadurch zum Ausdruck, daß er plötzlich aufsprang und verkündete, je eher sie sich auf den Weg zu uLangalibalela machten, desto besser sei es. Er selbst wollte sofort zu den Kraals zurückkehren, seinen Leuten die nötigen Anweisungen geben und alles für den Aufbruch vorbereiten. Am besten war es, sie brachen schon am nächsten Morgen auf, denn sie brauchten mindestens zweieinhalb Tage hin und anderthalb Tage zurück. Es wäre sehr freundlich von Ousie-Johanna, für etwa eine Woche Essen bereitzumachen, denn es war gut möglich, daß ein so berühmter und beschäftigter Seher wie uLangalibalela sie nicht sofort empfing.

François wollte wissen, warum der Rückweg einen Tag weniger in Anspruch nahm als der Hinweg.

,,Weil man nicht ohne Geschenke zu uLangalibalela ziehen kann, Kleine Feder", sagte ihm da 'Bamuthi, ,,und weil man in einer so wichtigen Angelegenheit Tiere bringt. Damit sie nicht an Gewicht verlieren, müssen wir langsam machen. Und es müssen Tiere sein, die man selbst besonders gerne mag, denn bei den größten Medizinmännern ist es die Regel, daß sie in so dringenden Fällen nur helfen können, wenn die Betroffenen sich dafür von etwas trennen, was ihnen besonders teuer ist."

,,Und was meinst du, alter Vater, ist für mich so wertvoll, daß ich es als Geschenk mitnehmen könnte?", fragte François, und es wurde ihm plötzlich schwer ums Herz, weil ihm der Gedanke durch den Kopf schoß, 'Bamuthi könnte Hintza im Sinn haben, der ihm so lieb war wie sonst kein Tier.

Ob 'Bamuthi nun wußte, was François durch den Kopf ging, oder nicht, er gab ihm ausweichend zur Antwort: ,,Bevor wir zu den Geschenken kommen, will ich dir noch sagen, Kleine Feder, daß wir Hintza, wenn dir sein Leben lieb ist, besser zu Hause lassen. Der Pfad zu uLangalibalelas Kraal ist schmal und gewunden und führt durch den wildesten Busch. Er ist voller großer Leoparden, die scharf darauf sind, Hintza zu reißen und aufzufressen."

François war erleichtert. Angst um Hintzas Leben hatte er aber nicht. Niemals hatte er sich auch nur einen Augenblick von Hintza getrennt, und nun sollte er ihn zu Hause lassen! Prompt verkündete er: „Da mache ich nicht mit. Wo ich bin, da ist auch Hintza."

Er setzte ein so beleidigtes und entschlossenes Gesicht auf, daß 'Bamuthi nicht etwa gekränkt, sondern ganz gerührt war. Er hob bloß die breiten Schultern, als wolle er sagen, er habe ihn gewarnt, mehr könne er nicht tun. Dann fuhr er fort: „Was das Geschenk angeht, so bitte ich dich, Kleine Feder, dein eignes Herz zu befragen, was für dich so überaus wertvoll ist, daß es uLangalibalelas Medizin am meisten helfen könnte."

Beide hätten jetzt die Sache lieber auf sich beruhen lassen, nicht aber Ousie-Johanna. Sie benutzte die Gelegenheit, das Gespräch fortzusetzen, und überschüttete sie mit Ratschlägen und verblüffenden Einfällen. Kein Wunder, daß 'Bamuthi, als sie die Küche endlich verlassen konnten, die einzige kritische Bemerkung über Ousie-Johanna machte, an die François sich erinnern konnte, aber es klang nicht unwirsch, sondern eher mitleidig und resigniert, als er sich nach allen Seiten umdrehte, ob sie ihn nicht höre, und leise zu François sagte: „*Auck*, Kleine Feder! Die Prinzessin der Kochtöpfe erinnert mich daran, daß Wasser unermüdlich fließt und fließt." François mußte lächeln, denn dieser Seufzer kam tief aus 'Bamuthis Herzen; da er das Stammesoberhaupt war, kamen täglich viele Matabele-Damen zu ihm und trugen ihm ihre Sorgen vor. Aber die Frage der Geschenke bereitete François viel zu viel Unbehagen, als daß er sich lange darüber hätte amüsieren können. Bald war er wieder allein mit Hintza in seinem Zimmer und machte die paar Dinge zurecht, die er unterwegs brauchte. Er entschloß sich, sowohl sein 22er Gewehr wie auch den achteckigen Vorderlader mitzunehmen. Dabei versuchte er krampfhaft, sich sein wachsendes Unbehagen zu erklären, aber umsonst. Schließlich gab er es auf und beschloß, 'Bamuthi noch einmal um Rat zu fragen.

Merkwürdigerweise trat jedoch die Einsicht, was er zu schenken hatte, genau in dem Augenblick, als er es aufgab, wie ein Korken, der vom Meeresgrund hochsteigt, an die Oberfläche seines Bewußtseins. Du lieber Himmel, wie hatte er nur so schwer von Begriff sein können? Nur ein einziges Wesen kam in Frage. Der Gedanke machte ihn ganz traurig. Nach Hintza liebte er kein Tier auf Hunter's Drift so sehr wie Tag-und-Nacht. Auch 'Bamuthi hatte wohl Tag-und-Nacht im Auge gehabt, obwohl er ihm das mit seinem angeborenen Zartgefühl nicht geradeheraus hatte sagen wollen. Tag-und-Nacht war eine einjährige Färse. Ihren Namen verdankte sie der Tatsache, daß sie schwarz-weiß gefleckt war, eine Farbkombination, der die Matabele eine beinahe mystische Bedeutung beimaßen. François konnte sich noch an den gewaltigen, fröhlichen Lärm erinnern, als bekannt wurde, soeben sei ein Kalb mit der schwarz-weißen Wunderfärbung auf die Welt gekommen, nämlich Tag-und-Nacht. Das war am Morgen von François' elftem Geburtstag geschehen. Ouwa schenkte François zu jedem Geburtstag ein Kuhkalb, so daß François bereits stolzer Besitzer einer eigenen kleinen Rinderherde war. Trotzdem war Tag-und-Nacht für ihn etwas Besonderes. Sie erkannte ihn an der Stimme und machte schon mit ihm und Hintza Spaziergänge rund um die Farm. Sie hörte auf ihren Namen und spielte und stritt mit Hintza. Einmal hatte sie Ousie-Johanna in helle Aufregung versetzt, als sie seelenruhig in die Küche gekommen war und sich nach François umgesehen hatte, der zum ersten Mal in seinem Leben verschlafen und ihr nicht guten Morgen gesagt hatte.

Je länger François darüber nachdachte, um so trauriger wurde er; denn Tag-und-Nacht wegzugeben war fast, als ob er einen Freund verriete. Aber dann kam ihm wieder in den Sinn, daß auch 'Bamuthi seine eigenen Bedenken, das Anwesen zu verlassen, hatte überwinden müssen und daß natürlich nichts so wertvoll war wie Ouwas Leben. Er ging also rasch, bevor weiteres Nachdenken seinen Entschluß wieder anfechten konnte, zu 'Bamuthis Kraal. Zwei Viehtreiber trennten mit 'Bamuthi dessen eigene Kälber von jenem Teil der Herde, den er auf Hunter's Drift für sich selbst halten durfte. Er legte gerade einer schönen, schwarz glänzenden, gleichfalls einjährigen Färse, von der François wußte, daß sie 'Bamuthis erkorener Liebling war, ein Lederhalsband um. Sie hieß Kleiner Finger und war das erstgeborene Kalb einer edlen Färse und eines neuen großen Bullen. 'Bamuthi und sein Stamm hofften, die beiden würden eine neue, besonders schöne Rinderrasse zeugen mit mehr Kindern, als man Finger an beiden Händen hatte. Als das kleine schwarze Kalb mit der seidig schimmernden Haut neugeboren und noch schwankend auf den Füßen stand, hatte 'Bamuthi daher alle gefragt, ob es einen besseren Namen geben könnte als den, der die große Zählung mit dem kleinen Finger der Hand beginne? Aber nicht das beschäftigte François jetzt am meisten, seine eigenen Gefühle quälten ihn viel zu sehr. Mit Tränen in den Augen eilte er auf 'Bamuthi zu und kündigte ihm an: ,,Tag-und-Nacht muß es sein, nicht wahr, alter Vater?"

'Bamuthi legte François liebevoll die Hand um die Schulter und sagte mit einer Stimme, als sei er der Vater aller Lebewesen im Busch: ,,Kein *Induna,* Kleine Feder, hätte eine halb so gute Wahl treffen können." Um François zu trösten, lenkte er dann seine Aufmerksamkeit auf Kleinen Finger, die er jetzt fest am Seil hielt. ,,Sieh her, Kleine Feder, sieh her. Tag-und-Nacht wird in ihrem neuen Heim mit einer Freundin zusammen sein, denn dieses Kind eines Bullen der Nacht ist mein Ehrengeschenk für uLangalibalela."

Auf der Stelle verging François alles Selbstmitleid. Mit beiden Händen packte er 'Bamuthis Hand und drückte sie so fest er konnte, denn er brachte kein Wort heraus. Als er wieder zurückgehen wollte, nahm ihn 'Bamuthi beim Arm und flüsterte ihm ins Ohr: ,,Du hast doch daran gedacht, daß wir etwas von Ouwas Person mitnehmen müssen?"

François konnte ihn glücklicherweise beruhigen. Seitdem sie zum erstenmal in Erwägung gezogen hatten, uLangalibalela zu besuchen, war er jeden Tag heimlich ins Elternzimmer geschlüpft und hatte ein paar Haare von Ouwas Bürste genommen. Inzwischen war eine dünne Haarsträhne zusammengekommen, die in Seidenpapier gewickelt und unter Kleidungsstücken versteckt ganz zuunterst in der Kommode in seinem Zimmer lag. Als er wieder zurück war, wickelte er zuerst dieses Seidenpapier in ein Stück braunes Packpapier und verschnürte es mit einem Bindfaden. Obwohl er später nie herausbekam, was ihn eigentlich dazu angetrieben hatte, ging er mit dem flachen Päckchen in Ouwas Studierzimmer, holte aus der Schublade ein Stück roten Siegellack, zündete den Docht an, ließ einen großen roten Tropfen auf den Knoten des Bindfadens fallen und versiegelte ihn mit einem Petschaft, das Ouwa seinerzeit als Leiter eines Staatsdepartementes gebraucht hatte. Merkwürdigerweise war ihm danach wohler, und er verließ Ouwas Studierzimmer wie jemand, der durch das Seitenportal aus der Kirche geht und nicht sagen kann, weshalb. Aber ein solches Verhalten war nichts Außergewöhnliches in der heidnischen Welt rund um ihn herum. Wenn man den großen unwägbaren Naturkräften näherkommt, wenn man vors Angesicht der unbekannten Götter des Buschs tritt, um ihre Hilfe zu erbitten, braucht man dringend ein förmliches, genaues und respektvolles Ritual, um vor ihnen zu bestehen.

Als das Herz der Morgendämmerung über der dunklen Linie der Feigenbäume hinten im Garten stand, war François schon reisefertig. Ousie-Johanna wirtschaftete bereits in der Küche. Sie machte das Frühstück und den Proviant zurecht und gab dann François eine große Büchse Kondensmilch und eine noch größere Flasche Rizinusöl, die er dem Sehr-ehrenwerten-Sonne-ist-heiß als ihr Ehrengeschenk überreichen sollte. Die süße Milch leuchtete François ein, doch wegen des Rizinusöls hatte er solche Bedenken, daß er befürchtete, es könne uLangalibalela ungnädig stimmen. Aber gerade in diesem Augenblick des Zweifels kam 'Bamuthi und holte ihn ab. Als er die große Flasche Rizinusöl auf dem Tisch stehen sah, beglückwünschte er Ousie-Johanna überschwenglich zu ihrem einfallsreichen Geschenk, und François sah ein, daß er beinahe einen schweren taktischen Fehler gemacht hätte.

'Bamuthi trug das Pulverhorn, die Ledertasche mit den Bleikugeln und den Vorderlader, der für den Notfall schon geladen war, sowie einen großen Proviantsack auf der Schulter, François ebenfalls einen großen Proviantsack mit dem versiegelten braunen Päckchen unten drin. Auch hatte er diesmal seinen besten Buschhut auf. Er war zuerst unentschlossen gewesen, ob er einen Hut aufsetzen solle, aber 'Bamuthi hatte darauf bestanden und es folgendermaßen plausibel gemacht: „Damit du ihn im richtigen Augenblick abnehmen kannst, Kleine Feder."

Zusammen mit Hintza, der sich François aufgeregt an die Fersen heftete, machten sie sich zu den Matabele-Kraals auf, wo Tag-und-Nacht und Kleiner Finger schon bereitstanden. Obwohl er schwer beladen war, mußte 'Bamuthi unbedingt noch seinen besten Jagdspeer *U-Simsela-Banta-Bami* (Erstöbert-auf-für-meine-Kinder) und die große Keule *Igumgehle* (Der Gefräßige) mitnehmen, was er mit den Worten kommentierte, bei dem engen Zickzackpfad könne man gar nicht gut genug gerüstet sein.

Noch vor Sonnenaufgang verschwand die kleine Prozession im Busch, auf einem Pfad, der nach den ersten zehn Meilen für François vollkommen neu war. Selbst für die Bewohner der Kraals, die so etwas ja gewohnt waren, war es erstaunlich, wie schnell und gründlich der erwachende Busch sie verschlang. Natürlich kannte keiner von ihnen das Große Wasser, aber wenn sie es gekannt hätten, wäre ihnen klargeworden, daß der Busch für sie dasselbe war wie für Matrosen und Fischer das Meer. Hunter's Drift aber war ein willkommener, sicherer Hafen.

Etwa die erste Wegmeile unterhielt sich 'Bamuthi noch mit François, ohne sich die Mühe zu machen, den Kopf dabei umzudrehen, ganz nach Art der Menschen, die auf gewundenen Fußpfaden im Gänsemarsch durchs Leben gehen. Wenn er sich manchmal umschaute, so nur um sich zu vergewissern, daß sein kleiner Konvoi dicht aufgeschlossen blieb. Aber sie hatten alle rasch die gewünschte Routine, so daß auch dieses gelegentliche Zurückblicken bald überflüssig wurde.

Als sie die unsichtbare Grenze überschritten hatten, wo der Pfad ins Unbekannte eintauchte, bedeutete ihm 'Bamuthi, von jetzt an sollten sie besser schweigen und sich konzentrieren. François war es schon immer aufgefallen, daß der Busch, der so stark widerhallte von den Lauten der Tiere, wenn man von der großen Lichtung rings um das Haus hinhörte, so schweigsam, feierlich und düster sein konnte, wenn man sich mitten in ihm befand. Einmal hatte er Mopani wegen dieses seltsamen Phänomens befragt, und der hatte ihm erklärt, daß zwischen den Baumstämmen so dichte Dornbüsche, Sträucher und Schlingpflanzen aller Art wucherten und die seltenen freien Stellen so über und über mit hohen Gräsern bewachsen und mit dichtem Laub gepolstert waren, daß jedes Geräusch außer dem, das sie selbst verursachten, erstickt wurde, noch bevor es geboren war. Und es war wirklich beachtlich, daß François weder 'Bamuthi noch die beiden Jungkühe hören konnte, obwohl sie nur ein paar Meter vor ihm her gingen. Noch merkwürdiger waren die großen Buschaffen, die sich an langen Schlingpflanzen, welche die Matabele Affenstricke nennen, wie Zirkusakrobaten von Baum zu Baum schwangen. Wenn sie sich dabei über dem Pfad befanden und die kleine Prozession unter sich erblickten, stießen sie Warnschreie aus und alarmierten die übrige Familie, die sich in den umstehenden Bäumen verborgen hielt. François konnte ihre weit aufgerissenen Schnauzen mit den langen, breitgezogenen Lippen, den gebleckten weißen Zähnen und dem rosa schimmernden Gaumen sehen – aber kein Laut drang an sein Ohr.

Es gab nur eine Ausnahme, und zwar gegen zehn Uhr morgens, als es wirklich heiß war und Millionen und Abermillionen von Mopanikäfern hinter den Schmetterlingsblättern der Bäume dem Tag ihren Messias entgegenzusingen begannen. Je heißer und schöner der Tag wurde, desto lauter ertönte ihr

Gesang, bis es klang, als seien alle Insektensänger aus ganz Afrika zusammengeströmt, um miteinander zu feiern. Gegen zwei Uhr nachmittags wurde der Silberlaut ohrenbetäubend. Auch war es so heiß geworden, daß der Kragen des Buschhemdes, das François trug, seine Nackenhaut zu versengen schien, so oft er sich an ihr scheuerte. Aus eigener Erfahrung, aber auch von Mopani und 'Bamuthi wußte er, daß nun alle Tiere des Buschs, sogar die schwarze Mamba mit dem eiskalten Herzen, in tiefem Schlaf lagen. Nur diese hingebungsvollen Käfer sangen endlos und lauter denn je. François hatte gar nichts dagegen. Er fand ihren Gesang phantastisch und erheiternd. Als ihr hingerissener Laut seinen Höhepunkt erreichte, hielt 'Bamuthi zum erstenmal an, und sie machten alle miteinander im Schatten eines besonders dicht belaubten Baumes Rast. Aber die Sonne brannte so mächtig, daß selbst hier der Schatten nur ein schwächeres Sonnenlicht war.

Obwohl der Busch so dicht und die Insekten laut waren, wurde ihr Hosianna von einem Knacken gestört, als praßle Holz im Feuer. Der Singsang der Mopanikäfer setzte plötzlich aus. 'Bamuthi sprang auf, packte seine Jungkuh am Halfter, zog sie seitwärts in den Busch und flüsterte François zu: „Schnell, Kleine Feder, schnell!"

Tag-und-Nacht jedoch war dermaßen in ihre Siesta verliebt, daß sie zur Antwort nur widerwillig ihre glänzend schwarzen Augen aufschlug und François unter ihren Hollywoodwimpern hervor einen vorwurfsvollen Blick zuwarf. François mußte Hintza in der Buschmannsprache den scharfen Befehl erteilen, Tag-und-Nacht daran zu erinnern, daß sie nicht zum Spaß hier war, sondern ihre Pflicht und Schuldigkeit zu tun hatte. Hintza gehorchte und kniff sie mit seinen scharfen Zähnen in den Schwanz. Tag-und-Nacht hatte in ihrer Kindergartenzeit mit länger dauernden und unbequemeren Maßnahmen Bekanntschaft gemacht, sie erhob sich also und trottete schnellfüßig hinter ihrer schwarzen Gefährtin her.

Zum Glück brauchten sie nicht weit zu gehen. 'Bamuthi

hatte hinter einer Gruppe riesiger Assegaibäume angehalten und winkte François zu sich. Dort standen sie, nur halb in Deckung, während das Knacken lauter und lauter wurde, bis sie auf dem eben verlassenen Pfad einen gewaltigen alten Elefantenbullen erblickten, der mit dem ganzen Pomp der Admiralität in schlingerndem Seemannsgang seines Weges zog. Dem Bullen folgte ganz unbefangen die Prozession der Kühe und Jungen. Weil sie so kurzsichtig waren und weil zu dieser toten Tagesstunde kein Lüftchen wehte, so daß ihr feiner Geruchssinn ihnen nichts nützte, merkten sie nicht, daß Fremde in ihrer Nähe waren. Sie ließen sich Zeit, blieben stehen und pflückten da und dort eine Delikatesse des Buschs für die jungen Kälber. Nachdem sie eine wilde Rebe mit braunen, saftigen Beeren völlig kahlgerupft hatten, standen sie still da und beobachteten mit dem Ausdruck tiefer Befriedigung auf ihren weisen, alten Faltengesichtern, wie sich die Kälber über diese unverhoffte Süßigkeit freuten. Sie nahmen sich auch die Mühe, die Allerkleinsten, die in der Hitze Anzeichen von Müdigkeit erkennen ließen, durch liebevolles Tätscheln aufzumuntern. Wenn gut Zureden nicht half, wurden sie von den Granitschädeln sacht vorwärtsgeschubst. Trotz der offenkundigen Tiefe ihres Gefühls schienen sie ein fast menschliches Bewußtsein dafür zu haben, daß Disziplin notwendig war. Ein junges Bullenkalb, das bereits seinen mehr als reichlichen Anteil an Beeren bekommen hatte und nun versuchte, einem schwächeren Gefährten seine Ration wegzuschnappen, wurde von aufgebrachten Elefantenmüttern unverzüglich zurechtgewiesen. Sie versohlten ihm mit den Rüsseln so kräftig das Hinterteil, daß seine Spielzeugtrompete eine Schmerzensfanfare ausstieß, worauf er prompt nachgab.

Dann kam der Höhepunkt dieses Happenings im Busch. Genau an dem Punkt, wo 'Bamuthi den Pfad verlassen hatte, waren zwei stattliche Assegaibäume, offensichtlich unterhöhlt von den Riesenarmeen weißer Ameisen, die marodierend durch den Busch zu ziehen pflegten, umgestürzt und versperrten den Pfad. Den ausgewachsenen Elefanten und älteren Kälbern machte es keine Mühe, sie zu übersteigen, aber ein kleines Kalb schaffte es nicht. So kehrten zwei Elefanten, die offenbar für den Schwanz der Prozession verantwortlich waren, wieder zurück und stellten sich zu beiden Seiten des Kalbes auf, das vor Unbehagen schon erbärmlich zu wimmern anfing. Dann steckten sie ihre Rüssel unter seinem Bauch durch und halfen ihm vorsichtig beim Übersteigen der Baumstämme. So froh war das Elefantenkälbchen, wieder heil bei seiner Familie zu sein, daß es fast wie ein junger Hund die ganze Reihe auf und ab rannte und der Herde durch liebevolles Rüsselstreicheln dankte. François hörte jetzt auch das seltsame Rumoren in den Bäuchen der wohlgenährten Elefanten. Es gluckerte aber nicht zornig wie beim Entwurzler großer Bäume, sondern so sanft, als sei dieses Geräusch das elefantische Äquivalent für Schnurren. Doch kaum war das graue, faltige Hinterteil des letzten Elefanten (das den ausgebeulten Flanellhosen eines alten Landedelmanns glich, bei dem der letzte Hosenknopf schon locker sitzt) in der Wegbiegung verschwunden, da hörte auch das Rumoren auf, und die Mopanikäfer führten ihre Andacht fort.

'Bamuthis dunkle Augen glänzten, und seine tiefe Baßstimme war voller Zufriedenheit, als er ausrief: „Das ist ein gutes Zeichen, kleine Feder. Du siehst, was für ein großer Seher und Arzt uLangalibalela ist. Sogar die Herren des Buschs ziehen seine Straße."

„Aber warum hast du uns dann so schnell vom Pfad weggeführt, als seien wir in großer Gefahr, alter Vater?" fragte François eher verwundert als ungläubig.

„Weil ich das Knacken zuerst falsch gedeutet habe", antwortete 'Bamuthi. „Ich dachte, ein Nashorn käme geradewegs auf uns zu, und das wäre nicht nur gefährlich, sondern auch ein ganz schlimmes Zeichen für unser Unternehmen gewesen."

Noch verwirrter als zuvor fragte François ganz einfach: „Warum?"

„Weil es das Nashorn, wie alles Böse, immer eilig hat und

immer stracks angreift. Es rennt alles über den Haufen, selbst den Unschuldigen. Weißt du, das Böse handelt immer überstürzt und läuft gradezu. Nur Weise und Gute, wie unser Herr, der Elefant, ziehn langsam dahin in großen Bögen und bahnen sich ihren Weg durch den Busch, wie der Weise unter den Menschen durchs Leben geht und wie ein Strom das Große Wasser sucht, das 'Bamuthi nie gesehen hat."

Für einen Augenblick hielt er inne, und ein seltsam sehnsüchtiger Ausdruck lag auf seinem Gesicht. Dann sagte er: ,,Aber was stehen wir hier herum und schwatzen wie die alten Weiber. Wir müssen noch weit gehen, bevor es Nacht wird. Wir wollen den Elefanten, die uns den Weg von allem Bösen freihalten werden, dicht auf den Fersen bleiben. Das ist das allerbeste."

Und schon war die kleine Prozession wieder auf dem Pfad und folgte der Elefantenspur. François nahm an, sie würden bald zu den Elefanten aufschließen, so gemächlich war ihm der Trott der Tiere vorgekommen. Natürlich wußte er nicht, was 'Bamuthi wußte, nämlich daß Elefanten, selbst wenn sie ganz langsam gehen, so weite Schritte machen, daß sie unglaublich schnell vorankommen. Ein Mensch kann auch im Laufschritt kaum mit ihnen gleichziehen. An diesem Nachmittag bekamen sie die Elefantenherde nicht mehr zu Gesicht, obwohl ihre seidenglatten Fußspuren auf dem Pfad waren. Etwa eine Stunde vor Sonnenuntergang teilte ihm 'Bamuthi dann mit, der Platz, den er fürs Nachtlager vorgesehen habe, sei nur noch eine gute Meile weit entfernt.

Gerade an dieser Stelle bemerkten sie mit Erstaunen, daß die Elefantenspur vom Pfad verschwunden war. 'Bamuthi war das gar nicht recht. Elefanten waren im allgemeinen nicht impulsiv. Im Gegensatz zu anderen Tieren taten sie nie etwas ohne guten Grund. Was konnte sie jetzt veranlaßt haben, eilends im Busch Unterschlupf zu suchen? Sie fürchteten keine anderen Tiere, wie stark und stolz diese auch waren. Nur Menschen konnten es gewesen sein. Aber wer würde denn einer Elefantenkavalkade nicht von selbst ausweichen, wer würde nicht vermeiden, sie irgendwie zu reizen oder zu stören?

François gab Hintza den Befehl, sich zu setzen und den Pfad zu beobachten. Dann ging er weiter, stand nun neben 'Bamuthi und blickte auf eine der schönsten Savannen, die er je gesehen hatte. Das offene Land vor ihnen war mit langem, goldgrünem Gras bestanden, es glühte im Abendsonnenschein und fiel steil ab zu einem blinkenden Fluß, der in langsamen Schleifen zwischen Sandbänken mit hohen, kupferfarbenen Rohrkolben dahinzog. Die Luft über ihnen war dunkel vom Sturm der Schwingen der Webervögel, vom Wirbel der Bienenfresser, Stare, Finken und abessinischen Blauracken, die ein Nachtlager suchten. Vom jenseitigen Flußufer stieg die Grasböschung wieder bis zum anderen Arm des Urwaldes etwa zwei Meilen von ihrem Standort entfernt. Und dazwischen fand eine ungeheure, glitzernde Versammlung von nahezu allem Getier im Land statt – nur die Elefanten fehlten.

'Bamuthi brach die Stille mit einem kraftvollen Ausruf auf Sindabele: *„Mawu!* Nun wissen wir, warum die Elefanten in ihrer Weisheit vom Wege abgewichen sind."

Bei diesen Worten zeigte er auf das, was François, ganz versunken in den schönen Ausblick, nicht bemerkt hatte: eine mächtige, hohe Felskuppe zwischen ihnen und dem Fluß. Von ihrem Mittelpunkt stieg Rauch auf und stand beinahe in der Luft still.

'Bamuthi lehnte es ab, sich dem Ort weiter zu nähern, solange er nicht mehr darüber herausfinden konnte. François bedauerte das sehr, denn diese Felskuppe hatte ja ihre Festung gegen die Nacht sein sollen, und nun mußten sie sich beeilen, eine andere aufzutreiben, denn die Nacht brach schnell herein.

'Bamuthi drehte sich auf der Stelle um, ließ François mit Hintza und den beiden Jungkühen zurück und verschwand eine Viertelmeile weit in den Busch. Wenige Minuten später erschien er wieder und winkte François, ihm zu folgen. Er führte sie zu einer etwa zweihundert Meter vom Pfad entfernten kleinen Lichtung zwischen den Bäumen, die nur einen Zugang hatte und im übrigen von den stachligsten aller wehrhaften Dornbüsche umgeben war, den die Matabele *Ipi-Hamba,* Wohin-gehst-du-Dorn nennen. Dieser Dorn, hart wie Stahl und mit einer Spitze, die fein und scharf ist wie eine Nadel für subkutane Spritzen, kennt einen unfehlbaren Trick, jeden an Haut und Kleidern so lange festzuhalten, bis er sich wieder losgemacht hat, was ziemlich lange dauert. Er gleicht einem hartnäckigen Einwanderungsbeamten der Botanik, der jeden Ausländer von Amts wegen fragt: „*Ipi-Hamba?*"

Kein Tier würde versuchen, durch den dichten Verhau von Hunderten von Dornbüschen zu brechen. Es war bekannt, daß Antilopen, wenn sie von Wildhunden verfolgt wurden, die im Busch sehr häufig waren, den Schutz solcher Dornbüsche aufsuchten; sie drängten sich mit dem Hinterteil gegen sie und senkten die Hörner zur Frontseite hin. François begriff, daß 'Bamuthi einen Platz ausfindig gemacht hatte, wo sie offenbar fast so sicher vor Angriffen von Löwen und Leoparden waren wie zu Hause im Kraal.

Sie hatten gerade ausreichend Holz gesammelt für das Feuer, das sie nachts zusätzlich schützen sollte, da hörten sie aus der Richtung der Felskuppe, wo sie zuvor Rauch bemerkt hatten, stotterndes Gewehrfeuer. François merkte sofort, daß nicht nur eine ganze Anzahl von Männern schossen, sondern daß es das wilde, unkontrollierte Schießen von Unerfahrenen war. 'Bamuthi machte ein Gesicht, als habe er das alles schon vorausgesehen. Er richtete sich nur über dem Holzstoß auf, den er aufgeschichtet hatte, horchte ein oder zwei Sekunden in Richtung des Schießens und stieß hervor: „Ich sag' dir, Kleine Feder, wir sollten mehr darüber wissen, woran wir mit diesen Männern sind, bevor wir unseren Weg fortsetzen. Ich fürchte fast, es sind Männer mit schwarzen Herzen."

François war es nicht wohl bei der Aussicht, daß 'Bamuthi sich in einer solchen Gegend und zu einer der gefährlichsten Stunden, wenn Löwe und Leopard auf Jagd waren, auf ein solches Unternehmen einlassen wollte. Aber 'Bamuthi meinte, daß sie morgens, beim ersten Tageslicht, leicht entdeckt werden konnten, daß es dann also noch viel gefährlicher sei als zur Stunde der einbrechenden Dunkelheit. François wurde noch unruhiger, als 'Bamuthi nur seinen Speer mitnahm und zu ihm sagte: ,,Wenn ich vor morgen früh nicht zurück bin, brauchst du nicht nach mir zu sehen. Kehr sofort nach Hause zurück und laß Tag-und-Nacht und Kleinen Finger hier, damit du schneller vorankommst. Dann schick dem Großen Mopani eine Botschaft. Er wird wissen, was zu tun ist."

,,Glaubst du denn, alter Vater, daß die Männer dort unten im Tal Wilddiebe sind?"

'Bamuthi schüttelte nachdrücklich den Kopf und sagte: ,,Wilddiebe gibt es im allgemeinen nur dort, wo es auch Elefanten und Nashörner gibt. Alle Wilddiebe hier wissen, daß dies – mit Ausnahme des einen großen Felsens, wo wir Rauch gesehen haben – ein Land des Todes für den Menschen ist. Deshalb wohnt hier auch niemand, und alle Menschen, sogar Jäger, lassen es möglichst rasch hinter sich, denn immer um Mitternacht steigt todbringender Nebel vom Fluß auf. Viele haben versucht, hier eine Heimstatt zu gründen, seit die ersten Matabele ins Land kamen, aber alle sind krank geworden oder umgekommen. Seit Jahren hat es keiner mehr versucht, weil alle wissen, daß nur die Felskuppe Sicherheit bietet, aber wer kann auf einem Pickel aus Stein eine Heimstatt gründen? Aber sieh, die Sonne geht, und auch ich muß gehen."

Eine Stunde lang beschäftigte sich dann François eifrig mit allem möglichen, denn erstens war es nötig und zweitens lenkte es ihn von seinen Sorgen ab, die er sich um 'Bamuthi machte. Er sammelte mehr als genug Gras, um die Jungkühe für die Nacht zu versorgen, packte die Vorräte aus, legte Biltong und eine lange Kette hausgemachter Würste bereit und spitzte Holzspäne zu, so daß sie bei 'Bamuthis Rückkehr Seite an Seite die Würste am Feuer braten konnten, das er inzwischen angefacht hatte. Er packte auch Kaffee, Zucker und

Trockenmilch aus, denn all das gehörte zu einem richtigen Abendessen für müde und hungrige Reisende. Als alles höchst ordentlich erledigt war und es gar nichts mehr zu tun gab, begann er zu warten. Immer noch kein Zeichen von 'Bamuthi. Seine Ängstlichkeit wurde zu heller Angst. Er sah überflüssigerweise nach, ob der alte Vorderlader schußbereit war, und vergewisserte sich zum zehnten Mal, ob das Magazin seines 22er Gewehrs gefüllt war. Er setzte sich, wie es richtig war, etwas zurück in die Schatten, die rund um das Feuer am Eingang ihres natürlichen Kraals tanzten, hatte Vorderlader und Gewehr griffbereit neben sich und lauschte, ob ein Wandel in den rhytmischen Geräuschen der Nacht 'Bamuthis Rückkehr anzeigte. Als drei Stunden vergangen waren, war er drauf und dran, Hintza zu rufen und sich trotz aller Befehle in die Dunkelheit aufzumachen, um 'Bamuthi zu suchen.

Plötzlich aber stand 'Bamuthi im flackernden Lichtschein leibhaftig vor ihm. Ein Lächeln in dem müden Gesicht, sagte er mit fast jungenhaftem Triumph in der Stimme: ,,Der alte 'Bamuthi ist gar nicht so alt, wie 'Bamuthi dachte, wenn er so dicht an Kleine Feder herankommen kann, ohne von ihm bemerkt zu werden." Dann wurde er plötzlich sehr ernst und erzählte François ganz ausführlich, wie es ihm, da er das Land seit jeher gut kenne, gelungen war, ganz auf die Spitze des aufragenden Felsens und zwischen die einzelnen Steinblöcke zu kriechen, ohne entdeckt zu werden. Dort hatte er lange eine überaus merkwürdige Schar von Männern beobachtet. Es waren etwa dreißig, fast alles Afrikaner verschiedener Stämme, Matabele waren aber nicht darunter. Wie Soldaten steckten sie in Uniformen, und alle besaßen Gewehre, und zwar solche, wie die Polizei sie gehabt hatte, als er noch ein Junge war. Aber drei von ihnen gehörten einem Volk an, das er nur schwer beschreiben konnte. Sie waren nicht schwarz, sagte er, sondern gelb. Wenn ihr Haar im Lichtschein des Feuers nicht anders gewesen wäre, hätte er sie für Massarwa (Buschmänner) gehalten, die wie ,,Rote Fremdlinge" gekleidet waren.

„Massarwa!" rief François aus, und sein Herz schlug schneller. Sofort dachte er an Xhabbo und fragte sich, ob nicht etwa ein paar arme Teufel von Buschmännern in die Hände ihrer Erbfeinde gefallen seien und von ihnen gefangengehalten würden.

„Ja, es könnten Massarwa sein, aber sicher bin ich nicht. Aber wenn es Massarwa sind", fuhr 'Bamuthi fort, „so sind es merkwürdige Massarwa, denn offenbar waren sie die Anführer dieser Männer."

„Aber was könnten denn das für Männer sein, alter Vater?"

„Ich fürchte, Kleine Feder, daß es ‚Speermänner' sind," antwortete 'Bamuthi düster.

„Speermänner? Was sind Speermänner, alter Vater?"

'Bamuthi, der sonst so offen war, zeigte sich auf einmal abgeneigt, auf diese Seite seiner Erkundung einzugehen. Er brachte gleichsam zur Entschuldigung vor, daß François, wenn er noch nichts von den „Speermännern" gehört habe, lieber warten solle, bis der Große Mopani oder sein Ouwa ihn darüber aufklären würden.

„Aber was könnten denn solche Männer jetzt an diesem Ort zu suchen haben?"

'Bamuthi meinte, ganz sicher seien sie nicht auf dem Weg zu uLangalibelela. Nah bei der Felskuppe kreuzte ein andrer geschichtlicher Pfad ihren eigenen. Er führte vom Großen Wasser zum weit entfernten Zusammenfluß des Chobe und des Sambesi, wo es eine geheime Furt in ein Land namens Caprivi gab. Jenseits von Caprivi lag das große Hinterland von Angola. Jedermann im Busch wußte, daß dort der Kampf zwischen den Schwarzen und den „Roten Fremdlingen" begonnen hatte.

Weiter wollte 'Bamuthi sich nicht auslassen, und bald vergaß François in seiner Erleichterung, 'Bamuthi wieder heil bei sich zu haben, das Gefühl der Gefahr und seine Neugier. Trotzdem mußte irgendein Unbehagen in seinem Unterbewußtsein weitergearbeitet haben, denn ein paar Stunden später fuhr er plötzlich aus dem Schlaf hoch und setzte sich beunruhigt auf. Er streckte die Hand aus, um festzustellen, ob Hintza sich auch unbehaglich fühle, doch der Hund winselte nur kurz und zufrieden, als er ihn berührte, und schlief dann weiter. Da merkte François, daß er den Grund für seine Angst nicht im Busch suchen mußte, sondern in sich selbst. Und plötzlich wußte er, warum. Es war das Wort Massarwa, das 'Bamuthi gebraucht hatte, als er die Männer beschrieb, die mit der Führung der Schar auf dem Felsen betraut waren. Der Gedanke an Xhabbo und Koba und seine Liebe zu den Buschmännern sowie sein kindlicher Wunsch, wiedergutzumachen, was man ihnen angetan hatte, all das zusammen rief das Gefühl in ihm wach, er habe keine andere Wahl, er müsse sich zur Felskuppe aufmachen und auskundschaften, was für ein Unglück sie dazu bewogen hatte, eine so gefährliche Gesellschaft zu teilen. Er erhob sich ruhig, nahm ein Stück Holz und legte nach, denn das Feuer war schon ganz heruntergebrannt. Weder der Lichtschein noch das Geräusch störten 'Bamuthi in seinem Schlaf. Plötzlich ergriff ein seltsam neues, listiges Selbst von François Besitz. Mit ruhigem Griff nahm er 'Bamuthis und seinen eigenen Brotbeutel, den alten Vorderlader und die knöchelhohen Veldstiefel. Er stopfte sie so unter seine Decke, den Buschhut legte er oben drauf, daß man, wenn man nur flüchtig hinsah, den Eindruck haben mußte, er liege reglos da und schlafe. Er weckte Hintza und flüsterte ihm mehrere Male in der Buschmannsprache ins Ohr: „Bleib und warte, bis ich zurückkomme." Dann nahm er sein 22er Gewehr und machte sich leise auf bis zum Pfad, den er barfuß entlangschlich. Als er den Buschrand erreichte, sah er mit Bestürzung, wie der Mond immer größer und orangefarbener wurde, je mehr er zum Horizont herabsank. Bald mußte er verschwunden sein, bald würde das Herz der Morgendämmerung aufgehen; der Tag war nah und ließ ihm nicht mehr viel Zeit, sein Vorhaben auszuführen. Die ganze Niederung vor ihm füllte zudem ein dichter Geisternebel, wohl jener Nebel des Todes, von dem 'Bamuthi gesprochen hatte. Es war ein furchteinflößender Anblick. Trotzdem war ihm der Nebel nicht unwillkommen, denn er bot ihm ausgezeichnete Deckung. Rasch und leise lief er in ihn hinein. Glücklicherweise spürte er den Pfad trotz des lastenden Nebels so deutlich unter den nackten Füßen, daß er viel schneller vorankam, als er angenommen hatte. In zwanzig Minuten war er am Fuß der Felskuppe.

Er hielt ein paar Minuten inne und horchte angestrengt, ob irgendein Geräusch auf die Anwesenheit eines Wachpostens schließen ließ. Er hörte nichts und robbte wie bei der Pirsch bis hoch zum Gipfel. Kaum lag er an einer nebelfreien Stelle, von wo er endlich die Glut des fast heruntergebrannten Feuers erkennen konnte, zwischen den Felsblöcken, da erhoben sich rings um ihn dunkle Schemen von der Erde. Sie reckten und streckten sich, gähnten laut und fingen an zu schnattern, merkwürdigerweise nicht in einer Bantusprache, sondern in einem gebrochenen Englisch, das er nicht verstand. Dabei benahmen sie sich so laut, als seien sie allein im Lande. Offenbar hatte jemand nach dem Feuer gesehen, denn plötzlich flackerte eine riesige Flammenfahne auf. François konnte jede Einzelheit erkennen. Er sah nun die Männer selbst und, da sie sich ums Feuer drängten, jede einzelne Linie in ihren bitteren, entschlossenen, unglücklichen Gesichtern. Sie schienen ganz verschiedenen Stämmen anzugehören.

Seine Aufmerksamkeit galt aber nicht in erster Linie den Gesichtern der Afrikaner, sondern einem Mann, der heiter und gelassen im Schneidersitz am Feuer saß. Seine Hautfarbe, die ausgeprägten Backenknochen und die Schlitzaugen erinnerten irgendwie an einen Buschmann. Doch das lange, glatte, ordentlich zurückgekämmte schwarze Haar machte das Gesicht unendlich viel kultivierter, unter den gegebenen Umständen aber auch unheimlicher als das eines Buschmanns. Ein Irrtum war nicht möglich; François wußte, daß er einen Chinesen vor sich hatte. Es war ein Mann, der im Gegensatz zu seinen verwahrlosten, verzweifelten Gefährten selbstsicher und konzentriert, anspruchsvoll und innerlich zu

Hause wirkte, obgleich er mindestens einige zehntausend Meilen von seiner Heimat entfernt war.

François fühlte sich erleichtert und war zugleich verblüfft. So schnell er konnte, kroch er in den Nebel zurück und den Felsen hinunter, dann eilte er den Pfad entlang zurück zum Lager. Kaum hatte er den halben Weg hinter sich, da prallte er mit einer hohen Gestalt zusammen, die plötzlich undeutlich aus dem Nebel auftauchte. Es war 'Bamuthi, und fast wäre es François übel ergangen, denn 'Bamuthi dachte natürlich zuerst, er habe einen der Männer vom Felsen vor sich.

'Bamuthi vergaß seinen Zorn nach Entdeckung des Täuschungsmanövers und seine Angst, die er um François gehabt hatte, so groß war seine Erleichterung. Er sagte daher nur ziemlich sorgenvoll: „Wie lange noch soll die Torheit dein Wandergefährte sein, Kleine Feder? Du bist alt genug, um zu wissen, daß derjenige fühlen muß, der nicht hören will."

François nutzte diese Milde kräftig aus und erklärte rasch, warum er hatte herausfinden wollen, was für Männer 'Bamuthis Massarwa waren. Er sei überzeugt, sagte er, daß sich Mopani nach ihrer Rückkehr dafür interessieren werde, wie nahe an seinem Wildschongebiet blindlings und unnötig geschossen worden war. All das brauchte seine Zeit, vor allem weil 'Bamuthi nie zuvor von China und Chinesen gehört hatte und weil ihm ein anderer, wichtiger Gedanke durch den Kopf ging. Als sie den Rand des Buschs erreichten, drehte er sich um, zeigte nach Osten und sagte in dringlichem Tonfall: „Ku' Mpondo Zankomo, Kleine Feder." Das hieß wörtlich: „Es sind die Ochsenhörner" und bezeichnete in einem beschwörenden Bild das allererste Tageslicht, wenn die Hörner der geliebten Rinder der Matabele gerade im aufleuchtenden Ostlicht sichtbar wurden.

Sie warteten im Schutze des Waldrandes, bis die Felskuppe in ihrer ganzen Größe klar und deutlich vor ihnen lag. Eine riesige Rauchpalme stand länger als eine Stunde über der Felsenkrone. Dann stieg eine Reihe schwer beladener Männer langsam den gewundenen Pfad bergab und setzte sich, wie

'Bamuthi vermutet hatte, westlich in Richtung des fernen, für sie beide legendären Landes Angola in Bewegung.

'Bamuthi sprang sofort auf und trieb François zur Eile an. Es war seiner Meinung nach dringender notwendig denn je, möglichst bald bei uLangalibalela vorzusprechen. Sie hatten ein gutes Vorzeichen, die Elefanten. Darüber war er sehr froh gewesen, weil es bestätigte, daß er und François auf dem richtigen Weg waren. Doch der Weg war nun von einem andern gekreuzt worden, und das schwarze Vorzeichen der Männer, die gerade im Westen verschwunden waren, trübte das erste. François solle einmal in die große Senke da unten schauen, dann sehe er, wie schlecht das neue Vorzeichen sei.

François schaute und wußte sofort, was 'Bamuthi meinte. Er zählte vierzig verschiedene Gruppen großer Geier, die in dem herrlichen Gras schwerfällig hin und her hüpften. Sie befleckten seinen morgendlichen Glanz mit ihren aschfarbenen Flügeln, sooft sie aufzuflattern versuchten, übrigens umsonst, so vollgefressen waren sie.

„Siehst du", bemerkte 'Bamuthi, „ein halbes von diesen toten Tieren, auf denen die Geier sitzen, hätte ausgereicht, um diese Männer zu ernähren. Sie haben offensichtlich getötet, weil sie den Tod im Herzen tragen und nur noch am Töten Freude haben. Und das ist kein gutes Zeichen für uns, was die Zeit angeht, die unser Ouwa, der Große weiße Vogel, und wir alle noch zu leben haben."

In dieser düsteren Stimmung erreichten sie das Lager, aßen schnell ihr Frühstück, packten und brachen in derselben Ordnung wie am Vortag auf. Sie machten eine alte, steinige Furt im blinkenden Fluß ausfindig und waren schon eine Stunde später wieder im Busch auf der andern Seite der Senke, wo sich François ganz zu Hause fühlte. Das Land, durch das sie nun zogen, war der Gesundheit zuträglicher und nicht so gefährlich, weil es höher lag und langsam anstieg. François war überrascht, als sie bald zu einer Lichtung mit freundlichen Matabele-Kraals kamen, wo sie herzlich willkommen geheißen wurden. Hieß nicht eins der obersten Sindabele-

Gebote „Der Weg ist König", was bedeutete, daß jeder Reisende, der guten Willens war, königlich aufgenommen werden sollte? In dieser Nacht schliefen sie sicher in einem Matabele-Kraal, nur ein paar Meilen von dem Hügel entfernt, wo der große uLangalibalela in höchsteigener Person lebte. Obwohl sich mit der Zeit die Strapaze bemerkbar machte, waren sie bei Anbruch des nächsten Tages schon wieder unterwegs, denn 'Bamuthi hatte erklärt, er sei mit einem Herzen aufgewacht, das ihn zur Eile angetrieben und ihm gesagt habe, sie hätten weniger Zeit zu verlieren denn je, wenn sie ihr Unternehmen zu einem glücklichen Ende führen wollten. An dieses letzte Wegstück ihrer Reise erinnerte sich François später besonders gut, weil er da von 'Bamuthi auf die Ankunft in uLangalibalelas Kraal vorbereitet wurde. Es sei völlig falsch, uLangalibalela nur für einen Zauberdoktor zu halten. Natürlich war er ein Arzt, aber ein ganz anderer als diese europäischen Ärzte, die große Männer waren, das wußte 'Bamuthi schon, weil sie mächtige Medizin für körperliche Krankheiten bereiteten; uLangalibalela konnte das auch, aber er heilte darüberhinaus noch die an Geist und Seele „Dünnen". Er wußte, daß die Europäer sich im Falle solcher Krankheiten an die Kirchen wandten und jene Männer konsultierten, die stets wie weißbrüstige Krähen gekleidet waren: auf Sindabele wurden sie „Himmelshirten" genannt. uLangalibalela war deshalb so groß, weil er allein vollbrachte, wozu die Europäer mindestens zwei brauchten; er war ein Arzt für den Körper und heilte auch schwindende Schatten.

'Bamuthi war überzeugt, daß François diesen Unterschied sofort bemerkte, wenn er uLangalibalela sah. Männer, die nur Ärzte für den Körper oder bloße Hexenmeister waren, glänzten seiner persönlichen Erfahrung nach vor Fett, sie waren gefräßig und schnarchten in ihrem traumlosen Schlaf. Gab es aber nicht das Sprichwort: „Ein *inyanga,* Himmelshirte und Arzt, der fastet, wird nie erleben, daß ihm der Himmel den Rücken zuwendet"? uLangalibalela war von Kindheit an ein „Haus der Träume" gewesen. Er schlief kaum, fastete oft und aß allem Anschein nach nur das, was seine Träume „weiß" machte (ein Sindabele-Ausdruck für „klar") und seine Kräfte stärkte, damit er Dinge voraussehen konnte, die noch jenseits des Saums der Jahre lagen.

'Bamuthi hätte François uLangalibalelas ganzen Werdegang berichten und ihm den Teich zeigen können, wo zum erstenmal eine Stimme zu ihm aus einem Wirbelwind gesprochen hatte und Vögel zu ihm gekommen waren, um gemeinsam mit ihm zu essen. Er kannte die schroffe, purpurne Klippe, von der er einen Kopfsprung in einen schmalen, steinigen Fluß hinab hatte machen müssen, um sich der Stimme aus dem Wind würdig zu erweisen. Und er erzählte François, wie uLangalibalela von da an dem Widerstand seiner Familie und seiner Sippe zum Trotz darauf bestanden hatte, Stimmen Folge zu leisten, die sonst niemand hören konnte. Aber vorerst war nötig, auf angemessene Art und Weise vor uLangalibalela zu erscheinen. Wenn sie sich dem Kraal näherten, durften sie zum Beispiel nicht direkt auf ihn zugehen, sondern mußten sich in einer solchen Entfernung von ihm niederlassen, daß die Leute, die um den Propheten waren, sie sehen konnten. Auch wenn es sie hart ankommen sollte, mußten sie dann so lange warten, bis jemand kam und sie holte, denn wenn sie sich anders verhielten, würde das respektlos, ja anmaßend wirken. Wenn schließlich jemand kam und sie zu uLangalibalela führte, nun, wie würde François denn da einen so bedeutenden Mann anreden?

François stellte sich das nicht so schwierig vor, denn er kannte die höfliche Sindabele-Begrüßungsformel recht gut. „Wieso, alter Vater", sagte er deshalb, „bin ich etwa so unwissend? Ich werde meine rechte Hand so hoch als möglich über den Kopf strecken, und zwar mit dem Handteller nach vorn, und sagen: ‚Ich sehe dich, wirklich, ich sehe dich.'"

Doch zu seiner Verwunderung sah 'Bamuthi ihn mitleidig an, als wolle er sagen, das hätte ich mir denken können. Dann sagte er streng: „Nein, Kleine Feder, das reicht absolut nicht. Natürlich beginnst du mit ‚Ich sehe dich, wirklich, ich sehe dich', doch dann mußt du sofort folgendermaßen fortfahren: ,Aber du wirst auch morgen noch hier sein, wenn ich gegangen bin und dich nicht mehr sehen kann, der du mich siehst und alle Dinge, die ich selber nicht sehen kann.'"

„Ist das alles, alter Vater?" fragte François nicht undankbar, doch immerhin so überrascht, in einer so wichtigen Sache nicht Bescheid zu wissen, daß seine Stimme einen Anflug ironischer Selbstverteidigung hatte.

„Nein", erwiderte 'Bamuthi fest. „Du wirst dann den Hut abnehmen und so lange schweigend dastehen, bis uLangalibalela das Wort an dich richtet. Vielleicht spricht er eine ganze Weile lang nicht, und vielleicht sagt er dann: ,Ich sehe dich nicht.' In diesem Fall werde ich von ihm die Erlaubnis einholen, dich zu der Stelle zurückzuschicken, wo wir gewartet haben, um Tag-und-Nacht, Kleinen Finger sowie die Konserve und die Flasche der Prinzessin der Kochtöpfe zu holen, und sagen: ,Wir haben Dinge mitgebracht, um dir die Augen zu öffnen' . . . Es ist auch möglich, daß er sagt: ,Ja, ich sehe dich', und obgleich das Auge eher über dem Fluß ist als der Körper (eine Sindabele-Redensart, die François warnen sollte, seine Küken nicht vor dem Ausschlüpfen zu zählen), könnte er sogar soweit gehen und sagen: ,Ich sehe euch genauso wie ich euch gesehen habe, seit ihr eure Kraals am Amanzim-tetse vor drei Tagen verlassen habt.' Das wäre natürlich das günstigste Zeichen, denn es würde bedeuten, daß sein Geist unser Anliegen bereits erfaßt hat . . . Doch wie seine Antwort auch ausfallen mag, du mußt dich bereithalten, ihm unsere Geschenke zu überbringen."

Als ihr Ziel in Sicht kam, war François also gründlich vorbereitet. Die ganze Natur schien um das besondere Wesen und Ansehen uLangalibalelas zu wissen. Sein Kraal und eine Anzahl Kraals seiner ergebenen Anhänger standen auf einem breitrückigen Hügel in einem üppigen Tal. Der Hügel war abgeholzt bis auf ein paar wilde Feigen- und Marulabäume, die dunklen, kühlen Schatten spenden sollten. Die ganze Reise über war der Erdboden entweder schwarz, braun oder gelb gewesen, hier bei uLangalibalelas Hügel war er von einem satten Magentarot und vibrierte im heißen Sonnenlicht vor Elektrizität. Es leuchtete um so stärker, als sie bis zum Fluß, der unten am Hügel vorbeifloß, stets im tiefen Schatten dahingezogen waren, und erst als sie an der Furt des glitzernden Wassers aus ihm hervortraten, erhob sich der stattliche Hügel in blendendem Glanz vor ihren Augen. In diesem Augenblick vernahmen sie von oben den lieblichen Gesang von Frauen, die den überaus fruchtbaren Boden bestellten:

uLangalibalela gehört diese Erde,
Nicht dir gehört sie, Pavian.
uLangalibalela gehören die Wurzeln dieser Erde,
Nicht dir gehören sie, Buschschwein.
uLangalibalela gehören die Früchte dieser Erde,
Er kennt die Sprache der Vögel.
Haltet euch fern, haltet euch alle fern.
Und jetzt ist Schluß damit!

Dies sangen sie endlos immer wieder. Verwundert bemerkte François, als sich seine Augen an die Helle gewöhnt hatten, ganze Reihen junger, schwarzer Frauen. Sie waren hübsch und drall, bis zur Hüfte entblößt und rückten Schritt für Schritt vorwärts. Dabei hoben und senkten sie ihre langstieligen Matabele-Hacken im Takt ihres Singsangs so gleichmäßig, als hätten sie zusammen nur ein Paar Hände und nicht zwanzig. Jedesmal wenn die Hacken in die Erde eindrangen, ließen sie dem ,,Pavian", ,,Schwein", ,,Vogel" oder sonstigen Tier ein ,,Und jetzt ist Schluß damit!" folgen, denn ihr Gesang war ein synkopierter Katalog aller Schädlinge, die der Ackerbauer im Busch fürchten mußte.

'Bamuthi sah, wie erstaunt François war, und bemerkte: ,,Die Größe eines Propheten erkennt man an der Zahl der Frauen, die sich um ihn versammeln."

Diese Beobachtung kam François so mysteriös vor, daß er prompt um eine Erklärung bat.

'Bamuthi erwiderte, das sei ganz einfach. Alle Matabele wüßten sehr wohl, daß ihre Frauen sich um den Mann scharten, der ihnen jene Dinge „weiß" machen konnte, die sie in der Dunkelheit ihrer Herzen sahen, aber nach Art aller Frauen nicht auszudrücken vermochten.

Während sie sich unterhielten, stiegen sie den Hügel hoch, und obwohl die singenden und arbeitenden Frauen in den Feldern sie gesehen haben mußten, taten sie so, als hätten sie die Fremden überhaupt nicht bemerkt. Als sie etwa zweihundert Meter vom größten Kraal des Hügels entfernt waren, den sie für denjenigen uLangalibalelas hielten, machte 'Bamuthi halt, und sie setzten sich auf sein Geheiß genau an der Schattengrenze eines großen wilden Feigenbaums in die Sonne.

Da es jetzt sengend heiß war, fand es François lächerlich, sich nicht im kühlen Baumschatten niederzulassen, doch 'Bamuthi wies ihn zurecht: abgesehen davon, daß es ungebührlich wäre, mit dem Schatten von uLangalibalelas Bäumen umzugehen, als wäre es ihr eigner – wie sollten denn die Wächter bei uLangalibalelas Kraal erkennen, um was für Leute es sich handelte, wenn sie sich selber durch Schatten verdunkelten?

Kaum hatten sie sich hingesetzt, da kam glücklicherweise schon ein kleiner Junge vom Kraal auf sie zugerannt. Er stieß, noch außer Atem, eine höfliche Entgegnung auf ihren Gruß hervor und forderte sie auf, sogleich zu uLangalibalela zu kommen.

Hintza nahm natürlich wie immer an, er sei die Ausnahme von der Regel, und wollte mitkommen. Aber 'Bamuthi bat François, ihn zurückzulassen, denn die Einladung gelte nur für Menschen, nicht für Tiere. Hintza sei nur ein Hund, und als Hund habe er bei Tag-und-Nacht und bei Kleinem Finger zu bleiben, bis eine spezielle Einladung erginge.

Mitten in der Umzäunung des Kraals breitete ein großer Feigenbaum seinen undurchdringlichen Purpurschatten aus. Da sie aus der blendenden Sonne unter diese Toga eines römischen Schattens traten, kam ihnen der Kraal leer vor. Zögernd standen sie am Eingang und wußten nicht, was sie tun sollten.

In diesem Augenblick erscholl irgendwoher aus den kaiserlichen Schattenfalten eine klare, feste, gebieterische Stimme in dröhnendem Sindabele: ,,Ja! Ja! Ja!"

'Bamuthi war so überwältigt und verwirrt durch diese Stimme, daß François trotz des ernsten Anlasses beinahe gelacht hätte. 'Bamuthi sammelte sich jedoch schnell wieder und wisperte François heiser ins Ohr: ,,Keine Begrüßungsworte, Kleine Feder. Jeder Gruß ist durch diese Jas überflüssig geworden. Er hat bereits all die Grüße vernommen, die uns auf der Zunge lagen. Er hat uns bereits gesehen."

,,Aber was sollen wir denn als nächstes tun?" fragte François zurück, verschüchtert durch uLangalibalelas großmütiges Willkommen, denn daß es der Prophet gewesen war, daran ließ der Tonfall der Stimme keinen Zweifel.

,,Wir bleiben einfach stehen und warten", erwiderte 'Bamuthi.

Aber sie brauchten gar nicht zu warten, weil uLangalibalela gleich darauf fortfuhr und ihnen eine weitere Lektion erteilte, wie töricht es sei, eine Zukunft zu planen, die man nicht kennt.

,,Wer fehlt denn noch?" fragte dieselbe Stimme.

Das machte großen Eindruck auf 'Bamuthi. Er holte tief Atem und flüsterte: ,,Du siehst, was für ein großer Seher er ist, Kleine Feder: er antwortet mit Fragen. Seine Frage besagt, daß alle für die *Indaba* (Konsultation) erforderlichen Personen beisammen sind und daß wir uns beeilen sollen."

Sie stürzten in solcher Hast vorwärts, daß François die hohe graue Steinschwelle übersah und prompt über sie stolperte. Er kam sich idiotisch vor. Gab es eine ungünstigere, unwürdigere Art, einem großen Mann unter die Augen zu treten? Erst später sollte er merken, daß diese Art, sich bei uLangalibalela einzuführen, die allerbeste war. Diese Schwelle, fand er heraus, bestand aus Flußgestein vom Fuße des Hügels. Die Steine bewahrten, so ging der Glaube, die Kühle des Flusses. Da uLangalibalela und seine Anhänger glaubten, Hitze sei der wahre Quell allen Übels, hatten sie vor ihren Kraals steinerne Schwellen, so daß alle Fremden, die zu Besuch kamen, über sie stolperten und dabei ihre Hitze verloren.

Als François sich wiederaufrichtete, verdutzt, weil er fast aufs Gesicht gefallen wäre, sah er zufällig seitwärts über die Schulter und bemerkte eine junge Frau, die mit einem Paar schwarz-weißer Ochsen einige Dornbuschzweige zum Eingang des Kraals schleifte. Dieses Geschäft besorgte, wie er später erfuhr, eine von uLangalibalelas Lieblingstöchtern. Die Dornbüsche besaßen hochwirksame Schutzkräfte, löschten ihre Spuren und heilten die Verletzung des magischen Kreises, die ihre Füße angerichtet hatten, als sie den Kraal betraten. Damals wußte er das noch nicht, und so stand schließlich ein François mit hochrotem Gesicht vor uLangalibalela.

Da er auf etwas Ungewöhnliches gefaßt war, verblüffte ihn die Schlichtheit, die Anspruchslosigkeit des Mannes vor ihm. Die Hexenmeister und Zauberdoktoren, die er bisher kennengelernt oder von denen er gehört hatte, trugen stets phantastische Gewänder mit Halsketten aus Löwenkrallen, Leopardenzähnen, Krokodilshaut oder Stachelschweinstacheln und hatten allerlei Felle, Tierschwänze und sogar leere Schlangenhäute um den Körper geschlungen. Der Mann vor ihm trug weiter nichts als einen Lendenschurz aus weichem, gelbem Klippspringerleder, eine sehr schöne Halskette aus schwarzen und weißen Perlen, einen Elfenbeinarmreif an einem der schmalen Handgelenke, ein Armband aus Elefantenhaar ums andre und auf dem Kopf einen breiten, glänzenden Kupferreif, der im Schatten aufleuchtete wie ein Heiligenschein.

Der Mann war hochgewachsen und gut gebaut. Sein Körper hatte kein Fett angesetzt, und trotz seines Alters war seine Haut geschmeidig und ohne Falten. François fand, daß dieser Männerkopf mit dem ungewöhnlich langen Gesicht, der breiten Stirn, der für einen Matabele außerordentlich kräftigen Nase und den großen, weit offenen Augen einer der schönsten war, die er je gesehen hatte. Am meisten war er aber vom

Ausdruck der Augen betroffen. Sie blickten nicht nur, als hätten sie alles Vergangene, sondern auch alles Zukünftige gesehen. Außerdem schienen sie mehr nach innen als nach außen zu schauen; François hatte das merkwürdige Gefühl, uLangalibalela sehe sie beide nicht vor sich, sondern als Spiegelbilder tief in seinem Innern.

François, beinahe in Trance, starrte ihn noch immer an, da streckte uLangalibalela eine im Vergleich zum Handgelenk und zum übrigen Körper weiß wirkende Hand mit langen, feinfühligen Fingern aus und sagte: ,,Setzt euch."

François bemerkte, daß ein junges Mädchen leise hinter sie getreten war und zwei Sitzmatten entrollte; doch bevor er sich setzen konnte, begann 'Bamuthi: ,,Auge des Volkes, wir haben Dinge mitgebracht, um deine Augen zu ..."

François fand es wenig taktvoll, daß 'Bamuthi seine übliche Ankündigung der Geschenke als etwas zum ,,Öffnen der Augen" anbringen wollte, denn schließlich konnte man ja sehen, wie weit uLangalibalelas Augen offenstanden. So unterbrach er rasch: ,,Wenn du erlaubst, Vater, eile ich zurück und hole die wenigen Dinge, die wir für dich mitgebracht haben." Und ohne seine Erlaubnis abzuwarten, eilte er zurück zum Feigenbaum. Bald war er mit der Kondensmilch, dem Rizinusöl und den beiden Jungkühen wieder im Kraal, gefolgt von Hintza. Er befahl Hintza, draußen zu warten, und führte uLangalibalela die Kühe vor.

Die mystische Farbzusammenstellung von Tag-und-Nacht fand zwar ebenso Anklang wie die gebärfreudigen Formen von Kleinem Finger, doch der in seiner Weisheit unerforschliche Mann überraschte sie durch sein vordringliches Interesse an Ousie-Johannas großer, funkelnder Flasche voll Rizinusöl. Er streckte beide Hände aus, ergriff sie und hielt sie gegen das vom Eingang her einfallende Licht. Obwohl er gleich vermutete, was sie enthielt, entkorkte er die Flasche und roch an ihr. Als er seinen Eindruck bestätigt fand, nahm er einen kleinen Schluck – genau wie Ouwas Gäste einen Brandy kippten. Die ganze Konsultation hindurch nahm uLangalibalela alle paar Minuten ein Schlückchen dieses für François so abscheulichen Getränks, und sein *timing* war so exakt, daß die Flasche im gleichen Augenblick leer war, als die Konsultation ihr Ende erreicht hatte.

Das machte Eindruck auf 'Bamuthi, er bemerkte zu François: „Sieh, wie sorgfältig er darauf bedacht ist, seinen Körper selbst von dem bißchen Nahrung zu erleichtern, das er zu sich nimmt, und so seinen Geist zu reinigen, damit er alle Hindernisse überwinden und uns den Quell unsres Übels ‚weiß' machen kann."

François deutete das zwar etwas anders, aber im wesentlichen stimmte er doch mit 'Bamuthi überein, denn die Art und Weise, wie uLangalibalela das Rizinusöl trank, war für ihn der größte Triumph des Geistes über die Materie, den er sich denken konnte. Diese Gedanken unterbrach uLangalibalela, unerforschlich wie immer, indem er zu 'Bamuthi sprach: „Sohn von Osebeni, du hast die Kleine Feder des Großen weißen Vogels zu mir geführt, weil ihr in schweren Nöten seid."

François war nicht überrascht, daß uLangalibalela über 'Bamuthi Bescheid zu wissen schien; schließlich kannte er ihn und seinen Vater seit Jahren. Aber daß der Prophet ihn als Sohn von Osebeni ansprach, als Sohn des Kraals auf der Sandbank am Fluß, wo 'Bamuthi geboren war, beeindruckte ihn. Er machte gleichsam schon zu Beginn deutlich, daß er sich hauptsächlich mit den Dingen des Ursprungs beschäftigte. Noch verwunderlicher war, daß er selbst, den uLangalibalela nie zuvor gesehen hatte, sofort als Sohn seines Vaters erkannt wurde. Doch dafür gab es eine rationale Erklärung. Sein Vater war den Matabele wohlbekannt: Im Umkreis von hundert Meilen waren sie die einzigen Europäer. Immerhin machte uLangalibalela diese einleitenden Bemerkungen so selbstverständlich, daß diese Art von Wissen jeden Augenblick ins Irrationale umschlagen konnte.

François war ganz verschüchtert und sagte kein Wort.

'Bamuthi jedoch, der wußte, wie sie sich zu verhalten hatten, bemerkte prompt mit lauter Stimme: „Wir stoßen auf Grund". Dabei warf er François einen strengen Blick zu, warum er denn nicht mitmache. Die Formel besagte, daß der Prophet die Wahrheit sprach. In alten Zeiten hatten die Matabele nämlich, wenn sie einen Propheten um Rat fragten, tatsächlich mit ihren Stäben auf den Boden gestoßen, sooft seine Worte den Tatsachen entsprachen.

„Das Übel, das eure Herzen verdüstert", fuhr uLangalibalela fort, und seine Augen schienen immer noch nach innen konzentriert, „ist das Übel, daß der Große weiße Vogel sich nicht in seinem Körper aufhält."

Diesmal begriff François 'Bamuthis Blick von vorhin und sagte gleichfalls: „Wir stoßen auf Grund."

Ihn beeindruckte, daß der Prophet nun das Sprechen in Frageform aufgab und dazu überging, sie mit der Feststellung von Tatsachen zu konfrontieren, die er ihrer Meinung nach erst von ihnen hätte erfahren sollen. Aber auch dafür konnte es eine rationale Erklärung geben, denn über den gesundheitlichen Verfall eines so angesehenen Mannes wie Ouwa war bestimmt in vielen Bienenstockhütten im Busch seit Monaten palavert worden.

„Es ist wahr, daß der Große weiße Vogel heute weiter von seinem Körper entfernt ist als zu Beginn, obgleich er die Medizin der weißen *inyangas* eingenommen hat."

Wieder mußten sie beide zustimmen, indem sie auf den Grund stießen.

„Es ist wahr, daß sich in diesem Augenblick der Große weiße Vogel und sein Kleines Lamm auf Reisen befinden, um Hilfe bei anderen weißen *inyangas* zu suchen."

Als sie wieder metaphorisch auf Grund stießen, fühlte François, daß die Konsultation die letzten Grenzen rationaler Erklärungsmöglichkeiten überschritt; denn seine Eltern waren erst vor ein paar Tagen aufgebrochen.

„Es ist wahr, daß die neuen *inyangas* auf dieser weiten Reise dem Großen weißen Vogel nicht helfen konnten und daß ihr deshalb zu uLangalibalela gekommen seid. Ihr spürt, daß der Himmel den *inyangas* und dem Großen weißen Vogel den Rücken zugewendet hat. Es ist wahr, daß ihr gekommen seid, um einen Namen für das Übel zu finden und seine Ursache zu beseitigen."

Rasch stimmten sie in hergebrachter Weise zu, denn sie nahmen an, uLangalibalela wolle mit seinen gebieterischen Verkündungen im gleichen Tempo fortfahren. Statt dessen machte der große Unerforschliche eine Pause, sah sie fest an, was sie mit ziemlichem Unbehagen erfüllte, und sagte dann: „Ihr kommt spät zu mir. Ihr habt zugelassen, daß der Große weiße Vogel so weit weggeht, daß es für uLangalibalela sehr schwer ist, ihm zu helfen."

Natürlich mußten sie kleinmütig beipflichten. Sie hätten schon längst kommen sollen. uLangalibalela schaute durch sie hindurch ins Leere und antwortete nicht. Dann sagte er plötzlich: „Wir wollen zum Kern der Sache kommen und die Tore der Entfernung öffnen."

Bei diesen Worten drehte er sich um und holte irgendwo hinter seinem Rücken eine Anzahl feiner, getrockneter Zweige hervor, die von Büschen und Sträuchern mit magischen Kräften stammten, wie François später erfuhr. Aus diesen Zweigen schichtete er sorgfältig zwei Häufchen vor sich auf. Als er damit fertig war, winkte er seiner Tochter, ihm zwei Kohlen vom Herdfeuer zu bringen. Zur Verwunderung von François nahm er eine von ihnen mit Zeigefinger und Daumen von der Metallschaufel und legte sie vorsichtig auf eins der Häufchen. Er beugte sich vor und blies gleichmäßig auf die Kohle, bis die Zweige plötzlich auflöderten und eine lange, schmale Feuersäule zwischen dem Propheten und ihnen stand.

Eine Weile betrachtete uLangalibalela geistesabwesend die aufrechte, kleine Flamme, dann stieß er hervor: „Eine aufrechte, klare Flamme ist er: ganz klar die Flamme eines Mannes."

Dann machte er genau dasselbe mit der andern Kohle. François hätte geschworen, daß es keinen Unterschied zwischen den Zweigen der beiden Häufchen gab, doch das zweite brachte geheimnisvollerweise eine ganz andere Flamme hervor. Statt in der Mitte, an einem Punkt, Feuer zu fangen und in einer einzigen, aufstrebenden Flamme in die Höhe zu schießen, geriet es an mehreren Stellen gleichzeitig in Brand. Sie griffen um sich und verbreiteten einen dunkleren Rauch, der nicht in die Höhe strebte, sondern mehr an der Erde haften blieb.

uLangalibalela betrachtete das Feuer mit derselben Zufriedenheit wie das erste und rief: „Ein Feuer, das besitzen möchte und haftet, ganz klar ein weibliches Feuer ist sie."

Es folgte eine lange, für 'Bamuthi und François schwer zu ertragende Stille. uLangalibalela untersuchte zuerst die beiden Feuer vor sich und verfiel dann in Trance; er schaute weit über die beiden Flammen hinaus, als seien da zahlreiche unsichtbare Wesen, die doch so real wirkten, daß 'Bamuthi und François sich eingeengt vorkamen wie in einer Menschenmenge. Obwohl es hellichter Tag war, zitterte François innerlich und fand es dunkel wie damals, als er mit der alten Koba zu Hause am Feuer gesessen und sich ihre finstren Geschichten über magische Erscheinungen angehört hatte.

Es schien eine Ewigkeit zu dauern, bevor uLangalibalela zustimmend grunzte und mit Bauchrednerstimme erklärte, nun könne er alles erkennen. Und er begann unvermittelt, lange über Ouwas Befinden zu berichten. 'Bamuthi und François mußten dabei so oft „auf Grund stoßen", daß ihnen der Mund ganz trocken wurde. Gerade in diesem Augenblick erklärte uLangalibalela, Ouwa und Lammie seien mit dem Zug in einer großen Stadt angekommen. Sie hätten bereits die großen weißen *inyangas* aufgesucht. Mit dem gleichen Erfolg wie zuvor. Der Himmel drehe ihnen weiterhin den Rücken zu. Der Vater von François sei weiter von seinem Körper entfernt als vor der Abreise. Bald werde er für immer außer Reichweite seines Körpers sein.

François und 'Bamuthi waren entsetzt, daß genau an dieser Stelle Ouwas Flamme zu sprühen begann, kleiner wurde und mehr Rauch als Feuer von sich gab, obgleich noch viele Zweige rundherum lagen.

Andererseits, betonte der Prophet, sei das Kleine Lamm entschlossener denn je, Ouwa zur Rückkehr in seinen Körper zu verhelfen. Ihr sei es zu verdanken, daß nun der allergrößte weiße *inyanga* für ihn mächtige Medizin zubereite. Bei diesen Worten wurde es François warm ums Herz, und er sah zu seiner Freude, wie Lammies kleines Feuer sich sammelte und schöner als zuvor brannte, weil es nicht mehr blakte.

Aber uLangalibalela erklärte unheilvoll, daß selbst ein so entschlossenes Wesen wie Lammie nichts daran ändern könne, wenn der Himmel ihnen dem allergrößten weißen *inyanga* zum Trotz den Rücken zukehre. Weshalb sie keinen Namen für Ouwas Flucht aus dem eigenen Körper fänden, sei sehr einfach: der Grund dafür lag in ihren eigenen Herzen und in den Herzen ihres ganzen Volkes.

Und gab es etwas Schwierigeres für einen Mann, als seine eigenen Fehler zu erkennen? Ein altes Sprichwort sagte, es sei leichter, das Feuer im Haus des Nachbarn zu löschen, als mit dem Rauch im eignen fertigzuwerden. Kein *inyanga* war so gefährlich wie derjenige, der selber ein Teil der Krankheitsursache war. Diese Ursache lag natürlich an der Regierung. Er, uLangalibalela, der Sohn von Osebeni und alle anderen Anwohner des Amanzim-tetse wußten, daß die Regierung dem Großen weißen Vogel feindlich gesinnt war. Aber das Allerschlimmste war, daß die Angehörigen des eignen Volkes dem Großen weißen Vogel den Rücken zukehrten.

Als François diesen schrecklichen Satz hörte, sah er 'Bamuthi trostsuchend an, doch umsonst, denn auch ihn hatte er getroffen wie ein Speer. François überraschte das nicht, er hatte die entsetzlichen Worte schon früher gehört, als Ousie-Johanna und 'Bamuthi ihm viele Beispiele erzählt hatten, wie Bantustämme ihre Verbrecher bestrafen. Sie laden sie auf irgendeinem öffentlichen Platz vor Gericht, nicht um sie hinzurichten, sondern damit sie sehen, wie ihr eignes Volk, Männer, Frauen und Kinder, Häuptlinge von weit her und ihre *Indunas,* ihnen wie *ein* Mann den Rücken zudrehen. Die Menge sitzt dann schweigend auf dem Boden und würdigt den oder die Verurteilten keines Blickes mehr. Sie sind für immer aus dem Stamm ausgestoßen, ihr Geist hüllt sich in eine Haut aus Finsternis, und sie schleichen trostlos davon.

Das war weit schlimmer als sofortige Hinrichtung, hatten Ousie-Johanna und 'Bamuthi nachdrücklich gesagt. Es bedeutete, daß mit dem Stamm auch der Himmel den Verurteilten den Rücken zukehrte. Von diesem Tage an konnten sie bloß noch zuschauen, wie ihr Schatten dahinschwand. Allmählich verließen sie ihre Körper, bis eines Tages ihr Schatten verschwunden war und sie selber nicht mehr in ihren Leib zurückfanden.

François rief sich das alles wieder in Erinnerung. Es war die beste Beschreibung des Schicksals, das seinen Vater getroffen hatte, und er sagte zu uLangalibalela: ,,O Vater, können wir denn gar nichts dagegen tun?"

Der Sehr-ehrenwerte-Sonne-ist-heiß schaute ihn an, das seltsam innere Licht seiner Augen war vielleicht nicht mehr so indirekt wie zuvor, und als er ausweichend befahl: ,,Zeig die Körpersubstanz her, die du mitgebracht hast", lag zum erstenmal persönliche Anteilnahme in seiner Stimme.

François zog sogleich das kleine braune Päckchen mit dem hübschen roten Siegel aus dem Brotbeutel und reichte es uLangalibalela ehrerbietig.

Was der Prophet erwartet hatte, konnte man natürlich nicht wissen, aber er schien dem überreichten Haar großen Wert beizumessen, denn er warf es nicht ins Feuer wie die Überreste der Verpackung. Statt dessen legte er es sorgfältig in seine linke Hand und befahl: ,,Und wo ist das andere?"

Überrascht und verwirrt sahen sich 'Bamuthi und François an und fragten: ,,Was fehlt noch, Vater?"

uLangalibalela sah sie mitleidig an. Wußten sie denn nicht, fragte er, daß er nicht nur das Haar von Ouwas Körper brauchte, sondern genauso dringend etwas vom Körper jener Männer, die Ouwas Krankheit verursachten? Wie sollte er, nachdem er das Wesen des Übels festgestellt hatte, sein Werk als Heilender vollenden, wenn er nicht zum Beispiel ein Haar vom Kopf der Regierung bekam?

François war der Verzweiflung nahe, mehr noch als 'Bamuthi, der ebensowenig wie uLangalibalela wußte, daß die Regierung kein einzelner Mann war. Dann hatte er einen Einfall. Unter Ouwas Papieren gab es eine Reihe von Briefen, die dieser mit verschiedenen Ministerien gewechselt hatte, und er erinnerte sich lebhaft, daß darunter auch welche mit bombastischen Unterschriften, Stempeln und sogar Amtssiegeln waren. So sagte er: „Vater, ich kann dir in ein paar Tagen ein rotes Siegel der Regierung und ein langes Schreiben mit schwarzer Tinte in ihrer eignen Handschrift zukommen lassen. Würde eine solche Substanz deinen Zwecken genügen?"

'Bamuthi stieß einen großen Seufzer der Erleichterung aus. Noch ermutigender war uLangalibalelas Blick, als er mit einem Nicken seines alten Kopfes sein Einverständnis zu geben geruhte. Dann stand er auf zum Zeichen, daß die Konsultation, soweit es an ihm lag, vorläufig einen befriedigenden Abschluß gefunden hatte.

François war beim ersten Anzeichen, daß der Prophet sich erheben wollte, schnell aufgesprungen, um nicht unhöflich zu erscheinen. Nun sah er ihn aufrecht und in scharfen Umrissen wie einen langen, schlanken Assegai dastehen, würdevoller als alle gekrönten Häupter dieser Welt, die François in Illustrierten und Büchern gesehen hatte. Als ob seine Stimme aus einem Sinai der Matabele-Vergangenheit kam, hörte er ihn befehlen: „Du, Sohn von Osebeni, und du, Kleine Feder, ihr eilt jetzt zu euern Kraals am Ufer des Amanzim-tetse zurück. Es ist immer später, als man denkt. Nun ist es sogar später, als ich, uLangalibalela, gedacht habe. Wir haben keinen Tag zu verlieren. Beeilt euch! Beeilt euch! Seht zu, daß ihr mir diese Dinge, von denen wir gesprochen haben, so schnell wie möglich zukommen laßt. Alles weitere Reden ist nutzlos."

Damit drehte er ihnen den Rücken zu und verschwand durch den Eingang seiner Bienenstockhütte.

Da sie die beiden Jungkühe nicht mehr mit hatten, erreichten sie Hunter's Drift schon am Nachmittag des folgenden Tages ein paar Stunden vor Sonnenuntergang. Sofort wurde ein Matabele-Hirte, der als Schnelläufer bekannt war, mit den erforderlichen Unterlagen zu uLangalibalela gesandt. 'Bamuthi sagte François, und das war sein einziger Trost, Mtunywa, was auf Sindabele „Bote" hieß, werde schon vor dem morgigen Sonnenuntergang bei uLangalibalela sein. Aber die zweieinhalb Tage bis zu seiner Rückkehr kamen François endlos vor. Als „Bote" schließlich ankam, überbrachte er eine Mitteilung des Propheten: Er werde 'Bamuthi und Kleine Feder in ein paar Tagen wissen lassen, wie er Ouwas Krankheit Einhalt gebieten und ihre Ursache mit der Wurzel ausreißen könne.

Als sie am vierten Tag immer noch nichts gehört hatten, waren François, 'Bamuthi und Ousie-Johanna ganz verzweifelt. Der fünfte Tag, gestanden sie sich, war einer der längsten in ihrem Leben. Bei Sonnenuntergang aber hörten sie hinter den Melkschuppen, von den Kraals her, lautes Händeklatschen und Rufen „Wir sehen euch, ja, wir sehen euch!" 'Bamuthi gab François sofort Bescheid, und sie eilten schnell zu den Kraals. Gerade als sie bei 'Bamuthis Hütte ankamen, führten zwei Fremde Tag-und-Nacht und Kleinen Finger in die Umzäunung. 'Bamuthi, der sonst so höflich war, grüßte sie nur routinemäßig und fragte dann ganz unvermittelt, was das bedeuten solle. Hatten diese großzügigen Geschenke nicht ausgereicht, dem Sehr-ehrenwerten-Sonne-ist-heiß die Augen zu öffnen? Wollten sie mehr? Aber noch während 'Bamuthi sprach, spürte François irgendwie, daß 'Bamuthi nur so barsche Fragen stellte, weil er damit eine gräßliche Angst unterdrücken wollte, die ihn und auch François gepackt hatte.

Die beiden Männer antworteten langsam und höflich, sie seien nicht gekommen, um mehr zu fordern. uLangalibalela habe sie lediglich beauftragt, die beiden Jungkühe zurückzubringen, außerdem noch eine Konservendose – einer von ihnen hielt sie bei diesen Worten 'Bamuthi hin, und François erkannte sie als Ousie-Johannas Kondensmilch. Der Prophet habe sie beauftragt, folgendes zu sagen: uLangalibalela hatte nachts eine Vision, und in dieser Vision sah er den Großen weißen Vogel von draußen in seine Heimstatt eingehen. Das Geschenk der Jungkühe und der Konservendose sei also unverdient und solle daher den Schenkenden unverzüglich zurückerstattet werden."

'Bamuthi brauchte François nicht zu sagen, daß der Prophet mit diesen Worten zum Ausdruck bringen wollte, sie seien zu spät gekommen: Ouwa sei bereits tot.

Der Schock war so übermächtig, daß François ihn, weil die menschliche Natur so beschaffen ist, nicht auf der Stelle spürte. Übermächtig war er nicht nur deshalb, weil es sein Vater war, der starb, sondern weil er auf sein Selbstvertrauen abzielte: er hätte, wenn es auch spät war, seinen Vater durch persönlichen Einsatz retten können.

Er brach nicht zusammen, er weinte nicht vor seinen Matabele-Freunden. Manche von ihnen schluchzten. In der ungehemmten Art der Matabele, die sich nicht schämen, daß sie bewegt sind, stand auch 'Bamuthi da, und große Tränen liefen ihm über die Backen. Neben ihm wehklagte seine Frau, wie die Frauen ihres Stammes klagen, wenn einer der ihren gestorben ist.

François ging langsam zurück in die Küche und teilte es Ousie-Johanna mit. Sogar als sie ihn überwältigt und schluchzend in die Arme nahm, weinte er nicht. Erst als er mit Hintza in seinem dunklen Zimmer allein war, wurde er in seiner Gefaßtheit durch eine winzige Erinnerung erschüttert. An dem Morgen, als Xhabbo aufgetaucht war, hatte er nicht das Gewehr, das er draußen in der Dämmerung eigentlich gebraucht hätte, aus dem Eßzimmer geholt, weil er befürchtete, die Fußbodenbretter könnten knarren und Ouwa aus dem so dringend benötigten Schlaf wecken. Ouwa hatte ihn deshalb zur Rede gestellt, und er hatte ihn seinerseits in dem Glauben lassen müssen, er habe aus reiner Gedankenlosigkeit so gehandelt. Nun würde Ouwa nie erfahren, daß er es nur deshalb getan hatte, weil er sich solche Sorgen um ihn machte. Bei dieser Vorstellung verlor er seine Selbstbeherrschung und weinte sich in den Schlaf.

Als Mopani am folgenden Abend in Hunter's Drift eintraf, konnte er nur noch bestätigen, was alle schon wußten. Von diesem Tag an gab es eine neue Geschichte bei den Matabele, die um so geheimnisvoller wucherte, je öfter sie erzählt wurde. Dabei entstand auch ein neues Sprichwort. Wenn man ausdrücken wollte, man tue etwas Überflüssiges, hieß das jetzt: ,,Neuigkeiten zu uLangalibalela tragen."

SIEBENTES KAPITEL

James Archibald Sinclair Monckton und Tochter

François weinte nie wieder über Ouwas Tod, teils weil er im Busch eine natürliche Erziehung über Leben und Tod erhalten hatte, teils weil er mit der Zeit die Überzeugung gewann, daß Ouwas Tod samt seinen Ursachen und seiner Art und Weise für ihn eine neue Lebensdimension bedeutete. Er machte sich langsam klar, in welchem Maße Ouwas Verfall, sein mangelnder Lebenswille, eine Folge jener weitverbreiteten Verdrängung war, die die Welt der Europäer, zu der er ja gehört hatte, der Welt der Afrikaner und ihren Werten widerfahren ließ. Soweit Ouwa von ihr betroffen war, bestand sie für François in dem, was uLangalibalela ,,den Rücken zukehren" genannt hatte. Es kam François nicht nur grausam und einfallslos vor, er gab ihm die Schuld am Untergang seines Vaters, der nicht so sehr an einer Krankheit, vielmehr durch berechneten Mord umgekommen war. Noch verwirrender, subtiler und unergründlicher schien ihm die Tatsache, daß Ouwa und Lammie, ohne es zu ahnen und trotz ihrer großen Liebe zur afrikanischen Welt, diesem Verdrängungsmechanismus selber zum Opfer gefallen waren.

François sah diese Seite im Leben seiner Eltern natürlich nur aus der eigenen, nicht aus der ideologischen Perspektive. In moderner Ausdrucksweise würde man von Überkompensation einer vitalen, aber unbewußten Komponente in ihnen selbst sprechen; denn ihr ungewöhnlicher Einsatz für die Emanzipation der Afrikaner hätte sich gegenüber ihrem eignen Volk und dem damaligen Trend in Afrika nicht behaupten können, wenn er nicht so zwanghaft gewesen wäre. Er setzte aber trotzdem die Universalität und den Absolutismus des europäischen Erziehungsideals voraus, was wiederum zur Folge hatte, daß die Kinder Afrikas selbst wenig zu diesem Ideal und seinen Werten beitragen konnten. François spürte allmählich, daß Ouwa und Lammie, weil sie an die Überlegenheit ihrer Werte glaubten, selber unwissentlich und sogar auf liebenswerte Weise an der überall stattfindenden Verdrängung des natürlichen Afrikas teilgenommen hatten. So wurde Ouwa unbewußt an seiner eigenen Zerstörung mitschuldig.

François konnte sich nicht vorstellen, daß jemand für die Afrikaner mehr aus sich selbst und der europäischen Kultur herausholen konnte als seine Eltern. Ouwas Werdegang und das Beteiligungsmodell, das er mit Hunter's Drift geschaffen hatte, waren bis zu seinem Tod ein Beweis dafür. Und doch fragte weit in der Ferne im Geist von François eine flüsternde Stimme: Hatten Ouwa und Lammie jemals ihren Wunsch, zu geben, mit einem entsprechenden Wunsch, zu empfangen, in Übereinstimmung gebracht? Hatten sie zugelassen, daß das Volk Afrikas ihnen auf seine eigene und einzig mögliche Art ihr Gutes vergalt? Wie bezeichnend war doch ihre Lieblingsmaxime gegenüber den Afrikanern: Sie sind wie Kinder und müssen wie Kinder behandelt werden. François konnte nur ahnen, wie verhängnisvoll der Verlust an lebenspendenden Kräften für Ouwa gerade zum Zeitpunkt seines gesundheitlichen Verfalls gewesen sein mußte, als es ihm sein Rationalismus verwehrte, die Gegengaben der Eingeborenenwelt rings um ihn anzunehmen.

So wendete sich François wie ein abgestrafter junger Hund, der die Peitsche scheut, instinktiv von der anmaßenden Allwissenheit seiner zivilisierten europäischen Umgebung ab und öffnete sich mehr als zuvor afrikanischen Einflüssen. Wenn er auf seine innere Stimme gehört hätte und gleich zu uLangalibalela gegangen wäre, so würde Ouwa vielleicht noch leben. Es war sicher keine fixe Idee, daß der Seher in seinem Geist als ein heiliges Beispiel des Menschen dastand, sooft er an ihn zurückdachte: Er hatte nie einen Menschen mit einer so starken religiösen Ausstrahlung kennengelernt.

Unmittelbar wirkte sich diese Tragödie insofern auf seine Gefühle aus, als er eine andere Einstellung gegenüber der europäischen Welt in Afrika gewann; früher war sie ihm ziemlich gleichgültig gewesen, jetzt lehnte er sie aggressiv ab. Das zeigte sich schon daran, wie er am übernächsten Morgen erwachte. Hintza sah ihm bereits in die Augen, als er sie aufschlug, wie wenn der Hund den genauen Zeitpunkt erkannt hätte, wo das Wunder stattfand und François erwachte. François streichelte ihn noch liebevoller als sonst und sagte laut: „Wenn sie Ouwa den Rücken zugedreht haben, wenn sie so mit ihm umgegangen sind, dann wollen wir einmal sehen, was passiert, wenn *wir ihnen* den Rücken zudrehen. Was sagst du dazu, Hin?"

Hintzas Schwanz stieß auf Grund.

Kaum hatte er seinen Entschluß verkündet, da kam ihm Xhabbo in den Sinn. Auch er hatte vor kurzem seinen Vater verloren und war auf dem Weg zu der heiligen Höhle gewesen, um ihr das mitzuteilen. Unglaublich, daß ihm selbst das alles in knapp einem Monat zugestoßen war. Und Xhabbo befand sich noch immer auf dem Rückweg zu seinem Volk, das er irgendwo in der großen Wüste im Westen vor etwa dreißig Tagen verlassen hatte. In Xhabbos Höhle hatte er das Gefühl gehabt, in einer Kirche zu sein – mehr als in jeder europäischen Kirche. Auch er spürte nun das dringende Verlangen, der Höhle Ouwas Tod zu melden. Hatte ihm Xhabbo nicht gesagt, seit François in sein Leben getreten sei, sei er nicht mehr einer, sondern zwei? Und galt dieselbe Notwendigkeit nicht auch für ihn?

Er sprang aus dem Bett, zog sich hastig an, nahm sein Gewehr und ging mit Hintza rasch ins Frühstückszimmer. Mopani hatte in einer schlaflosen Nacht darüber nachgedacht, wie er François am besten helfen könnte. Er sah nun ihrem gemeinsamen Frühstück in der Erwartung entgegen, es werde ihm schon etwas einfallen, was er dem Jungen sagen könne, der beim Abendessen verständlicherweise schweigsam gewesen war. Doch zum erstenmal erwiderte François seinen

Morgengruß nicht so spontan wie sonst, sein Guten Morgen klang mechanisch, und unvermittelt fügte er hinzu: „Entschuldige, Onkel, ich muß jetzt für eine Weile allein sein und weggehen."

Bald war er zum erstenmal seit Xhabbos Aufbruch wieder allein in der Höhle. Es war, als sei die Zeit hier stehengeblieben, als würden ihre Gesetze der Veränderung hier nicht gelten. Die Höhle machte den Eindruck von Beständigkeit, und daran klammerten sich seine Sinne, denen von der eben erteilten Lektion über das kurze, unsichere Dasein des Menschen noch schwindelte. Der Abdruck von Xhabbos Hand und Arm in einer Geste des Abschieds und das in den Sand gezeichnete Kreuz waren noch deutlich zu sehen. Noch lebendiger als zuvor schauten die Wandmalereien von Mantis und all den mystischen Tieren, welche die Buschmänner vom ersten Licht ihres Erdenlebens an begleitet hatten, auf ihn und Hintza herab. Er kauerte sich neben Xhabbos Zeichen nieder und sah sich gespannt in der Höhle um. Gelbe Sonnenstrahlen stachen fest und präzis in den Boden, steckten wie zitternde Speerschäfte im Sand. Wieder hatte er das starke Gefühl, er sei in einem Heiligtum der Natur. Dabei fiel ihm etwas auf, was ihm vorher entgangen war. Sogar die Insekten, Vögel und Tiere des wimmelnden Buschs schienen Ehrfurcht vor der Höhle zu haben. Von jenem denkwürdigen Besuch der Gottesanbeterin abgesehen, gab es kein Anzeichen dafür, daß jemals irgendwelche Kreaturen in der Höhle gewesen waren, nicht einmal Fledermäuse, die das Sonnenlicht haßten und überall ihr Wesen trieben, oder Luchse, die sich sonst gern in solchen Schlupfwinkeln aufhielten. Das vermehrte noch seine Ehrfurcht, und sie richtete ihn auf in seiner schmerzlichen Trauer. Er fand keine Worte, um seinem Vorhaben Ausdruck zu verleihen, wie Xhabbo sie sicherlich gefunden hatte. Er war auch nicht mit einer festen Vorstellung hergekommen, wie er der Höhle Ouwas Tod mitteilen konnte. Er saß nur still da neben Hintza und ließ die Flut der Trauer von allen Seiten auf sich einströmen. Seine Gefühle in dieser Stille zu erfahren und gleichzeitig zu wissen, daß er sie mit zahllosen verschwundenen Generationen teilte, erleuchtete ihn gleichsam in seinem Innern, bis er schließlich mit dem Ort eins wurde. Das Gefühl, dazuzugehören, wurde schließlich so stark, daß es die fixe Idee hervorrief, er müsse die Höhle bewachen, solange Xhabbo nicht da sei. Er wollte sie in Zukunft regelmäßig aufsuchen, nicht nur um an ihr teilzuhaben, sondern um nachzusehen, ob sie stets ordentlich und sauber war, falls Xhabbo zu irgendeiner Tages- oder Nachtstunde wiederkommen würde, wie er es François versprochen hatte. Dann sollte auch Wasser und frische Nahrung für ihn da sein.

François, dessen Denken jetzt mehr auf die Zukunft ausgerichtet war, verließ die Höhle weniger in sich gekehrt, als er sie betreten hatte. Auf dem Heimweg löste er sich soweit von sich selber, daß er nun auch daran denken konnte, was Ousie-Johanna, 'Bamuthi und alle anderen empfinden mochten, vor allem aber Mopani. Auch nahm er sich vor, wieder seinen normalen Platz im Leben auf Hunter's Drift einzunehmen.

Die erste Gelegenheit dazu bot sich, als er an den Melkschuppen vorbeikam, wo 'Bamuthi gerade die beiden Sendboten uLangalibalelas verabschiedete. Er grüßte sie höflich und fragte 'Bamuthi, ob er ihn einen Augenblick allein sprechen könne. Als sie außer Hörweite waren, sagte er: „Du bist doch sicher meiner Meinung, alter Vater, daß uLangalibalela nicht schuld daran war, daß mein Vater sterben mußte. Nur weil ich zu spät zu ihm gegangen bin, hat es geschehen können. Meinst du nicht auch, wir sollten darauf bestehen, daß er Tag-und-Nacht annimmt? Wir bringen damit zum Ausdruck, es sei uns klar, daß er alles für uns getan habe, was in seinen Kräften stand. Und dann, alter Vater, habe ich dir noch gar nicht dafür gedankt, daß du mich zu ihm geführt und dir soviel Mühe gemacht hast, mir zu helfen. Hab also jetzt Dank dafür."

„Das geliehene Messer wird dreifach zurückkehren", sagte 'Bamuthi und legte François dabei die Hand auf die Schulter, um zu zeigen, wie sehr er einverstanden war. Er wollte sogar, daß Kleiner Finger Tag-und-Nacht wieder begleite, aber das fand François nicht richtig, denn 'Bamuthi war ja nicht schuld, daß sie so spät zu uLangalibalela gegangen waren.

So folgte Tag-und-Nacht den beiden Sendboten mit jener Teilnahmslosigkeit, die ein natürliches Vorrecht des Weiblichen ist, das um seine Schönheit weiß, wieder zurück in den Busch. Nur einmal drehte sie sich um, als erwarte sie, daß François und Hintza ihr folgten. Sagten ihre Augen nicht, daß sie das Endgültige des Abschieds spürte? Auf dem Nachhauseweg kam François sich wie ein Verräter vor.

Im Eßzimmer zog er einen Stuhl an den Tisch, an dem der Jäger saß, und fragte plötzlich: ,,Onkel, wie ist Ouwa gestorben?"

Mopani antwortete nicht sofort. Er erinnerte sich noch gut daran, wie lautstark François erklärt hatte, er werde es nicht zulassen, daß Ouwa sterbe. Der Tod seines Vaters mußte ihm also eine doppelte Last aufbürden: eine momentane schmerzliche Trauer und das Gefühl, persönlich versagt zu haben. Aber daß François die Frage direkt und ohne Ausflüchte stellte, machte ihm Hoffnung, denn seine Lebenserfahrung hatte ihn gelehrt, daß man erst dann mit einer Kränkung fertig geworden ist, wenn man sie in Worte fassen und über sie sprechen kann. Sein Glaube an den Jungen und seine Liebe zu ihm schienen gerechtfertigt. Diese Gefühlsaufwallung bewirkte, daß er anfangs ziemlich mangelhaft erzählte, was Lammie ihm am Telefon berichtet hatte. Wie Lammie betonte auch Mopani, Ouwas Tod sei für sie und die Ärzte unerwartet gekommen. Sie hatte nach ihrem Besuch bei dem Spezialisten, der ihr versicherte, Ouwa sei organisch gesund, wieder Hoffnung geschöpft. Nach dem, was sie Mopani gesagt hatte, waren sich beide nicht darüber im klaren, daß Ouwa eine nicht bloß physische Veränderung brauchte. Am nächsten Morgen, als Lammie ihn mit einem Glas heißer Milch wecken wollte, war er offenbar friedlich im Schlaf gestorben. Das schien uLangalibalelas Deutung zu bestätigen, wonach Ouwas Tod keine physische Ursache hatte. Aber im Vordergrund stand jetzt die Frage, was Lammie nun tun würde.

Mopani sagte, Lammie habe ihm folgende ausführliche Mitteilung an François aufgetragen: Er habe drei Möglichkeiten. Erstens könne er sofort zu ihr in den Süden kommen. Zweitens könne er in Hunter's Drift bleiben und seine noch von Ouwa festgelegten Schularbeiten weiterführen, während sie so schnell wie möglich alle Nachlaßfragen regeln wolle; drittens könne sie für eine Weile nach Hunter's Drift zurückkehren und dann wieder in den Süden fahren, um diese Dinge zu erledigen, aber das würde die Sache in die Länge ziehen und sei außerdem kostspielig.

Die bloße Erwähnung der Möglichkeit, in den Süden zu fahren und dort Wochen, vielleicht sogar Monate mit Lammie zu verbringen, versetzte François fast in Panik. Er spürte, daß er nicht das Recht hatte, sich so lange von Hunter's Drift zu entfernen; denn wenn Xhabbo wiederkam und auf den vereinbarten Ruf keine Antwort erhielt, was dann? Wenn er in einem solchen Fall versagte, würde er Xhabbo nie wiedersehen. Dann hätte er die einzige menschliche Verbindung verraten, die ihm ganz allein gehörte. Seine innere Verwirrung war so groß, daß er Mopani um Rat fragte.

Mopani hatte immer einen Horror davor gehabt, Leuten Ratschläge zu erteilen. So wich er einer direkten Antwort aus und sagte nur, François könne mit ihm ins Lager kommen und selber Lammie anrufen, dann werde er sehen, was ihre Unterhaltung ergebe.

Bei diesem Vorschlag sprang François auf. Alles, was in ihm vorwärtsdrängte, sehnte sich nach einem Ende der Trauer, und die bloße Aussicht auf einen Szenenwechsel durch eine kurze Reise mit Mopani bewirkte in ihm eine Veränderung. Er willigte deshalb eifrig ein und machte sich auch gleich reisefertig.

Natürlich kannte er den Weg zu Mopanis Lager gut, und es spielte sich unterwegs auch nichts Außergewöhnliches ab. Nur kurz bevor sie aufbrachen, trug sich etwas zu, was François zu einer unerwarteten Reaktion veranlaßte. 'Bamuthi hatte nämlich für ihn nicht eins der gesalzenen Ponies gesattelt, sondern Ouwas Pferd. Da wurde François plötzlich wütend. Ouwa war noch nicht unter der Erde, und schon sollte er sich Freiheiten mit seinem Lieblingspferd herausnehmen! Auch lehnte er die damit verbundene Annahme ab, daß er sogleich an Ouwas Stelle treten werde. Trotzdem war er selbst überrascht, wie heftig er das Pferd zurückwies und 'Bamuthi mit großer Bestimmtheit aufforderte, ihm ein anderes Pferd aus dem Stall zu holen.

Früh am nächsten Morgen passierte noch etwas. Sie hatten die Nacht im Busch verbringen müssen, weil sie so spät aufgebrochen waren. Nachdem sie am Weg ihr Frühstück eingenommen hatten, untersuchten sie wie gewöhnlich die Spuren der Tiere, die nachts um ihr Feuer geschlichen waren: sie ,,lasen im Tagebuch der Nacht", wie Mopani es nannte. Als er für einen Augenblick von den Spuren aufsah und zu ihrem rauchenden Feuer zurückblickte, wo die bereits gesattelten Pferde geduldig im blauen Schatten der Bäume dicht nebeneinanderstanden, bemerkte Mopani: ,,Weißt du, Coiske, wie rauh und unbequem das Lager auch ist, das ein Mann im Busch aufschlägt, immer läßt er etwas von sich selbst zurück, wenn er weiterzieht."

Diese Worte fanden in François tiefen Widerhall. Wenn das schon von einem Lager galt, wieviel mehr dann von der großen Höhle, die Tausende von Jahren hindurch eine Art Lager für Xhabbos Volk auf dessen tragischem Weg durchs Leben gewesen war.

Spät am Abend dieses Tages rief François von Mopanis Lager aus Lammie an. Die Verbindung war denkbar schlecht und die Unterhaltung nicht einfach. Am Ende kam heraus, daß Lammie Hunter's Drift François anvertraute und selber im Süden bleiben wollte, bis sie Ouwas Angelegenheiten geregelt hatte. So bestand auch Mopani nicht weiter darauf, daß François noch ein bis zwei Wochen bei ihm bleiben solle, so gern er ihn auch noch in seiner Einsamkeit bei sich gehabt hätte. Er ließ deshalb François, der sein Angebot ausschlug, ihn nach Hunter's Drift zurückzubegleiten, widerstrebend ziehen.

So machte sich François am nächsten Morgen frühzeitig auf den Weg und erreichte Punda-ma-tenka, den Hunter's Road, der den Amanzim-tetse in der Nähe der Farm passierte, ohne Zwischenfälle schon bald nach Mittag. Obwohl der jetzt wenig benutzte Pfad ziemlich überwuchert war, trieb François sein Pferd zu einem schnellen Trab an und kam rasch vorwärts. Er tat dies trotz der Hitze, denn es zog ihn nach Hause, als hinge die Hoffnung auf einen Neubeginn nur von seiner Rückkehr ab. Es war die tote Stunde des Tages, wo für eine kurze, schwebende Zeitspanne alles Leben im Busch furchtlos in tiefen Schlaf fällt; François war vielleicht deshalb nicht so wachsam wie sonst. Auch er überließ sich seinen ungeordneten Gefühlen und ritt schwermütig in sich versunken dahin.

Plötzlich weckte ihn der Klang von Stimmen irgendwo vorn auf dem Weg aus seiner Träumerei. Er brachte sein Pferd in eine langsamere Gangart, um sich diesem ungewöhnlichen Lärm in aller Vorsicht zu nähern. Seit er mit 'Bamuthi den „Speermännern" begegnet war, hatte der Busch die Unschuld verloren, die er früher für ihn gehabt hatte. Allerdings konzentrierte sich François so auf den Lärm vor ihm, daß er dem Busch rechts und links zu wenig Aufmerksamkeit schenkte. Wäre Hintza nicht gewesen, so hätte er möglicherweise etwas ganz Wesentliches übersehen.

In diesem kritischen Augenblick wurden die Stimmen vor ihm so laut und deutlich, daß François hin und wieder das elektrische Knallen der langen, blitzenden Ochsenpeitschen und die Rufe der Ochsentreiber hörte: „*Trek Staatsman!* Wach auf, Präsident! Los, weiter, *Vaderland!* Zieh an, *Swartland!*" Das waren die altüberlieferten Namen, die die Kapfarbigen den Ochsen gaben, welche die im Landesinneren nur noch von ihnen benutzten schweren, langen Transportwagen zogen.

Gerade in diesem Augenblick spielte Hintza den Beleidigten. Er erwartete nämlich, daß François sein Pferd anhalten und den Busch zur Linken genauer prüfen werde; doch François sah starr nach vorn. Sogleich rückte Hintza seitlich auf, sprang hoch in die Luft und wimmerte ihm seinen charakteristischen Warnruf ins linke Ohr. Erschreckt sah François schnell in die Richtung, in die Hintza wie eine lebendige Kompaßnadel mit Nase und Schwanz zeigte.

Einige fünfzig Meter seitwärts, aus der Mitte einer Gruppe riesiger wilder Feigenbäume, stieg eine unbewegliche blaue Rauchfahne. Zwischen Bäumen und Rauch konnte er eine große Plane erkennen. Offenbar gehörte sie zu einem Trekker. Da er auf seinem Pferd gefährlich gut sichtbar war, schwang er sich rasch aus dem Sattel und legte dem Pferd, das wie alle Pferde daran gewöhnt war, bis zur Rückkehr des Reiters so stehenzubleiben, die Zügel über den Kopf. Dann nahm er sein Gewehr schußbereit in den rechten Arm und flüsterte Hintza zu, vorsichtig vor ihm herzulaufen.

Er war noch nicht weit, da drangen Stimmen von Menschen, die sich gemächlich unterhielten, an sein Ohr. Er winkte Hintza, legte sich neben ihn nieder und lauschte gespannt. Einzelne Worte konnte er zwar nicht verstehen, aber die Unterhaltung wurde offenbar in Englisch geführt, wenn auch in einem anderen, als sie es zu Hause sprachen. Da er im Busch niemandem und nichts mehr traute, pirschte er sich weiter an die Geräusche heran wie damals an Xhabbo in der Löwenfalle. So gelangte er unbemerkt an den Rand einer kleinen natürlichen Lichtung.

Durch schützendes Gras und Gesträuch sah er zu seiner Verwunderung eine Gruppe von Menschen, die ein für die Umstände ausgesprochen luxuriöses Mahl einnahmen. Überhaupt war es das luxuriöseste Lager, das er je zu Gesicht bekommen hatte; nicht einmal die für reiche europäische und amerikanische Touristen ausgerüsteten Safaris mit Kaviar und Champagner, die er in Mopanis Wildreservat gesehen hatte, konnten da mithalten. Zum Beispiel hatten sie hier einen riesigen Fünftonner als Trecker, der zugleich ein Wohnwagen war.

Durch seine geöffneten Klapptüren sah man im Wageninneren Stapel von Deckstühlen, Zeltzeug, Teppichläufern, Wolldecken, einen großen Paraffineisschrank, Haushaltgegenstände und Kartons aller Art. Hinter dem Trecker stand, noch imposanter, ein anderes Riesenfahrzeug, gleichsam ein Haus auf Rädern. Das war eine Kombüse. So ein Monstrum war im Landesinnern seit Jahren nicht mehr gesichtet worden, doch in François' früher Kindheit waren sie noch weitverbreitet. Sie hatten richtige Schlafkojen, einen Tisch, Stühle, Waschbecken und sogar Frischwassertanks und dienten in alten Zeiten hohen Regierungsbeamten auf Dienstreisen in weit entfernte, spärlich besiedelte Gebiete. François vermutete daher nicht ganz ohne Grund, er sei über einen Regierungskommissar gestolpert, der irgendeiner neuen Aufgabe nachkam.

Dieser Eindruck verstärkte sich, als er einen hoch aufgeschossenen, imponierenden Mann erblickte, der offenbar der Anführer der Gruppe war. Er saß barhäuptig in einem Deckstuhl im Schatten der Kombüse und des großen wilden Feigenbaumes darüber. Neben dem Stuhl lag sein Buschhut mit Eisvogelfedern im Hutband aus leuchtendem Leopardenfell, was Mopani und François als nicht unbedingt notwendige Angeberei verachteten. Zudem lag das Gewehr des Mannes neben ihm im Gras, und zwar mit dem Ende des Laufs auf der Hutkrempe, was nach den anspruchsvollen Maßstäben von François ein geradezu sträflicher Leichtsinn war. In dieser Stellung konnten Staub und winzige Insekten in dem geölten Mechanismus hängenbleiben und das einwandfreie Funktionieren des Gewehrs behindern.

Andrerseits strafte ein Blick auf den Mann jede leichtfertige Beurteilung Lügen. Er hatte wirklich einen vornehmen Kopf mit schönen, freien Gesichtszügen und einem Anflug von natürlicher Autorität. François schätzte, daß er etwa in Ouwas Alter war. Er war ungewöhnlich groß, breitschultrig und hatte dunkles, an den Ohren und an den Schläfen seiner breiten Stirn graumeliertes Haar. Selbst über diese Entfernung konnte François seine wachen, erstaunlich blauen Augen erkennen. Er war frisch rasiert. Die Ärmel seines khakifarbenen Buschhemdes hatte er genau bis über den Ellbogen aufgerollt. Das Hemd war gestärkt, gebügelt und offensichtlich ganz frisch, denn genau wie die Khakishorts hatte es keine Knitterfalten. Die khakifarbenen Strümpfe waren bis dicht unters Knie heruntergerollt. Seine knöchelhohen Stiefel aus sandfarbenem Wildleder sahen abgetragen aus, hatten aber keine Flecken.

All das ließ auf einen hohen Beamten schließen. Doch die übrigen Mitglieder der Gruppe widersprachen diesem Eindruck. Im Stuhl neben ihm saß ein munter zwitscherndes junges Mädchen, und neben ihr eine ungeheure Dickmadame, ein Halbblut, die unpassenderweise ganz in schwarzen Satin gekleidet war, der im Mittagssonnenlicht wie Starengefieder schimmerte. Diese wuchtige Dame trug nicht etwa einen Hut, sondern eine Tiara aus weißen Spitzen, die von hohen Bernsteinkämmen festgehalten wurde und auf einem Kopf voller grauschwarzer Locken saß. Sie sah aus wie eine noch größere Ousie-Johanna, und dieser Eindruck verstärkte sich noch, als sie das junge Mädchen wegen irgend etwas heftig auszuschimpfen schien. François konnte zwar keine Einzelheiten verstehen, aber der schrille Klang ließ nicht auf Englisch schließen.

Das offenbar kluge junge Mädchen drehte in diesem Augenblick den Kopf und schnitt der ausladenden Dame eine Grimasse. Es trug einen altmodischen Sonnenhut aus grünem Chintz, wie Lammie und alle weiblichen Mitglieder der Joubert-Familie ihn als Kinder getragen hatten. Als sie sich umwandte und der Schatten auf ihrem Gesicht dem spiegelnden Quecksilberglanz des Mittags wich, sah François, wie hübsch sie war. Sie hatte keine blauen Augen wie der Mann, der ihr Vater zu sein schien; sie waren zwar groß und weit, aber dunkel, so dunkel wie die beiden langen Zöpfe, die ihr um die Schultern wirbelten, wenn sie sich bewegte.

Kaum hatte das Mädchen der Kinderfrau die vorwitzige Antwort erteilt, da drehte sie sich wieder um und wollte gerade etwas zu ihrem Vater sagen, als irgend etwas Ungewöhnliches ihre Augen auf sich zog. Sie starrte einen langen, angstvollen Augenblick in Richtung von François und Hintza und rief dann auf Englisch aus: ,,Guck mal, Pa, im Busch draußen ist irgend etwas Merkwürdiges los."

François dachte schon, er und Hintza hätten sich irgendwie verraten. Vielleicht hatte sein Gewehrlauf im Sonnenlicht gefunkelt, oder Hintza hatte Kopf und Ohren übers Gras hinausgestreckt; doch es war ein Riesenexemplar von Nashornvogel. Nashornvögel neigen von Natur aus dazu, für ihre neurotischen einhornigen Wirte Alarm zu schlagen. Er saß auf einem Ast über ihnen, und statt argwöhnisch und wachsam ringsum Ausschau zu halten, blickte er gemeinerweise wie hypnotisiert auf sie herab.

Der Mann schaute sofort in die Richtung, die das Mädchen ihm wies, sah aber offenbar nichts, denn er drehte sich ihr wieder zu und sagte laut, so daß François sogar seinen Oxbridge-Akzent hören konnte: ,,Was hast du denn, Chisai, ich kann nichts Außergewöhnliches feststellen."

,,Du guckst nicht richtig hin, Pa", protestierte das Mädchen. ,,Da! Sieh dir den Vogel dort an. Er muß was gesehen haben, sonst würde er nicht auf dem Ast 'rumsitzen wie ein Stück aus Mammis Porzellansammlung."

,,Ich glaube, du hast recht. Wirklich, ich glaube, du hast recht, Chisai", gab der Mann zu, und bei diesen langsamen, bedächtigen Worten ergriff er sein Gewehr und stand auf.

Jetzt war es wohl Zeit, dachte François, Hintza und sich selbst vorzustellen, denn der Mann war noch nicht auf den Beinen, da sprangen am andern Ende der Lichtung vier Afrikaner, die dort allein gesessen hatten, auf und starrten mit ihren erfahrenen Augen in Richtung des interessanten Vogels über seinem Kopf. Ziemlich kleinlaut rief François schnell auf Englisch: ,,Hallo dort, hallo!", dann erhob er sich linkisch aus dem Gras und ging langsam auf die Gruppe zu.

Ein Blick genügte dem Mann. Er rief: ,,Na, ist ja bloß ein Junge!"

Gleich ahmte die Tochter den Vater nach, nur ließ sie das *bloß* weg und rief: ,,Donnerwetter, ja, das *ist* ein Junge!"

Bevor François etwas sagen konnte, nahm ihn das Mädchen vollends für sich ein, denn als sie Hintza, dessen mattgoldenes Fell im Sonnenlicht aufleuchtete, in der betont würdevollen Langsamkeit, die er Fremden gegenüber an den Tag zu legen pflegte, neben François herstolzieren sah, rief sie aus: ,,O was für ein schöner Hund!"

Ihr Vater ging ein paar Schritte auf François zu, streckte ihm die Hand entgegen und sagte: ,,Dürfen wir Sie zum Mittagessen einladen? Mein Name ist Monckton, James Monckton."

François wollte ihm gerade danken, da setzte sich Hintza, wie immer unverbesserlich konventionell in solchen Momenten, und hielt dem Mann die Pfote hin. François stellte sie einander förmlich vor: ,,Hin – Mr. Monckton."

Da brach das Mädchen in Lachen aus und sagte: ,,Nicht *Mr.,* mein Junge, sondern *Sir* James Archi-"

Weiter kam sie nicht. ,,Laß das", unterbrach sie ihr Vater, ,,hilf jetzt Amelia und hol für unsern Besuch eine Tasse *cha* und etwas zu essen. Im Laufschritt, wenn ich bitten darf."

Natürlich konnte François nicht wissen, daß ,,cha" in der britischen Marine ,,Tee" hieß und ,,im Laufschritt" die Ausführung von Befehlen auf Kriegsschiffen betraf, auf denen ihr Vater mit Auszeichnung gedient hatte. Das Angebot, etwas zu trinken, kam François aber sehr gelegen, denn er hatte seit dem Morgengrauen keinen Tropfen zu sich genommen. So nahm er dankend an, bat aber um Entschuldigung, er müsse vorher noch etwas erledigen. Alle im Lager sahen nun zu, wie er Hintza in der Buschmannsprache den Befehl erteilte, das Pferd zu holen. Als der Hund verschwand, bemerkte François, wie verwundert alle rundherum waren. Das Mädchen rief aus: ,,Was um Himmels willen hast du da zu deinem Hin gesagt?"

Erst da wurde ihm bewußt, daß die onomatopoetischen Buschmannlaute, besonders die Schnalzlaute, für die Ohren der Monckton-Party wohl sehr seltsam geklungen hatten. Da er sich nicht in lange Erklärungen einlassen wollte, antwortete er rasch: „Ach, das ist nur eine Geheimsprache, die Hin und ich unter uns verwenden."

Das Mädchen bohrte aber hartnäckig weiter: „Aber was hast du denn *gesagt*?"

„Ach, ich habe ihm bloß gesagt, er soll mein Pferd holen", gab er so nebenbei zurück, aber das lebhafte Interesse an Hintza und ihm tat ihm wohl.

Er hatte kaum ausgesprochen, da hörten sie schon das Pferd antraben. Einen Augenblick später sahen sie am Rand der Lichtung Hintza, der die Zügel im Maul hielt, und hinter ihm das Pferd; schlau, wie Pferde sind, schien es schon zu wittern, daß eine Ruhepause, vielleicht sogar Saufen und Fressen winkte.

François war dazu erzogen worden, immer zuerst an die Bedürfnisse der ihm anvertrauten Tiere zu denken und erst dann an seine eigenen. So nahm er Hintza die Zügel ab und fragte: „Darf ich etwas Wasser für mein Pferd haben, Sir? Wir sind seit dem frühen Morgen unterwegs."

Sogleich wurde François gebeten, sein Pony zur Kombüse zu führen, während einer der Afrikaner einen Eimer holte. Den Eimer lehnte François ab. Er streifte seinen Buschhut, der ihm hinten im Nacken hing, über den Kopf und füllte ihn unterm Hahn des Wassertanks mit schönem, klarem Wasser. Diese Vorstellung mußte er fünfmal wiederholen, bis das Pferd genug hatte. Dann nahm er ihm Sattel und Zaumzeug ab und ließ es im Schatten der wilden Feigenbäume frei, was alle Anwesenden noch mehr in Erstaunen versetzte als zuvor ihre ungewöhnliche Ankunft.

Das Mädchen war vielleicht am meisten beeindruckt. Sie hatte noch nie jemanden wie François gesehen. Durch sein unerwartetes Auftauchen, sein originelles, ja fast exzentrisches Auftreten, die beinahe magische Vertrautheit zwischen ihm, Hintza und dem Pferd sowie die Tatsache, daß er im Busch offenbar vollkommen zu Hause war und ungewöhnlich gut aussah, erschien er ihr wie eine Sagengestalt.

Der Gastgeber zog François einen Stuhl heran, und bald saß er zwischen Vater und Tochter und beantwortete ihre Fragen, während die dicke Dame, die ihm als Amelia vorgestellt worden war, schweigend, doch aufmerksam zusah, seinen leeren Teller wieder füllte und dafür sorgte, daß in seiner Tasse stets heißer, süßer Tee mit Kondensmilch war. So sehr ihm diese großzügige Gastfreundschaft gefiel und so sehr es ihm schmeckte – er fühlte sich doch nicht ganz wohl. Als er den Namen Monckton hörte, erinnerte er sich nämlich genau, daß dies der mysteriöse Eigentümer des breiten, überaus wertvollen Landstreifens zwischen Hunter's Drift und der Bergwerksstadt sein mußte, den Ouwa für sich und seine Matabele-Freunde immer hatte erwerben wollen. François wußte, daß Ouwa deshalb eine unbegründete Abneigung gegen den Unbekannten gehabt hatte. Er kam sich wie ein Verräter an Ouwa vor, daß er jetzt so ungezwungen mit den Moncktons zusammen war. Auch fragte er sich, wie er sich ihnen vorstellen solle. Da lächelte das Mädchen und sagte: „Weißt du, Chisai ist nur der Spitzname, den Vater mir gegeben hat. Das Wort hat er sich bei der Marine angewöhnt. Es ist Japanisch und bedeutet *Kleine*. Mein wirklicher Vorname ist Luciana."

François war verdutzt, wiederholte aber ruhig: „Luciana". Er fand den Namen ungewöhnlich und attraktiv.

„Ja", nickte das Mädchen, „nenn mich einfach so, magst du? Ich heiße nämlich so nach meiner italienischen Großmutter. Es bedeutet ‚Lichtbringerin'. Meine Schutzpatronin ist die heilige Lucia. Und welcher ist deiner?"

„Es tut mir leid, aber ich habe keinen", antwortete er höflich, aber doch merklich reserviert.

„Du hast keinen?" rief das Mädchen entsetzt aus, als sei er unschicklich angezogen. „Aber wie heißt du denn? Du *hast* doch einen Vornamen, nicht wahr?" fragte sie, ganz unsicher geworden.

„François", sagte er mit großem Nachdruck.

„Was bedeutet François?" fragte sie mit unermüdlicher Neugier weiter.

„Ich glaube, es bedeutet gar nichts weiter als François", gab er zurück.

„Oh", sagte sie. Dann machte sie eine Pause und fragte: „Und wie heißt du weiter?"

„Joubert".

„Joubert!" rief sie aus. „Was ist denn das für ein Name?"

„Ein französischer natürlich", erwiderte er zum erstenmal offensiv, denn das schien ihm nun doch zuviel ungerechtfertigte Unkenntnis.

Aber das Mädchen schien den wechselnden Tonfall seiner Stimme gar nicht zu bemerken und sagte vergnügt: „Französisch? O, das ist fein! Dann sind wir beide Romanen. Ich bin nämlich auch teilweise Romanin, weißt du, weil meine Mammi Portugiesin war." Dann fragte sie mit großer Feierlichkeit: „Und wie alt bist du?"

François mit seinem Rechenschieber-Verhältnis zur Zeit mußte erst einmal genau nachrechnen, wie alt er war. Er brauchte so lange, daß das Mädchen ungeduldig wurde. Schließlich erklärte er: „Es tut mir leid, aber ich habe es ganz genau ausgerechnet. Ich bin dreizehn Jahre, einen Monat und drei Tage alt."

Es lag ihr auf der Zunge, daß sie ihn für viel älter gehalten hatte, aber sie sagte es nicht, denn das wäre nun doch zu schmeichelhaft gewesen. Schmeichelei in einem so frühen Stadium ihrer Bekanntschaft, davon riet ihr Instinkt ab. Also brachte sie bloß ein neutrales „Oh" hervor.

Jetzt unterbrach der Vater mit einer Frage, die ihn am meisten interessierte. „Sie sagten, Ihr Name sei Joubert. Sind Sie vielleicht mit *dem* Joubert verwandt?"

François antwortete ziemlich düster: „Wenn Sie Pierre-Paul Joubert meinen, ja. Er war mein Vater."

„*War?*"

„Ja", antwortete François und hatte Mühe, seine Gefühle,

die seine Worte aufzuweichen drohten, zu unterdrücken, „mein Vater ist tot".

„Du armer Junge. Tot. Genau wie meine Mammi", antwortete das Mädchen mit so tiefer Anteilnahme in ihrer Stimme, daß es mit der Fassung von François beinahe ganz vorbei war.

Als das Mädchen sprach, mußte die monumentale Amelia neben ihr das Wort „tot" verstanden haben, denn auf einmal stellte sie dem Mädchen in hohem, singendem Tonfall ein paar rasche, erregte Fragen auf Portugiesisch. Als das Mädchen bestätigte, was sie verstanden hatte, brach Amelia in eine Art Wehklagen aus, sie schluchzte heftig, und dicke Tränen rollten ihr über die Wangen. Sie sprang gewichtig auf, watschelte auf François zu und begann ihn zu streicheln, wie jemand, der ein verletztes Tier trösten will. Dabei gluckerte sie mitfühlende Laute hervor.

Zur großen Erleichterung von François stand das Mädchen auf, nahm die weinende Amelia beim Arm und führte sie zu ihrem Stuhl zurück. Dann wandte sie sich wieder François zu: „Sie glaubt, daß dein Vater genau wie Mammi und alle ihre eignen Angehörigen bei einem Massaker umgekommen ist. Stimmt das?"

„Nein", antwortete François zögernd. „Er ist eines – eines natürlichen Todes gestorben."

Als er das sagte, fühlte er, wie unpassend *natürlich* für diesen Tod war. Auch uLangalibalela und seine eigenen Matabele-Freunde wären über eine so verschwommene Bezeichnung ungehalten gewesen.

Das Mädchen übersetzte das für Amelia, die dadurch gleich viel ruhiger wurde. „Bitte, du mußt Amelia verzeihen", erklärte das Mädchen. „Sie hat schrecklich gelitten. Alle ihre Angehörigen sind in Angola, woher auch meine Mammi stammt, bei einem Massaker ums Leben gekommen. Sie weiß nicht einmal, wo sie begraben liegen. Für ihre Familie gab es kein Begräbnis. Ich hoffe, dein Vater hat ein richtiges Begräbnis gehabt."

„Mein Vater wird heute beerdigt."
Plötzlich wurde es still.

Dann rief der Mann aus: „Und wir haben Sie aufgehalten! Ich nehme an, Sie sind in diesem Augenblick zum Begräbnis unterwegs. Wir dürfen Sie nicht länger aufhalten."

François schüttelte düster den Kopf und erklärte, sein Vater werde einige Tausend Meilen entfernt im Süden begraben.

Monckton erhob sich auf einmal: „Nun, wir dürfen Sie nicht aufhalten. Aber ich bin froh, daß wir Ihre Bekanntschaft gemacht haben, denn in Zukunft sind wir Nachbarn."

Das erklärte François eine ganze Menge, vor allem den Wagenlärm auf dem Pfad vor ihm. Er erfuhr von Monckton, daß es sich um sieben Wagen mit Baumaterial und anderem wertvollem Zubehör handelte, die einer umherziehenden Großfamilie von kapfarbigen Handwerkern und Bauarbeitern anvertraut waren. Sie fuhren ihnen voraus und sollten für die Nacht einen guten Lagerplatz suchen. Vielleicht, fügte er hinzu, konnte François ihnen einen guten Platz zum Kampieren empfehlen?

Wenn sein Gastgeber sofort das Lager abbrechen und sich auf den Weg machen würde, sagte François lebhaft, so möchte er sie gerne nach Hunter's Drift einladen, bis die Wagen nachkämen.

Da sie schon einige Tage unterwegs waren, hätte Monckton, schon wegen Amelia und seiner Tochter, gern eingewilligt; andrerseits schien ihm der Zeitpunkt denkbar ungeeignet, mit seiner Gruppe François und seiner Mutter zur Last zu fallen.

Aber François bestand auf seinem Vorschlag. Er erklärte, seine Mutter sei im Süden und Hunter's Drift weiträumig genug, um Fremde auf dieser sehr einsamen Strecke willkommen zu heißen. Nur würde er seinen Gastgeber bitten, möglichst schnell aufzubrechen, so daß sie Hunter's Drift noch erreichten, bevor es dunkel wurde. Mit diesen Worten sattelte er sein Pferd und ritt schnell davon. Er hielt auf den Treck zu, um ihm den Weg zu weisen.

Bald hatte er den letzten Wagen eingeholt, der so schwer beladen war, daß die Ladung hoch über den Zeltfirst seiner vorderen Hälfte hinausragte. Erfahrene Transporteure für solche Fahrten ins Innere hatten sie sicher unter der üblichen „Bock-Persenning" verzurrt, so daß er Frauen und Kinder, die auf dem Kutscherbock saßen, erst dann unter der Öffnung vorn erblickte, als er auf gleicher Höhe mit ihnen war. Es waren alles Kapfarbige. Ihre Kleider leuchteten in den grellsten Farben; sie verliehen der abgelegenen Buschwelt jetzt, wo diese durch das ätzende Licht der Nachmittagssonne ihrer eigenen natürlichen Farbe beraubt war, ein seltsam festliches, fast zigeunerisches Aussehen. Sie alle gehörten einem Volk Afrikas an, das François sehr liebte. Ouwa und Lammie, die beide aus dem fernen Süden stammten, waren mit solchen Menschen aufgewachsen und hatten immer mit Zuneigung und lebendiger Hochachtung von ihnen gesprochen. François frohlockte, als sein erster Blick auf sie fiel. Er wußte, daß es der fröhlichste, witzigste, tüchtigste, unerschrockenste und am wenigsten verbitterte Menschenschlag im ganzen Land war – und all das trotz der Tatsache, daß sie von den Europäern, deren Geschöpfe sie doch waren, ganz und gar verleugnet wurden und wenig Anlaß zur Fröhlichkeit hatten.

Obwohl er das wußte, wunderten ihn die überraschten, freudigen Ausrufe und die Willkommensgrüße der Frauen und Kinder, als er vorbeiritt. Sogar als er so impulsiv und herzlich zurückwinkte, wie er nur konnte, fühlte er, daß seine Antwort zu kurz und unangemessen war. Aber er ritt schnell weiter, denn er wollte mit dem Anführer sprechen, der neben seinem Gespann von achtzehn kohlschwarzen Ochsen einherging und sie durch ständige Zurufe zu größerer Kraftanstrengung ermunterte, wobei er geschickt mit der Schmitze seiner langen Peitsche über ihren aufragenden Hörnern knallte, ohne ihnen ein Haar ihres schimmernden Fells zu krümmen. Ein schmächtiger farbiger Junge in zerlumpten Kleidern und ohne Hut, dem man die unzureichende Ernährung richtig ansah, zog das vorderste Ochsengespann an einem langen, um ihre Hörner geschlungenen Lederriemen unermüdlich hinter sich her. Er schien die beiden Tiere, die ihn ohne weiteres hätten zertrampeln können, so gezähmt zu haben, daß sie ihr Bestes taten und den übrigen Gespannen mit gutem Beispiel vorangingen. So kam der überladene Wagen in einem Tempo voran, das François kaum für möglich gehalten hätte. Der Anführer des Trecks zog seinen zerknitterten Hut, als er merkte, daß François ein Europäer war. François schwang sich rasch aus dem Sattel und ging neben ihm her. Wie Ouwa und Lammie es ihm beigebracht hatten, streckte er ihm grüßend die Hand entgegen und sagte, denn so verlangte es die gute Sitte, in seiner eigenen Sprache zu ihm: ,,Guten Tag! Ich bin François Joubert."

Der Mann war überrascht. Doch als er sah, daß François die Hand weiter ausgestreckt hielt, nahm er sie sehr scheu in seine eigene, und ein gewinnendes Lächeln trat auf sein müdes, hageres Gesicht, bis es schließlich vor Vergnügen breit grinste.

,,Allah, Gott!" rief er instinktiv aus, wobei er in seiner Überraschung nach Art der Kapfarbigen die Namen des christlichen und des mohammedanischen Gottes miteinander kombinierte. ,,Ich dachte, du bist ein Geist, denn wer hält's schon für möglich, daß der Sohn eines *Blanda* (die kapmalayische Bezeichnung für Europäer) in dieser gottverlassenen Gegend wie der verflutschte Teufel aus dem Kasten springt?"

Das rutschte ihm so unverklemmt und mit natürlichem Charme heraus, daß François unwillkürlich lachen mußte. Dann sagte er dem Mann, warum er hier sei und daß er gerade von ihrem Arbeitgeber kam, um ihnen ein gutes Lager zum Kampieren zu zeigen. Und als ihm plötzlich auffiel, wie sorglos der Treck durch den Busch geführt wurde, und das zu einer der gefährlichsten Tagesstunden, wenn Löwen, Leoparden und alle Raubtiere auf Jagd gingen, warnte er den Mann: ,,Weißt du, daß ihr ziemlich sorglos seid? Das Land hier ist sehr gefährlich. Warum trägst du nicht dein Gewehr auf der

Schulter wie ich? Man kann in dieser Gegend nie wissen; plötzlich braucht man es. Glaub mir, mein ganzes Leben lang bin ich hier gewesen, und ich durfte nie ohne Gewehr von zu Haus weg, nicht einmal hundert Meter."

Einen Augenblick lang war der Mann gar nicht mehr heiter. Er sah François an. Dann zuckte er die Achseln und gab ziemlich pathetisch zur Antwort: „Lebst du denn auf dem Mond, kleiner Herr, daß du nicht einmal weißt, daß solche Geschöpfe wie wir keine Schußwaffen besitzen dürfen, nicht einmal in einer so gefährlichen Gegend? Wenn ich bloß eine Wasserpistole bei mir hätte, würde mir heute noch der Prozeß gemacht, oder ich will nicht mehr Arrie (die Koseform der Kapfarbigen für Abraham) heißen." An dieser Stelle schlug seine Ironie wieder in Lachen um.

Das war typisch für die mutige, ausdauernde und optimistische Sorglosigkeit, mit der sich dieses Volk stets ins unbekannte Afrika gestürzt hatte. Sie war es, die dieses Volk zu der wesentlichen Rolle befähigte, die es bei der Besiedlung des unermeßlichen Landes spielte, eine Rolle, die in den von europäischen Regierungen vorgeschriebenen Geschichtsbüchern nie erwähnt wird.

Oben auf der Wagenladung saßen jeweils die Männer, die sich nach ihrer Schicht beim Führen eines Gespanns ausruhten. Gerade hatten sie zu musizieren begonnen, wie nur Kapfarbige und ungarische Zigeuner es können. Sie klimperten auf Gitarren, sie spielten Zieh- und Mundharmonika, die sie überall mit sich nehmen und die ihnen mehr bedeuten als Butter und Brot, und dabei sangen sie die Wanderlieder, die sie während ihrer langen, traumatischen Geschichte hervorgebracht haben.

Diese Lieder waren fröhlich und zugleich schwermütig. Sie sangen sie sehr lebendig und mit freudiger Kraft, selbst an den traurigsten Stellen. François kannte sie alle. Er hatte nie herausgefunden, ob es ihm dabei zum Tanzen oder zum Weinen zumute war, denn ihre Melodien lebten von der ambivalenten Geschichte Südafrikas, von den freudvollen Gezeiten ihres

Leids:
> *Diesen Ort mag ich nicht mehr,*
> *Denn nichts verbleibt mir hier.*
> *Die Schildkröte ist nun meine Königin,*
> *Das Wagenrad mein Zuhaus.*

Die Erwähnung der Schildkröte hatte François stets ganz besonders gerührt, denn wo immer man in Afrika war, sah man diese kleinen Landschildkröten, die ihre großen Schachbretthäuser auf dem Rücken trugen. Mit vorgestreckten Köpfen und dürren Hälsen, die Füße weit auseinandergestellt, wanderten sie immer vom Unbekannten hinter ihnen ins größere Unbekannte vor ihnen. Waren sie nicht ein Symbol für Menschen, die das Leben zum Unterwegssein verurteilt hatte?

Sie sangen auch noch ein anderes Lied, mit einem ganz besonderen Schwung, als wolle es mit den Mopanikäfern wetteifern, die im Busch ringsum ihr tolles Spiel trieben. Es hatte für François beinahe etwas Biblisches, etwas von einer aufmunternden Pilgermelodie, und begann folgendermaßen:

> *Da kommt der Wagen an,*
> *Der vierspännige Wagen.*
> *Einen Namen hat er noch nicht*
> *Muß noch benannt werden.*
>   *Dreh einen Tillenkie!**
> *Dreh dich in deiner Pracht!*
> *Dort unten, weit weg in der Tafelbucht.*

Auf dem letzten Wagen sangen sie das vielleicht großartigste, sehnsüchtigste Lied:

---

*besonderer Schwenker bei einem Volkstanz vom Kap

Nimm deine Sachen und trecke, Fereira!
Hinterm Busch stehn ein paar Pferde;
Nimm deine Sachen und trecke!
Sie sind schwer zu schleppen, Fereira,
Sie drücken dich nieder auf einer Seite, Fereira,
Aber pack zusammen und geh.

Fereira war ursprünglich ein portugiesischer Name, aber bei den Kapfarbigen und sogar bei den Europäern im fernen Süden war er ein weitverbreiteter Familienname geworden.

Gegen vier Uhr nachmittags kreuzte der Pfad einen Erdhügel im Unterholz, und da entdeckten sie im Westen eine große natürliche Lichtung, an deren Ende eine einladende Baumgruppe mit fahlroten Stämmen und ausgreifendem, schwefelgrünem Laubwerk stand. Sofort erklärte der Wagenführer, dies sei der ideale Lagerplatz für sie; aber davon wollte François nichts wissen. Mit großer Bestimmtheit sagte er ihm, einen schlechteren Platz hätte er kaum finden können. In der temperamentvollen Art seines Volkes konnte sich der Wagenführer keine Meinungsverschiedenheit ohne entsprechende Gemütsbewegung vorstellen und war nahe daran, mit seinem Ärger herauszuplatzen, da hörten sie Moncktons Treck mit der Kombüse heranrollen. Augenblicklich hielt der Anführer inne und sagte zu François: „Nun, da kommt ja der große Herr! Er soll entscheiden."

Kaum war der Treck auf gleicher Höhe mit ihnen, da berichtete der Wagenführer erregt von ihrer Meinungsverschiedenheit. Monckton bemerkte mit einem leichten Anflug von Ungeduld: „Nun, junger Mann, das klingt alles recht vernünftig. Was haben Sie dagegen einzuwenden?"

„Ich weiß, Sir, es spricht vieles für einen Lagerplatz hier", sagte François. „Aber mein Wort, immer stößt Leuten, die hier kampieren, etwas Böses zu. Wir haben den Platz immer gemieden. Von unseren Matabele würden Sie niemanden dazu bringen, hier zu übernachten, und wenn Sie ein Gespann dieser schönen Ochsen zur Belohnung aussetzen würden."

„Und warum?" fragte Sir James.

François wußte, daß man so etwas nicht erklären konnte, deshalb sagte er noch bedächtiger als vorher: „Schauen Sie, Sir, diese Bäume sehen wirklich hübsch aus. Aber sie sind es nicht im geringsten. Es sind nicht nur Fieberbäume, sondern Blutbäume. Unsere Matabele sagen, daß nachts mächtige Zauberer in ihnen hausen, und wenn man nachts mit der Axt in ihre Rinde haut, fließt rotes Menschenblut. Dann tun sich die anderen Zauberer zusammen und rächen sich an den Menschen, die einem von ihnen Böses getan haben. Aber selbst wenn sie unverletzt bleiben, mögen sie es nicht, daß man nachts in ihrer Nähe weilt und die Zauberpläne mitanhört, die sie aushecken und bereden."

„Wollen Sie mir im Ernst weismachen, daß Sie an solchen Unsinn glauben?" fragte Sir James inquisitorisch.

Aber François merkte den Klimawechsel seiner Argumentation nicht, er war viel zu sehr damit beschäftigt, denjenigen, die ihn um Auskunft baten, die Wahrheit mitzuteilen, wie sie sich ihm darstellte. Zum Beispiel war erst vor drei Monaten etwas passiert. Gegen den Rat ihrer afrikanischen Bediensteten hatte eine Jagdgesellschaft von Europäern unbedingt dort kampieren wollen. Mitten in der Nacht waren sie durch Alarmrufe wach geworden. Sie eilten aus ihren Zelten und sahen, wie die Afrikaner gerade einen der ihren vom Ast eines dieser Bäume losschnitten. Er hatte sich erhängen wollen, aber sie waren noch rechtzeitig gekommen. Auf die Frage, warum er sich habe umbringen wollen, gab er zur Antwort: „Ich konnte gar nicht anders, ihr Herren, denn diese Bäume da haben mir die ganze Nacht befohlen, ich solle mich gerade an dem Ast dort aufhängen."

„Der Mann muß verrückt gewesen sein", erklärte Sir James ungeduldig.

„Nein, Sir, das war er nicht", beharrte François ruhig, „ich habe den Mann selbst gesehen, als sie am nächsten Tag in Hunter's Drift ankamen. Ich hörte, wie er meinem Vater die Geschichte erzählte. Er war genauso normal wie Sie und ich.

Aber das war noch nicht alles, Sir . . . Als am Morgen einer der weißen Jäger aus dem Schlafsack schlüpfte, wurde er von einer Puffotter gebissen. Wir konnten ihn mit Müh und Not retten. Die Afrikaner, die die Jäger begleiteten, betonten hartnäckig, er sei gebissen worden, weil die Bäume es der Puffotter befohlen hätten."

„Rein zufälliges Zusammentreffen", erklärte Sir James. „Wenn Sie weiter nichts gegen den Platz einzuwenden haben, sehe ich wirklich nicht ein, warum der Wagenmeister nicht hier und jetzt das Lager aufschlagen soll, wenn er es wünscht."

An dieser Stelle der Unterredung fand François jedoch zahlreiche unerwartete Verbündete. Männer, Frauen und Kinder von den andern Wagen hatten sich um sie geschart und folgten ihrer Diskussion. Und jetzt riefen einige von ihnen im Chor François in ihrem eigenen Dialekt zu: „Willst du damit sagen, kleiner Herr, daß der Platz dort ‚be-gooled' (verhext) ist?"

François brauchte ihnen nur zu übersetzen, was er gesagt hatte, und schon erklärten sie mit Bestimmtheit, um nichts auf der Welt würden sie an einem solchen Ort kampieren.

Eine Stunde später erreichten sie die Wasserpfanne, die François im Sinn gehabt hatte. Von einer neuen Bodenwelle schauten sie westwärts auf eine große Lichtung im Busch, an deren Ende die Pfanne hell in der Nachmittagssonne glitzerte. An der Schattenkante des Ufers standen Reiher auf einem Bein im Wasser, wilde Enten und Gänse trieben feierlich auf der seidigen Oberfläche, und große Schwärme anderer Wasservögel kreisten auf zitternden, harfenförmigen Schwingen über ihr.

Es war ein herrlicher Anblick, doch Sir James hätte es übertrieben gefunden, mehr zu sagen als ein recht mechanisches: „Ja, ich glaube, das wird wohl das Richtige sein."

Der Wagenmeister und seine Leute hatten indessen keine solchen Hemmungen. Als sie die Wasserpfanne mit ihren Bäumen erblickten, brachen sie in Freudenschreie wie Halleluja und Hosianna aus und dankten François mit lebhaften Worten. Der Wagenmeister wollte den Treck gleich zum Wasser hinunterführen, aber François widersprach. Nachts sei dort alles voller Moskitos, und sie bekämen mit Sicherheit Malaria, wenn sie am Wasser übernachteten. Er bat den Wagenmeister, an der höchsten Stelle zu kampieren und seine Ochsen so bald als möglich zur Tränke zu führen, denn bereits zur Stunde des Sonnenuntergangs lägen Löwen und Leoparden auf der Lauer, um Wild zu schlagen, das dort zur Tränke ging. Alle Reisenden mit Ochsen, sagte François, würden die Tiere dicht bei ihren Wagen zusammentreiben, große Feuer ringsum entzünden und die ganze Nacht schwerbewaffnete Wachposten aufstellen.

Dabei fiel ihm wieder ein, wie ironisch und verletzend ein Ausdruck wie „schwerbewaffnet" auf die Kapfarbigen wirken mußte. Er versuchte das gleich wiedergutzumachen, indem er den Wagenmeister fragte, ob unter ihnen Leute seien, die mit Schußwaffen umgehen könnten.

Der Wagenmeister versicherte, die meisten Männer könnten schießen, sie seien im Krieg beim Kapfarbigen-Korps gewesen und hätten im Norden gekämpft.

Sofort nahm François Ouwas schweres Gewehr mit dem gefüllten Patronengurt von der Schulter und händigte es dem Wagenmeister aus: er könne es morgen zurückgeben, wenn sie Hunter's Drift erreichten. Dann erklärte er den kurzen Weg dorthin, schwang sich aufs Pferd und ritt so schnell er konnte davon, um Ousie-Johanna auf den Empfang der Moncktons vorzubereiten. Er mußte unwillkürlich lachen, denn er hörte, da die Mopanikäfer endlich verstummt waren, hinter sich in der Nachmittagsstille, wie Sir James mit ruhiger, autoritärer Stimme die Wagenführer herumkommandierte, wobei jeder Befehl mit einem lauten „Im Laufschritt!" schloß.

Da er sich nicht umsah, entging ihm etwas viel Wichtigeres: Luciana beugte sich aus dem Wagen und sah ihm nach. Er konnte ja nicht wissen, daß das Nachmittagslicht den Staub, den sein Pferd und Hintza aufwirbelten – der Hund, schon den Geruch von zu Haus in der Nase, machte unglaubliche Luftsprünge –, in Schönheit und Flamme verwandelte, so daß ihr sein Abgang noch märchenhafter vorkam als seine Ankunft.

Obwohl François es gewohnt war, nach langen, erschöpfenden Ausritten zu allen Tages- und Nachtstunden in Hunter's Drift anzukommen, hatte er sich stets den Sinn dafür bewahrt, wie wundervoll sein Zuhause aussah. Es kam ihm immer wieder schön, einladend und unendlich vertrauenerweckend vor, wenn er sich vorstellte, daß es im wildesten, einsamsten und weitesten Buschveld Afrikas lag. Und wenn es schon für ihn wie ein Wunder war, dann erst recht für die müde Monckton-Party, als sie es nach ihrer Reise zum erstenmal erblickte. Luciana hüpfte vor Aufregung vom Trecker und rief begeistert aus: „Und hier wohnst du? Wirklich? O wie fabelhaft!"

Die große Amelia, der man von ihrem fahrbaren Thron herunterhelfen mußte, tat ihr Bestes, um den Anschein zu erwecken, sie habe schon Schöneres gesehen; aber für jeden, der sie näher kannte wie Luciana, war es klar, was ihre Pose würdevollen Schweigens bedeutete: das Staunen verschlug ihr die Sprache. Sogar Sir James, der infolge seiner Karriere einer gewissen Prunkliebe nicht abgeneigt war, zeigte sich immerhin so beeindruckt, daß er ein wenig aus der Reserve ging und etwas freundlicher zu François wurde als zuvor. Er äußerte, daß er trotz allem, was er über die Wunder gehört habe, die sein Vater vollbrachte, als er Hunter's Drift aus dem Boden stampfte, nie etwas so Schönes, etwas so Eindrucksvolles erwartet hätte. Der Abend wurde infolgedessen so angenehm, daß François mit seinem calvinistischen Erbteil schließlich in seinem Innern eine Art Selbstverdammung vornahm, weil er seine Gewissensbisse wegen Ouwas Tod zeitweilig ganz vergessen hatte.

Nach dem Abendessen schlug François Sir James, der früh am nächsten Morgen aufbrechen wollte, höflich vor, zeitig zu

Bett zu gehen. Dann entschuldigte er sich, er müsse noch seiner abendlichen Pflicht nachkommen, damit das Haus abgeschlossen werden könne. Diese Pflicht hatte er in Ouwas Abwesenheit immer übernommen. Er nannte das ,,die Nachtpatrouille". Es war ein letzter Rundgang um alle Gebäude, Stallungen und Nebengebäude, um sich zu vergewissern, ob sie gegen die Nacht draußen sicher verschlossen waren und ob der Matabele-Wächter auch Posten bezogen hatte, um das Anwesen und seine Tiere gegen allfällige Plünderer zu schützen.

Sir James war einverstanden, erklärte aber, daß er immer noch eine Runde im Freien zu machen pflege, bevor er in die ,,Koje" gehe. Er werde François gerne begleiten. Diese Bemerkung ihres Vaters trieb Luciana zu einem Akt offener Rebellion. Statt ins Bett zu gehen, bat sie: ,,O Pa, darf ich bitte auch mitkommen? Ich möchte so gerne sehen, wie es in einer Nacht wie dieser draußen aussieht!"

François war froh, daß die Nacht besonders klar und schön war, als ob das Universum seinem Wunsch entgegenkäme, seinen Besuchern Haus und Hof von der besten Seite zu zeigen. Luciana entfuhr ein leiser Ausruf des Entzückens, und er sprach nur noch im Flüsterton mit ihr; denn wenn er der Nacht gegenüberstand, konnte er nie anders reden. Er wies mit der Hand auf alle wichtigen Sternbilder, die jetzt so genau zu erkennen waren, daß es ohne weiteres verständlich wurde, wieso Griechen und Römer besondere Figuren in ihnen gesehen und warum sie diese Gestirnskonstellationen personifiziert hatten.

Die Milchstraße zum Beispiel war viel mehr als eine Bahn aus Gischt und Sternenschaum; sie war ein breiter Strom göttlicher Milch. Unmittelbar über ihr stand Orion, der ritterliche Jäger mit Gürtel und Schwert. Die Zwillinge waren so schön, als hielten sie wirklich juwelenbesetzte Becher, nicht um sie mit Wein, sondern mit dem ältesten, seltensten Jahrgang Licht füllen zu lassen. Sirius, der große Hundsstern, bestand aus mindestens zwei Handvoll silbergrünem

Licht. Das Kreuz des Südens brauchte er Luciana nicht erst zu zeigen; als halbe Portugiesin, die sie war, hatte sie es schon entdeckt. Sie wußte natürlich auch, warum die großen portugiesischen Seefahrer, ohne die ihre eigene Anwesenheit hier in Afrika Jahrhunderte später unmöglich gewesen wäre, es so genannt hatten. Und sie schien so starke Gefühlsbindungen an dieses Kreuz des Südens zu haben, daß sie François' Vorliebe für den Namen, den die Völker Afrikas ihm gaben, nicht verstehen konnte. Er erklärte ihr, sie verbänden es mit anderen Sternen seiner nächsten Umgebung und würden das ganze Gebilde „Giraffe" nennen.

Als sie etwas bissig fragte „Warum denn Giraffe?", sagte er, weil die Giraffe von allen Tieren im Busch den längsten Hals und vielleicht auch die schimmerndsten Augen habe. Diese beiden Eigenschaften waren der Grund dafür gewesen, daß die Buschmänner und andere Völker im Kreuz des Südens mit seinen hellen Nachbarsternen eine Giraffe erblickten, die mit den Füßen auf dem Horizont steht und den langen Hals hoch in den Himmel reckt, um zu sehen, was hinter den Bäumen der Nacht geschieht, so daß sie berichten kann, was hinter der Dunkelheit hervorkommt.

Sie wollten gerade wieder die Treppe hinaufgehen, als jenseits des Flusses ein Löwe zu brüllen begann. Es war ein außergewöhnliches tiefes, lautes Baßgebrüll. Sein machtvoller, gebieterischer Klang erschreckte Luciana. Sie klammerte sich an den Arm von François und fragte: „Mein Gott, was mag denn das sein?"

„Ach", sagte François wegwerfend, „das ist bloß der alte Schaljapin. Er gähnt noch einmal herzhaft, bevor er schlafen geht. Offensichtlich hat er eine zu reichhaltige Abendmahlzeit zu sich genommen, der alte Knabe."

Sir James und Tochter riefen im Chor: „Schaljapin?"

„Ja, so nennen wir ihn, weil er von allen unsern Löwen am musikalischsten brüllt."

Gerade in diesem Augenblick bekam Schaljapin von einem andern Löwen weiter unten am Fluß Antwort. Für François war es eine jüngere, weniger respekteinflößende Stimme, die er folgendermaßen kommentierte: „Das hätte ich mir gleich denken können, daß der mit einstimmt. Das ist Caruso. Er gibt wieder mal an und meint, daß er's mit Schaljapin aufnehmen kann."

Kaum hatte er das erklärt, da brüllte noch ein Löwe näher beim Haus.

„Hören Sie sich das an", sagte François erfreut. „Haben Sie bemerkt, wie anders das klang? Das war eine Löwin. Unsere Garbo, die den Männern vom andern Flußufer antwortete.

„Garbo?", fragte Luciana voller Interesse.

„Ja", sagte François ernsthaft. „Meine Eltern haben sie Garbo getauft, weil sie, so behaupten die Matabele, eine große Ausnahme unter den Löwinnen ist. Sie will nämlich immer allein sein. Gerade hat sie den beiden Kerls von drüben klargemacht, daß sie auf ihre Gesellschaft verzichten kann."

„Sie macht mir einen recht unsozialen Eindruck", bemerkte das Mädchen, dann gähnte es und fügte hinzu: „Ich glaube, wenn du nichts dagegen hast, Pa, geh ich jetzt ins Bett."

„Nichts dagegen?" rief Sir James aus. „Wenn's nach mir gegangen wäre, lägst du schon seit Stunden in der Koje. Abgetreten, Miß, und zwar im Laufschritt!"

ACHTES KAPITEL

Die Vögel singen anders

Am nächsten Morgen hätte François verschlafen, wenn Hintza nicht gewesen wäre. Er weckte ihn und machte ihn auf ungewöhnliche Geräusche aufmerksam, die die übliche Stille in diesem geräumigen Teil des Hauses störten. Sofort sprang François aus dem Bett. Er öffnete die Tür, sah den Flur entlang und erblickte Amelia, die ihre Stimme vergeblich zu einem Flüstern zu dämpfen versuchte. Dabei hielt sie Luciana, die sich von ihr losmachen wollte, am Ärmel ihres Pyjamas fest.

François zog sich diskret in sein Zimmer zurück, schloß leise die Tür und kleidete sich möglichst rasch an. Als er aber mit Hintza wieder im Flur auftauchte, war alles still und verlassen. Offenbar hatte Amelia die Schlacht gewonnen. Doch als er die Hand auf die Türklinke der schweren Küchentür legte, sah er ein, daß er Luciana unterschätzt hatte. Er hörte ihre und Ousie-Johannas Stimme, obwohl sie nicht dieselbe Sprache sprachen; sie tauschten angeregte, freundliche Laute aus.

François war's gewohnt, sich leise zu bewegen, was manche Leute bisweilen als unangenehm empfanden. Vielleicht verdankte er das Mopani, der ihm eingeprägt hatte, ein erfolgreicher Jäger müsse sich lautlos bewegen können. Diese Achtung vor der Stille, die ihm beigebracht worden war, hatte in ihm eine starke Abneigung gegen unnötigen Lärm jeder Art erzeugt. Er betrat also die Küche unbemerkt und erlebte für einen Augenblick eine ebenso amüsante wie aufregende Szene.

Mit schmollender Miene, die ihre Niederlage widerspiegelte, saß die große Amelia auf Ousie-Johannas höchsteigenem Stuhl. Vor ihr auf dem Tisch lagen eine hübsche Haarbürste mit schwerem, silbernem Rücken, ein Kamm aus Elfenbein und ein ziemlich klägliches Häufchen offenbar verschmähter Haarbänder. Sie schien keine Notiz davon zu nehmen, daß Luciana Ousie-Johanna mit verblüffendem Eifer dabei half, die Tabletts mit den Kaffeekannen, Tassen, Tellern und mit den Kännchen voll heißer Milch und den Delfter Schalen für die nußbraunen Zwiebäcke zurechtzumachen.

Sie steckte noch im Pyjama, und ihr dunkles, noch nicht zu Zöpfen geflochtenes Haar fiel ihr fast bis auf die Hüften herab. Als sie von einer Ecke der Küche zur andern flitzte und dabei Ousie-Johanna von den Lippen ablas, was sie als nächstes brauchte, wirbelte ihr Haar so wild herum, daß sie es sich alle Augenblicke aus der Stirn streichen mußte.

François war gar nicht erpicht darauf, die Szene zu stören, aber Hintza hatte da seine eigenen Vorstellungen. Er stürzte hinter Luciana her, sprang an ihrem Rücken hoch und legte ihr zärtlich eine Pfote auf die Schulter, was er sonst nur bei François tat.

Luciana merkte sofort, was Hintzas Begrüßung zu bedeuten hatte. Sie drehte sich um. Obwohl sie Ousie-Johanna so eifrig half, lag auf ihrem Gesicht noch die ferne Welt des Schlafes, die sie erst vor kurzem verlassen hatte. Aber ihre Augen drückten beredt ihre Enttäuschung aus, als sie rief: ,,Ach wie schade!"

Amelia, die natürlich durch Hintza ebenfalls alarmiert wurde, hievte sich mit einer Flinkheit, die François überraschte, aus ihrem bequemen Stuhl hoch, schoß wie ein Windjammer unter vollen Segeln auf Luciana zu und begann sie auszuschelten. Aus der Art und Weise, wie Luciana plötzlich an sich heruntersehaute und sich von den Schultern bis zu den Zehenspitzen musterte, schloß François, daß Amelia energisch zum Ausdruck brachte, kein weibliches Wesen, wie jung es auch sei, dürfe sich jemals in unangekleidetem

Zustand vor einem Vertreter des männlichen Geschlechts blicken lassen. François bekam zum ersten Mal einen Begriff von Amelias fast mittelalterlicher Auffassung weiblichen Benehmens. Seine Deutung der Situation wurde bald von Luciana bestätigt, die offenbar Amelias Vorwürfe ganz unbußfertig, ja frohgemut hinnahm.

Sie drehte sich zu ihm um und sagte: ,,Amelia hält es für sehr unpassend, daß ich im Pyjama vor dir erscheine. Sie meint, einer von uns sollte augenblicklich die Küche verlassen – besser ich."

Sie hatte noch nicht zu Ende gesprochen, da schob sich Amelia als massiver Schirm zwischen Luciana und François. Luciana konnte ihren letzten Satz nur zu Ende bringen, indem sie ihr hübsches, widerspenstiges Gesicht seitwärts hinter Amelias großem Rahmen vorstreckte.

François sagte rasch: ,,Sag ihr, daß Vater, Mutter und ich immer, wenn wir Zeit hatten, im Pyjama gefrühstückt haben."

,,Leider ist das nicht ganz dasselbe", brachte Luciana noch hervor, bevor Amelia sie außer Sichtweite schleppte.

Weit mehr als die Frage, ob Lucianas Auftreten nun schicklich war oder nicht, beschäftigte François die Enttäuschung, mit der sie ihn begrüßt hatte. Er bezog ihren Ausruf ,,Ach wie schade!" auf sich, und das ärgerte ihn so sehr, daß er drauf und dran war, die Küche mit diesen unbegreiflichen Frauenwesen zu verlassen. Aber da schaltete sich Ousie-Johanna ein und fragte ihn in seiner Muttersprache, was der Himmel denn nur schiefgegangen sei? Die hübsche kleine Nonna, die junge Lady, sei ihr doch nur überaus behilflich gewesen. Sie könne nun selber ihrem Vater und François die Frühstückstabletts vorsetzen.

Erst da ging François auf, daß Lucianas Ausruf sich vielleicht auf etwas ganz andres bezog: Sie hatte ihn und ihren Vater überraschen wollen, indem sie die Rolle einer Erwachsenen übernahm, – und das hatte sein Kommen verhindert.

Die Schlacht zwischen den beiden war unterdessen weitergegangen, denn schon bald öffnete sich die Küchentür von neuem. Lucianas Gesicht erschien im Türrahmen. Sie hatte gerade Zeit, François zuzurufen: ,,Richte bitte Frau Johanna aus, daß ich in einer Sekunde zurück bin und ihr wieder helfe", da wurde sie schon wieder außer Sichtweite gezerrt. Die Tür schlug unter Amelias Elefantentritt heftig zu.

Aber Luciana war nicht in einer Sekunde zurück. Sir James und François hatten ihr Frühstück schon fast hinter sich, da tauchte sie wieder auf, und zwar richtig angekleidet, das Haar zu Zöpfen geflochten und überhaupt so, wie François sie zum erstenmal gesehen hatte.

,,Du mußt Amelia wirklich einmal zur Vernunft bringen, Pa", sagte, nein befahl sie Sir James, der wie alle Erwachsenen keine Ahnung davon hatte, wie sehr junge Leute es übelnehmen, wenn sie vor Gleichaltrigen wie Kinder behandelt werden, was sie vielleicht grade noch hinnehmen, wenn es sonst niemand sieht.

,,Sie *muß* endlich damit aufhören, mich wie ein Kind zu behandeln. Eben hat sie sich in der Küche aufgeführt, als hätte ich einen Striptease veranstalten wollen."

Sir James ließ sich durch den Ausdruck Striptease, der auf ein Wissen schließen ließ, das für junge Mädchen tabu sein sollte, überhaupt nicht aus der Ruhe bringen. Mit gebieterischer Stimme, die fast an Sarkasmus grenzte, bemerkte er nur: ,,Trotz meiner nicht unbeträchtlichen Kenntnis der Welt habe ich noch nie etwas von Kinder-Striptease gehört. Ich hätte geglaubt, das sei eine Beschäftigung für weitaus ältere Frauen. Woraus natürlich folgt, daß Amelia dir viel Kredit eingeräumt hat, denn sie hat dich behandelt, als ob du viel älter seist, als du in Wirklichkeit bist."

,,Ach, es ist immer dasselbe mit dir, Pa. Du verstehst einfach nicht, wie maßlos altmodisch Amelia sein kann."

François dachte gerade im stillen, so einen amüsanten Morgenkaffee habe er selten erlebt. Da kam plötzlich Ousic-Johanna herein und teilte ihm mit, 'Bamuthi sei zur Stelle. Während des gestrigen Abendessens hatte François ihm ausrichten lassen, er solle gleich frühmorgens zu ihm kommen. Bei Tisch hatte Sir James nämlich aus François einen ziemlich detaillierten Bericht herausgeholt, wie die Jouberts Hunter's Drift organisiert hatten und wie Ouwa daraus ein Projekt der Partnerschaft zwischen ihnen und ihren Nachbarn, den Matabele, gemacht hatte. Obwohl Sir James an dem Plan manches nicht gefiel, interessierte er ihn doch so sehr, daß er Näheres darüber wissen wollte. Auch er wünschte die Matabele in irgendeiner Form an seinem Projekt auf seinem riesigen Stück Land zu beteiligen; aber sie zu Partnern zu machen, das ging ihm ein bißchen zu weit. In seinem innersten Herzen war er der Meinung, sie seien für eine so ausgeklügelte Wechselbeziehung noch nicht reif genug. Er dachte daran, sie großzügig zu entlohnen und ihnen außerdem noch eine Jahresprämie auszusetzen, aber die Entscheidung darüber sollte in jedem Fall bei ihm selbst liegen. Alles, was darüber hinausging, war nach den Erfahrungen, die er als letzter der großen Gouverneure in den afrikanischen Kolonien gemacht hatte, zumindest in hohem Maße unverantwortlich oder sogar schädlich für die Leute, die er beschäftigte.

Sir James war deshalb hocherfreut, als François ihm Ousie-Johannas Mitteilung übersetzte, 'Bamuthi, der über alles Bescheid wisse, sei da. Er wollte gerade aufstehen, um draußen mit 'Bamuthi zu sprechen, da ging die Küchentür auf, und zu seiner Verwunderung kam 'Bamuthi, wie es in Hunter's Drift üblich war, ganz unbefangen herein. Sir James fand kaum Zeit, sich zu überlegen, daß er eine solche Nachlässigkeit in seinen eignen vier Wänden nie dulden würde, da hob 'Bamuthi die Hand zum königlichen Gruß der Matabele über den Kopf und rief mit lauter Stimme: „*Bayete 'nKosi, isi-Vuba, bayete!*"

François merkte, daß 'Bamuthi Sir James offenbar von früher her kannte, wahrscheinlich als dieser vor dem Krieg, als 'Bamuthi noch ein junger Mann gewesen war, das Gebiet bereist hatte. Mit seinem Gruß anerkannte er die offizielle Stellung von Sir James und titulierte ihn auch bereits mit seinem Matabele-Namen *isi-Vuba*, Großer Eisvogel.

Sir James starrte 'Bamuthi erstaunt an, dann sagte er lebhaft: ,,Warte . . . warte . . . es war in Osebeni, nicht wahr? Ja, dort muß es gewesen sein. Laß mich nachdenken. Ja, du mußt 'Bamuthi sein, der älteste Sohn des Wächters der Furt."

'Bamuthis Freude darüber, daß er wiedererkannt wurde, war ebenso groß wie François' Erstaunen, daß Sir James zwar stockend, aber verständlich, ja sogar korrekt Sindabele sprach.

Sir James überkam eine sonderbare Stimmung, die er nicht unterdrücken konnte. Vielleicht hätte er sich in Erinnerungen verloren, doch 'Bamuthi rief ihn jäh in die Gegenwart zurück. Er war, wie François wußte, ein großer Beobachter und hatte schon längst bemerkt, daß die Tochter von Sir James ihn mit Interesse, ja sichtlicher Bewunderung musterte.

Er sah in diesem Augenblick auch höchst eindrucksvoll aus. Offenbar kam er gerade von seiner morgendlichen Runde zur Kontrolle der Löwenfallen zurück und war noch nicht europäisch gekleidet wie Ousie-Johanna und die übrigen Afrikaner des Anwesens. Er trug weiter nichts als einen Lendenschurz aus Impalafell und um die Hüften ein Stück Leopardenfell, das vorn offen war. Seine geschmeidige Haut glänzte über und über, denn er rieb sich jeden Abend vor dem Schlafengehen mit Löwenfett ein. Auf seiner Brust baumelte eine Glasperlenkette in den schwarz-weiß-grünen Stammesfarben. Am rechten Handgelenk trug er zwei breite Armreifen aus Elfenbein, am linken ein aus Elefantenhaar geflochtenes Band mit einer Kupferspange. In einer seiner großen Hände hielt er seinen Lieblingsassegai Er-stöbert-auf-für-meine-Kinder und den Knüppel Der-im-Dunkeln-verschlingt.

François war entzückt, daß auch das Mädchen 'Bamuthi für jenes wunderbare Geschöpf hielt, das er für ihn selbst immer noch war, obwohl er ihn schon seit so vielen Jahren kannte.

'Bamuthi war es nun, der Sir James in Erinnerung rief, daß es seiner Meinung nach gegen die guten Sitten verstieß, wenn er dem Mädchen nicht vorgestellt wurde. Höflich setzte er Knüppel und Assegai in einer Ecke des Frühstückszimmers ab und lehnte sie gegen die Wand. Dann flackerte ein Lächeln über seine dunklen Gesichtszüge, und er rief mit seiner tiefen Stimme aus: „Und diese *'nKosanyana*, diese kleine Prinzessin, *'nKosi*? Sicher ist sie niemand anderes als eine Feder deiner Schwinge?"

Einen Augenblick lang war Sir James richtig verblüfft. Daß 'Bamuthi einfach ins Haus seiner Arbeitgeber kam, noch dazu schwerbewaffnet und fast nackt, das konnte er unmöglich billigen. So sehr er sich darüber freute, 'Bamuthi wiederzusehen, – das widersprach seiner Auffassung von einem zivilisierten Hauswesen. So nannte er 'Bamuthi nur förmlich ihren Namen. Der ging sofort auf sie zu, streckte seine breiten Pranken aus und nahm Lucianas Hände in die seinen.

Sir James blieb nichts anderes übrig, als hilflos zuzuschauen, während 'Bamuthi ausrief: „*Auck, 'nKosi!* Bevor viele Jahre vergehen, wirst du ohne Zweifel tausendundeine buntscheckige Färsen für sie bekommen!"

Luciana, die natürlich kein Sindabele konnte, hatte nichts von alledem verstanden. Sie spürte nur, daß 'Bamuthi sich zu ihr hingezogen fühlte wie sie zu ihm. Und da sie lebhaft und neugierig war, bat sie ihren Vater prompt, ihr zu übersetzen, was 'Bamuthi gesagt hatte.

Aber Sir James, dem bei dieser Begegnung nicht so recht wohl war, sagte nur schnell: „Bitte geh jetzt, Chisai. Ich habe mit diesem Mann Geschäftliches zu besprechen."

Sie war kaum gegangen, da stürzten sich Sir James und 'Bamuthi in Erinnerungen an die Vergangenheit, als sie sich zum erstenmal getroffen hatten. Das ging so leicht und glücklich, daß auch François sich überflüssig vorkam. Er verließ das Zimmer, wobei sich Hintza an seine Fersen heftete, und holte sein Gewehr, um eine Runde um die Farm zu drehen.

Die Begegnung mit 'Bamuthi brachte Sir James etwas von den Ideen, dem Eifer, den Hoffnungen auf die Zukunft zurück, die ihn beseelt hatten, als er zum erstenmal nach Afrika gekommen war. Das ganze Gewicht des Kompromisses, das er in den steifen offiziellen Jahren hatte tragen müssen, schien für einen Augenblick von ihm genommen. Als er zum erstenmal von Hunter's Drift gehört hatte, war er im Verlauf einer Karriere, die ihn durch das ganze verschwundene Empire geführt hatte, bereits mit den europäischen Methoden der Ausbeutung von Natur und Boden samt ihren Auswirkungen auf primitive Gesellschaften vertraut geworden. So hatte er von Pierre-Pauls Eindringen in die von ihm selbst auch bevorzugte Welt das Schlimmste befürchtet. Um so erstaunter war er, daß Hunter's Drift dem ähnelte, was er sich selbst vorgenommen hatte. Natürlich war er nicht mit allen Einrichtungen und Gewohnheiten in Hunter's Drift einverstanden, so lehnte er zum Beispiel die zu große Vertrautheit mit Leuten wie Ousie-Johanna und 'Bamuthi ab; aber wenn es schon nicht ohne Nachbarn ging, konnte er sich glücklich schätzen, nicht an viel Schlimmere als die Jouberts geraten zu sein.

Etwas von dieser Einstellung spürte sogar François an der Art und Weise, wie Sir James und die Seinen sich schließlich verabschiedeten. Als sie alle das Frühstückszimmer verließen und sich zu Trecker, Wohnwagen und Kombüse begaben, die schon vor dem Eingangstor bereitstanden, bat François Sir James, noch einen Augenblick zu warten. Seit er den Neuankömmlingen begegnet war, hatte er nämlich überlegt, was Hunter's Drift dazu beitragen könnte, ihnen das Lagerleben während der Zeit, in der ihr Haus gebaut und das Land urbar gemacht und bebaut wurde, möglichst erträglich zu machen. Was sie natürlich am dringendsten brauchten, waren Frischgemüse und Früchte. Er hatte deshalb schon am frühen Morgen zwei Matabele-Gärtner damit beauftragt, ein paar Kisten mit schönen Tomaten, reifen Melonen, Gurken und Kürbissen zu füllen, alles Früchte, die sich halten würden. Jeden Augenblick mußten die Gärtner mit ihren Schubkarren kommen und all das für Sir James abliefern. Aber der konnte offenbar nicht länger warten. Er dankte zwar François sehr gewissenhaft, sogar leutselig, fügte aber hinzu, er müsse sich

jetzt sofort auf den Weg machen. Wenn François auf seinem
Geschenk bestehe, so sei es ihm lieber, wenn er es den Fuhrleuten übergebe, die ihm folgten. Da es sich höchstens um
eine Verzögerung von ein, zwei Minuten handeln konnte,
dachte François, daß er in diesem Falle natürlich hätte warten
müssen.

Diese heikle Situation ging aber im Tumult des Abschieds
unter. Amelia spielte dabei die Hauptrolle. Offenbar war
diese Dame körperlich wie gefühlsmäßig den Extremen hold.
Im Gegensatz zu den von François beauftragten Gärtnern
war auch Ousie-Johanna mit zwei großen Geschenkkörben
pünktlich zum Abschied erschienen: ein paar noch warme, in
weißes Leinen eingeschlagene Brotlaibe, ein halbes Dutzend
Pfund frische Butter, Flaschen mit frischer Milch, glänzende
Töpfe voll gelber Pfirsiche, Aprikosen, Birnen und Maulbeeren im eigenen Saft, ganze Gläser voll grüner Feigen- und Stachelbeermarmelade, die zu Ousie-Johannas besonderen Spezialitäten gehörte, ein Obstkuchen und natürlich riesige
Mengen Zwiebäcke.

Amelias warmes Herz war sofort in Flammen angesichts
solcher Freigebigkeit. Sie brach in Tränen aus, warf beide
Arme um Ousie-Johanna und preßte sie fest an sich. Dabei
schluchzte und schniefte sie in unverständlichem Portugiesisch Worte, deren Sinn immerhin so augenfällig war, daß
nun auch Ousie-Johanna herzzerreißend zu weinen anfing,
war es doch ihrer anspruchslosen, unschuldigen Seele noch
nie passiert, daß sie einer so großen, welterfahrenen Dame
wie Amelia etwas bedeutet hatte.

Um die beiden voneinander zu trennen, waren wiederholte, höchst nachdrückliche Befehle von Sir James sowie die
Erklärung nötig, er werde unter keinen Umständen noch länger warten. Aber auch damit war die Aufregung nicht vorbei.
Als Amelia François erblickte, der gar nicht merkte, wie verloren er herumstand, dachte sie gleich wieder an seinen Trauerfall, stürzte sich auf ihn und unterzog ihn der gleichen Abschiedsprozedur, die sie schon Ousie-Johanna hatte ange-

deihen lassen. Die Tränen flossen ihr nur so herunter, als sie ihre Dankbarkeit zum Ausdruck brachte, und nach allem, was er Lucianas Übersetzung ihrer leidenschaftlichen Verabschiedung entnehmen konnte, bat sie ihn inständig, ,,sich nicht abschlachten zu lassen". Wieder und wieder sagte sie, wie schrecklich Afrika geworden sei. Sie wisse nicht, was sie alle hier eigentlich noch suchten, und befürchte, daß sie auf die Dauer ebenfalls abgeschlachtet würden... Es wäre viel besser gewesen, wenn sie alle in Europa geblieben wären...

Natürlich wurden ihre tränenreichen Erklärungen von niemandem ernstgenommen, aber die bloße Erwähnung dieser Dinge erinnerte François einen Augenblick an sein Erlebnis mit den ,,Speermännern". Er sagte aber nichts. Das war ein klarer Beweis für seine zunehmende Neigung, manches zu verdrängen und zu verheimlichen. Die folgenden Tage und Monate sollte er oft in den stillen Nachtstunden alles an sich vorüberziehen lassen; aber er brachte es nie über sich, mit jemandem darüber zu sprechen, auch nicht mit Mopani, dem er doch rückhaltlos vertraute.

Amelias Hysterie, wie Sir James sich ausdrückte, beschleunigte den Abschied nur noch. Sir James dankte François ein letztes Mal mit der flüchtigen Bemerkung, sie würden sich ja nun in Zukunft häufig sehen, dann kletterte er auf den Sitz des Treckers, ohne François auch nur die Hand zu schütteln. Als der Lastzug anfuhr, sprang François aufs Trittbrett und verabschiedete sich von Luciana. Ihr verzweifelter Gesichtsausdruck wich einer strahlenden Erleichterung. Sie rief François etwas zu, das er nicht verstand, winkte lebhaft mit beiden Händen und versuchte zu lächeln. Dann fiel sie plötzlich auf den Sitz zurück und verbarg ihr Gesicht in den Händen. Ihre Schultern zuckten, als unterdrücke sie ein Schluchzen.

François sprang ab und sah dem Wagen nach, der ihn und Hintza in eine schwefelgelbe Staubwolke einhüllte. Er war zwar bestürzt, als er Luciana so außer Fassung sah, mußte sich aber eingestehen, daß es ihn wunderbar tröstete.

Als er zum Haus zurückkam, stand Ousie-Johanna noch immer auf den Treppenstufen und wischte sich die Augen mit einer ihrer besten Servietten, als beklage sie noch jetzt die Abfahrt ihrer Gäste; aber als er neben ihr stand, merkte er, daß sich ihre Gefühle mit einem gesunden Ärger mischten, denn sie äußerte als erstes: ,,Wenn dieser ‚Rotnacken' nicht lernt, langsamer über die Steine zu fahren, wird sein verflutschter Wagen bald kaputtgehen."

Die gleiche Zurückhaltung zeigte auch 'Bamuthi in seinem anschließenden Gespräch mit François. Da François bei 'Bamuthis Unterredung mit Sir James nicht zugegen gewesen war, bat er ihn um einen ausführlichen Bericht. 'Bamuthi begann mit der Erklärung, wie Sir James zu dem Namen isiVuba, Großer Eisvogel, gekommen war. Früher, sagte er, waren die meisten roten Fremdlinge ins Landesinnere gekommen, um Wild zu jagen; Sir James aber verbrachte als junger Mann die spärliche freie Zeit, die ihm auf seinen Dienstreisen zum Amanzim-tetse blieb, mit Fischen. Er hatte es auf den größten afrikanischen Kampffisch abgesehen, den Tigerfisch. François wisse ja, daß sich die Matabele nicht sonderlich viel aus Fisch machten, denn es stand fest, daß der Genuß von Fisch das menschliche Herz in Wasser verwandelte. Aber Sir James kannte offenbar kein größeres Vergnügen, als seine Angeln auszulegen. Bald war er im ganzen Land als Großer Eisvogel bekannt. Dieser Vogel war ein noch leidenschaftlicherer und geschickterer Fischer als der Fischadler; er lebte unmittelbar an den Ufern der Gewässer, in denen er fischte, und baute sein Nest in Gängen, die er mit seinem langen Schnabel tief in die Wände der Flußbänke grub. Auch Sir James schlug sein Lager stets dicht am Wasser auf. Auch er verfügte über eine mächtige Medizin, die verhinderte, daß sein Herz sich in Wasser verwandelte, denn keiner konnte ihm vorwerfen, es fehle ihm an Mut. Aber Sir James hatte noch einen andern Namen. Natürlich hatte er, 'Bamuthi, ihn aus Höflichkeit nicht erwähnt, weil er nicht genau wußte, ob Sir James ihn überhaupt kannte. Vertraulich wurde er *uMetal-Disku* genannt.

François hatte dieses Wort in Sindabele noch nie gehört und fragte verwundert: „uMetal-Disku! Was ist denn das für ein Wort, alter Vater?"

Früher, erklärte 'Bamuthi, vor der Ankunft von Sir James, sei durch das System der Steuereintreibung viel Unrecht geschehen. Die Polizei, die damit beauftragt gewesen sei, war nämlich, wie 'Bamuthi sich voller Verachtung erinnerte, so dumm gewesen, daß sie die Matabele-Leute nicht voneinander unterscheiden konnte. Da die Matabele nicht schreiben und daher auch nicht mit ihrem Namen unterzeichnen konnten, zwang die Polizei öfter den gleichen Mann, zweimal oder sogar öfter Steuern zu bezahlen. Als das Sir James zu Ohren kam, der als Neuankömmling die Matabele natürlich auch nicht auseinanderhalten konnte, aber eifrig darauf bedacht war, alle Ungerechtigkeiten zu beseitigen, führte er ein neues System ein. Jeder Steuerpflichtige erhielt eine Metallmarke mit eingeprägter Nummer, die er an einer Kette um den Hals tragen mußte. So konnten in Zukunft keine Fehler bei der Identifizierung unterlaufen. Prompt wurde er weit und breit unter dem Namen *uMetal-Disku* bekannt, was „Metallmarkenherr" hieß.

„Aber, alter Vater", meinte da François, „Sir James wäre doch gewiß nicht beleidigt gewesen, wenn er daran erinnert worden wäre?"

Doch 'Bamuthi warf ihm einen mitleidigen Blick zu und bemerkte: „Aber gewiß, Kleine Feder, denn isi-Vubas System war ein Reinfall. Kaum hatte er die Regierung dazu überredet, den Leuten Metallmarken und Halsketten zu geben, da wurden sie im Handel mit Stämmen jenseits des Flusses, die von nichts wußten und wenig Metall hatten, als Tauschmittel benutzt. Und wenn sie nicht zum Tausch verwendet wurden, schmiedete man sie, weil sie so schön waren, als Schmuck für die Frauen zurecht. So mußte wieder ein anderes System der Steuereintreibung erfunden werden. Ich konnte doch isi-Vuba nicht an einen solchen Fehlschlag erinnern, denn er war die ganze Zeit auf Hilfe bedacht gewesen."

Sir James hatte 'Bamuthi seine Pläne so ausführlich dargelegt, daß François klar wurde, inwiefern sich sein System der Beschäftigung von demjenigen auf Hunter's Drift unterscheiden würde, obgleich es in den Grundzügen das gleiche war. Auf Hunter's Drift waren alle Partner. Bei Sir James, dessen Land noch keinen Namen hatte (und das beunruhigte 'Bamuthi, weil in den Namen ein Zauber lag), würden sie regelmäßig entlöhnte Arbeiter sein. Nach allem, was 'Bamuthi gehört hatte, sollten die Löhne gut sein. Sie richteten sich aber nach der individuellen Arbeitsleistung.

„Glaubst du, alter Vater", fragte François, „daß es unter diesen Umständen schwer sein wird, Leute aus Osebeni zu bekommen, die für Sir James arbeiten?"

'Bamuthi antwortete, das Leben verändere sich so schnell, daß viele jüngere Leute jetzt lieber direkt für Geld arbeiteten. Sie könnten dann kommen und gehen wie sie wollten, ohne wie auf Hunter's Drift zur Familie zu gehören.

„Glaubst du also", fragte da François, „daß isi-Vuba es falsch macht?"

„Zweifle nicht daran, Kleine Feder", sagte 'Bamuthi mit fester Stimme, daß isi-Vuba ein guter Herr sein wird. Aber wird er für seine Leute auch ein Vater sein, wie der Große weiße Vogel es für uns gewesen ist?"

Das Haus von Sir James sollte nicht wie Hunter's Drift zu ebener Erde, sondern auf der gebieterischen Höhe eines kleinen Hügels erbaut werden. Dieser Hügel sollte dem Landsitz auch seinen Namen geben. In seinen Wanderjahren hatte sich Sir James vorgenommen, ihn Hunter's Hill zu nennen, wozu ihn ein Gedicht von Stevenson angeregt hatte. Als er entdeckte, daß die Vorstellung des Jägers schon durch den Namen des Nachbargrundstücks besetzt war, zeigte er sich sehr enttäuscht. Dann hatte er den Einfall, auf „Silverton-Hill" auszuweichen, und erklärte dies Luciana folgendermaßen: Seine Mutter Catriona stammte aus einer alten königstreuen Highland-Familie, sie war eine Hamilton-of-Silverton-Hill, und so fand er es sehr hübsch, diesen afrikanischen Hügel hier mit jenem anderen in Schottland zu verbinden, woher sie gekommen waren. Übrigens, fügte er hinzu, gebe es noch eine andere Erklärung für diesen Namen, falls sie einmal geruhen sollte, um sich zu schauen .... Waren sie nicht, sagte er dann, von einem großen kupfernen und goldenen Wald umgeben, vom Gras der Lichtung, vom Gebüsch auf dem Hügel und sogar vom Wasser des blinkenden Stroms dort unten? Im schimmernden Licht des Sonnenuntergangs waren das lauter helle Silbertöne. Ihr neues Land, schloß er, sei ganz und gar „silbergetönt".

Luciana starrte ihn so verwundert an, als sei das, was sie soeben gehört hatte, ein Zeichen für die Rückkehr ihres resoluten Vaters in einen Zustand der Gnade. Ihr ganzes Gesicht strahlte, als sie ausrief: „Donnerwetter, Pa, ich hätte gar nicht gedacht, daß du noch zu Wortspielen imstande bist."

'Bamuthis Reaktion war genauso bezeichnend wie diejenige Lucianas. Als François der Name Silverton-Hill zu Ohren kam, unterrichtete er sogleich 'Bamuthi, weil sich dieser fast täglich bei ihm erkundigt hatte, wie ihre Nachbarn denn nun ihr Grundstück nennen würden. 'Bamuthi war offensichtlich davon überzeugt, daß der Ort erst gegen alle bösen magischen Kräfte des Buschvelds gewappnet war, wenn er einen guten, zutreffenden Namen besaß. Aber auch nachdem François ihm das Wort Silverton erklärt hatte, schien 'Bamuthi dessen doppelte Bedeutung nicht zu erfassen, wohl hauptsächlich deshalb, weil er sich unter Silber nichts vorstellen konnte. Er kannte Eisen, Stahl, Kupfer und sogar Gold, aber Silber gab es in Afrika nicht.

François fiel ein, daß er 'Bamuthi Silber zeigen konnte, um ihm die Bedeutung klarzumachen. Er ging also schnell ins Haus, um den erstbesten silbernen Gegenstand zu holen. Ganz zufällig putzte eins der Hausmädchen gerade das Silberbesteck, darunter die schweren Fischbestecks, die Lammie aus dem Süden mitgebracht hatte. Er nahm ein Fischmesser, weil er wußte, daß es 'Bamuthi mehr beeindrucken würde als eine Gabel, stürmte wieder aus dem Haus und legte es ihm mit den Worten vor: ,,Dieses Metall nennen wir Silber, alter Vater."

'Bamuthi drehte das Messer, dessen Metall wie ein Spiegel in der Sonne funkelte, immer wieder zwischen den Fingern. Dann prüfte er die Schneide mit seinem breiten Daumen. Sofort war seinem Gesicht anzumerken, daß er es nicht mochte, weil es nicht so scharf war wie ein Rasiermesser. So mußten nämlich alle guten Messer der Matabele sein. Nachdem er es eine Weile schweigend betrachtet hatte, als suche er nach einer verborgenen Assoziation, durch die er das Messer mit sich selbst in Verbindung bringen konnte, bekam sein Gesicht plötzlich einen listigen Ausdruck, und er fragte: ,,Sag mal, Kleine Feder, ißt man damit nicht Fisch?"

François hatte bis jetzt gar nicht daran gedacht, wozu das Messer gebraucht wurde, und stimmte jetzt bereitwillig zu. 'Bamuthi gab einen tiefen, befriedigenden Grunzer von sich, als habe er es von Anfang an gewußt, und bemerkte: ,,Der Ort hat einen guten Namen bekommen, denn wer kann daran zweifeln, daß man im Kraal des Großen Eisvogels auf dem Hügel mehr Fisch essen wird als jemals zuvor in diesem Land?"

François hätte über 'Bamuthis Kommentar beinahe gelacht, nahm sich aber aus Höflichkeit zusammen. Immerhin entstand durch dieses nur teilweise Verstehen ein neuer Name. Von nun an war das Anwesen von Sir James bei den Afrikanern weit und breit nicht als Silverton-Hill, sondern als Fischmetall-Hügel bekannt, was alle instinktiv vor Sir James zu verbergen suchten; denn sie wollten ihn nicht durch einen Namen verletzen, der auf Grund der Einstellung der Matabele gegenüber allem, was mit Fisch zu tun hatte, höchst abschätzig war.

Erst zwei Wochen nach seinem plötzlichen Abschied von Sir James und seiner Tochter wurde François offiziell von dieser Namensgebung unterrichtet. Obwohl er sich eifrig auf seine Schulaufgaben stürzte, um die Lücke zu schließen, die durch Lammies und Ouwas Abwesenheit entstanden war, hätte er genügend Zeit für einen Ritt hinüber zu seinen Nachbarn gehabt. Die tief verwurzelten Sitten und Gebräuche solcher Pionierfamilien wie der seinen hätten ihn eigentlich sogar dazu gezwungen, nach ein paar Tagen auf Silverton-Hill vorzusprechen und zu sehen, ob er irgendwie helfen konnte. Aber sein Instinkt riet ihm davon ab. Durch die Aufnahme, die Sir James und seine Leute bei ihm gefunden hatten, war seine Hilfsbereitschaft klar zum Ausdruck gekommen. Trotzdem rief sich François bei Sir James zumindest jeden zweiten Tag in Erinnerung. Denn jeden zweiten Tag gab er den Maultierwagen, die abends mit Frischgemüse und Frischfleisch nach Hunter's Drift Siding fuhren, auch frische Lebensmittel für Sir James und die Seinen mit. Diese Geschenke wurden stets mit einem prompten Dankschreiben beantwortet, das Sir James in elegant geschwungener Handschrift auf überaus teurem Papier verfaßte. Das verwirrte François, bis er eines Tages herausbekam, daß Sir James sogar hier im Busch seine ganze Korrespondenz mit einer Gänsefeder erledigte, die er eigenhändig zurechtschnitt und zuspitzte. Genauso wie die sorgfältige Rasur am Morgen, das Bad in der Segeltuchwanne am Abend und die frisch gestärkte Kleidung, die ihm ein mitgebrachter afrikanischer Boy ins Zelt legte, gehörte dies offenbar zu den unentbehrlichen Dingen, die Buchstaben und Geist des Beispiels bewahrten, das Leute wie er – und dazu fühlte er sich geboren – den Afrikanern zu geben hatten. Die Briefe begannen immer mit ,,Lieber François Joubert", und die Umschläge waren immer an ,,Master François Joubert" adressiert. Trotz aller Dankbarkeit, die in diesen Briefen zum Ausdruck kam, erkannte François an diesen geringfügigen Nuancen in der Anrede, daß es sich im Augenblick empfahl, Distanz zu wahren.

Niemand, am allerwenigsten er selbst, hätte sagen können, wie lange er das noch durchzuhalten vermochte. Seit Xhabbo vor vierundvierzig Tagen in sein Leben getreten war, hatte man ihm mehr als genug körperliche und seelische Distanzen zugemutet: Ouwas und Lammies Abreise, Xhabbos Aufbruch und Ouwas Tod, der als unendliche Distanz die schwierigste von allen war. Und nun herrschte diese grundlose „gefühlsmäßige" Distanz zwischen ihm und seinen neuen Nachbarn, die doch dazu hätten beitragen können, die größte Lücke zu schließen, die sich bisher zwischen ihm und seiner Umgebung aufgetan hatte. Es handelte sich dabei um eine neue, viel bedeutsamere und subtilere Art von Distanz, die zu der altbekannten Distanz nach außen hinzugekommen war, eine Distanz zu sich selbst. Eine neue Art von François war zum Leben erwacht. Wenn er in die Dunkelheit seines Zimmers zurückblickte, fand er es erstaunlich, wie schnell er von jenem andern François wegreiste, wie weit er sich von ihm entfernt hatte, wie von jemandem, der auf dem Kai zum Abschied winkt und in den umflorten Augen des Auswanderers immer kleiner wird. Noch schmerzlicher war die Tatsache, daß das Schicksal ihn offenbar gerade von Menschen wie Xhabbo und sogar so einem Mädchen wie der Tochter von Sir James trennte, die sein wanderndes Selbst vielleicht hätten begleiten können. Es gab zwar keinen vernünftigen Zusammenhang zwischen Xhabbo und Luciana. Nicht nur war der eine ein Mann und die andere „bloß" ein Mädchen, auch ihre Herkunft war unvereinbar: Xhabbo war ein reines Naturwesen, Luciana ging aus einer höchst verfeinerten Kultur hervor. Aber nachts, wenn er an sie dachte, bildeten sie in seiner Vorstellung ein Paar, waren sie in ihrer Bedeutung für ihn beinahe so unteilbar eins, daß er darauf vertraute, er brauche sie nur zusammenzubringen, damit sie einander ebensoviel bedeuteten wie sie ihm. Allerdings störte ihn, daß er noch keinen Namen für Luciana gefunden hatte. Auch Xhabbo hatte ihm ja einen besonderen Namen gegeben. Luciana paßte zwar als Name in die Familie, weil er soviel wie „Lichtbringerin" hieß, andrerseits war er vielleicht doch ein bißchen zu anspruchsvoll. Wenn er an sie dachte, dann war sie bloß „das Mädchen". So wie 'Bamuthi unglücklich darüber gewesen war, daß das Land von Sir James nicht durch die Magie eines

Namens beschützt wurde, spürte er nun, daß er sich erst zufriedengeben würde, wenn auch das Mädchen von einem passenden Namen beschirmt war. Aber von welchem Namen? Überraschenderweise neigte er zu einem Kompromiß, auf den ihn Ousie-Johanna gebracht hatte. Sie sprach nämlich von Luciana immer nur als von der „kleinen Nonnie". Nonnie war die Verkleinerungsform von Nonna. Das war eine achtungsvolle, bei den Bediensteten des Landes übliche Bezeichnung für die Herrin. Die Tochter des Hauses wurde unausweichlich zur Nonnie, zur kleinen Herrin, und daß Ousie-Johanna noch *klein* hinzufügte, war eine zusätzliche Zärtlichkeit. In der Welt von Lucianas italienischer Patin übertrieb man bei Zuneigung die natürliche Größe dessen, was man liebte, in der Welt von François hingegen war das Gefühl bestrebt, ein geliebtes Wesen möglichst zu verkleinern. Dieser für François kennzeichnende Charakterzug ging auf den Buschmann-Einfluß der alten Koba zurück; denn was den Geist der Buschmänner so einzigartig machte und von anderen unterschied, war die Tatsache, daß er die Kleinheit der körperlichen Größe entschieden vorzog, als habe er lange vor William Blake die Unendlichkeit in den Sandkörnern der Wüste entdeckt, die seine letzte Heimat auf Erden war. François wußte natürlich, daß viele Mädchen im Lande Nonnie hießen, und er fühlte, daß er Luciana mit diesem Namen einen gültigen Paß für die Welt seines eigenen Afrika ausgestellt hatte.

Erstaunlicherweise war es nun viel leichter für François, an sie als an eine künftige Gefährtin zu denken; um so dringlicher wurde allerdings auch sein Verlangen, ihr die tausenderlei Dinge im Busch zu zeigen, die er liebte und bisher mit keinem lebendigen Wesen außer Hintza geteilt hatte. Sogar die verletzend zwiespältige Haltung von Sir James verlor an Bedeutung, und es wurde immer schwieriger für ihn, nicht zu seinen neuen Nachbarn hinüberzureiten. Zum Glück ereigneten sich am dreizehnten Tag nach der Abreise der Gäste, als François unentschlossen war wie noch nie, zwei Dinge, die ihm die Entscheidung abnahmen. Das eine war wieder einmal ein Dankschreiben von Sir James. Sein Inhalt kam François höchst merkwürdig vor, denn nach den üblichen eleganten Dankesformeln kündigte Sir James an, er könne seine Großzügigkeit nicht länger in Anspruch nehmen und würde auf Bezahlung aller künftigen Lieferungen bestehen.

François war jedoch entschlossen, kein Geld anzunehmen, nur weil er seine Pflicht als Nachbar tat; er wußte aber recht gut, aus welcher Welt Sir James kam, und verstand deshalb, daß es ihm wirklich peinlich sein mußte, soviel von Fremden anzunehmen. Ob er das ohne die Nachschrift zu dem Brief von Sir James auch so rasch verstanden hätte, ist eine andere Frage. Diese Nachschrift bestand aus ein paar Zeilen in einer rundlichen, etwas unregelmäßigen Handschrift und war offenbar heimlich und in Eile direkt unter die schwungvolle amtliche Unterschrift von Sir James gesetzt worden: ,,Richte bitte Ousie-Johanna aus, daß Amelia ihr Brot fabelhaft findet und ich ihre Kuchen einfach Klasse. Wir alle mögen deine Früchte und Melonen. Aber sehen wir dich denn überhaupt nicht mehr? Liebling Hin wird mich mit der Zeit ganz vergessen." Unter den Zeilen war keine Unterschrift. Sie endeten mit einem großen Klecks; das bestärkte François in seinem Eindruck, sie seien hinzugefügt worden, ohne daß Sir James etwas davon wußte.

Das zweite wichtige Ereignis war, daß an diesem Abend Mopani kam. Da er Lammie versprochen hatte, möglichst oft nach Hunter's Drift zu sehen, kam sein Besuch nicht unerwartet. Unerwartet war nur ein ungreifbarer Stimmungswandel bei seinem Eintreffen, der bedeutsam mit der Zukunft zusammenhängen sollte.

Wie gewöhnlich hatte Hintza angeschlagen und Mopanis Ankunft gemeldet, der kurz darauf gemächlich herangeritten kam, während François ihn vor dem Haus erwartete. Welcher seelischen Belastung François ausgesetzt gewesen war, seitdem sie sich das letzte Mal gesehen hatten, zeigte sich daran, daß François fast in Tränen ausgebrochen wäre, als er die Augen auf einen Menschen richtete, den er so liebte wie Mopani. Er schaffte es zwar irgendwie, sich zu beherrschen, umarmte aber Mopani mit solcher Herzlichkeit, daß der feinfühlige alte Mann spürte, wie aufgewühlt der Junge war. Deshalb sagte er ihm nicht sofort, was Lammie ihm am Abend zuvor telefonisch für François aufgetragen hatte, sondern erwiderte seine Umarmung mit der gleichen Herzlichkeit. Dann nahm er den Zügel in die rechte Hand, legte François den linken Arm fest um die Schultern und schenkte ihm so die Anteilnahme und Sicherheit, die er brauchte. Dabei ging er langsam weiter und fragte so unbefangen wie möglich: „Was hältst du davon, Coiske, wenn wir nicht gleich ins Haus gehen? Ich möchte heute abend dabei sein, wenn Edler sich abkühlt und getränkt wird. Ich habe ihn heute ziemlich hart 'rangenommen."

Edler war auch einer von Mopanis Lieblingen unter seinem kleinen Bestand an „gesalzenen" Pferden. Als François diesen Namen hörte, merkte er erst, wie sehr er mit sich selber beschäftigt gewesen sein mußte, denn zum erstenmal hatte er übersehen, welches Pferd Mopani ritt. Mopani war sonst durchaus bereit, einem der Matabele-Pferdeknechte sein Pferd zu überlassen; nur bei Edler machte er eine Ausnahme. Er hing so an ihm, daß er den wichtigen Vorgang des Abkühlens nach dem Ritt selber überwachte. Das Pferd mußte dabei eine halbe Stunde langsam hin und her geführt werden, bis sein Herz wieder normal schlug und der Schweiß auf seinem Fell getrocknet war.

François ahnte nicht, daß Mopani diesmal die Nebenabsicht hatte, François selbst zu beruhigen. Während die Hunde miteinander spielten, sich in weiten Kreisen jagten und plötzlich zu ihnen gerannt kamen, um sich streicheln zu lassen, führten sie in dem weiten Gelände zwischen Haus und Ställen Edler hin und her. In dieser vollkommenen Gemeinschaft von Hunden und Pferd, Jugend und Alter, Unschuld und Erfahrung lag etwas merkwürdig Bewegendes. Wie immer hatte das afrikanische Abendlicht zu dieser Stunde etwas

Biblisches, und die Szene wirkte wie ein Gleichnis, das nicht in Worten bestand, sondern in einer Tat. Wenn Hunde und Pferd, Jung und Alt so liebevoll einssein konnten wie diese kleine Gruppe, mußte man sich fragen, ob das Leben nicht endlich aufhören würde, Unglück auf Unglück zu häufen, wenn die Menschen ihre großartige Fähigkeit, die Sprache, dazu nutzen würden, sich zu verständigen, statt Zwietracht zu säen.

Für François hatte diese Tagesstunde im Busch rund um Hunter's Drift eine besondere Bedeutung. Sie wirkte in seinem Geist immer wie ein Zauberspiegel, der Dinge sichtbar machte, die zuvor nicht sichtbar gewesen waren. Tag und Nacht vereinigten sich und erzeugten eine Schönheit, die beide zugleich zum Ausdruck brachte, und alle Lebewesen nahmen an dieser Szene wie an einem Welttheater teil. Nur zu dieser Stunde belferten zum Beispiel die großen Paviane in ihren Festungen auf den Klippen am Fluß zur gleichen Zeit, wo die Löwen brüllten. Die Schakale jaulten, die Hyänen heulten und die Leoparden husteten, bevor sie sich zu ihrem nächtlichen Streifzug aufmachten. Auch die Fledermäuse zogen schon ihre Zickzackbahnen, die Nachtregenpfeifer bliesen auf ihren Bootsmannspfeifen, und die großen Geistereulen schrien, während Millionen von Tagvögeln die Stille noch immer mit ihren strahlenden Rufen erleuchteten, jeder nach seiner Art, um die Feuersbrunst des Abendgesangs anzufachen. Gänse, Enten, Riesenreiher, Fischadler und die großen unheimlichen Hammerköpfe, für die Buschmänner Boten der Gezeiten des Todes, flogen alle gleichzeitig umher. Es ist vielleicht der eindrucksvollste Augenblick der Entschlossenheit allen irdischen Lebens, wo die Erde in ihrem ruhevollen Mittelpunkt der Sonne die Hitze des Tages vergibt. Der Tod, den der Kampf ums Überleben verhängt, wird durchschaut, und ein kurzer Zustand der Unschuld tritt ein, bevor im Schutz der Dunkelheit ein neuer Kampf ums Überleben beginnt. Für Menschen wie Mopani und François war dieser Augenblick auf so natürliche Weise transzendent, daß sie ihn nicht etwa geringschätzten, weil sie ihn schon so oft erlebt hatten, sondern im Gegenteil immer tiefer empfanden.

Etwas von alledem lag in der Bemerkung, mit der Mopani ihr langes Stillschweigen nach der Begrüßung zum erstenmal brach. Er blieb stehen und sagte zu François, wie wenn er zu sich selber spräche: „Hast du jemals einen schöneren Abend erlebt? Irgendwo habe ich einmal sagen hören, der Mensch solle alle Dinge betrachten, als sei es zum letztenmal. Aber diesen Abend möchte ich betrachten, als sei es zum erstenmal. Hör doch mal den Vögeln zu, Coiske. Hast du sie jemals so singen hören? Ich ganz bestimmt nicht."

François reagierte immer spontan, wenn Mopani ihn aufforderte, etwas zu tun. Er horchte aufmerksam. Ja, Mopani hatte recht. Noch nie hatten die Vögel solche Laute hervorgebracht. Aber obwohl es sich schön anhörte, bereitete ihm irgend etwas daran Unbehagen, als wenn die Vögel zu laut protestierten. In ihrem Gesang lag eine Art Taumel oder Verzweiflung, wie wenn sie befürchteten, diese Schönheit zum letztenmal zu grüßen.

Einen kurzen Augenblick war François selber erschrokken. Er schauderte, als friere er, und hielt sich unwillkürlich näher an Mopani, bevor er hervorbrachte: „Du hast recht, Onkel. Noch nie habe ich die Vögel so singen hören. Schön ist es, aber liegt nicht auch etwas Trauriges darin? Es macht mir irgendwie Angst."

„Warum macht es dir denn Angst?" fragte Mopani, nicht weil er François nicht verstanden hätte, sondern weil er bereits intuitiv erfaßt hatte, was er meinte, und Zeit gewinnen wollte, um die richtigen Wörter für seine Antwort zu finden.

„Es klingt, als spürten sie selber, daß sie zum letztenmal so singen würden", flüsterte François zurück, als hätten ihm seine eigenen Worte noch mehr Angst eingejagt.

Mopani war verwirrt, denn was François gesagt hatte, zeigte ihm, daß auch er die Wirklichkeit jetzt anders erlebte als zuvor. Und weil er ihm stets die Wahrheit gesagt hatte, ohne Rücksicht darauf, ob das der herrschenden Konvention entsprach oder nicht, zögerte er nur kurz, bevor er äußerte: ,,Ich muß dir gestehen, Coiske, daß es mir selber auch ein bißchen Angst macht."

Durch dieses Eingeständnis stieg Mopani ungeheuer in der Achtung von François. Was für viele ein Bekenntnis der eigenen Schwäche gewesen wäre, faßte François als großes Kompliment für sich selbst auf. Er fühlte einen solchen Zustrom von Beruhigung und Zuneigung, daß er nur herausbrachte: ,,Was, dir auch, Onkel? Warum denn?"

Mopanis Antwort war typisch, nämlich indirekt; sie entsprach seiner Lieblingsmaxime: ,,Der längste Umweg ist der kürzeste Weg zum Ziel." Diese Stunde, die ganze Situation, erzählte er François, erinnere ihn an etwas, was sich zu einer Zeit abgespielt habe, als er kaum älter gewesen sei als François. Er schilderte nun sehr ausführlich, wie er zu einer ganz ähnlichen Stunde mit seinem Vater weiter nördlich tief im Busch kampiert habe. Sein Vater hatte ihn ebenfalls auf den Gesang der Vögel aufmerksam gemacht. Sie horchten beide, und dann hatte ihm sein Vater dieselbe Frage gestellt wie er jetzt François. Seine Antwort war der von François ziemlich ähnlich gewesen. Von da an hatten er und sein Vater die Vogellaute im Busch mit größter Aufmerksamkeit studiert. Ihre Vorahnung vom vergangenen Abend wurde bestätigt, sie hatten dem Schlußchoral eines großen Zyklus von Vogelgesang zugehört. Niemals wieder hörten sie die Vögel so singen. Thema und Tonart ihres abendlichen Konzerts waren auf subtile Weise anders, und die Ankündigung einer Veränderung wurde immer deutlicher und emphatischer. Sogar am Tag klangen ihre Laute anders. Bis zu diesem Augenblick waren sie trotz aller Verschiedenheit einem gewissen gemeinsamen Grundmuster gefolgt, und das war für ihn und seinen Vater so selbstverständlich gewesen, daß sie es eigentlich überhaupt nicht bemerkten. Erst als es für immer verschwunden und durch eine Reihe unzusammenhängender Laute und unbestreitbar disharmonische Ausdrucksweisen ersetzt worden war, hatten sie seinen Rhythmus vermißt.

Einige Zeit später, fuhr Mopani fort, erreichte sie im Busch die Nachricht, daß der erste Weltkrieg ausgebrochen sei. Es mochte phantastisch klingen, aber weder er noch sein Vater waren überrascht davon, denn sie waren beide überzeugt, daß dieses Ereignis die Vögel veranlaßt hatte, anders zu singen. Wer Ohren hatte, zu hören, war in seinem Herzen schon darauf vorbereitet. Und besonders Mopani war darauf vorbereitet, daß er seinen Vater, als er wegritt in den Krieg, zum letztenmal sehen würde; denn er ritt in den Tod. Aber das war noch nicht alles.

Wie heutzutage üblich, fuhr Mopani fort, hätte er die offenkundige Tatsache, daß die Vögel Afrikas anders sangen, als „rein zufälliges Zusammentreffen" ansehen können, denn war es nicht kennzeichnend für die Zeit, in der sie lebten, daß sie sich hartnäckig weigerte, dem Außergewöhnlichen Realität zuzugestehen? Glücklicherweise hatte ihm sein Leben als Reservist und als Jäger seine Sinne und einen ursprünglichen Glauben zurückgegeben, daß mit der großen jenseitigen Welt geheimnisvolle, unergründliche Wechselbeziehungen bestanden. Wenn die Menschen etwas so Unnatürliches, Ungeheuerliches planten wie einen Krieg, mußte das den naturgegebenen Rhythmus des Weltalls stören und auch Mißklänge in das Leben im Busch tragen.

Er habe irgendwo gelesen, meinte dann Mopani, daß ein Kirchenvater gesagt habe, die menschliche Seele sei von Natur aus religiös. Er selber würde hinzufügen, die Vögel und Tiere, überhaupt die ganze Flora und Fauna in Afrika seien von Natur aus fromm, denn es gab keine andern Lebewesen, die so unbedingt den Gesetzen ihrer eigenen Schöpfung gehorchten. François könne sich also vorstellen, wie irritiert er gewesen sei, als er im vergangenen Jahr in den Lauten des Buschs dieselbe Zersplitterung wahrgenommen habe wie damals. Er habe nichts davon gesagt, weil er sich nicht klar darüber war, ob er nicht vielleicht aus den natürlichen Geräuschen des Landes seine eigenen Befürchtungen heraushöre.

François war so aufmerksam, daß er seine Sorgen und Nöte

völlig vergaß. Er nickte und sagte: ,,Ich weiß, was du meinst, Onkel. Ich fürchte, so hätte Ouwa reagiert, wenn du ihm das erzählt hättest. Einmal, als ich ihm sagte, die Gegend dort am Rande der Wüste sehe traurig aus, wies er mich ziemlich rauh zurecht und sagte: ‚Die Landschaft ist nie traurig, man ist es höchstens selbst.'"

Genau dieser Einwand hatte ihn davon abgehalten, über seine Befürchtungen zu sprechen, bestätigte da Mopani. Und doch war gerade in der letzten Zeit die Überzeugung in ihm gewachsen, daß etwas Seltsames und für das Leben Afrikas, wenn nicht der ganzen Welt, Schreckliches seine Schatten vorauswerfe und den Gesang der Vögel verdüstere. Er sei froh, daß er dieses Gefühl mit François teilen könne. Da er älter wurde und vielleicht nicht mehr allzuviel Zeit mit ihm zusammen sein konnte, sah er es gern, daß François in dieser Hinsicht Bescheid wußte. Vielleicht brauchte François nicht nur das Wissen um diese Dinge, sondern auch Zeit, sich vorzubereiten. Denn es würden ihm sicher viele Leute zu beweisen versuchen, daß diese Art zu denken Unsinn sei. Ihre Ablehnung würde um so überzeugender wirken, als die Welt von Alleswissern wimmelte, die lediglich wußten, was sie wußten, und nicht mehr, was sie nicht wußten. Für die war jeder Beweis für irgendeine Beziehung zwischen dem zivilisierten Menschen und der Natur lächerlich. Aber das gehörte nach Mopanis Ansicht zur Krankheit der sogenannten zivilisierten Leute. Letztlich mußte jeder zu seiner eigenen Lebenserfahrung stehen und brauchte einseitigen Spezialisten nicht das Recht einzuräumen, sie in Mißkredit zu bringen.

Er erinnerte François nun daran, was für feinfühlige Beziehungen zwischen ihrem eigenen Denken und dem Bewußtsein der afrikanischen Tierwelt bestanden. Zum Beispiel hatte er herausgefunden, daß Vögel und Tiere sich völlig anders verhielten, wenn er und sein Vater in den Busch gegangen waren, um zu jagen, als wenn sie friedlich ausritten. Er war einmal so unklug gewesen, das einem berühmten Zoologen gegenüber zu erwähnen, dessen Expedition er auf Bitten der

Regierung geführt hatte. Der Zoologe hatte gelacht und gesagt, das erkläre sich natürlich so, daß die Tiere auf Grund ihrer Erlebnisse mit bewaffneten Männern argwöhnisch geworden seien. Aber er und sein Vater hatten wiederholt erlebt, daß das nicht stimmte. François wisse ja, daß sie nie ohne Gewehre ausritten. Wenn sie zum Beispiel bewaffnet auf eine Herde Springböcke zuritten, gingen ihnen die Tiere kaum aus dem Weg, wenn sie nicht jagen wollten. Ritten sie aber am nächsten Tag auf dieselbe Gruppe von Springböcken zu, um einen von ihnen für den Kochtopf zu erlegen, stoben die Tiere bei ihrem Erscheinen sofort davon.

Er konnte zahllose Beispiele für solche wechselseitigen Verbindungen zwischen dem Menschen und dem Leben im Busch und zwischen den Absichten der Tiere untereinander anführen. Alles war zu einem weltweiten Gewebe gegenseitiger Verbindungen verknüpft, das unter anderem den Vogelgesang und dessen Veränderung bewirkte und im Röhricht am Strom und über den zitternden Baumwipfeln des Buschs rund um sie flackerte. Ja, er befürchte, das laufe alles auf die gleiche traurige Tatsache hinaus: Es wolle ihm, wie François, gar nicht gefallen, daß die Vögel anders sangen. Irgendein neues Element war in das Leben des Busches getreten. Davon war er überzeugt.

Das brachte François die Moncktons in Erinnerung. Er glaubte zwar keinen Augenblick, daß sie an diesen Veränderungen schuld waren, die Mopani beschrieben hatte, aber als dieser nach seiner ungewöhnlich langen Darlegung schwieg, platzte François mit seiner Neuigkeit von ihrer Ankunft heraus.

„Ja", sagte Mopani, „ich weiß, daß er gekommen ist. Ich habe eine dringende Nachricht für ihn. Gestern abend wurde sie mir von der Regierung telephonisch für ihn übermittelt. Was wichtiger ist, ich habe auch Nachrichten für dich, und zwar von Lammie. Wir werden gleich über diese Dinge reden, aber im Augenblick . . ."

Edler unterbrach ihn. Das Pferd wieherte jämmerlich, legte Mopani seinen großen Kopf auf die Schulter und versetzte ihm einen leichten Puff, als wolle es ihn daran erinnern, daß es auch noch da sei und daß man diesen berühmten Abkühlungsprozeß, wie immer Mopani und François über ihn dachten, auch übertreiben könne. Mopani lächelte still vor sich hin, kraulte Edler und sagte zärtlich: ,,Ja, ja, mein Junge, ich bin ganz deiner Meinung. Es ist höchste Zeit, daß du Wasser und Futter bekommst."

Die Fensterläden waren schon geschlossen, und das ganze Haus war für die Nacht fertig gemacht worden wie ein großes Schiff, das vor dem Sturm mit Brettern verschalt wird. Das einzige Licht, das zu sehen war, kam von der Öllampe aus der Küche. Als sie näherkamen, sahen sie 'Bamuthis aufrechte, große Gestalt neben der Tür. Aus der Küche hörten sie Ousie-Johanna in ungewöhnlich ernstem Ton sprechen, und gleich darauf sagte ihr 'Bamuthi ungewöhnlich förmlich Gute Nacht. Dann verschwand seine Silhouette aus dem hell erleuchteten Türrahmen, und sie hörten seine kräftigen nackten Füße über die Erde schlurfen. Er entfernte sich schnell auf dem Pfad zu den Matabele-Kraals.

Ousie-Johanna grüßte Mopani und François kaum, als sie die Küche betraten. Ein Blick in ihr Gesicht genügte, und François wußte, daß irgend etwas sie beunruhigt hatte. ,,Was ist denn los, kleine alte Ousie? Kann ich dir irgendwie helfen?" fragte er.

Ousie-Johanna ging sofort auf diese Anteilnahme ein. 'Bamuthi hatte ihr etwas erzählt, erklärte sie. Nicht was, sondern wie er es erzählt hatte, war ihr unheimlich. Sie fügte eilig hinzu, 'Bamuthi sei Heide und in vielen Dingen abergläubisch, was sie gar nicht billigen könne, aber er sei zweifellos auch, wie ihre Kleine Feder wisse, ein sehr schlauer Mann und habe von manchem Kenntnis, was andere, viel gelehrtere Leute zu ihrem eigenen Nutzen von ihm lernen könnten.

François, der wußte, wie umständlich Ousie-Johanna sein konnte, bevor sie zur Sache kam, drängte von neuem, was sie denn auf dem Herzen habe.

„*Auck*, Kleine Feder", gestand sie, als hätte sie nun Angst, daß es viel zu belanglos sei. „Ich warf 'Bamuthi vor, er bringe mir die Sahne reichlich spät, um die ich ihn gebeten hatte, als ich sah, daß wir Besuch bekamen. Er antwortete mir, da sei etwas gewesen, was ihr Melken verzögert habe. Und als ich fragte, was denn eigentlich, erzählte er mir – ob du's glaubst oder nicht –, es seien die Vögel unten am Fluß gewesen."

Sie machte eine Pause, als erwarte sie, eine so ungewöhnliche Entschuldigung werde François und Mopani ebenso unsinnig vorkommen wie ihr selbst. Zu ihrem Erstaunen sah sie aber, wie die beiden sich seltsam wissende Blicke zuwarfen. Dann schaute Kleine Feder sie mit großen Augen an und fragte wißbegierig: „Und was hast du ihm darauf geantwortet, kleine alte Ousie?"

„Ich hab ihm glatt ins Gesicht gesagt, das sei ein verflutschter kindischer Unsinn, Vögeln zu erlauben, sich in etwas so Wichtiges wie Melken einzumischen!"

Ihre Stimme wurde wieder so erregt, als ob sie 'Bamuthi diesen Verweis erteile, beruhigte sich aber schnell, als sie weitererzählte: „Aber weißt du, was er mir darauf zur Antwort gab?" Sie war von der bevorstehenden Enthüllung so überwältigt, daß sie die Antwort nicht abwarten konnte und fortfuhr: „Er erzählte mir, sie hätten immer den Vögeln zuhören müssen, denn die Vögel wüßten immer zuallererst Bescheid."

Wieder machte sie eine Pause, überzeugt davon, daß François und Mopani nun endlich eine abfällige Bemerkung über diesen ganzen Unsinn fallenlassen würden. Da sie aber kein Wort sagten und offenbar genauso aufmerksam zuhörten wie vorher, fuhr sie fort: „Ich fragte ihn also geradeheraus, was denn die Vögel an diesem Abend als erste so Wichtiges wüßten?"

Etwas von dem Sarkasmus, der in ihrer Frage gelegen hatte, war wieder in ihrer Stimme, und um eine einleuchtende Entschuldigung für eine neue Pause zu finden, die die Antwort möglichst effektvoll machen sollte, stellte sie die rhetorische Frage: „Und was meinst du, was er gesagt hat? Er schaute mich mit seinen großen Augen an und sagte mit einer Stimme, die mir das Herz schwermachte: ‚Es ist noch zu früh, als daß man etwas Sicheres sagen könnte. Aber alle stimmen darin überein, daß die Vögel anders singen.‘ "

Es lag keine Spur von Sarkasmus mehr in ihrer Stimme, und bestürzt sah François, wie Ousie-Johannas große dunkle Augen vom Licht wortlosen Verstehens überflossen.

NEUNTES KAPITEL

Unsere liebliche Herrin, der Strom

Noch nie war François so froh gewesen über Mopanis Gesellschaft wie an diesem Abend. Dankbar war er auch für Lammies Erklärungen, warum sie so lange unten im Süden blieb. Dann waren noch allerhand sachliche Dinge zu bereden, die Ankunft der Moncktons und Mopanis Absicht, Sir James früh am nächsten Morgen zu besuchen. Sie hatten beide oft genug erlebt, daß man nur ein kleines Zelt und ein Feuer brauchte, um alles Unheimliche auszusperren und die Dunkelheit des Weltalls, die schimmernd und hoheitsvoll in der erhabenen afrikanischen Nacht thronte, in die Flucht zu schlagen. Wie erfolgreich mußte da erst das Eßzimmer mit seinen Öllampen, das hell aufleuchtete wie eine Honigwabe im Bienenstock, die Finsternis draußen vertreiben. Aber nachher, als François allein mit Hintza in seinem dunklen Zimmer war, brach wieder der alte Aufruhr, die alte Ungewißheit über ihn herein.

Wie auch immer François sich betrachtete, er kam jedesmal zu dem Schluß, daß nicht nur die Vögel anders sangen, sondern daß auch er sich verändert hatte. Er war gar nicht so sicher, ob ihm diese Veränderung willkommen war, was sie auch bedeuten mochte, und er fühlte sich furchtbar allein. So sehnte er sich unsagbar nach dem Abend zurück, als er Hintza bekommen hatte. Dieser Augenblick hatte wohl eine Grenze in seiner Erfahrung abgesteckt, die der Grenze jenes großen Gartens glich, der ein Bild für die Anfänge der Menschheit darstellt, als sie noch nicht wußte, was Gut und Böse ist, als sie noch umgeben war von Bäumen voller gelber

Früchte und einem Licht, das weder Tag noch Nacht verkörperte und wie Wasser von den Blättern tropfte, die noch schwankten und bebten unter der Berührung der Hand, die sie gerade erschaffen hatte. Jetzt kam es ihm so vor, als sei er aus einem solchen symbolischen Garten vertrieben worden und könne nie wieder zurück. Dieses Gefühl der Verlassenheit wollte gerade in Selbstbemitleidung umschlagen, da belehrte ihn ein Laut Hintzas eines Besseren. Hintza versuchte ihm winselnd klarzumachen, daß sein träumendes Selbst zu guter Letzt die Jagdbeute im weiten, sternenhellen Raum des Schlafes aufgestöbert hatte. Warum war François denn immer so langsam im Aufspüren? François streckte die Hand aus und streichelte ihn sanft. Er dachte an Mopanis Bemerkung über die Tiere Afrikas und erinnerte sich an eine Unterhaltung zwischen Ouwa und Lammie, bei der sein Vater etwas aus einer der neuentdeckten Schriftrollen vom Toten Meer zitiert hatte. Es ging darum, wie der Weg ins Große Königreich zu finden sei, und darüber hieß es: ,,Folge den Vögeln, dem Vieh und den Fischen, sie werden dich hinführen."

Vielleicht konnte er gar nichts Besseres tun, als sich an Hintza ein Beispiel zu nehmen und Vertrauen haben? Weil er Hintza gefolgt war, hatte er Xhabbo gefunden. So allein, wie er gemeint hatte, war er gar nicht. Da war doch Hintza, und da war auch die Aussicht auf einen Gefährten, den er sich selbst ausgesucht hatte, nämlich Xhabbo. Schnell rechnete er nach, daß Xhabbo jetzt wieder bei seinen Leuten sein konnte. Also würde er sein Versprechen, zu François zurückzukehren, vielleicht bald einlösen können.

Die Zeitspanne zwischen dem Einschlafen und ihrem Aufbruch zum Lager der Moncktons schien nur einen Augenblick zu dauern. Der Ritt selbst brachte nichts Neues, und dennoch bedeutete er François viel. Er war noch immer ganz erfüllt von seinen Gedanken an Xhabbo und stellte Mopani viele Fragen über die Wüste im Westen, in der die letzten Reste von Xhabbos Volk eine Freistatt gefunden hatten. Mopani kannte die Wüste kaum, aber er schilderte genau und mit faszinierenden Einzelheiten, wie sein Vater es dank der Hilfe freundlicher Buschmannführer fertiggebracht hatte, sogar in der schlimmsten Dürrezeit in der Wüste zu leben. Er selbst hatte seine ganze Freizeit der Erforschung eines riesigen Sumpfes gewidmet, der weit in die Wüste hineinreichte und von einem großen Fluß gespeist wurde, welcher in den fernen Gebirgen Angolas entsprang. In diesem ausgedehnten Wüstendelta lebten noch vereinzelte Vertreter einer seltenen Buschmannrasse, die Fluß- oder Wasserbuschmänner. Er war ihnen nie begegnet, denn sie versteckten sich vor den Fremden, die ihnen früher nichts als Vernichtung gebracht hatten, in den mit Papyrus bestandenen Flußarmen und Mooren mit ihren flachen Inseln, auf denen dichtes Unterholz und Gruppen hoch aufstrebender Bäume wuchsen, die untereinander fest verschnürt waren mit Affenstricken und anderen Schlingpflanzen wie ein schwarzer viktorianischer Stiefel mit Schnürsenkeln.

Mopani hatte sich so sehr für die Sümpfe interessiert, weil es einen seltsamen Mythos gab, an den alle afrikanischen Völker ein paar tausend Meilen nördlich und westlich fest glaubten: In den Sümpfen wachse der Baum des Lebens. Der Sage zufolge stand er ursprünglich unter der Obhut einer „weißen weiblichen Gegenwart". Mopani wußte nicht, wie er sie sonst nennen sollte. Es war immer schwierig, europäische Entsprechungen für afrikanische Vorstellungen zu finden, aber er neigte zu der Annahme, daß es sich bei dieser sagenumwobenen Gegenwart um eine Art weiße Hohepriesterin oder Göttin handelte. Mopani war sogar Afrikanern begegnet, die versicherten, es gebe auf der andern Seite der Sümpfe, zur Wüste hin, eine Felsmalerei, die diese junge weiße Frau darstelle. Sie stehe auf der glatten, steilen Flanke eines Felsens, der von kahlen Bergen beschützt werde, und halte eine Blume in der Hand. Dieser Baum stellte nach dem Glauben vieler Millionen schwarzer Menschen so etwas wie einen gemeinschaftlichen Tempel dar – eine Entsprechung zum Berge Sinai –, von dem sie einst ihre Gebote empfangen und den ihre Propheten und Seher früher in schweren Zeiten aufgesucht hatten, um Rat und Lenkung zu holen. Der Sage zufolge erteilte der Baum diese Gebote immer singend, weshalb es nicht verwunderlich war, daß man ihn den Singenden Baum nannte.

Nachdem die Matabele aber so grausam ins Landesinnere vorgestoßen waren und kurz nach ihnen die allmächtigen Europäer, die noch gewaltsamer in ihr Leben eindrangen, hatte der Baum angeblich nicht mehr gesungen. Doch die Sage beharrte darauf, der Baum werde eines Tages wieder singen. Das sei dann für alle Afrikaner weit und breit ein Zeichen, daß die Zeit gekommen war, wieder gemeinsame Sache zu machen und Matabele wie Europäer zum Großen Wasser zurückzutreiben, woher sie gekommen waren.

Mopani konnte nicht erklären, warum er so eifrig nach diesem Baum gesucht hatte. Doch alle seine Anläufe waren umsonst gewesen. Immerhin konnte er zu seiner Befriedigung feststellen, daß diejenigen, die in nächster Nähe des großen Sumpfes lebten, noch immer fest an den Baum und seine Prophezeiungen glaubten. Vermutlich wußten sie genau, wo der Baum stand, wollten aber unter keinen Umständen ihr Wissen mit Fremden, schon gar nicht mit ,,roten Fremdlingen" teilen. Wenn man an ihre schreckliche Geschichte dachte, konnte man ihnen das nicht übelnehmen.

Es sei sehr merkwürdig, fuhr Mopani fort, daß sie gerade jetzt über den Baum und die Flußbuschmänner sprächen, denn genau vor einer Woche sei ihm die Sage wieder zu Ohren gekommen. Er war eines Nachts draußen auf Patrouille gewesen und hatte zufällig ein Gespräch seiner afrikanischen Wildhüter mitangehört. Einer von ihnen war mit einer Frau aus dem Stamm der Makoba verheiratet, der rund um den Sumpf und in seinen Ausläufern lebt. Diese Frau war kürzlich von einer langen Reise kreuz und quer durch das Stammesgebiet zurückgekehrt und hatte berichtet, es gebe ein Gerücht, wonach der Baum wieder singe. Mopani hatte angenommen, daß die Matabele, die den überwiegenden Teil seines Trupps bildeten, über ein so befremdliches Gerücht lachen würden; aber zu seinem Erstaunen waren sie ungewöhnlich ernst und schweigsam geworden.

In diesem Augenblick jedoch war nicht mehr an ein Weiterspinnen dieser Sage zu denken, denn Mopani hielt inne, brachte Edler zum Stehen und rief ungläubig aus: „*Allah Wereld! Darem*, ist das ein Ding. Ja-nein, Coiske, ich glaube fast, dein Sir James will ausgerechnet dort oben auf dem Hügel bauen." Er machte eine Pause, als glaube er immer noch nicht, was er sah, und tätschelte dabei Edlers schweißbedeckten Hals. Dann schloß er eine lange Gedankenkette mit einem rätselhaften: „Aber ich darf wohl sagen, er muß selber am besten wissen, was er macht."

Schnell ritten sie hinunter in die Lichtung, die zum Hügel und zum Fluß hin abfiel. Sie wurden erst bemerkt, als sie schon im Lager von Sir James waren. Noch nie hatte François ein Lager zu Gesicht bekommen, das ihm so durchdacht, so planvoll schien. Unmittelbar vor ihnen lag vermutlich das Hauptquartier von Sir James, ein Rechteck mit großen Rundzelten an jeder Ecke und einem riesigen viereckigen Zelt in der Mitte. Mopani war offenbar nicht überrascht und kannte wohl solche Lager schon lange, denn er unterbrach François, der den Schauplatz noch nicht ganz überblickt hatte, indem er ausrief: „Hu! Vorschriftsmäßig und ordentlich ausgerichtet . . . mit Latrinen und allem Drum und Dran. Ja-nein, Coiske. Das ist die Idealvorstellung, die sich ein englischer Gedienter von einem Lager macht."

Da starrte sie auch schon Sir James mit einem gewissen streitbaren Erstaunen an, bis er François erkannte. Seine Aggressivität verschwand, aber er bemerkte ziemlich flau, als wollte er sagen, er habe heute schon anderen Ärger gehabt und dieser Besuch fehle ihm gerade noch: „Ach, Sie sind's, junger Mann. Nett, Sie zu sehen. Guten Tag."

François hatte Sir James' Abneigung gegens Händeschütteln bereits wieder vergessen, war abgestiegen und streckte ihm die Hand mit den Worten entgegen: „Guten Morgen,

Sir. Ich habe Onkel Mopani mitgebracht, damit Sie sich einmal kennenlernen."

Dabei kam er sich auf einmal ganz idiotisch vor, denn wie sollte Sir James wissen, wer Mopani war? Er ärgerte sich, daß es Sir James durch seine bloße Anwesenheit fertigbrachte, ihn so zu verwirren, daß er sich linkisch benahm und rot wurde. So nahm er sich zusammen und fügte hinzu: „Natürlich meine ich Onkel Mopani Théron."

Aber François hatte Sir James' Kenntnisse Afrikas unterschätzt. Kaum war der Name Mopani gefallen, da setzte sich sein Gouverneursgedächtnis majestätisch in Bewegung, und als François den Familiennamen erwähnte, wußte Sir James genau, um wen es sich handelte. Freudig überrascht ließ er die Hand von François los, streckte seine eigne Mopani hin und drückte sie herzlich. Dabei rief er aus: „Doch nicht etwa *der* Théron? Doch nicht etwa Colonel H. H. Théron?"

Mopani war so verdutzt über diese Auszeichnung und die Wiederauferstehung eines militärischen Ranges, den er schon längst bescheiden im Friedhof seines Gedächtnisses beigesetzt hatte, daß er nur etwas murmelte, was wohl soviel bedeuten sollte wie: „Ich glaube schon."

Nun hieß Sir James Mopani überschwenglich willkommen. Seine Aufmerksamkeit schien sich ganz auf ihn zu konzentrieren, so daß François sich überflüssig vorkam und zu Mopani sagte: „Wenn es dir recht ist, Onkel, seh' ich vor dem Kaffeetrinken nach unseren Pferden." Er stieg wieder auf und führte Edler langsam aus dem Lager. Dabei achtete er sorgfältig darauf, keinen Staub aufzuwirbeln.

Sobald er im Sattel saß, fiel ihm ein, daß er bis jetzt weder Amelia noch ihren Schützling zu Gesicht bekommen hatte. Er überschaute Lager und Lichtung, entdeckte aber nichts und fragte sich, was wohl mit ihnen los sei, denn sie mußten doch im Lager oder zumindest in der Nähe sein. Enttäuscht ritt er die Pferde aus dem Lager, doch kaum hatte er den Rand der weiten Lichtung um die Zelte herum erreicht, als ein Wirbelwind, der manchmal im Buschveld ganz plötzlich aufkommt, wenn die schwarze Erde unter der Sonne glüht, ein paar große Bogen weißes Papier unter die Hufe seines Pferdes trug.

Sowohl Edler wie sein eignes Pferd, die gewohnt waren, allen Hinweisen auf etwas Unbekanntes mit Vorsicht zu begegnen, blieben sofort stehen. Ihre Nüstern weiteten sich zitternd, und ihre Haut unter den Sätteln schauderte, als all das Papier so seltsam um sie herumflatterte. François dachte, vielleicht seien das dienstliche Papiere, die Sir James gehörten, sprang aus dem Sattel und sammelte sie einzeln mit großer Mühe auf. Schließlich hatte er etwa zwanzig Stück in der Hand. Was er da sah, waren nicht etwa Urkunden, sondern eine Reihe von Zeichnungen.

Er wußte nicht, was ihn bei diesen Zeichnungen am meisten verwunderte, ihre große Zahl oder ihr eintöniges Sujet. Blatt für Blatt zeigte nämlich immer dasselbe Pferd in verschiedenen Ansichten, mal galoppierte es, mal stand es still oder scheute sogar. Nur bei drei, vier Zeichnungen war angedeutet, daß das Pferd einen Reiter trug, doch die Figur war sehr unbestimmt skizziert. François konnte natürlich nicht wissen, daß Sir James diese Zeichnungen unmittelbar vor ihrer Ankunft entdeckt hatte und deshalb so irritiert gewesen war. Er hatte sie ,,idiotisches Gekritzel" genannt und Amelia befohlen, seine Tochter außerhalb des Lagers spazierenzuführen, bis sie wieder zur Vernunft komme.

François rollte die Blätter nachdenklich zu einer ordentlichen Rolle zusammen, steckte sie in eine seiner Satteltaschen, stieg wieder auf und brachte die Pferde langsam zum Fluß, wo er geistesabwesend im Sattel sitzen blieb. Da rannten mit einemmal alle drei Hunde durchs Gras zurück auf ihn zu und sprangen aufgeregt immer wieder zum Kopf seines Pferdes hoch, so daß er gezwungenermaßen aus seiner Versunkenheit erwachte. Da sah er, wie ein khakifarbener Hut mit weit geschwungener Krempe heftig über den silbrigen Grasspitzen hin und her geschwenkt wurde, während eine schwache, aber helle junge Stimme seine Aufmerksamkeit auf sich zu

lenken versuchte. Die Eigentümerin des Hutes rannte auf ihn zu, und einige fünfzig Meter hinter ihr her schwankte Amelias dunkle Seidenfigur im Grasmeer einher wie ein schwerfälliger Lastkahn im Kielwasser eines Schnellbootes.
Seine Überraschung und Freude verwandelten sich auf der Stelle in große Sorge, daß die beiden weit vom sicheren Lager entfernt ohne irgendwelchen Schutz spazierengingen. Als er vom Pferd stieg, um Luciana zu begrüßen, hatten Hintza und Mopanis Hunde sie schon erreicht. Hintza wurde lange und herzlich umarmt und stellte daraufhin dem Mädchen natürlich Nandi und 'Swayo vor. Zu jedem anderen Zeitpunkt und an jedem andern Ort hätte sich François über Hintzas Verhalten amüsiert. Aber als Luciana wieder aufstand und erfreut lächelte, weil sie ihn wiedersah, bemerkte sie verblüfft, daß François offenbar nicht im mindesten froh darüber war. Sein ausgewogenes junges Gesicht war alt vor Ärger, und der seltsam harte Ausdruck seiner Augen gefiel ihr gar nicht. Doch sie kam nicht dazu, etwas zu fragen, denn François packte sie unsanft beim Arm und sagte: ,,Was fällt dir eigentlich ein, hier einfach so herumzustromern?"
Richtiger Ärger hat etwas Autoritäres. So war Luciana einen Augenblick lang ganz eingeschüchtert und antwortete abwehrend: ,,Warum, ich habe doch nur mit Amelia einen Bummel gemacht."
,,Weißt du nicht, daß man in einem solchen Land nicht unbewaffnet und allein ausgehen darf? Weißt du denn nicht, was für eine wilde Gegend das ist? Hier kann dir jeden Augenblick ganz unerwartet etwas Gefährliches zustoßen. Wo sind zum Beispiel die Sachen, die man braucht, wenn jemand von einer Schlange gebissen wird? Hat man dir und Amelia nicht gesagt, daß man so etwas immer bei sich haben muß? Und wo . . . ?"
Weiter kam er nicht mit seinem heftigen Kreuzverhör, denn sie unterbrach ihn mit dem verlegenen Eingeständnis: ,,So etwas haben wir leider nicht bei uns." Dann wurde sie lebhafter und fragte: ,,Und warum sollten wir auch, wo wir so dicht beim Lager sind?"

Über diese Frage schien sich François nur noch mehr aufzuregen. Etwa sieben Meter vom Pfad entfernt hatte er in der Nähe eines Termitenhügels mit dem linken Auge eine verdächtige Bewegung wahrgenommen. Er hielt Luciana noch am Arm fest und brauchte sie nur in diese Richtung herumzudrehen. Dann streckte er die andere Hand aus und sagte barsch: „So, warum? Guck dir mal den Ameisenhaufen dort an und sag mir, was du siehst."

In dem üblichen kahlen Fleck um den Termitenhaufen herum saß schwarz wie Ebenholz und glänzend wie Öl eine sieben Fuß lange Rinkhalskobra aufrecht auf ihrem Schwanz. Einen Augenblick lang blieb sie, eine schwarze Tulpe, reglos in der Erde verwurzelt. Dann schwoll plötzlich ihre Kappe an, der weiße Nackenring wurde zu einem Elfenbeinreif, ihre Augen glitzerten wie metallne Knöpfe, und eine lange, dünne Zunge flackerte wie gespaltenes Licht zwischen ihren Lippen. Offenbar hatte sie sich dort im Staub gesonnt und war durch das dumpfe Geräusch der Pferdehufe und den nahen Klang menschlicher Stimmen aufgeschreckt worden. Jetzt hatte sie alle Müdigkeit von sich abgeschüttelt und war wie eine dunkle, mitternächtliche Fontäne hochgeschossen, um die Umgebung zu überschauen.

Obwohl Luciana vor Angst zusammenfuhr, erregte sie dieser Anblick seltsam. Mühsam brachte sie hervor: „So etwas! Ist sie nicht schön?"

François war so verblüfft über diese Reaktion, daß er kein Wort herausbrachte. Sein ganzer Ärger verschwand, und eine völlig unerwartete Freude ergriff ihn. Er sah Luciana mit unverhohlener Bewunderung, ja mit Respekt an und schaute dann wieder zu der Kobra zurück. Sie war immer noch da und pendelte langsam hin und her wie im Takt mit dem metallischen Sonnenlicht und dem Harfenklang des Grases rund um sie herum. Pendelnd verfiel sie in jenen glückhaften Traum vom Erdanfang, drehte sich zur juwelenbesetzten Spirale und sank wieder schlafend zusammen am Fuß des magentaroten Termitenhügels.

Schon bevor François sie so anerkennend ansah, war Lucianas Verstimmung verflogen. Als er ihr die Kobra gezeigt hatte, wurde ihr sein Benehmen klar. Die Erklärung war einfach: Er hatte sich nur Sorgen um sie gemacht. Aber wirklich aufgeregt hatte sie, daß er so ärgerlich sein konnte. Instinktiv fragte sie sich: Er ist schrecklich hart mit mir umgegangen; könnte er auch so hart zu Pa sein? Das Mißverständnis war behoben, und sie starrten einander an, bis Luciana fragte: „Wohin wolltest du, als du uns sahst?"

François berichtete, er sei mit Mopani zu Besuch, und erklärte ihr dann, daß er die Pferde am Fluß tränken wolle. Da hüpfte sie vor Freude und bat ihn, sie mitzunehmen.

François zögerte: „Zu Fuß ist es ziemlich weit. Kannst du reiten?"

Sie war so ungeduldig, endlich wegzukommen, daß sie keine Antwort gab, sondern Anlauf nahm und sich aufs Pferd schwang, wobei sie sich quer über den Sattel warf und dann hochkletterte. Schon hatte sie die Steigbügel gefunden, nahm François die Zügel aus der Hand, ließ Amelia zurück und rief: „Ich fordere dich zu einem Wettrennen bis zum Fluß!"

„Das können wir leider nicht", gab François zurück und war ganz ärgerlich, daß er die Herausforderung ablehnen mußte. „Wir müssen im Schritt reiten, damit sich die Pferde abkühlen können, bevor sie saufen."

„Verflixt nochmal!" antwortete sie, wieder ganz verwirrt. Sie mußte ihre ganze Selbstbeherrschung aufwenden, um den Satz: „Warum mußt du denn immer so entsetzlich vernünftig sein", der ihr schon auf der Zunge lag, in ein indirektes, ungeduldiges und scharfes „Warum muß man denn immer so vernünftig sein? Ich hasse das, du nicht?" zu ändern.

François wußte nicht, was er darauf antworten sollte. Er zögerte so lange, daß sie sein Schweigen mißverstand und ihm ganz zu Unrecht den höhnischen Vorwurf machte: „Ach, das hätte ich mir denken können. Nun suchst du wieder nach einer vernünftigen Antwort. Sag doch einfach, was dir einfällt."

„Das stimmt doch gar nicht", wehrte er sich. „Ich handle oft wild und unüberlegt. Vielleicht kann ich dir das mal erzählen, wenn wir mehr Zeit haben. Erst neulich habe ich etwas getan, was alle zu Hause erschreckt hat."

Sein letzter Satz klang ziemlich stolz, denn natürlich dachte er daran, wie er Hintza erlaubt hatte, ihn ins gefährliche Tagesgrauen hinauszuführen, wo er Xhabbo fand und aus der Löwenfalle befreite und vor dem Leoparden rettete – und dann alle anderen Gefahren, die ihn zu dieser Zeit bedroht hatten. Damals war er nicht im geringsten „vernünftig" gewesen. Er fühlte instinktiv, daß er ihr die ganze Geschichte anvertrauen konnte, ohne Xhabbo zu gefährden; aber er wußte, daß er noch warten mußte.

Nicht was, sondern wie er es gesagt hatte, war offensichtlich dazu angetan, Luciana wieder gnädig zu stimmen, denn sie rief neugierig aus: „Aha, ein Geheimnis! Versprichst du mir, daß du es mir einmal erzählst, wenn ich dir verspreche, es niemandem weiterzusagen?"

Ein paar Minuten später kamen sie an den Rand des breiten Gürtels aus Riedgras und Binsen am Flußufer. Er rauschte ihnen entgegen wie der Wind, der langsam Regenwolken auftürmt. Zu Lucianas Überraschung verließ François dort den Pfad und ritt mitten durch das Riedgras, das so hoch war, daß es ihre Lippen streifte, obwohl sie doch zu Pferde waren. Als François sich umschaute, um zu sehen, ob sie ihm folgte, bemerkte er ihren erstaunten Gesichtsausdruck und erklärte: „Der Fluß ist voller Krokodile, die vom Wild leben, das nie lernt, wie dumm es ist, immer denselben Pfad zum Wasser zu benutzen und immer an derselben Stelle zu trinken. Es ist natürlich bequemer so . . . aber reine Faulheit. Und nichts könnte den Krokodilen besser passen. Sie merken sich diese Gewohnheiten und wissen dann genau, an welcher Stelle sie dem Wild auflauern müssen. Du solltest mal 'Bamuthi über dieses Thema sprechen hören! Seiner Meinung nach gibt es im Busch nichts Gefährlicheres als feste Angewohnheiten."

Bald sahen sie die glatte, breite Wasserfläche des Flusses hinter den hohen Binsen und Riedgräsern vor sich liegen. Als François endlich einen Durchlaß fand, eine große, flache Platte aus zutageliegendem Eisenstein, ritt er bis zum überlappenden Wasserrand und stieg dort vom Pferd. Luciana, die den Amanzim-tetse noch nie von nahem gesehen hatte, bemerkte jetzt, wie breit, glatt und zielstrebig er in seiner Eile war, zum weit entfernten Sambesi zu gelangen, dem Königsweg aller Flüsse zum Meer. Vor dem jenseitigen Ufer schimmerte das Wasser wie eine chinesische Seidenmalerei. Es spiegelte den Himmel und den steifen Flußbambus, das Sprunggras, die Binsen, alle niedergebeugt von Vogelnestern, die wie runde Lampions an ihnen hingen.

Luciana schwang sich aus dem Sattel und stellte sich schweigend und staunend neben François, aber der schien die Umgebung gar nicht zu beachten, sondern nahm sein Gewehr von der Schulter, entsicherte, öffnete geschickt das Schloß und schob eine Kugel hinein. Das scharfe metallische Geräusch war Luciana gar nicht angenehm. Sie sah François vorwurfsvoll an. Warum war er so unempfänglich für diesen friedlichen, harmonischen Anblick? Warum verursachte er einen solchen Mißklang? Schlimmer noch, er schien auch ihre Anwesenheit vergessen zu haben. Das schußbereite Gewehr in der Hand, stand er da und betrachtete aufmerksam das Flußufer, dann das Wasser und schließlich das gegenüberliegende Ufer mit dem schimmernden Blatt Papier, das über und über von der Pflanzenschrift bedeckt war, die drohend darüber aufragte.

Dann nahm der Fluß ihre Aufmerksamkeit von neuem gefangen. Es war nicht nur sein kühler, nach dem großen Meeresspiegel rufender Laut, nicht nur das Geräusch der vertrauensvoll schlürfenden Pferde; sie vernahm auch ein Konzert, das in die Windmusik des Flusses verwoben war: die mannigfachen Rufe der Vögel im Röhricht. Sie sah sie vielgestaltig und bunt von einem dichten Gebüsch zum andern flattern, bis in den grüngoldenen Spitzen lauter Konfetti hingen:

rosa Bienenfresser, bronzene Honigsauger, schwarzgrün leuchtende Stare mit getüpfelter Brust, chromgelbe und olivgrüne Finken, abessinische Blauracken, purpurrote, kühle kleine Tauben mit warmer Stimme, Regenpfeifer mit Flötenkehlen und lebhafte kleine Webervögel, die dicht über dem Wasser zu den Seitenausgängen ihrer grünen Behausungen ein- und ausflogen, welche an der Spitze niedergebeugter Binsen und Riedgräser aufgehängt waren.

Plötzlich war es ihr zuviel. Obwohl sie so bewegt war, merkte sie, daß sie wieder flüsterte, als sei sie in einem großen Konzertsaal und lausche der Aufführung einer Weltmusik, die durch die menschliche Stimme gestört werden konnte: ,,Das ist aber gemein, mir so den Rücken zuzudrehen. Kannst du mir nicht sagen, wie alle die hübschen Vögel heißen?"

François war sich nicht bewußt, etwas getan zu haben, was sich nicht gehörte. Ohne sich umzudrehen, sagte er deshalb in einem entsetzlich gelassenen Tonfall: ,,Tut mir leid, wenn das unhöflich wirkt, aber ich muß das Krokodil dort im Auge behalten."

Sie gab einen ungläubigen Laut von sich. War es nicht ein bißchen verdächtig, daß immer zur rechten Zeit ein Tier zur Hand war, das diesem Jungen, dessen Bedächtigkeit und Gelassenheit sie rasend machte, als Entschuldigung dienen konnte? ,,Laß mal", sagte sie, ,,du willst mir bloß Angst machen. Pa, der mehr von Afrika gesehen hat als du, sagt, daß es mehr Krokodile und Schlangen in den Köpfen der Leute gibt als in ganz Afrika."

,,Sieh doch, hast du keine Augen im Kopf? Dort liegt Ramses der Große in Person und überlegt, ob er's mit uns oder unseren Pferden aufnehmen soll."

Zuerst sah Luciana nur etwas, was ihr wie ein Stück dürres Holz vorkam. Dann erschrak sie ziemlich, weil ihr einfiel, daß ein Stück Holz längst von der Strömung abgetrieben worden wäre. Sie sah genauer hin. Am Ende des Holzklotzes, in der Spitzenmanschette des gekräuselten Wassers, erkannte sie zwei sehr große, tiefschwarze, schrecklich unpersönliche Augen, die eiskalt auf sie gerichtet waren.

„O mein Gott!" rief sie ganz erschrocken aus.

François bückte sich, hob einen Stein auf und sagte: „Ich will nicht schießen, sonst schrecke ich alles auf. Mal sehen, was ein Stein bei seiner ägyptischen Hoheit ausrichtet."

Der Stein traf genau vor Ramses' Nasenspitze ins Wasser. Sofort gab es einen ungeheuren Strudel, ein riesiger Schwanz fuhr wie ein Peitschenriemen durch die Luft, und Ramses der Große verschwand in der Tiefe des Flusses.

Luciana beobachtete das alles mit gemischten Gefühlen. Sie sagte nichts, denn sie merkte, daß François mit diesem Zwischenfall noch nicht fertiggeworden war. Mehr zu sich selbst als zu ihr gewandt, sagte er gleich darauf: „Wenn du so etwas siehst, mußt du doch zugeben, daß es, wie mein Vater zu sagen pflegte, eigentlich ein Witz war, den Fluß Amanzim-tetse zu nennen."

Luciana hielt sich an dem Namen fest und fragte: „Was heißt den Amanzim-tetse?"

„Es bedeutet auf Sindabele ‚Liebliches Wasser'", gab er lässig zur Antwort, „aber mein Vater übersetzte es für europäische Besucher immer mit Unsere liebliche Herrin, der Strom".

Vielleicht hatte Luciana dieser ganze Zwischenfall mehr durcheinandergebracht, als sie selber merkte, denn sie sagte schnell: „Lieblich? Mit diesem Biest darin?"

„Oh, auf seine Weise ist es ganz in Ordnung", erwiderte er, „und es hat, wie Mopani sagt, sein eigenes Daseinsrecht hier. Schau dir mal die Sandbank dort drüben am Ufer an, da kannst du sehen, daß selbst Krokodile zivilisierte Anwandlungen haben. Siehst du? Sie lassen sich gerade die Zähne putzen."

Die lächerliche Vorstellung, daß sich ein Krokodil die Zähne putzte, brachte Luciana zum Kichern, und es dauerte eine ganze Weile, bis François sie dazu brachte, sich zu konzentrieren. Dann gewöhnte er ihre unerfahrenen Augen daran, die natürliche Tarnung der Flußwelt zu durchdringen, und sie erkannte sieben riesige Krokodile, die ekstatisch mit geschlossenen Augen und weit offenem Rachen stocksteif und schläfrig in der Sonne lagen, während zahllose kleine Vögel auf ihren Lippen saßen und über ihre Kiefer herfielen. Es waren, wie François mit einer Grimasse erklärte, die sie zum Lachen brachte, Dentisten, die sorgfältig mit ihren spitzen, flinken Schnäbeln verdorbene Fleischreste aus den Hohlräumen zwischen den doppelten Zahnreihen der Krokodile hervorholten.

Die alte Koba hatte dazu eine Geschichte gewußt. Die allererste Großmutter, Mutter Strauß (der höchste Titel der Buschmänner für Autorität, ihre Entsprechung für unser „Kaiserin"), war ungehalten darüber, daß die Krokodile so viele Vögel verschlangen, die an den Seen und Flüssen lebten. Sie hatte sich an Mantis gewendet, der ihr den Rat gab, mit dem allerersten Ramses dem Großen, der sich seinerseits Sorgen machte wegen der wachsenden Zahl zahnloser Krokodile, einen Pakt zu schließen. Krokodile lebten bekanntlich so lange, daß sie schließlich so gut wie überhaupt keine Zähne mehr hatten. Der Pakt war einfach. Die Vögel mit den spitzesten Schnäbeln wurden bei Ihren Hoheiten, den Krokodilen, zu Zahnstochern vom Dienst ernannt, und diese versprachen dafür feierlich, alle anderen Vögel nicht mehr zu belästigen.

Über diese Alice-im-Wunderland-Geschichte, die ihr François da auftischte, prustete Luciana so laut vor Lachen, daß alle Vögel in ihrer Umgebung verstummten. Als sie merkte, daß sie das Konzert in den Binsen unterbrochen hatte, hielt sie sich die Hand vor den Mund und unterdrückte ihre Heiterkeit. Bald nahm die Welt ringsum ihren gewohnten Rhythmus wieder auf, und alles war schöner als je zuvor. Beide sagten eine Weile lang nichts. François, der noch immer aufpaßte, freute sich sehr, daß die Geschichte der alten Koba sie einander nähergebracht hatte, und riskierte von Zeit zu Zeit einen Blick zu ihr hinüber. Dabei sah er, wie sie neben ihrem Pferd kauerte und tief ins Wasser vor sich starrte, als blicke sie in eine Zauberkugel. Dann geschah etwas Außerordentliches. Das Wasser war glatt und still wie ein Spiegel. In ihm zitterte das Bild seines Pferdes, und neben dem Pferd war das Gesicht des Mädchens, das in namenlose Gedanken versunken war. Mit einem Male wurden ihre lebhaften, doch zarten Gesichtszüge still und gesammelt. Irgendwie wirkte das Spiegelbild realer, dauerhafter und überzeugender als das Gesicht im hellen Sonnenschein über ihm. Es war ein intensives Traumspiegelbild, etwas, was die Tiefen seiner Vorstellung seit jeher unberührt und unwandelbar aufbewahrt hatten. Mehr noch, als er es so ansah, verstärkte sich sein Eindruck, daß ihm dieses Spiegelbild, solange ein solcher Traum ihn wie ein Fluß dahintrug, als Richtungsweiser dienen werde. Schlimm war nur, daß es so viele Tage und Jahre gedauert hatte, bis sie den rechten Ort, den Fluß fanden, der ihnen ihr unentbehrliches Kompaßbild im Zauberspiegel sichtbar machte.

Das Spiegelbild hypnotisierte François so sehr, daß er beinahe sein Wächteramt vergessen hätte, doch plötzlich fiel mitten in die bannende Spiegelung eine farbige Lohe wie von einem arabischen Edelstein.

Es war das Spiegelbild eines wunderschönen Flußvogels, den die Engländer Malachit-Eisvogel nennen. Offenbar wollte er im nahen Fluß Beute machen und flatterte furchtlos in der Luft über ihnen. Seine Flügel schlugen so schnell, daß es aussah, als verharrten sie zitternd immer in der gleichen Lage. Sein Kopf mit dem scharlachroten Schnabel und der hübschen Feder an der spitzen Haube war starr der Tiefe des Flusses zugewandt. Der lodernde Schwanz zitterte ebenfalls, als halte er den kleinen feurigen Körper dazwischen im Gleichgewicht.

François und das Mädchen schauten gleichzeitig hoch. Sie rief aus: „O wie herrlich! Wie fabelhaft!", und ihr Gesicht wurde dabei so schön, daß François glaubte, nie ein schöneres gesehen zu haben.

Dieser wunderbare Gesichtsausdruck verwandelte sich plötzlich in Erstaunen, denn der kleine Vogel zog die Flügel ein und fiel wie ein Stein in den Fluß, wobei es kaum einen Spritzer gab; dann erhob er sich fast augenblicklich mit einem schimmernden, silbernen Fisch im Schnabel wieder in die Luft. Ihr Erstaunen ging in Schrecken über, als sie beobachtete, wie der Vogel auf seinem Weg zu einem abgestorbenen Baum ganz in der Nähe eine regenbogenfarbene Schleppe in der silberhellen Luft hinterließ. Einen Augenblick lang setzte er sich auf einen Ast und hielt den schimmernden Fisch ins Licht. Er schöpfte vermutlich Atem, dann schlug er das Fischchen geschickt gegen den Ast, bis es tot war, und schlang es dann ganz hinunter.

„Ach Gott", sagte Luciana traurig und war den Tränen nahe. „Warum muß er denn alles kaputtmachen? Warum ist er so schön erschaffen worden, wenn er so etwas tun muß? Von den widerlichen alten Krähen und den gräßlichen Geiern, die wir auf dem Weg hierher sahen, ist ja nichts anderes zu erwarten, aber von einem so netten Kerlchen wie dem da?"

François gab keine Antwort, denn gerade erschien ein anderer, größerer Eisvogel, der nicht so schön edelsteinfarben aussah wie sein Malachit-Bruder. Er war kräftiger, eher zweckmäßig gebaut und nicht annähernd so wählerisch und zögernd. Auch schien er bereits genau zu wissen, was er wollte. Kopfüber stürzte er in den Fluß und kam mit einem viel größeren Fisch im Schnabel wieder zum Vorschein. Dann flog er schwerfällig mit seiner Beute zum andern Ufer und verschwand.

„Geht das den ganzen Tag so weiter?" fragte Luciana. „Gibt es von Sonnenaufgang bis Sonnenuntergang nichts weiter als Töten und Fressen, Fressen und Töten?"

„Sie tun es nur solange, bis sie genug haben, um sich und ihre Jungen am Leben zu erhalten", erwiderte François in äußerst friedfertigem Tonfall. Den hatte er von 'Bamuthi gelernt, der ein Meister darin war. Aber dann spürte er doch, daß er den Widerspruch zwischen lebendiger Schönheit und häßlichem Tod im Busch verteidigen mußte, und fügte hinzu: ,,Kein einziger fischt zum Spaß, wie die Menschen." Beinahe hätte er noch gesagt ,,wie dein Vater", aber er befand sich noch immer in so tiefer Übereinstimmung mit ihrer Umgebung, daß kein Platz für Zwietracht in ihm war. Eifrig nannte er ihr die Namen der Vögel: ,,Der erste heißt bei deinen Leuten Malachit-Haubeneisvogel, aber Mopani und ich, wir nennen ihn Klein-Joseph-mit-der-Feder-an-der-Haube."

Sie schaute ihn so verständnislos an, daß er erklärte: ,,Klein-Joseph, weil er ein buntes Gefieder hat und weil, nebenbei gesagt, die Buschmänner ihn für einen großen Träumer halten, wie der biblische Joseph einer war. Der andre ist der Rieseneisvogel. Wir alle sind uns einig, daß er der beste Fischer von allen ist. Sogar die Matabele, die nicht viel vom Fischen halten, bewundern ihn. Du solltest einmal hören, wie rauh ihre Stimmen vor Bewunderung werden, wenn sie ihn auf Sindabele *isi-Vuba* nennen . . . Deshalb haben sie deinem Vater diesen Ehrennamen gegeben."

,,Sie nennen Pa nach diesem Vogel? Warum denn?" Dann, als sie daran dachte, wie gern ihr Vater angelte, fügte sie hinzu, als ob sie ihn verteidigen wolle: ,,Ich kann mir nicht denken, daß alle Vögel und Tiere hier nicht auch deshalb töten, weil es ihnen gefällt. Sonst würden sie doch nicht Tag und Nacht damit beschäftigt sein."

Diese abwegige Art, die Natur zu betrachten, hätte François bei jedem anderen mit Verachtung zurückgewiesen, aber da jemand sie äußerte, dessen Gefühle er nicht verletzen wollte, antwortete er sehr ausführlich. Es schien ein Gesetz des Buschs zu sein, daß Vögel, Tiere, Insekten und Reptilien nur zur Futterbeschaffung und in Notwehr getötet wurden. Zwar rissen Schakale, Hyänen und wilde Hunde zuweilen mehr, als sie brauchten, aber nur deshalb, weil sie in mancher Hinsicht gefährdeter waren als andere Tiere und besonders lange Hungerzeiten durchmachen mußten. So neigten sie bei Gelegenheit zu überflüssigem Töten als einer Art Schutz vor dem Hunger, der ihrer Erfahrung nach jederzeit bevorstehen konnte. Wie verständlich aber ihre Anfälle, mehr als notwendig zu reißen, auch sein mochten, so wurden sie doch bezeichnenderweise von der übrigen Tierwelt dafür verstoßen. Es fiel auf, daß die anderen Tiere es vermieden, sie überhaupt anzusehen, wie sie es untereinander sonst taten. Er konnte ihr mehr als eine Buschmanngeschichte erzählen, wie diese verstoßenen Geschöpfe die Verachtung der ehrbaren Mittelstandsgesellschaft des Buschs zu spüren bekamen.

Zu seinem Vergnügen mußte Luciana über die Vorstellung von ,,Mittelstandstieren" so lachen, daß er sie wieder beschwichtigen mußte. Er sagte, er möchte ihr später einmal eine Hyäne zeigen, die im Morgengrauen am Wegrand nach Hause hinke und dabei fortwährend ängstlich über die Schulter rückwärts äuge, als schäme sie sich. Zu dieser Tagesstunde lag er oft irgendwo in Deckung und blickte den Hyänen direkt in die Augen. Sie fühlten wohl selbst, daß sie Ausgestoßene der wundervoll reichen, friedliebenden Tierwelt Afrikas waren, denn sie blinzelten vor Angst im heller werdenden Tageslicht, das sie scheuten. Er war jeweils daraufhin so niedergeschlagen gewesen wie sie.

Auch wolle er ihr eines Tages noch einen andern Wesenszug *isi-Vubas* zeigen, der ein großer Baumeister und Ingenieur war: Er baute geschickt ein wasserdichtes Haus an den Flußufern, in die er einen acht bis zwölf Fuß tiefen Tunnel trieb, und zwar so fachmännisch, daß er wirklich kein unwürdiges Bild für ihren Vater abgab, der so prächtig auf dem Hügel baute.

Seine lange Rede stellte Lucianas Lebensgeister wieder her. Während er sprach, hatte sie die ganze Zeit über auf den Fluß geschaut, und nun bekam er für sie eine ganz andere Bedeutung als zuvor, als ströme der Fluß in ihr selber und trage sie davon wie den großen Holzklotz dort, der irgendwoher aus dem Busch stammte und sich nun hilflos immer wieder um sich selbst drehte, als versuche er den Klauen der starken Strömung zu entkommen. Doch immer wieder wurde er von ihr angesogen und ohne Bedauern mitfortgerissen. Auf einmal hatte sie den Wunsch, der Fluß möge innehalten, und sei es nur für einen Augenblick. Und plötzlich fürchtete sie sich.

Sie schauderte, sprang auf, drehte dem Fluß den Rücken zu und fragte: „Erschrickst du denn nie über all dieses Wasser da, das einfach so vorbeifließt, als käme es nur darauf an, daß alles so weitergeht, gleichgültig, ob wir da sind oder nicht?"

François schüttelte den Kopf, obgleich er verstand, wovor sie sich fürchtete. „Ich fürchte mich oft. Jeden Tag vor etwas anderem. Aber Mopani hat mir beigebracht, am allermeisten die Furcht zu fürchten. Er sagt, alles Schlimme komme daher, daß man die Furcht nicht besiegt." Das Eingeständnis, daß auch er sich fürchte, obwohl er ja nicht den Eindruck machte, war für Luciana ein großer Trost. François fuhr langsam fort: „Ich empfinde sogar eine Furcht, gegen die ich nichts machen kann; nämlich daß ich eines Tages das alles hier für immer verlassen muß."

Seine Stimme klang so bewegt, daß Luciana schnell das Thema wechselte und sagte: „Du scheinst für alles und jedes einen Namen zu haben, nur für mich nicht. Warum?"

François fragte unentschlossen: „Wie kommst du denn darauf?"

„Weil du mich nie bei meinem Namen nennst, obwohl du oft genug gehört hast, daß ich Luciana gerufen werde."

„Tut mir leid", erwiderte François, „ich habe gar nicht bemerkt, daß ich dich nicht bei deinem Namen genannt habe ... Ich glaube, ich muß den Leuten immer selber Namen geben, und wenn ich dich auch nicht so genannt habe, so hab ich doch bei mir selber einen eigenen Namen für dich."

„Oh, du sprichst also innerlich mit dir selber und lachst auch mit dir selber, nicht wahr? Ich sehe schon, ich brauche ein Stethoskop, wenn ich richtig mit dir sprechen will."

François lächelte, was er selten tat. „Ja, das tue ich wirklich meistens, denn ich lebe ja ziemlich allein", antwortete er. „Aber Hintza kennt deinen Namen schon genauso gut wie seinen eigenen."

Sie nahm offenbar an, nun werde er ihren Namen nennen, aber er machte eine so lange Pause, daß sie ungeduldig wurde: ,,Nun, sag doch . . . wie nennst du mich also? *isi-Vubas* Tochter oder . . ."

François überwand plötzlich seine Schüchternheit und sagte mit fester Stimme: ,,Du heißt für mich Nonnie."

,,Und bitte, was ist denn nun das wieder für ein Vogel?" fragte sie mit herausfordernd schönen Augen.

,,Es ist überhaupt kein Vogel. Bei uns heißt es soviel wie ‚kleine Herrin unseres Hauses'. Hier heißen Mädchen oft so."

Daß es außer ihr noch andere Nonnies gab, war für Luciana das einzig Störende an diesem Namen. Aber daß sie als kleine Herrin eines Hauses gelten sollte, schien ihr doch so attraktiv, daß sie ungewöhnlich ernst wurde und sagte: ,,Versprich mir, François, daß du mich nie anders nennen wirst."

Auf einmal kam ihr der Morgen erst richtig erfüllt vor. Jedes weitere Wort hätte die Sache nur zerredet. Sie spürte, daß sie diesen Fluß, der seinen Weg zum Meer weitereilte, möglichst schnell verlassen und einen Ort aufsuchen mußten, der weniger veränderlich war, damit sie das Begonnene fortsetzen konnten. So bat sie François eindringlich: ,,Schau, sogar Edler hat jetzt genug Wasser bekommen. Wir wollen rasch heimgehen, bitte."

Während sie noch sprach, hallte plötzlich wie ein Befehl, sie sollten jetzt gehen, ein Vogelruf über den Fluß. Das war so deutlich, daß Nonnies Augen vor Überraschung ganz groß wurden, bevor François überhaupt etwas sagen konnte. Sie rief aus: ,,Hör mal, ich glaube, der Vogel meint auch, wir sollten uns aus dem Staub machen!"

François war so glücklich, wie schon lange nicht mehr. Hastig erklärte er: ,,Genau das sagt er. Wir nennen ihn den Gehweg-Vogel[1]). Der hat uns schon manchen Schuß für den Kochtopf vermasselt, kann ich dir sagen. Gerade wenn wir uns an ein Wild anpirschten, stieg er kerzengerade in die Luft und lenkte mit seiner hohen, klagenden Stimme die Aufmerksamkeit auf uns. Es ist ein eingebildeter kleiner Vogel mit einer Federkrone auf dem Kopf, einer römischen Nase und einem richtigen Beamtenschnabel, der immer allen Befehle erteilen will. Horch . . . er ist einer der wenigen Vögel, die Englisch können . . . Hörst du?"

Ja, sie vernahm deutlich und mit Befriedigung, daß er sie wie ein unangenehmer Richter, der seinen Spruch verkündet, zum Weggehen aufforderte: *„Oh-go-go-go-away! Go away!"*

---

[1]) engl. Go-away-bird; deutsche Bezeichnung: Grauer Lärmvogel. Anm. d. Übers.

ZEHNTES KAPITEL

Reifeprüfung im Busch

Als sie das Lager erreichten, war es schon recht spät fürs Mittagessen. Sir James hatte mit Mopani, der ihm zudem eine sehr bedenkenswerte Nachricht übermittelte, einen angenehmen Vormittag verbracht. Sonst hätte er wahrscheinlich seine Tochter ausgeschimpft, die so lange auf sich warten ließ, und wäre wohl auch François eher distanziert begegnet. Aber ein paar Gläschen Sherry aus dem großen Eisschrank, der hinten im Speisezelt aufragte, hatten seine gute Laune noch gesteigert, und so war er bei Tisch ein überaus liebenswürdiger Gastgeber. Er konnte mit köstlichen Delikatessen aus einem Deckelkorb aufwarten, den ihm ein großes Londoner Geschäft regelmäßig zuschickte; es war seit Jahrhunderten darauf spezialisiert, für den Gaumen jener Engländer zu sorgen, die dazu verdammt waren, im Exil dem Empire zu dienen.

Auch hatte Sir James offenbar seine Meinung über François geändert. Es war ihm nämlich nicht entgangen, daß Mopani François betont herzlich und nicht wie einen Jungen, sondern wie einen geachteten Partner behandelt hatte. So wurde François von Sir James zum erstenmal schlicht und einfach mit seinem Vornamen angeredet, was ihn derart überraschte, daß er sich beinahe an einem Löffel voll heißer Schildkrötensuppe verschluckt hätte. Auch Luciana fiel diese veränderte Einstellung ihres Vaters auf; er sah wohl François jetzt mehr wie sie selbst. Das war fast zuviel für sie. Sie saß schweigend da, aß, hörte nicht auf die Gespräche und beobachtete wie im Theater das Mienenspiel der Sprechenden, weise nach Art von Kindern und Primitiven, die wissen, daß das menschliche

Auge letztlich mehr zum Ausdruck bringt als Worte. Ihr Schweigen wirkte so ungewöhnlich, daß Sir James es mißverstand und ihr vorwarf, der Ausflug zum Fluß sei zu weit gewesen und habe sie zu sehr mitgenommen.

Aber die größte Überraschung kam am Ende der Mahlzeit. Sir James drängte Mopani gerade, noch einmal zuzulangen. Mopani, der nicht weniger Sinn für gute Manieren hatte als 'Bamuthi, lehnte höflich ab und äußerte, wenn er und François eher in Hunter's Drift sein wollten als Sir James und die Seinen, sollten sie eigentlich schon unterwegs sein.

François fiel aus allen Wolken, was sicher nicht unbemerkt blieb. Weil Sir James so lebhaft gewesen war und die Unterhaltung bei Tisch fast allein bestritten hatte, als sei er wieder auf einem Schiff Ihrer Majestät, war Mopani gar nicht dazu gekommen, François von ihren Plänen zu erzählen. Sie wollten nämlich möglichst schnell in Mopanis Lager reiten, um mit Regierungsstellen in der Hauptstadt zu telefonieren. Die Nachricht, die er Sir James überbrachte, war eine dringende Aufforderung, sofort nach London zurückzukehren und den Vorsitz einer Königlichen Kommission zur Untersuchung von Hilfsmöglichkeiten für sogenannte Entwicklungsländer in Afrika zu übernehmen. Diese Aufforderung kam für Sir James zu einem denkbar ungünstigen Zeitpunkt. Doch seine Karriere wäre nicht so erfolgreich verlaufen, wenn er für eine solche Aufgabe nicht geboren gewesen wäre. Obwohl er erst einmal herausfinden wollte, welches Amt ihm damit eigentlich zugedacht sei, war ihm irgendwie schon klar, daß er es annehmen mußte.

Mopani hatte ihm geraten, Amelia und seine Tochter drei oder vier Tage in Hunter's Drift zu lassen; denn so lange würde der Hin- und Rückweg in Anspruch nehmen. Es war François deutlich anzumerken, wie sehr ihm diese Entscheidung willkommen war. Luciana aber reagierte gänzlich unerwartet. Sie sprang auf, hüpfte rund um den Tisch herum bis zum Stuhl von François und rief mit heller Vogelstimme: „Oh-go-go-go-away! Go away!" Dann lachte sie ungeniert, denn sie war sicher, daß wenigstens François sie verstehen würde – und nur darauf kam es an.

Die dreieinhalb Tage vergingen für François viel zu schnell. Seine Pflichten als Gastgeber rechtfertigten seiner Meinung nach durchaus, daß er sich selbst von den Schularbeiten befreite. Jeden Morgen nach dem Frühstück, noch vor der großen Hitze, machte er sich mit Nonnie auf, um ihr etwas von dem zu zeigen, was er am Busch so liebte. Nonnie wäre vielleicht lieber geritten, aber er fragte sie nicht danach, weil er lieber zu Fuß ging. Denn dies war bei weitem die beste Art, alles Kleine, Scheue und Wehrlose, das für ihn die wahre Herrlichkeit der Welt darstellte, zu entdecken. Das gehörte zu der Auffassung, die die Buschmänner von den Dingen hatten und die ihm seine geliebte alte Koba im guten wie im bösen eingeprägt hatte. Die ersten neun Jahre seines Lebens hatte sie seine Phantasie gespeist und ihn in einem gewissen Maße zum Buschmann gemacht. Bei ihrem ersten Ausflug hatte er noch Amelias Widerstand zu überwinden, was ihm ohne Ousie-Johannas Hilfe vielleicht nicht gelungen wäre. Bezeichnenderweise war Amelia am meisten darüber beunruhigt, daß die beiden ihre Ausflüge zu Fuß unternahmen. Das war für sie letztlich der Beweis, daß die unschuldige Zeit der Pferde für immer zu Ende ging. Luciana befand sich nun am Rande jenes rätselhaften Lebensalters, wo Kopf und Herz innerlich absteigen und langsam, Schritt für Schritt, in eine unbekannte Zukunft weitergehen müssen. Da konnte keine Erzieherin Beistand leisten. Nur das Leben selbst und die Lenkung durch die Kirche und die Heiligen im Himmel – hier bekreuzigte sie sich rasch – konnten die beiden beschützen. Allerdings war Amelias Glaube an diese Lenkung nach dem Massaker nicht mehr derselbe wie vorher, wenn sie es auch nicht zugab.
Inzwischen zogen François und Luciana mit Hintza, ihrem neuen Führer im Grenzbereich, kreuz und quer vom Busch zum Fluß, vom Fluß zum Hügel und wieder zurück zum

Fluß. Sie sahen das Leben jetzt anders an und lasen jene allererste Zaubersage, die Natur genannt wird.

Natürlich hatte François große Lust, Nonnie zu Xhabbos Höhle mitzunehmen, am liebsten gleich beim ersten Ausflug, denn er fühlte, daß auch sie wesentlichen Anteil an jener Entwicklung hatte, die mit Xhabbos Auftauchen angebrochen war. Er war so nahe daran, daß er sich dann nachts in seinem Zimmer höchst unbehaglich fühlte, weil er Xhabbos Geheimnis beinahe verraten hätte.

Das war geschehen, als sie in den funkelnden Morgen hinausgezogen waren und sich noch in einiger Entfernung vom Busch befanden. Nonnie ging nach Art der Matabele-Frauen hinter François her und unterhielt sich mit ihm, ohne zu erwarten, daß er sich dabei umdrehen würde. Auf einmal hörte er sie in seinem Rücken sagen: ,,Du hast mir erzählt, du hättest ganz wilde Sachen gemacht und alle bei dir zu Hause damit erschreckt. Und du hast mir versprochen, sie mir zu schildern. Also, was ist das Allertollste gewesen?"

Natürlich war das schlagendste Beispiel sein Abenteuer mit Xhabbo, und er geriet durch Nonnies Aufforderung prompt in einen Zwiespalt. Einerseits wünschte er, alles mit ihr zu teilen, andrerseits wollte er auch Xhabbo die Treue halten. Einen Augenblick lang ging er schweigend weiter, bis Nonnie hinter ihm wieder zu betteln anfing: ,,Oh sag mir's doch. Man ist erst richtig miteinander befreundet, wenn man sich alle Geheimnisse mitteilt, findest du nicht auch? Übrigens ist für mich ein Freund nur dann wirklich ein Freund, wenn ich das Gefühl habe, daß ich mit ihm zusammen irgend etwas anstellen *könnte,* wenn ich es auch nicht unbedingt *möchte*."

Diese Bemerkung brachte das kalvinistische Gewissen von François so durcheinander, daß er neben dem Kampf, den er sowieso schon durchzustehen hatte, noch eine zusätzliche Spannung aushalten mußte. Trotzdem gelang es ihm, besonnen zu antworten: ,,Ich würde dir gern mein tollstes Abenteuer erzählen, und ich verspreche dir auch, es einmal zu tun, aber nicht jetzt, denn es ist ein Geheimnis, das ich mit jemand anderem teile."

Die Worte ,,mit jemand anderem" machten Luciana so eifersüchtig, daß sie selbst richtig erschrak. Gut, daß François ihr ärgerliches Gesicht nicht sehen konnte. Aber ihre Augen waren schöner als je zuvor. Dann sagte sie scharf und unversöhnlich: ,,Bitte. Wenn sie die Güte haben sollte, dir die Erlaubnis zu erteilen, werd ich's ja wohl mal zu hören bekommen."

,,Sie?" rief François überrascht aus. ,,Es handelt sich gar nicht um eine ,Sie'. Ich teile dieses Geheimnis mit einem jungen Mann, den du nicht kennst. Ich habe ihm mein Ehrenwort gegeben, es niemandem zu verraten. Es ist ein sehr aufregendes Geheimnis, aber bis ich ihn nicht gefragt habe, kann ich's dir nicht erzählen."

Beschämt über ihre unwillkürliche Reaktion, sagte Nonnie rasch: ,,Natürlich kannst du dein Wort nicht brechen. Aber frag ihn doch heute abend und erzähl's mir morgen. Ich halte es fast nicht mehr aus."

François schüttelte den Kopf. Die Sehnsucht, Xhabbo möglichst bald wiederzusehen, schwang in seiner Stimme mit, als er langsam und verloren sagte: ,,Leider kann ich ihn heute abend nicht fragen. Er ist weit weg und wahrscheinlich sogar in großer Gefahr. Ich weiß wirklich nicht, wann ich ihn wiedersehe, ob ich ihn überhaupt je wiedersehe. Aber bis ich ihn gesehen habe oder genau weiß, daß er tot ist, kann ich es nicht einmal dir erzählen."

Sein Tonfall rührte Nonnie. Da sie jetzt wußte, daß er keiner Frau, sondern einem Mann Verschwiegenheit gelobt hatte, empfand sie das Bedürfnis, ihn zu trösten: ,,Sei nicht traurig. Sicherlich wird er bald wiederkommen, dein Freund. Dann mußt du uns bekanntmachen, und ihr könnt mir das Geheimnis zusammen erzählen. Dann wirst du auch merken, wie gut ich etwas geheimhalten kann, sogar vor Amelia. Du ahnst nicht, wie gern ich mit jemandem ein Geheimnis teile, und mit einem Jungen habe ich noch nie eins gehabt. Aber du kannst mir doch wenigstens sagen, wie er heißt? Und sein Alter . . . wie alt ist er?"

François wiederholte sein Versprechen, lehnte aber ab: „Leider kann ich dir nicht einmal seinen Namen nennen, das würde die ganze Wirkung vorwegnehmen."

Er war sehr dankbar, daß sie nur bemerkte: „Donnerwetter! Das muß ja das größte Geheimnis aller Zeiten sein. Wie werd ich's bloß fertig bringen, so lange zu warten?"

François ahnte nicht, daß ihrem scheinbar heiteren Einverständnis ein innerer Kampf vorausgegangen war. Die Tatsache, daß er wieder einmal nicht gemerkt hatte, wie wichtig für sie das Lebensalter war, erschreckte sie von neuem. „Warum, warum bloß will er überhaupt nicht wissen, wie alt ich bin?" fragte ihr Herz inständig ihren Verstand, „ich hab ihm doch zahllose Winke gegeben, und er ist auf keinen einzigen eingegangen. Ich glaube, er ist nicht wirklich interessiert an mir, wenn er nicht einmal wissen will, wie alt ich bin."

Da hörte sie ihn wie aus großer Entfernung sagen: „Aber wenn du mir versprichst, ganz still zu sein, werde ich dir in ein paar Minuten etwas zeigen, was sonst niemand kennt, einen wirklich erstklassigen Pavian, der in der Affenschule die Reifeprüfung abnimmt."

Vielleicht wäre es Nonnie lieber gewesen, wenn ihre Initiation in die Mysterien des Buschs mit etwas Eindrucksvollerem begonnen hätte als mit Pavianen. Aber als sie dann mit François und Hintza den Rand eines Naturtheaters erreicht hatte, das sich in der Vertiefung einer felsigen Hügelkuppe mitten im Busch befand, war sie ganz begeistert. Sie lag über eine Stunde dicht neben ihm flach auf dem Bauch und beobachtete eine große Familie von Pavianen, die ihre Jungen Mores lehrten. François hingegen war reichlich stolz, wie geschickt er und Hintza sie an diese Stelle geführt hatten, ohne daß sie entdeckt worden waren. Denn die Paviane, die an diesem heiteren Tag mit ihren Jungen spielten und sie unterwiesen, hatten ihrem gewichtigsten Würdenträger die Wache anvertraut.

François kannte ihn gut. Eins seiner frühesten Tiererlebnisse war von ihm geprägt. Er war inzwischen gealtert, und

François konnte in liegender Stellung deutlich erkennen, daß das kastanienbraune Haar des Pavians an den schwarzen Schläfen weiß geworden war. Um so größer war sein Ansehen. Hoch über dem Lärm der andern Paviane thronte er wie ein Affenbuddha auf seinem Hinterteil und überwachte von seinem Felsen aus ruhig und heiter die wogende Blätterwelt zu seinen Füßen.

„Sieh!" flüsterte François und stieß Nonnie mit dem Ellbogen an, „du hast Glück. Adonis geruht, höchstpersönlich den Vorsitz zu übernehmen beim Schlußakt mit den Jungen in der Akademie."

„Adonis?" fragte Nonnie und rückte näher, um ihn besser zu hören. „Du nennst ihn Adonis? Der soll doch ausnehmend schön gewesen sein. Das alte Biest dort würde ich kaum als schön bezeichnen."

Das kränkte François, obwohl es für ihn nicht unerwartet kam, denn es gab viele, die ein Vorurteil gegenüber den Geschöpfen des Busches hatten. Für ihn waren diejenigen, die auf Safari solche Tiere abschossen, die eigentlichen „Biester". Es waren dieselben, die Ouwa umgebracht hatten, indem sie ihm „den Rücken zukehrten".

Er verfolgte aber den Gedanken nicht weiter und erklärte Nonnie hastig, wie es zu diesem Namen gekommen war.

„Du hast schon recht, wenn du den Namen komisch findest", flüsterte er. „Am Anfang war er auch so gemeint. Mein Vater erzählte, daß unsere Vorfahren den männlichen Pavianen immer ironische Namen angehängt hatten. Über dreihundert Jahre lang sind jeweils die größten Männchen Adonis genannt worden. Aber nun ist es kein Scherz mehr. Wenn du so nah bei ihnen im Busch lebst wie wir, betrachtest du sie aus der Pavian-Perspektive. Und da merkst du bald, daß der alte Kerl, den du so scheußlich findest, wirklich ein ausnehmend schöner Pavian-Mann ist."

Er war so ernst dabei, daß Nonnie seine Worte als Zurechtweisung empfand. Trotzdem hänselte sie ihn ein wenig, weil sie das Gleichgewicht zwischen ihnen wiederherstellen wollte: „Du sprichst beinah selber wie ein Pavian. Wenn ich es recht bedenke, halte ich's sogar für möglich, daß *du* ein solcher Pavian-Würdenträger bist!"

Die Vorstellung gefiel ihr so, daß sie beinahe gelacht hätte. Aber François machte ihre Heiterkeit zunichte, indem er alles ernst nahm. Er sagte: „Du ahnst nicht, wie würdevoll und schön diese Adonisse sind . . . Sieh mal, wie das junge Pavianmännchen dort den kleinen Kerl verhaut, weil er ihm einen Streich gespielt hat. Du wirst schon noch merken, wie klug es ist, sie mit großem Respekt zu behandeln, ja sogar mit Liebenswürdigkeit. Wenn 'Bamuthi den Eindruck hat, daß sie ihn gesehen haben, geht er nicht an ihnen vorbei, ohne ihnen den königlichen Gruß der Matabele zu entbieten: ‚Ich sehe euch, große, höchst vortreffliche Paviane. Oh, ich habe euch gesehen.' Aber guck mal dort!"

François wies auf einen feingliedrigen jungen Pavian, der Männchen machte und einen Halbstarken mit den Fäusten verprügelte, während er ihn geschickt mit den Zähnen festhielt. Nonnie unterdrückte ein Lachen und gehorchte der natürlichen Autorität, mit der François sprach. Sie schnitt dabei allerdings ein Gesicht und wisperte: „Ich sehe dich, höchst vortrefflicher Pavian. Ich sehe dich und ich höre dir zu."

Sie drängte sich näher an ihn und lauschte mit wachsender Faszination seinem Bericht, warum er die Paviane niemals bloß als Tiere angesehen hatte, sondern, wie es ihm von seiner Kinderfrau, der alten Kobe, beigebracht worden war, als „die Leute, die auf ihren Fersen sitzen". Er schilderte ihre große Intelligenz, ihr Urteils- und Erinnerungsvermögen. Sie konnten auf Grund von Erinnerung Vergangenheit und Gegenwart verknüpfen und in die Zukunft sehen. Auch waren sie und nicht etwa die Löwen, Leoparden, Elefanten oder Büffel die wahren Helden des Buschs. Sie waren die Tapfersten, weil sie die Angst so genau kannten. Wenn man die Paviane unter diesem Blickwinkel betrachtete und immer respektvoll behandelte, ergaben sich Situationen, wo sie einem furchtlos und ohne Feindseligkeit ins Auge blickten. Dann nahm man in ihren haselnußbraunen Augen, in denen dunkle alte Zeiten ruhten, einen Schimmer von Bewußtsein wahr, daß sie einem näherstanden als alle anderen Tiere Afrikas. Sie selbst verfügten über einen hochentwickelten Sinn für diese menschliche Würde, die sie besaßen, und waren deshalb sehr empfindsam. Daher war es nicht etwa ein Witz, sondern höchst vernünftig, wenn man sie Adonis nannte und ihnen entsprechende Eigenschaften zuerkannte.

Sie waren in der Tat so menschlich, betonte François nachdrücklich, daß er sich an nichts Schrecklicheres erinnern konnte als an jene frühen Jahre, als sie auf Hunter's Drift gezwungen waren, Paviane abzuschießen, die es nicht lassen konnten, ihre Gärten zu plündern, und durch Krieg eines Besseren belehrt werden mußten. Alle waren ganz entsetzt gewesen, denn die verwundeten und sterbenden Paviane hatten dieselben Laute von sich gegeben wie verwundete Menschen. Er war ganz verzweifelt gewesen, als er selbst einen von ihnen hatte abschießen müssen. Wenn der alte Adonis auf dem Felsen dort oben einmal starb, war die Welt rings um Hunter's Drift ganz sicher seltsam leer.

Er sah sie von der Seite an, ob diese gewichtige Tatsache auch angekommen sei, und entdeckte, daß sie ihn und nicht die Szene da unten betrachtete. Er glaubte zuerst, sie sei ganz ins Zuhören versunken, aber etwas in ihren Augen machte ihn aufmerksam. Als er weitersprach, merkte er, daß sich ihre Augen auf sein Gesicht konzentrierten. Er konnte ja nicht wissen, daß sein Gesichtsausdruck, der sich beim Sprechen schnell veränderte, für sie viel wichtiger war als die ganze Affenschule.

„Aber Nonnie", sagte er, „ich glaube, du hast überhaupt nicht zugehört, dich interessieren die Paviane da unten gar nicht."

Beschämt erwachte sie aus ihrer Versunkenheit und gesellte sich wieder zu seiner Gegenwart. Schuldbewußt beteuerte sie ihm: „O nein, ich habe genau zugehört . . . Noch nie hat mich etwas so interessiert oder amüsiert . . . Mach bitte weiter, Genosse Pavian!"

Wieder beruhigt, bedrängte er sie: ,,Wenn du mir etwa nicht glaubst, daß Paviane Grips haben, dann guck mal da hinunter. Sie bringen ihren Jungen grade das Zählen bei."

Nonnie schaute widerstrebend hinunter. Nicht zu glauben, da saßen einige Pavianväter vor ihren Jungen und hatten die Fäuste voller Kieselsteine, die sie nacheinander vor sie hinlegten: einen, zwei drei auf einmal und dann umgekehrt drei, zwei, einen, bis schließlich keiner mehr dalag. Bei jeder Etappe der Lektion gaben sie einen andern Schnalzlaut von sich. Wenn ein Junges den entsprechenden Laut nicht richtig wiederholte, packte es der Vater beim Nacken, schwenkte es herum und bearbeitete es mit den Fäusten, bis es schrie wie ein Kind.

,,Warum machen sie es nur mit drei Kieselsteinen?" fragte Nonnie.

,,Weil sie nur bis drei zählen können. Darin besteht der Unterschied zwischen ihrem Gehirn und unserm. Alles was über drei hinausgeht, ist für sie ,eine ganze Menge', was du genau hören kannst, wenn du hinhorchst."

Und tatsächlich, sobald mehr als drei Kiesel hingelegt wurden, erklang von unten ein Chor, der sich wie eine Orchestrierung von ,eine ganze Menge' anhörte.

In andern Schulklassen wurden jungen Pavianen durch Schläge ausgetrieben, ihren Eltern einfach über den Weg zu laufen, während in einem entlegenen Winkel zwei junge Weibchen zuschauten, wie Babys von ihren Müttern gesäubert und gestillt, vor allem aber geflöht und gelaust wurden. Mopani zufolge waren bedeutende Wissenschaftler, die die Paviane allerdings nur in zoologischen Gärten studiert hatten, der Ansicht, daß das nicht etwa eine uneigennützige Handlungsweise sei. Wenn die Paviane es den ganzen Tag lang so peinlich genau damit nähmen, so weil sie im Fell ihrer Artgenossen nach getrocknetem Schweiß suchten, der das dringend benötigte Salz enthalte. Das war typisch dafür, wie Wissenschaftler versuchten, Menschen und Tiere auf ein Verhalten zu reduzieren, das belangloser aussah, als es im Leben tatsächlich war. Wenn man mit den Pavianen gutnachbarlich zusammenlebte, erfuhr man, was sie – wie Ouwa sagte – für ein hochentwickeltes gesellschaftliches Bewußtsein hatten. François hatte selbst ein paarmal gesehen, wie Paviane füreinander starben. Der schlimmste Feind der Paviane war der Leopard. Zweimal hatte er gesehen, wie ein Leopard arglose junge Paviane überfiel, die sich zu weit von der Herde entfernt hatten. Der Leopard schleppte einen kreischenden Pavian hoch in die Bäume, aber sofort versammelte der alte Adonis mit aufreizend männlichem Gebell alle erwachsenen Männchen um sich. Die Paviane gaben Antwort und kamen augenblicklich; obwohl sie schreckliche Angst hatten und lieber geflohen wären, um ihre eigne Haut zu retten. Ihr Gekreisch war eine rührende Mischung aus Furcht und Mut, als sie mit dem alten Adonis an der Spitze dem Leoparden nachstürzten und ihn umringten. Sie beleidigten ihn, bellten ihn an und schnappten ihm blitzschnell nach den Fersen, so daß er sich schließlich so oft und so schnell nach allen Richtungen verteidigen mußte, daß er verwirrt und verblüfft sein Opfer fahren ließ und ins Unterholz verschwand, unglücklicherweise erst dann, als noch drei weitere Paviane, die wie Menschen stöhnten, an ihren schrecklichen Wunden starben.

Es gab nur eine Furcht, die sie nicht überwinden konnten und die ihm, François, zutiefst sympathisch war, nämlich ihre Furcht vor Schlangen. Einmal hatte er den alten Adonis auf demselben Felsen sitzen sehen wie jetzt. Der Pavian hatte nicht gemerkt, daß das heiße Sonnenplätzchen eine riesige kupferfarbene Kapkobra angelockt hatte, die sich am Fuße des Felsens aufgerollt sonnte. So hatten beide friedlich nebeneinander gelagert und nichts voneinander geahnt, bis irgendein Laut in der Nähe sie aufschreckte. Die Kobra richtete sich rasch zu sieben Fuß Höhe auf und beobachtete, ob von irgendwoher Gefahr drohte. Ihre Augen glitzerten, die Zunge flackerte, und die große Haube schwoll zu ihrer vollen Größe an. Die prächtige, schimmernde Bewegung des kupfernen Körpers, der wie ein Lasso durchs Sonnenlicht fuhr, erregte die Aufmerksamkeit von Adonis. Im gleichen Augenblick, als er die Kobra erkannte, brach ein Verzweiflungsschrei aus seiner Kehle, der genauso klang wie ,,O Gott" auf Holländisch, und er stürzte vom Felsen. Glücklicherweise geriet die Kobra, neben der er landete, durch diese Niederfahrt eines himmlischen Gottes so aus der Fassung, daß sie seitwärts in die Dornsträucher schoß.

François schwieg, denn er spürte, daß diese Geschichte wirklich zu weit ab führte. Schnell sah er seitlich zu Nonnie hinüber, so schnell, daß sie nur gerade Zeit hatte, zu den Pavianen hinunterzublicken. Doch brachte sie noch hervor: ,,Wenn ich das doch mit dir zusammen hätte sehen können. Wie klug von dir, daß du diesen wundervollen Platz ausfindig gemacht hast. Das muß enorm schwierig gewesen sein, nicht?"

François war wieder beruhigt und berichtete, wie er jahrelang, sogar bis nach Hunter's Drift, jeden Morgen pünktlich um halb elf von weither die Klagelaute junger Paviane vernommen hatte. Jedesmal versuchte er dann, von 'Bamuthi und anderen zu erfahren, was dieser Laut zu bedeuten hatte, aber die zuckten nur mit den Achseln und warfen hin, das seien bloß wieder die Paviane, die wie gewöhnlich ihre Jungen abstraften und ihnen Benehmen beibrächten. Als er sie weiter bedrängte, hatten sie hinzugefügt, daß die Paviane bei Sonnenaufgang von ihren Klippen und Baumwipfeln herunterkämen, um den kühlen Morgen zur Futtersuche zu nutzen. Nach dem Frühstück, bevor es zu heiß wurde zum Denken, unterrichteten sie dann ihre Jungen. Danach, während der toten Stunde des Tages, machten sie an einem geschützten Platz Siesta und betrauten einen erprobten Bürger mit der Wache. Am Nachmittag gingen sie wieder auf Nahrungssuche und zogen sich rechtzeitig vor Einbruch der Dunkelheit in die Bäume und Klippen zurück. Als François die Matabele fragte, ob einer von ihnen die Paviane jemals zu Gesicht bekommen habe, gaben sie ihm verachtungsvoll, als wollten sie sagen, sie hätten Besseres zu tun, zur Antwort: ,,Wir sind keine *Baghatla* (Pavianmenschen), solche Dinge interessieren uns nicht."

Dabei war es geblieben, bis François eines Tages, als er allein im Busch war, diesen wimmernden Laut ganz in seiner Nähe vernommen hatte. Er pirschte sich geduldig in der entsprechenden Richtung voran, bis er an die Stelle kam, wo sie jetzt lagen. Von da an hatte er die Paviane regelmäßig beobachtet. Es war sein liebster Zeitvertreib, und er hatte dabei mehr über die Paviane und das Leben im Busch gelernt als durch Bücher.

Jetzt merkte François, daß der alte Adonis auf einmal äußerst unruhig wurde. Er machte seltsame kleine Luftsprünge, um aus größerer Höhe in ihre Richtung zu schauen. Nach jedem Sprung setzte er sich, starrte weiter herüber und wölbte den langen, schwarzen Arm mit dem schmalen Handgelenk über sein graues Haar, wobei er sich mit einem Finger den Kopf kratzte wie ein Matabele-Ratgeber, der mit einer ernsten Staatsangelegenheit konfrontiert wird.

François hoffte zuerst, es handle sich um eine gewohnheitsmäßige Sicherheitsvorkehrung von Adonis, aber als dieser viermal hintereinander dasselbe getan hatte und dabei jedesmal zum Buschrand herüberstarrte, wo sie lagen, befürchtete er, irgend etwas müsse sie verraten haben. Er überprüfte noch einmal die Stelle, wo sie lagen, konnte aber nichts Verräterisches entdecken und kam zu dem Schluß, sie müßten sich einfach weiterhin still verhalten. Da bemerkte er plötzlich, daß ein Sonnenstrahl durchs Laub gefallen war und Nonnies linke Hand mit dem kleinen goldenen Siegelring traf. Nun wurde ihm natürlich klar, daß Adonis auf diesen Lichtreflex im Schatten aufmerksam geworden war und daß es nur noch ein paar Augenblicke dauern konnte, bis er etwas unternehmen würde.

Gerade da machte Adonis seinen allerhöchsten Sprung, setzte sich aber nicht wieder auf sein Hinterteil, sondern ging unheildrohend auf der hohen Wachklippe hin und her und ließ ihr Versteck nicht mehr aus dem Auge.

„Leider weiß er jetzt, daß hier etwas nicht stimmt", sagte François zu Nonnie. „Ich muß mich ihm zeigen, sonst kommt er herüber und sieht selbst nach dem Rechten, was für uns alle unliebsame Folgen haben könnte. Ich habe keine Lust, einen von ihnen zu erschießen."

„Können wir uns nicht still zurückziehen?" fragte Nonnie.

„Das geht jetzt nicht mehr", meinte François. „Ich möchte ihnen nämlich diese Stelle nicht vermiesen, und das könnte passieren, wenn wir einfach weggehen und die Sache sie weiter beschäftigt. Sie würden dann das Schlimmste vermuten und sich alle zurückziehen. So könnten sie zum Beispiel annehmen, daß die Leoparden wieder hinter ihnen her sind. Nein, Hin und ich, wir müssen uns offen zeigen."

„Kann ich mich nicht auch zeigen?" wandte Nonnie ein.

„Nein", antwortete François ziemlich streng und schroff, denn er hatte es jetzt eilig. „Er kennt dich nicht. Du bleibst einfach liegen. Und bitte, steck den kleinen Finger mit dem Ring dran unter deine Buschjacke, das hat uns nämlich verraten. Und verhalt dich ganz still."

Er fand es selbstverständlich, daß sie ihm gehorchte, und überzeugte sich nicht einmal, ob sie es auch tat. Leise rief er Hintza und stand langsam auf. Das Gewehr in der rechten Hand, ging er mit Hintza in aller Ruhe bis an den Rand des Theaters und zeigte sich Adonis und der ganzen Affenversammlung.

Dann hörte man, wie sich über hundert Paviane blitzschnell umdrehten und die Eindringlinge erschrocken anstarrten. Es wurde totenstill. Der alte Adonis blieb mitten auf seinem seitlichen Gehweg stehen, wandte sich um und sah François an. Sie waren nur einige dreißig Meter voneinander entfernt. Einen Augenblick lang dachte François, es sei zu spät, gleich werde Adonis sein großes Kriegsgebell erdröhnen lassen, mit dem jeder Angriff begann. So hob er rasch, aber ruhig, wie ihn 'Bamuthi und Mopani gelehrt hatten, die Hand hoch über den Kopf und rief einen Teil der überlieferten Grußformel hinüber, die ihm die alte Koba beigebracht hatte.

Die konsonantischen Buschmann-Schnalzlaute knisterten wie Elektrizität durch die stille Mittagsluft: „Ich sah dich von weitem, o du Mann, der auf seinen Fersen sitzt."

Gleich darauf befahl er Hintza in der Buschmannsprache: „Schnell den Großvater grüßen, Hin . . . den Großvater grüßen."

Hintza gehorchte sofort. Dicht neben François richtete er seinen langen, elastischen Körper mit dem reichen, lohfarbenen Fell, in dem die Sonne eine Flammenbürste bildete, auf Adonis aus, streckte beide Vorderbeine so weit als möglich vorwärts und verbeugte sich vor dem großen Pavian, bis sein Kopf mit dem Unterkiefer den Boden berührte.

Nonnie beobachtete das alles besorgt. Aber plötzlich wich die Spannung, und erstaunt sah sie, wie der alte Adonis auf einmal erleichtert und entspannt wirkte. Er bellte ein paarmal laut und wohlklingend, aber nicht unfreundlich, was bärbeißig klang wie „Ach, das sind ja wieder nur die beiden. Wie geht's euch denn?"

Offensichtlich hatte er François und Hintza wiedererkannt und war keineswegs überrascht, sie zu sehen, weil er ihnen viele, viele Male im Busch begegnet war. Er winkte der Versammlung unten gebieterisch zu, als wolle er sagen „Macht ruhig weiter mit dem Unterricht. Es wird ja immer heißer", und schien der Sache weiter keine Bedeutung beizumessen.

François zog sich mit Hintza wieder ins Unterholz zurück, kniete sich neben Nonnie hin und bat sie, mit ihm zurückzukriechen. Als er ihr etwas später auf die Füße half, sagte er sichtlich erleichtert: „Puh! Ja-nein, das wäre *darem* beinahe ein Ding gewesen, wie Mopani sagen würde. Wir können von Glück sagen, daß wir heil davongekommen sind."

Er wollte sich sofort auf den Heimweg machen, aber Nonnie stürmte auf Hintza zu und legte ihm die Arme um den Hals. „O Hin", stammelte sie aufgeregt, „wer hat dir denn diesen schönen Knicks beigebracht? Du bist der herrlichste Hund, den es gibt. Ich wünschte, ich könnte halb so gut einen Knicks machen."

Die Episode mit den Pavianen war vielleicht das komplexeste Beispiel jenes geheimnisvollen Lebens, das François mit Nonnie während der kurzen Tage auf Hunter's Drift teilte. Es gab noch viele andere, unbedeutendere, bruchstückhafte, die scheinbar nichts miteinander zu tun hatten. Doch zu guter Letzt verschmolzen sie alle zu einer einzigen Erfahrung und leuchteten in Nonnies Geist wie farbenprächtige Details eines jener großen Gobelins aus dem französischen Mittelalter, *La grande chasse*, den sie mit ihrer Mutter in einem Pariser Museum gesehen hatte.

Da war zum Beispiel die Sache mit der Wolfsspinne, auf die sie zufällig stießen. Im allgemeinen hatte Nonnie vor Spinnen Angst, aber als sie mit François auf einem Pfad durch den Busch ging und rundherum die Perlmuttertautropfen auf Blättern und Gräsern glitzerten, fand sie die Spinne schön. François, der wie immer vorausging, war stehengeblieben und winkte sie flüsternd herbei: ,,Sieh mal dorthin."

Sie war schnell neben ihm, konnte aber in der dichten Tarnung des Buschs zunächst nichts erkennen.

,,Siehst du denn nicht?" flüsterte François.

Nonnie schüttelte bestürzt den Kopf, weil sie glaubte, etwas Überwältigendes zu verpassen.

Dann hörte sie, wie er das Wesen beim Namen nannte: ,,Eine Falltürspinne."

Mit großer Mühe entdeckte sie schließlich die Wolfsspinne, die ihre langen Silberbeine voller Tau ausgestreckt hatte und in Erwartung der Sonne reglos neben ihrem Unterschlupf lag. Ihr Körper, der wie eine Nabe im Mittelpunkt der Beine ruhte, funkelte rubinrot. Einen Augenblick lang vergaß Nonnie tatsächlich, daß sie eine Spinne vor sich hatte. Bereitwillig gehorchte sie François und blieb ruhig stehen, um sie nicht durch eine noch so geringe Erschütterung des Bodens zu vertreiben.

,,Genau hinter ihr siehst du ihr Haus."

Sie sah hin und entdeckte in der bloßen Erde so etwas wie einen winzigen Kanalschacht mit einem runden, an einem

Scharnier aufgeklappten Deckel darüber. Nur war dieser Deckel nicht aus Metall, sondern schien aus einem weichen, malvenfarbenen Stoff zu bestehen, der in der Sonne wie Rohseide glänzte. In diesem Augenblick explodierte der Tag zu Sonnenlicht, und ein blendender Strahl zersplitterte auf dem Pfad neben ihnen, so daß sie in das Loch hineinschauen konnte. Zu ihrer Überraschung sah es aus, als sei es mit Samt ausgeschlagen. Es war so sauber, adrett und passend gearbeitet, daß es alle menschlichen Handarbeiten übertraf, die sie gesehen hatte. Dieses Wissen, Können, diese pure Vollkommenheit machten ihr weit größeren Eindruck als die Paviane. Deshalb war sie ein bißchen traurig, als François ankündigte: „Nun paß mal auf, wie sorgfältig sie die Tür hinter sich zumacht."

Bei diesen Worten raschelte er sacht im Gras neben der Spinne. So träge sie aussah, augenblicklich schoß sie seitwärts in ihr Loch, und zwar so schnell, daß Luciana ihr kaum mit den Augen folgen konnte. Eben noch hatte sie wie ein Edelstein dagelegen, jetzt war sie in den gutsitzenden Samtzylinder gefahren und hatte den Deckel darüber mit solcher Wucht hinter sich zugeschlagen, daß eine dünne Staubfahne auf dem Pfad die Stelle bezeichnete, wo sie vom Erdboden verschwunden war. Ohne diese Lichtlache und den Staub hätte sie nicht ahnen können, wo die Spinne wohnte, denn der äußere Teil des hübsch mit Seide gefütterten Deckels bestand aus getrocknetem Schlamm und unterschied sich überhaupt nicht von seiner Umgebung.

Sie merkte selbst, wie sie den Atem anhielt, so sehr lastete das Geheimnis der Dinge auf ihr. Zum erstenmal vielleicht verstand sie die Ehrerbietung, die François für das Leben im Busch äußerte. Diese Ehrfurcht war ihr manchmal übertrieben vorgekommen, denn sie stammte ja aus der Stadt. Als sie nun im flammenden Tageslicht und dampfenden Tau so dastand, als sie hörte, wie eine mächtige Vogelhymne von strahlender Eindringlichkeit das Werden des Lichtes willkommen hieß, nahmen die Geheimnisse des Lebens für sie neue Dimensionen an. Das Leben war jetzt nicht mehr auf den Himmel oder den Busch beschränkt, es zeigte sich plötzlich auch tief in der Finsternis der Erde, aus der diese kleine Spinne wie eine Botschafterin einer anderen Welt gekommen war. Das alles gehörte genauso zusammen wie François und sie selbst.

Dieser Zustrom von Bewußtsein war so plötzlich, so groß, daß sie es mit der Angst zu tun bekam und zum ersten besten Zuflucht nahm. Sie hielt die Augen auf die Stelle gerichtet, wo die Spinne verschwunden war, und hob die Hand über den Kopf wie François vor Adonis. Fast scherzhaft, in der Art von Menschen, die es ganz besonders ernst meinen, rief sie aus: ,,O tapferer und höchst vortrefflicher kleiner Hausmeister, ich habe dich gesehen und ich grüße dich."

Sie sah François noch immer nicht an, denn er sollte nicht merken, was in ihr vorging, doch sie versuchte rasch, wieder normal zu sprechen: ,,Donnerwetter! Ich hätte nie gedacht, daß ich etwas so Abscheuliches wie eine Spinne so schön finden könnte!"

François war der Grenze selbst noch nah und war jung genug, um den Augenblick zu erkennen, wo andere eine neue Grenze in sich erreichten. Er verstand vielleicht besser als Nonnie, was ihr widerfahren war, denn er hatte sich selbst schon oft in der gleichen inneren Lage befunden. Und weil er wußte, wie sehr ihm die Erinnerung an jene geholfen hatte, die vor ihm an diese Grenze gelangt waren, sagte er ruhig: ,,Weißt du, die alte Koba hat mir erzählt, daß die Menschen der frühen Rasse versicherten, eine weibliche Spinne habe das erste Licht in die uranfängliche Finsternis gebracht. Heute nacht werde ich dir die Stelle in der Milchstraße zeigen, wo sie sitzen und noch immer ein großes Netz spinnen soll, um das in der Finsternis verborgene Licht einzufangen, damit es scheinen und den Menschen auf Erden ihren Weg zeigen kann. In den astronomischen Büchern meines Vaters steht, daß diese Stelle in der Milchstraße verschiedene volkstümliche Namen hat, zum Beispiel ‚Eingang zur Hölle' oder ‚Kohlensack'. Aber die alte Koba hat gesagt, es sei bloß ein riesiges

303

Spinnenweibchen, das dort sitze und sein Netz immer wieder von neuem spinne. Alles auf Erden finde sich am Himmel wieder, und alles am Himmel gebe es auch auf Erden."

Dann waren da auch ihre Erlebnisse mit Vögeln. Nonnie spürte, daß sie für François richtige Wunder waren. Wenn er von ihnen sprach, klang es, als habe er sie gerade zum erstenmal gesehen. In den drei Tagen, die blitzschnell vergingen, machte er sie mit über hundert verschiedenen Vogelarten bekannt, deren Namen, selbst wenn sie ganz prosaisch wie in einem Katalog aufgezählt wurden, sich wie die freie Wiedergabe eines Sonetts zu Ehren all der Freude anhörten, die durch den Busch flatterte. Da gab es glänzend pflaumenfarbene, rotflüglige Stare mit Kehllappen, abessinische Blaurakken, Pirole mit schwarzgoldenen Köpfen, kupferne, bronzefarbene, schwärzliche, olivgrüne und Malachit-Honigsauger, solche mit scharlachroter Kehle, doppeltem Halsband und Purpurstreifen. Da gab es graukehlige Paradiesschnäpper mit ausladenden Schwänzen, scharlachrote und goldene Sittiche, unzählige Arten von Lerchen und bunten Finken, Dutzende verschiedener Drosselrohrsänger, jeder mit einem anderen Oratorium in der Kehle, Honigweiser und Eisvögel, Gelbbrustapalen und Apalen mit gestreifter Kehle, „Hofsänger" und prächtige Buschwürger, Angola- und Kalahari-Meisen, braungestreifte Spottschmätzer, und jeder hatte eine andere Stimme, ein anderes Thema und eine andere Tönung.

Zwei von diesen Erlebnissen machten auf Nonnie besonderen Eindruck. Sie betrafen seltsamerweise die vielleicht unscheinbarsten Vögel. Der erste war ein merkwürdiger kleiner, grauer Vogel. François sagte, er habe noch keinen wissenschaftlichen Namen für ihn ausfindig machen können, er komme in keinem seiner Bücher über afrikanische Vögel vor. Er kannte nur seinen Namen auf Sindabele, nämlich Isala.

Dieser kleine Vogel hatte die traurigste Stimme, die Nonnie je vernommen hatte. Sie ruhten sich gerade im Schatten eines wilden Feigenbaums aus, als Isala plötzlich aus einem dichten Dorngestrüpp ganz in der Nähe rief. Der Laut klang so trostlos, so niedergeschlagen, daß Nonnie ganz erschrokken ausrief: „Was um Himmelswillen ist denn los? Warum klagt dieser Vogel so, als sei's ihm im Leben immer schlecht ergangen?"

François mußte über diese Frage lächeln, was Nonnie mißverstand. Sie protestierte: „Ich glaube, da gibt's nichts zu lachen, junger Mann."

„Ich habe nur lachen müssen, weil du das Wort *wrong* (schlecht) gebraucht hast", versicherte François rasch. „*Wrong* ist der Grundton, auf den der Ruf dieses kleinen Kerls abgestimmt ist. Er kennt nur eine Melodie und hat nur eine Botschaft. Wo immer er ist, wo immer du ihn im Busch antriffst, singt er ,Oh wro-ong, wro-ong, so, so wrong'. 'Bamuthi nennt ihn Isala, für mich ist's der Gewissensvogel."

„Gewissensvogel?"

„Ja", bekräftigte François. „*Isala* bezeichnet auf Sindabele einen Federschmuck, den die Matabele-Frauen früher um den Kopf trugen. Es gibt bei ihnen die Sage, daß einmal ein habgieriger, böser Mann einer Frau auf einem einsamen Pfad begegnete und sie um ihrer Habseligkeiten willen umbrachte. Der Isala-Federschmuck fiel dabei zu Boden und verwandelte sich in diesen kleinen Vogel. Wohin der Mann auch ging, immer wieder erschien der Vogel unverhofft auf dem Weg vor ihm und rief ,Oh wro-ong, wro-ong, wro-ong, so-so-wrong'. Er fing den Vogel, tötete ihn und begrub ihn tief in der Erde, und das mehr als einmal, doch er kam immer wieder zum Vorschein. Zuletzt begannen die Leute sich darüber zu wundern, daß der Vogel ihn dauernd verfolgte, sie stellten Nachforschungen an, entdeckten das Verbrechen und bestraften ihn. Seitdem, sagen die Matabele, braucht nur jemand durch den Busch zu gehen, der nicht einmal etwas Böses getan hat, sondern nur ,schwarze Gedanken' im Herzen trägt, da taucht auch schon dieser Vogel auf und warnt ihn mit seinem Ruf. Ich habe miterlebt, wie ein ganzer Matabele-Kraal durch sein Auftauchen schrecklich durcheinandergeriet."

Es lag auf der Hand, daß Nonnie fragte: „Glaubst du, daß einer von uns etwas Schlechtes getan oder gedacht hat, weil dieser Vogel sich vor uns auf den Weg gesetzt und unsere Aufmerksamkeit auf sich gezogen hat?"

Sie bereute ihre Frage gleich, denn François antwortete ziemlich unglücklich: „Nicht du, Nonnie, aber vielleicht ich."

„Bestimmt nicht du!" sagte sie da zutiefst überzeugt. „Du hast niemals etwas Schlechtes getan oder gedacht, das dir dieser gräßliche Vogel vorwerfen könnte."

„Doch", beharrte François, „leider könnte ich gemeint sein."

„Wieso denn?" fragte sie ungläubig und verlegen.

„Ich kann dir nicht genau sagen, warum. Aber ich glaube, es hat etwas mit dem Geheimnis zu tun, das ich dir, wie ich versprochen habe, einmal erzählen werde."

„Ach was", antwortete Nonnie wegwerfend, „das einzige Schlechte an dem Geheimnis ist, daß du es mir noch nicht erzählt hast, und je schneller du es tust, um so besser."

Ihr spontaner Protest klang eindeutig ärgerlich, und das beeindruckte François sofort. Aber er konnte nicht mehr verhindern, daß sie von diesem Augenblick an eine große Abneigung gegenüber diesem Vogel hatte. Immer wenn sie ihn hörte, antwortete sie ihm, und zwar streckte sie ihm zuerst die Zunge heraus, dann ahmte sie laut den Geh-weg-Vogel nach und befahl ihm „Oh go-go-go-away!" Seltsamerweise hatte ihre Methode immer Erfolg: Isala flog prompt auf und davon.

Das andere Erlebnis war die Begegnung mit einer überaus seltenen Spielart des staubgelben afrikanischen Rebhuhns mit roten Strümpfen und gelben Rennschuhen, das Frankolin genannt wird. Nonnie und François hatten schon manchmal eines von ihnen aufgescheucht, als sie durch den Busch gingen, aber dieses ließ sich merkwürdigerweise nicht verjagen. Ohne Hintza mit seinem „Riecher" für Vögel hätten sie es überhaupt nicht bemerkt. Hintza mochte Vögel zwar, aber insgeheim schien er sie zu beneiden; denn wenn jemand auf Erden Flügel verdiente, so waren es seiner Meinung nach Hunde im allgemeinen und insbesondere die Rasse, der er selbst angehörte. Vielleicht machte es ihm deshalb besonderen Spaß, wenn er Vögel aufstöberte, die an die Erde gebunden, also sozusagen in seinem eigenen Element waren; er benutzte dann die Gelegenheit und stürzte sich auf sie, nicht um sie zu töten, sondern um sie hochzujagen, als wolle er sagen: „Ihr habt doch selber genug Platz dort oben und braucht hier unten nicht auch noch zu *unserer* Bevölkerungsexplosion beizutragen."

An diesem Tage stand er stocksteif in seiner „Vogelbeobachterstellung" da, wie François sie nannte, und versuchte ihm begreiflich zu machen: „Hier ist wieder einer von diesen Vögeln, die sich unten bei uns Freiheiten herausnehmen." François hielt Nonnie an, und sie suchten beide den Busch und das Gras ringsum sorgfältig mit den Augen ab, entdeckten aber nichts. Doch aus Hintzas Stellung ging klar hervor, daß da etwas sein mußte und daß er immer ärgerlicher wurde, weil sie beide es nicht auch sahen.

Wie immer in solchen Fällen flüsterte François Nonnie zu: „Komm her und knie dich neben Hin. Und sieh nicht weiter herum. Sitz einfach still da . . . Es ist merkwürdig, aber wenn du wartest, fühlst du nicht nur, was er fühlt, sondern was das Wesen fühlt, das er beobachtet, und dann werden deine Augen darauf hingezogen."

So saßen sie vielleicht ein, zwei Minuten links und rechts von Hintza, und jeder legte eine Hand auf seinen magnetischen Rücken. Das verborgene Leben des Tages floß wie ein Strom durch sie hindurch, und sie fühlten ohne zu denken oder zu wollen, bis ein außergewöhnlicher Augenblick eintrat: im gleichen Augenblick fühlten und sahen François und Nonnie kaum zehn Fuß entfernt, tief unter einem Strohdach aus Gras, ein Paar entsetzte dunkle Vogelaugen.

„Mein Gott", stieß François leise hervor, „ich glaube, es ist ein brütendes Frankolin-Rebhuhn."

Er beobachtete, daß das Gras unmittelbar über den Augen zitterte, und flüsterte Nonnie zu: „Sieh dir das Gras über den Augen an. Das arme kleine Ding. Sein Herz schlägt so schnell und heftig, daß das Gras rundherum zittert . . . Es fürchtet, wir könnten sein Nest entdecken und es töten. Es möchte gern wegfliegen; nichts im Busch ist so wehrlos wie ein kleiner Vogel, der auf der Erde sitzt. Aber es ist das Vogelweibchen, weißt du, und muß dableiben und seine Eier ausbrüten. Ich frage mich manchmal, was ich tun würde, wenn ich so in Gefahr wäre. Aber es läßt sich nicht von seinen Eiern vertreiben. Ich habe oft Skelette von Frankolins gefunden, die sich lieber auf ihren Nestern haben töten lassen. Wenn du ganz ruhig mitkommst, werde ich dir zeigen, warum ich die Vögel für die tapfersten Geschöpfe im Busch halte."

„O nein!" protestierte Nonnie sofort. „Das wäre zu grausam. Ruf Hin zurück, wir wollen sofort verschwinden."

François hatte sie noch nie so entschieden erlebt. Er flüsterte deshalb Hintza einen Befehl zu, und sie zogen sich alle drei auf den Hauptpfad zurück. Dort sah er erstaunt, wie rot Nonnies Gesicht immer noch war. Sie dankte ihm zwar, fügte aber mit steigender Erregung hinzu: „Aber du mußt doch zugeben, es wäre wirklich grausam gewesen, die Todesangst dieses armen kleinen Geschöpfes noch zu verlängern."

Das war ihm gar nicht in den Sinn gekommen. Er hatte Nonnie zeigen wollen, wie hübsch Frankolin sein Nest ins Gras baute, wie geschickt er sich vor seinen vielen mächtigen Feinden versteckte, wie er in dieser gefährlichen Welt saß, das Köpfchen zur Seite geneigt, als lausche er auf die ersten Laute des Lebens, das in seinen sechs weiß-braun-rosafarbenen Eiern unter ihm pulste, und wie das Frankolinweibchen auch bereit war, notfalls sich selbst für das in ihnen neu heranwachsende Leben zu opfern.

Das alles versuchte er Nonnie klarzumachen, aber zum erstenmal wies sie seine Erklärungen zurück und sagte ungeduldig: „Zum Kuckuck ihr Männer mit eurem Gerede von Mut und Tapferkeit. Du bist genauso wie Pa, der sich immer beweisen muß, wie tapfer er ist. Sogar *du* erzählst mir immer von Angst und Mut, als ginge es im Leben einzig und allein darum. Warum denn?"

François mochte es gar nicht, daß sie ihn mit Sir James verglich. Auch empfand er ein gewisses Schuldgefühl, denn er hatte sich niemals richtig in das Frankolinweibchen versetzt. So sagte er schließlich nur: ,,Du verstehst mich falsch, Nonnie. Ich rede nur so oft von Angst und Mut, weil ich mich selber oft genug fürchte und Mut verdammt nötig habe."

Dieses Bekenntnis seiner Schwäche entfachte einen merkwürdigen neuen Beschützertrieb in Luciana. Gleich vergaß sie ihre eigene Erregung und beteuerte ziemlich reumütig: ,,Das glaub ich nicht. Wenn irgend jemand furchtlos ist, dann doch du, scheint mir."

,,Da irrst du dich . . . und wie", widersprach François mit tragischem Unterton. ,,Ich habe so oft Angst, daß ich dauernd Geschöpfe wie den alten Adonis oder das Rebhuhn anschauen muß, um mich zu vergewissern, daß es im Leben Mut genug für alle gibt, wie Mopani zu sagen pflegt."

,,Nun, junger Mann", sagte da Nonnie scherzhaft, denn ihr war diese ernste Atmosphäre gar nicht recht, zu der sie selbst beigetragen hatte, ,,wenn dir das hilft, so kann ich dir versichern, daß ich das nächste Mal, wenn ich schreckliche Angst habe, nicht an deinen alten Adonis oder an das Rebhuhn denken will, um mir Mut zu machen, sondern an dich."

Der Augenblick, wo sie sich alle Beispiele von Mut ins Gedächtnis rufen mußte, kam früher, als sie beide dachten. Nach ihrer Rückkehr saßen sie am Rande der Terrasse draußen vor der Küche nebeneinander, Hintza lag zufrieden im Zwielicht zu ihren Füßen, und 'Bamuthi stand groß und undeutlich vor ihnen wie eine düstere archaische Statue. Er war tief in Gedanken verloren, aber als der Mond aufging, sagte er zu François: ,,Du fragst mich immer nach der singenden Haubenkobra, Kleine Feder, und weil du sie nie zu Gesicht bekommen hast, hältst du sie für ein Ammenmärchen, obwohl du zu höflich bist, es zu sagen. Aber wenn du mit dem

Herzen fragst und in einer Nacht wie dieser zu dem Felsrund hinter den Kraals am Rande des Buschs gehst, so hast du gute Aussichten, die singende Haubenkobra zu sehen, denn vor ein paar Monaten soll dort eine solche Kobra aufgetaucht sein."

François übersetzte das Nonnie Wort für Wort und fügte hinzu, die singende Kobra sei eine ganz merkwürdige, beharrliche Sage der Buschvölker. Wer konnte sich eine Kobra mit Federkrone und einer Stimme vorstellen, die 'Bamuthi zufolge nicht etwa nur in einem Zischen bestand, sondern wie Sirenengesang bezauberte? Er hätte sie schon immer gern gesehen, aber es war ihm ebensowenig gelungen wie Mopani, der dieser Sage in ganz Afrika begegnet war. Nichts wünschte er sich so sehr, als jetzt zusammen mit Nonnie zu erkunden, ob es die geheimnisvolle Schlange wirklich gab. Nonnie und Hintza sprangen gleichzeitig auf, und Nonnie rief: ,,O wie aufregend – sofort gehen wir los!"

Aber genau in diesem Augenblick schlugen die wachsamen Bastarde wütend an, und François wußte, daß Sir James und Mopani nach Hause kamen. Das Bellen und das Getrappel der beschlagenen Pferde zerstörten die geheimnisvolle Atmosphäre. François war es, als zerfiele irgendeine alte Wunder- und Zauberstadt plötzlich zu Staub wie einst die Mauern Jerichos beim Klang der Posaunen.

Sir James brachte die niederschmetternde Nachricht mit, daß er der Aufforderung seiner Regierung nachkommen und mit Nonnie und Amelia möglichst schnell abreisen wolle. Mopani hatte sich bereit erklärt, den Bau des Hauses auf Silverton-Hill zu überwachen. Da man die Mauern aus Quadratsteinen hochziehen wollte, die an Ort und Stelle zugehauen wurden, mußte man mit mindestens einem Jahr Bauzeit rechnen.

An diesem Abend fühlte sich François so elend, daß er sich wenig an der Mahlzeit und an der Unterhaltung beteiligte. Nachts lag er noch lange wach, während der hypersensible Hintza im Schlaf winselte, als ob auch er die bevorstehende Trennung empfände.

Schließlich schlief er doch ein, da weckte ihn aber ein Geräusch, als taste jemand an seiner Tür herum. Sofort war er hellwach, nahm sein Gewehr, das wie immer schußbereit am Bett stand, und schaute gefaßt auf die Tür, obwohl er nicht mit einer wirklichen Gefahr rechnete, denn es war ja eine Innentür. Überdies wedelte Hintza höchst freundlich und schlug dabei mit dem Schwanz gegen das Bettlaken, statt ihn zu warnen. Plötzlich ging die Tür auf, und der Schein einer Fackel fiel auf ihn. Eine wohlbekannte, flüsternde Stimme, die mehr vor Scheu als vor Aufregung zitterte, sagte deutlich: ,,Bitte schieß nicht . . . Ich bin's nur. Darf ich hereinkommen? Und pst, pst . . . Amelia würde mich umbringen, wenn sie wüßte, daß ich hier bin."

,,Natürlich, Nonnie, komm doch herein", antwortete er erstaunt. ,,Aber was ist denn los? Halt doch die Fackel einen Augenblick ruhig, bis ich die Kerze angezündet habe." Er tat es und sah jetzt Luciana in einem warmen Morgenrock mit ihrer kleinen Pfingstflamme dastehen. Sie zitterte aber wie jemand, der aus einem Sturm kommt.

,,Du bist ja ganz durchgefroren", stieß er erschrocken hervor. ,,Wo kommst du denn her? Ist etwas schiefgegangen?"

,,Ach, alles geht schief, und ich zittere nicht vor Kälte", sagte sie und setzte sich einfach auf die Bettkante. Sie war immer noch sehr scheu und nervös und sagte vorwurfsvoll: ,,Ist dir eigentlich klar, daß ich fort muß und dich ein ganzes Jahr nicht wiedersehe, vielleicht überhaupt nicht mehr? Du . . . du fragst mich in aller Ruhe, was los ist, als wenn es dir völlig egal wäre, ob wir uns jemals wiedersehen oder nicht."

,,Wie kannst du so reden, Nonnie", widersprach er eindringlich und rasch, denn sie brach fast in Tränen aus. ,,Dabei habe ich die halbe Nacht wach gelegen, weil ich immer daran denken mußte, daß du heute fortgehst und daß das alles so schrecklich ist."

,,Ja, wirklich? Stimmt das? Sei bitte aufrichtig." Der Gedanke, daß er ihretwegen eine schlaflose Nacht verbracht hatte, schien sie zu trösten, und sie sagte: ,,François, ahnst du eigentlich, wie satt ich es habe, jünger als alle andern zu sein?"

Sie sah ihm fest in die Augen, um herauszubekommen, ob er merke, was sie meinte. Offenbar war sie nicht ganz zufrieden, denn sie fuhr fort: „Aber ich glaube, das ist wieder so etwas, was dich gar nicht kümmert. Wie alt jemand ist, interessiert dich nicht, oder? Über solche banale Dinge bist du hinaus, nicht wahr?"

Er ahnte nicht, daß hinter all dem das Bedürfnis stand, sich zu vergewissern, und seine Antwort klang eher unwirsch: „Unsinn . . . Solche Dinge beschäftigen mich eben nicht so wie dich. Ehrlich, was spielt es denn für eine Rolle, wie alt jemand ist, solange du ihn magst?"

„Aber es *spielt* eine Rolle, François", widersprach Nonnie, die sich auch nichts vergeben wollte. „Ich glaube, man kann nicht wirklich an jemandem interessiert sein, wenn man sich nicht auch für sein Lebensalter interessiert. Nimm zum Beispiel mich. Ich hab dich gleich am ersten Tag gefragt, wie alt du bist, aber du hast dich bis jetzt überhaupt nicht darum gekümmert, wie alt ich bin."

„Aber es hat für mich nicht die geringste Bedeutung, wie alt du bist, begreifst du das nicht?" Diese Wiederholung war sicher aufrichtig, aber auch taktlos; sie steigerte Nonnies Verlegenheit und Unwillen. Sie sprang vom Bett und ging auf die Tür zu, als wolle sie gehen. „Du *verstehst* mich eben nicht", sagte sie, „es ist dir egal, und ich hätte gar nicht zu kommen brauchen. Ich kann genauso gut zurück in mein Zimmer zu Amelia gehen."

François erwischte sie gerade noch am Ärmel ihres Morgenrocks. „Nonnie, du bist wirklich im Unrecht. Ich habe dich bis jetzt noch nicht nach deinem Alter gefragt, weil es mir immer richtig vorgekommen ist. Von dem Augenblick an, als wir uns das erste Mal trafen, schien es mir, als hätte ich dich schon immer gekannt . . . "

Er brach jäh ab, denn er war drauf und dran, das große Geheimnis zu erwähnen, und welchen Einfluß Xhabbo auf ihn gehabt hatte. Glücklicherweise schien sie es nicht zu bemerken. Sie sah ihm ins Gesicht und sagte leise: „Ach François, stimmt das wirklich?"

François sah sie fest an und nickte nachdrücklich. In der Ferne, jenseits des Flusses, brüllte Schaljapin so machtvoll wie noch nie, und der Laut hallte in der Stille ringsum wider wie das abschließende Amen auf einer Kirchenorgel. Dann war es still. Nonnie nahm seine Hände in die ihren, drückte sie und sagte: „Coiske, versprichst du mir, daß du immer denken wirst, ich passe gut zu dir? Denk einfach immer nur das, bitte." Und etwas aufgelockerter, denn sie war sehr bewegt: „Zu deiner persönlichen Information gestatte ich mir, dir mitzuteilen, daß ich vier Monate und sieben Tage jünger bin als du."

François drückte ihr so fest die Hand, daß sie beinahe zusammenfuhr. Er wollte noch etwas sagen, aber aus der Küche drang das Geräusch von aufgestoßenen Fensterläden: Ousie-Johanna, die selber auch verzweifelt war, weil sie an diesem Morgen ihre große Dame von Welt verlieren sollte, bereitete das Abschiedsfrühstück vor. Sie wußten beide, daß das große Haus bald erwachen würde. Nonnie sah auf einmal ganz erschrocken aus. François war tief gerührt, weil sie so wehrlos aussah.

„O mein Gott, Amelia", stieß sie hervor. „Danke, Coiske, danke. Auch du wirst immer das passende Alter für mich haben. Ich danke dir, und auf Wiedersehen . . . ich werde dir schreiben."

Rasch und leise, wie sie gekommen war, verschwand sie durch die Tür. Das war ihr eigener, persönlicher Abschied, und er war so vollkommen, wie das Leben es in diesem Augenblick zuließ. Doch später am Morgen umarmte sie Hintza liebevoll und zog dann, bevor sie in den Trecker ihres Vaters hüpfte, plötzlich ein Taschentuch hervor, legte es ihm zum Abschied locker um den Hals und knüpfte die beiden Enden zusammen. Erst viele Wochen später sollten François und Hintza erfahren, warum.

ELFTES KAPITEL

Wie u-Simsela-Banta-Bami gewaschen wurde

François wurde die Zeit lang, nachdem Nonnie abgereist war, aber es beruhigte ihn, wie gut seine Erfahrung mit ihr zu der mit Xhabbo paßte. Er änderte deshalb sogar seine geplanten Vorbereitungen für den Tag, an dem Xhabbo zurückkehren würde: Die Höhle von Mantis sollte drei statt nur zwei aufnehmen können. Da er wußte, daß seine Bewegungsfreiheit nach Lammies Rückkehr nicht mehr so groß war, begann er gleich, die Höhle auszurüsten, als müßte sie einer Belagerung standhalten. Mit Hilfe der umfangreichen Vorräte, die in Hunter's Drift eingelagert waren und für die er die Verantwortung trug, verwandelte er sie nach und nach in eine Art Festung. So entnahm er der Militärausrüstung, die Ouwa vor ein paar Jahren aus den Reservebeständen der Regierung aufgekauft hatte, drei große Brotbeutel und Feldflaschen, drei Paar knöchelhohe Schuhe, die vor den eisernen Widerhaken der Dornen im Busch schützten, und drei Kochgeschirre aus Metall. Aus der Waffenkammer holte er ein Gewehr, das Mopani zufolge das beste Allzweckgewehr für ihre dortigen Verhältnisse war, und dazu zweihundert Schuß Munition. Er brauchte keine Angst zu haben, daß man das Fehlen dieser Ausrüstungsgegenstände entdecken könnte, denn weder Lammie noch Ousie-Johanna hatten jemals das geringste Interesse für solche Dinge gezeigt. Es gelang ihm auch, vor Tagesanbruch vier leere Petroleumkanister, die je vier Gallonen faßten, unbemerkt in die Höhle zu schaffen. Von nun an füllte er sie sorgfältig mit frischem Wasser. Schließlich achtete er darauf, daß immer soviel Zwieback, Biltong, Zucker, Kaffee, getrocknete Früchte und Suppe in Pulverform in der Höhle war, daß sich drei Leute zwei Wochen lang davon ernähren konnten. Mit der Zeit kamen noch andere Grundnahrungsmittel wie Kondensmilch, Rindfleisch und Ölsardinen in Büchsen, eine große Plumpuddingkonserve und bittere Schokolade hinzu. Er vergaß auch nichts von dem, was man brauchte, wenn jemand von einer Schlange gebissen wurde, und nahm auch eine kleine Rote-Kreuz-Packung mit Chinin und den neusten Sulfanomiden mit.

Warum er das alles tat, konnte er nicht vernünftig begründen. Es geschah ganz instinktiv und war von seinem Lieblingsbuch „Robinson Crusoe" angeregt, wo Defoe eingehend beschreibt, wie sein Held eine heimliche Festung auf seinem verlassenen Eiland anlegt. Manchmal kam er sich allerdings lächerlich vor, als spiele er immer noch Pfadfinder mit sich selbst; doch daß er die Höhle mit allem Notwendigen versah und so für Xhabbo eine Vorratskammer anlegte, in der sie sich zunächst zu zweit, später vielleicht sogar mit Nonnie treffen und ungestört miteinander sprechen konnten, richtete seine Lebensgeister wieder auf.

Er mußte auch sehr aufpassen, daß er nicht den Argwohn ihrer aufmerksamen Matabele-Partner erregte. Denn er wußte, daß überall, sogar im dichtesten Busch, irgendein „Auge" auf einem ruhte, ganz zu schweigen von Ousie-Johanna, der kein Körnchen Zucker entging, das illegal ihre Speisekammer verließ. So dauerte es ziemlich lange, bis er damit fertig war, und als es zwei Monate nach der Abreise von Sir James und Nonnie soweit war, brachte ihm Mopani auch schon die Nachricht, Lammie werde bald nach Hause kommen.

François fühlte nun, daß sich die Zeit voranbewegt hatte, wenn auch im Schneckentempo, und daß sie jetzt vielleicht sogar etwas schneller vergehen würde. Dieser Eindruck verstärkte sich, als er ein paar Tage vor Lammies Rückkehr mit Mopani nach Silverton Hill hinüberritt und sah, wie hoch die Steinmauern der Gebäude schon über den Fundamenten aufragten. Das machte ihn froher. Aber dann rief ein unscheinbarer Vorfall von neuem die unerklärliche, doch bestimmte Unruhe hervor, die Mopani und ihn von Zeit zu Zeit überfiel, seit es ihnen an jenem schicksalsschweren Abend so gewesen war, als ob die Vögel anders sängen.

Der Vorfall war ganz prosaisch. Ein paar kapfarbige Arbeiter öffneten gerade eine umfangreiche Baumaterialsendung in riesigen Lattenkisten, die mit Ochsenwagen von der Eisenbahn herübergeschafft worden waren. François traute seinen Augen nicht, als die Männer einen roten Dachziegel nach dem andern auspackten.

„Aber Onkel", rief er aus, „Sir James sollte Afrika gut genug kennen, um zu wissen, daß ein Ziegeldach in unsrer Gegend nicht einmal einen einzigen Sommer hält. Er weiß doch sicher, daß wir hier mindestens drei oder vier schlimme Hagelwetter im Jahr haben. Schon eins reicht, um seine Dachziegel kleinzuschlagen! Außerdem hat er hier meilenweit Riedgras für ein richtiges Strohdach."

Mopani nickte mit einem Anflug von Resignation: „Natürlich, Coiske, natürlich. Als wir zusammen die Pläne durchsahen, habe ich ihn gewarnt. Aber sein Haus hier soll eine möglichst genaue Kopie seiner alten Heimat in England sein. Es ist nicht nur ein Stück Gebrauchsarchitektur, sondern auch ein Mittel gegens Heimweh, deshalb hat er meine Warnung in den Wind geschlagen. Er sagte bloß, auf ein paar kaputte Dachziegel komme es ihm nicht an, und wo sie hergestellt würden, gebe es noch eine ganze Menge davon. Ich sagte, zwei- oder dreimal Dachdecken jährlich, noch dazu in der schlechten Jahreszeit, sei wohl für jede Brieftasche zuviel, aber es war nichts zu machen, er wollte nichts von meinen Argumenten wissen."

„Aber das ist doch dumm, Onkel, und er ist bestimmt kein Dummkopf!"

„Reg dich nicht unnötig auf", erwiderte Mopani mit philosophischer Gelassenheit, „ich bin sicher, er wird's mit der Zeit schon noch lernen." Er machte eine Pause, denn als er das Wort *Zeit* über die Lippen brachte, lag plötzlich ein seltsam ferner Blick in seinen Augen, als sehe er, wie so oft, ein Zeichen im Busch, das andern verborgen blieb. Dann fuhr er, beinah wie zu sich selbst, fort: ,,Vorausgesetzt, daß noch Zeit bleibt fürs Lernen."

Mopanis Tonfall war so unheilverkündend, daß François beunruhigt fragte: ,,Wie meinst du das, Onkel? Es klingt, als hättest du den Eindruck, daß für alle Menschen und Dinge hier die Zeit bald zu Ende ginge."

Mopani ärgerte sich über sich selber. Andere Menschen mit eigenen Befürchtungen zu belasten, bevor sie sich bestätigten, gehörte sich seiner Meinung nach nicht. So schwächte er schnell ab: ,,Das habe ich nicht gemeint, Coiske. Ich hab nur laut darüber nachgedacht, daß es im Leben immer später ist, als wir denken."

Am nächsten Tag waren sie rechtzeitig in Hunter's Drift Siding, um Lammie abzuholen. François vermutete, daß der alte Jäger annahm, Lammie werde, wie man so sagt, in tiefer Trauer ankommen. Jedenfalls war Mopani offenbar ziemlich bestürzt, als sie in einem hocheleganten Reisekostüm aus dem Zug stieg, als käme sie nicht von einem Begräbnis, sondern aus den Ferien: ein hübsches Halstuch umgebunden und einen kleinen, schicken, beinah herausfordernden Hut auf dem Kopf. François kannte seine Mutter gut genug, um zu wissen, daß das lediglich ein gewisses übermütiges Auftrumpfen war, und er fand ihr Bemühen, äußerlich einen hübschen, frohen Eindruck zu machen, viel rührender als ein konventionelles Schwarz. Er brauchte nur in ihr schönes Gesicht zu sehen, um zu bemerken, daß ihre großen, kühlen, ruhigen Augen gleichsam tiefer lagen. Ihre Backenknochen zeichneten sich ein wenig schärfer ab unter der zarten Haut als zuvor – deutliche Anzeichen dafür, was sie gelitten haben mußte. Er war so aufgewühlt, daß er sich fest zusammennehmen und seinen Gefühlen dieselbe Disziplin auferlegen mußte wie Lammie, um sie mit Fassung begrüßen zu können.

Angesichts des neuen Lebens, das ihr entgegensah, war es wohl auch für Lammie schwierig, Haltung zu bewahren; denn ein Blick auf François zeigte ihr, daß auch er gelitten hatte und mit Schwierigkeiten kämpfte, von denen sie keine Ahnung hatte. Er sah älter, größer und ungewöhnlich zurückhaltend aus, als sei er sich selbst, wie er vorher gewesen war, fremd geworden, und vielleicht sogar auch ihr. Dieser unbehagliche Eindruck verschwand jedoch rasch, denn jetzt trat ein neuer seelischer Mechanismus in Kraft, der seit Ouwas Tod in ihr wirkte: Sie sah François ganz und gar mit Ouwas Augen. Ihr war, als habe sie Ouwas Stimme im Ohr, als sie so ironisch, wie er es immer getan hatte, zu François sagte: „Ich merke schon, du bist während meiner Abwesenheit nicht faul gewesen und bist deiner einfältigen Mutter über den Kopf gewachsen. Ich hätte wirklich nicht von dir gedacht, daß du mir zum Willkomm so glühende Kohlen aufs wohlmeinende Haupt streust!"

Diese Stimme, die nicht sprach, die sie sich nur vorstellte, half ihr irgendwie, die Fassung zu bewahren; sie kam aus einer Vergangenheit, die immer noch lebendiger war als die Gegenwart. Sie begrüßte Mopani herzlich, aber ohne eine Spur innerer Bewegung in ihrem Blick und in der Stimme. Auf dem Nachhauseweg erzählte sie lebendig und sachlich, was für Kämpfe sie bei der Regelung der Erbschaftsangelegenheiten mit Rechtsanwälten und Ämtern hatte ausfechten müssen. Zu guter Letzt sei ihr das so gut gelungen, daß sie Hunter's Drift nicht wieder zu verlassen brauche. Nun könne sie sich, wie Ouwa es gewünscht hatte, ihrer Hauptaufgabe widmen, nämlich François zu unterrichten, damit er möglichst bald seine Ausbildung auf einer Universität ergänzen könne.

François fand es im Augenblick nicht angebracht, ihr klarzumachen, daß er jener Welt, aus der Lammie gerade zurückkam, den Rücken gekehrt hatte und entschlossen war, Hunter's Drift nie mehr zu verlassen, bloß um etwas so Schädliches zu besuchen wie eine Universität, die einem Erziehungssystem angehörte, das Ouwa brutal verstoßen hatte. Er dachte, genau wie Mopani, es sei das beste, wenn Lammie das Gespräch bestreite und auf diese Weise den Ansturm von Gefühlen erschöpfe, der um so stärker werden mußte, je näher sie dem Ort kamen, den sie zusammen mit Ouwa aus dem Nichts geschaffen hatte. Dieser vorher gar nicht abgesprochene Plan bewährte sich so gut, daß Lammie nicht außer Fassung geriet, obwohl Ousie-Johanna sie bitterlich schluchzend in die Arme nahm und 'Bamuthi samt seinen Häuptlingen und deren Hauptfrauen bei ihrem Anblick weinte. Sie bewahrte eine seltsam würdige Haltung in Umständen, die andere Frauen wohl unerträglich gefunden hätten. In gewisser Weise war François deshalb stolz auf Lammie, andrerseits machte es ihn traurig, daß ihre Selbstbeherrschung eine so große Rolle in ihrem Leben spielen sollte. Immer wenn er einen Blick auf Mopani warf, war es ihm, als ob der alte Jäger dasselbe empfände.

Lammies beherrschte Herzlichkeit kam in der planvollen Art zum Ausdruck, wie sie sich ihre Rückkehr ausgemalt hatte. Noch am gleichen Abend wurde jeder, der auf Hunter's Drift arbeitete, vom Ältesten bis zum kleinsten Kind, eine Stunde vor Sonnenuntergang in den großen Hof zwischen Küche und Stallungen gerufen. Dort gab Lammie bekannt, Ouwa habe in seinem Testament jedem von ihnen etwas hinterlassen. Seit Hunter's Drift bestand, hatte er über jeden, der zum Anwesen gehörte, Buch geführt. Wenn ein Kind zur Welt kam, wurden Name, Geburtsdatum und alle weiteren Angaben sorgfältig in das Buch eingetragen. Je nach Lebensalter und Beschäftigungsdauer waren die Geschenke, die Ouwa im Falle seines Todes jedem zudachte, auf den entsprechenden Stand gebracht worden. 'Bamuthi und François neben sich, rief Lammie nun alle Namen auf, bis sie schließlich zu Ousie-Johanna und 'Bamuthi kam, und teilte jedem sein Erbgeschenk mit. Ousie-Johanna, die als einzige so etwas zu würdigen verstand, erhielt als Erbschaft drei Pfund wöchentlich auf Lebenszeit.

All das ergänzte Lammie durch persönliche Geschenke an die verzeichneten Personen: sorgfältig ausgewählte Armreifen und Halsketten aus feinsten Glasperlen für die jungen Mädchen, Seidenschals und Kopftücher in lebhaften Farben für die jungen Frauen, Tuchrollen für die alten Damen, Messer für die jungen Burschen, Buschkleidung aus Kavallerieköper für die älteren, und so weiter. Ousie-Johanna jedoch bekam auf Grund der brieflichen Hinweise, die François über ihre Freundschaft mit Amelia gegeben hatte, ein schwarzes Kleid aus schwerem, schimmerndem Satin mit einer weißen Seidenschürze, dazu noch ein dickes Album mit den neusten Platten bekannter geistlicher Lieder, darunter eine neue, die sie noch nicht kannte, ,,John Brown's Body", welche schon bald das von ihr so geliebte ,,Nearer my God to thee" von der Spitze der religiösen Schlagerparade verdrängte. 'Bamuthi als ihr Oberhaupt erhielt einen langen Militärmantel von majestätischen Ausmaßen mit einer doppelten Reihe goldener Knöpfe, die das Wappen des Regiments trugen, in dem Ouwa während des Krieges gedient hatte, sowie einen dazugehörigen großen Buschhut mit Löwenfellband und einer Straußenfeder. So endete Lammies Rückkehr nicht etwa traurig, wie alle angenommen hatten, sondern wurde zu einem Fest der Verwandlung und der Freude, genau das, was Ouwa Lammies Meinung zufolge gewünscht hätte. Sie entsann sich nicht umsonst jenes Shakespeare-Sonetts, das er besonders gernmochte und das sie ihm viele Male vorgesungen und auf dem Klavier vorgespielt hatte. Es begann: ,,Nicht länger klag um mich nach meinem Tod."

Die folgenden rund vierzehn Monate waren für François die längsten und unglücklichsten in seinem bisherigen Leben. Das Gewicht von Lammies unausgesprochener Trauer, das täglich größer zu werden schien, vermehrte noch seine eigenen Lasten; außerdem gab es ständig Spannungen zwischen ihnen, weil er Lammies erklärten Entschluß zurückwies, ihn möglichst bald zur Ergänzung seiner Ausbildung auf dieselbe

Universität zu schicken, auf der sie und Ouwa Examen gemacht hatten.

François war genauso entschlossen, dazubleiben, wie Lammie entschlossen war, ihn wegzuschicken. Er war klug genug, so wenig als möglich zu protestieren, doch es war ihm klar, daß Lammie um seinen Widerstand wußte und sich für den gegebenen Augenblick einen erbarmungslosen Kampf in den Kopf gesetzt hatte. Dieser Kampf wurde wahrscheinlich um so heftiger, als Lammie mit vereinten Kräften fechten würde, ihren eigenen und den von Ouwa ausgeborgten; denn sie stellte sich vor, was er in einer solchen Situation getan hätte. Schlimmer als diese Aussicht war für François, daß er zum erstenmal an Mopanis Unterstützung zweifelte. Immer wenn er die Angelegenheit mit ihm während eines seiner jetzt häufigen Besuche auf Hunter's Drift diskutieren wollte, ließ Mopani, obwohl die Sache seiner Meinung nach noch viel Zeit hatte, durchblicken, daß es für François gar nicht schlecht sei, die Universität zu besuchen. Er machte dann Bemerkungen, die darauf hinausliefen, daß sie hier im Busch in einer äußerst privilegierten Welt lebten und daß das Leben nichts so sehr verabscheue wie Privilegien. Als Wildhüter wisse er, daß ihre Lebensweise draußen in der Welt mächtige und gut organisierte Feinde habe, besitzgierige Leute, für die ein so großes unberührtes Gebiet in Afrika einen wachsenden Anreiz zur wirtschaftlichen Ausbeutung darstelle. Er zweifle selbst, ob er sein großes Reservat unberührt erhalten könne. Wenn Menschen wie er und François einen erfolgreichen Kampf um die Dinge im Busch führen wollten, die sie liebten, müßten sie ihre Feinde und deren Waffen genau kennen. Schon aus diesen Gründen, wenn nicht aus anderen, würde er es für richtig halten, wenn François die Universität besuchte.

Sobald es um solche Dinge ging, war François seinen Gefühlen so ausgeliefert, daß er im Augenblick nicht einsehen konnte, wie weise dieses Urteil war. Ihn beherrschte dann einzig die Befürchtung, er könnte seinen Kampf sehr wohl verlieren, wenn Mopani Lammie tatsächlich mit so ausgezeichneten Gründen zu Hilfe kam. Immerhin gab es eine Schlacht, die er unter allen Umständen gewinnen mußte: bevor er Xhabbo nicht wiedergesehen hatte oder wußte, daß er tot war, würde er nicht weggehen.

Während die langen Monate sich dahinschleppten, horchte er mit wachsender Verzweiflung auf Xhabbos Rufzeichen. Bei zahllosen Gelegenheiten, nachts und am Tage, wenn plötzlich ein Regenpfeifer rief oder ein Schakal aufheulte, als beginne der Ruf, den Xhabbo für seine Rückkehr versprochen hatte, schlug sein Herz schneller; doch am Ende ergab sich nie die richtige Kombination von Regenpfeifer und Schakal, und er versank wieder in düstre Enttäuschung und Verzweiflung.

All das trug viel zu den starken untergründigen Spannungen zwischen Lammie und ihm bei. Unglücklicherweise mußte er auch noch mit anderen Störungen und Mißklängen fertigwerden, die von außen kamen und seine Unzufriedenheit verstärkten.

So stimmten offenbar die Matabele auf Hunter's Drift zum erstenmal nicht mehr mit sich selbst und ihrer Umgebung überein. Es herrschte jetzt nicht mehr nur eine allgemeine Unruhe, die die Vögel in der Morgendämmerung und bei Sonnenuntergang immer eindringlicher in Musik setzten; es lag eine wachsende Angst in der Luft. Sie teilte sich allen mit durch die Nachrichten, die sich mit zunehmender Geschwindigkeit im ganzen Busch verbreiteten. So wurde gesagt, der Sehr-ehrenwerte-Sonne-ist-heiß werde von bösen Vorzeichen heimgesucht und gestatte nicht mehr, daß man ihn in Privatangelegenheiten um Rat frage, weil, wie er sage, der Augenblick gekommen sei, wo er sich zum Wohle aller ganz der Stimme des großen Urgeistes ihres Volkes, Umkulunkulu, widmen müsse. Man sagte, Umkulunkulu sei uLangalibalela im Traum erschienen und habe ihm verkündet, dem Land stehe eine Zeit großer Wirren bevor. Wußten nicht alle, fragte der Traum, daß die jungen Männer die Ehrennamen Umkulunkulus vergessen hatten und nicht mehr von ihm, sondern nur noch von nützlichen Dingen sprachen? Wenn sie sich nicht änderten, wenn sie den Urgeist aller Dinge nicht wieder priesen und ihm mit Ehrfurcht begegneten, werde Unglück über sie kommen. Das war schon schlimm genug, aber es kam noch schlimmer.

Eines Tages ging die schreckliche Kunde, uLangalibalela habe sich zum heiligen Hügel seines Volkes begeben, der mehr als tausend Meilen entfernt im Südosten lag. Dort hatte er durch eine Vision erfahren, daß das Unheil jetzt unausweichlich war. Es wurde offen davon gesprochen, daß sogar uLangalibalela schauderte, als er auf dem heiligen Hügel stand und mit dem Herzen fragte, denn im klaren Nachthimmel über ihm fiel Stern auf Stern aus der geordneten Prozession der Milchstraße. Anstatt von Ost nach West zu wandern, wie Umkulunkulu es ihnen vorgeschrieben hatte, seit zum ersten Male sein Ehrenname erklang, kehrten die pflichtvergessenen Sterne ihren gesetzmäßigen Lauf um und wanderten von West nach Ost, bis sie sich in der Finsternis verloren.

Natürlich gab es viele, die meinten, selbst uLangalibalela könne irren, aber ihre Einwände waren für François nur ein Beweis, daß alle Menschen sich nun im Grunde ihres Herzens fürchteten.

Sogar Ousie-Johanna war betroffen über die Gerüchte von uLangalibalelas Vision. Niemals zuvor in der Geschichte von Hunter's Drift rief ihr Grammophon Gott so oft und so spät in der Stille der Nacht an, die jetzt so schwer und tief lastete, daß sich die Zweige des Buschs unter ihrem Gewicht zu beugen schienen.

Dann belebte sich auf einmal Punda-Ma-Tenka, der alte Hunter's Road, und zwar auf eine Art und Weise, die sie noch nie erlebt hatten. Er wurde nicht nur von Leuten benutzt, die in kleinen Gruppen zwischen dem abgelegenen Landesinnern im Norden und den Bergwerks- und Industriegebieten im Süden hin- und herreisten, sondern von einem ständigen Strom modernster Lastwagen. Keiner konnte genau sagen, was diese Lastwagen transportierten, woher sie kamen und wohin sie unterwegs waren. Meistens saßen Afrikaner oder Angehörige andrer Völker am Steuer, sie trugen schicke Khakianzüge und waren offenbar gut trainiert und mit allem Notwendigen versehen. Außerdem schienen sie diese lange, selten benutzte Route gut zu kennen beziehungsweise genau über sie informiert zu sein. Meistens trafen sie kurz vor Einbruch der Dunkelheit am großen Ausspann an der Furt ein und fuhren kurz vor Sonnenaufgang weiter. Es sah beinahe so aus, als hätten sie es darauf angelegt, Neugierigen aus dem Weg zu gehen.

’Bamuthi und ein paar von den älteren Männern, die noch den überkommenen Sinn für Gastfreundschaft hatten, waren zum Fluß hinuntergegangen, um zu sehen, ob sie den Reisenden irgendwie behilflich sein könnten. Sie waren aber ziemlich aufgebracht über den kalten, wenn nicht gar feindseligen Empfang durch die Fahrer zurückgekommen und gaben ihre Hilfsangebote schließlich auf. ’Bamuthi empfahl François sogar, solchen Leuten die Benutzung der Annehmlichkeiten des Ausspanns zu untersagen, bevor sie gewohnheitsrechtlich in Anspruch nähmen, was ihnen nur die Großzügigkeit der Eigentümer von Hunter’s Drift gewährte. Aber weder François noch Lammie waren mit diesem Vorschlag einverstanden. Sie glaubten, solche Leute seien weiter nichts als ein Zeichen für den in unserer Zeit üblichen Mangel an Umgangsformen, und man ignoriere sie am besten. Fast ein Jahr nach Nonnies Abreise hatte François allerdings Anlaß, sich zu fragen, ob ’Bamuthi nicht recht gehabt habe.

Es passierte während der Regenzeit. Unten an der Furt gab es zu beiden Seiten des Amanzim-tetse einen etwa zweihundert Meter langen schwarzen Sumpfstreifen, der nach starken Regenfällen für Fahrzeuge fast unpassierbar war. François hatte manchmal gesehen, wie Elefanten bis zum Bauch in diesem schwarzen Schlamm versunken waren. Das kurze Wegstück vom Flußufer bis zum festen Grund war so schwer zu bewältigen, daß sie, wenn sie endlich aus dem schwarzen Kleister auftauchten, ein bis zwei Stunden völlig ausgepumpt dastanden und Atem schöpften, bevor sie ihren Weg in den Busch weiterzogen. Einmal, bei Sonnenuntergang, als gerade ein schwerer Platzregen niederging, beobachtete François, wie sieben Lastwagen bei der Furt eintrafen. Als er am folgenden Tag im Morgengrauen zu den Melkschuppen ging, war er deshalb gar nicht erstaunt, Lastwagenmotoren zu hören, die laut aufheulten, denn die Fahrzeuge waren steckengeblieben, obwohl zahlreiche Farbige sich um sie bemühten.

Die ganze Zeit über, wo François bei den Melkschuppen war, vernahm man das vergebliche Aufheulen der Motoren und das Geschrei der Männer, die über den erfolglosen Kampf gegen den afrikanischen Schlamm immer zorniger wurden. Schließlich gab François 'Bamuthi zu verstehen, sie sollten vielleicht doch hinuntergehen und tun, was sie vor einem Jahr für ganz selbstverständlich gehalten hätten, nämlich den Leuten anbieten, die Lastwagen mit Ochsengespannen aus dem Schlamm zu ziehen.

Zu seiner Überraschung wandte sich 'Bamuthi heftig gegen diesen Vorschlag. Sie wüßten doch, was für ein Menschenschlag das sei, ,,Windhunde" und ,,Pavianfüße" (Sindabele-Ausdrücke für schwache, hinterhältige Menschen). Es sei nicht an ihnen, Hilfe anzubieten; man sollte lieber warten, bis die Männer von alleine kämen und darum bäten. Zu guter Letzt überredete ihn François doch, mit hinunterzugehen.

Als die Männer an der Furt sie kommen sahen, unterbrachen sie das Anwerfen der Motoren. Die Fahrer kletterten schnell von den Sitzen und mischten sich unter die Hilfsmannschaft, und alle zusammen, etwa dreißig, kamen so drohend auf sie zu, daß 'Bamuthi warnend sagte: "Mach dein Gewehr schußbereit, Kleine Feder. Es war nicht recht von mir, dich hierher mitzunehmen, ohne *uSimsela-Banta-Bami* zur Hand zu haben. Laß uns ruhig hier stehenbleiben und abwarten, bis sie kommen, sofern sie überhaupt kommen."

François folgte 'Bamuthis Anweisungen und bemerkte, daß Hintza vorausgelaufen war. Sein Rückenfell war gesträubt, ein Knurren lag ihm auf den langen schwarzen Lefzen, und ab und zu zeigte er die starken weißen Zähne. Sie blieben schweigend stehen, bis die bedrohlichen Fremden geschlossen näherkamen und nur noch zehn Meter entfernt waren.

Dann löste sich ein Mann aus der Gruppe und rief auf Englisch: ,,Hau ab, Siedlerjunge! Hau ab! Was fällt dir ein, deine dreckige weiße Nase in unsre Angelegenheiten zu stecken?"

Es war gut, daß 'Bamuthi kein Wort Englisch verstand, denn vielleicht hätte er nicht so besonnen reagiert wie François, der dank Mopanis Erziehung um so ruhiger wurde, je kritischer die Situation sich entwickelte.

,,Wir sind bloß gekommen, um zu sehen, ob wir euch helfen können", erwiderte er. ,,Es gibt bei uns die Redensart ,Die Landstraße ist König', aber ihr wißt offenbar nicht, was das heißt. Geht wieder zu euren Lastwagen und helft euch selbst. Ich will euch nur daran erinnern, daß ihr euch auf unserm Grund und Boden befindet und daß ich undankbaren Leuten wie euch das letzte Mal erlaube, unter irgendeinem Vorwand auf unserm Besitz zu kampieren."

,,Dein Besitz, du dreckiger kleiner weißer Siedler?" gab der Sprecher aufgebracht zurück. ,,Wollen mal sehen, wie lang das noch dein Besitz bleibt. Aber nun marsch zurück und misch dich nicht in unsre Angelegenheiten."

François fühlte, daß eine wichtige prinzipielle Angelegenheit auf dem Spiel stand. ,,Du hast mir nicht zu sagen, was ich auf unserem Grund und Boden zu tun und zu lassen habe. Geht zurück zu euren Wagen und seht zu, daß ihr möglichst bald verschwindet!"

Einen Augenblick sah es aus, als würde der Sprecher seinen Männern befehlen, François und 'Bamuthi mit Gewalt zurückzudrängen. 'Bamuthi brauchte wirklich keine Übersetzung, um zu wissen, wie es stand. Stimmen und Gebärden sagten ihm genug. So wandte er sich um und ließ den großen Matabele-Schrei ertönen, der soviel bedeutete wie ,,Zu mir! Zu mir!"

Sofort kamen aus den Gärten und Kraals Männer und Jungs angerannt, als liefen sie um ihr Leben; sie sprangen mit Knüppeln, Speeren und Messern in der Hand im Hürdenlauf über Hecken und Büsche auf 'Bamuthi und François zu.

Die Männer sahen so erschreckt und ängstlich aus, daß 'Bamuthi verächtlich lachte und ihnen ein paar schöne altmodische Sindabele-Sprichwörter zurief wie ,,Hunde, die bellen, beißen nicht". Dann rief er noch: ,,Ihr, die ihr weniger seid als Menschen, die in Löchern unter den Klippen brüten wie Ameisen und wie Ratten hecken."

Die größte Beleidigung aber galt dem Sprecher, der bedauerlicherweise nicht genug Sindabele zu verstehen schien, um sie richtig einzuschätzen. Auf Sindabele klang sie ganz wunderbar, nämlich *uSinqe-Siname-Kasane,* was wörtlich ,,Alter-mit-Streichen-bedeckter-Hintern" heißt und der Ausdruck äußerster Verachtung für einen geborenen Gauner ist. Doch ob nun die Männer verstanden oder nicht, jedenfalls machten sie auf der Stelle kehrt und rannten in den sicheren Schutz ihres Konvois zurück.

Aber es gab noch einen verspäteten Triumph. Gegen elf Uhr klopfte derselbe Sprecher, die Khakimütze in der Hand, an Ousie-Johannas Küchentür. Sie hatte schon wieder vergessen, was bei Sonnenaufgang unten am Fluß geschehen war, und lud den Mann, der eher auf neue Beleidigungen oder sogar auf Schläge gefaßt war, zu seiner großen Verblüffung zu Kaffee und Zwieback ein. Als François erschien, entschuldigte sich der Mann ungeheuer wendig und bat François, ihm zu verzeihen. Sie hätten sich nur deshalb so verhalten, weil ihnen andere ,,Siedler" (wie er die Farmer weiterhin bezeichnete), durch deren Gebiet sie ein paar hundert Meilen weiter südlich gefahren seien, feindselig begegnet waren. Er entschuldigte sich über die Maßen, bevor er François bat, ihnen mit seinen Ochsengespannen zu Hilfe zu kommen.

François traute dem Mann noch weniger als zuvor; er hatte das unheimliche Gefühl, diese Leute würden nie vergessen, wie 'Bamuthi sie behandelt hatte. Aber natürlich konnte er nichts weiter tun als helfen, wenn er dieses tückische Volk ein für allemal los sein wollte. So zerrten 'Bamuthi und seine Helfer die Lastwagen mit sechs Ochsengespannen widerstrebend aus dem Sumpf, in dem sie mit den Rädern versunken waren. Außerdem mußten sie sie noch quer durch die angeschwollene Furt bis zum andern Ufer und dann wieder durch den schwarzen Sumpfboden bis auf den festen Grund ziehen. François war dabei und half mit. Alles ging glatt, nur daß es bei dieser Gelegenheit kein lebhaftes Palaver mit tollen Späßen gab, wie es sonst üblich war bei reisenden Afrikanern. Von den notwendigen Kommandos abgesehen, spielte sich alles in mürrischer, unheilvoller Stille ab.

Das hätte François noch nicht viel ausgemacht, aber als er das letzte Ochsengespann abschirrte, um es wieder nach Hause zu führen, passierte etwas. Er befand sich auf gleicher Höhe mit dem Armaturenbrett des letzten Wagens, da bemerkte er, wie die Wagenplane von einer für Afrikaner ungewöhnlich blassen Hand beiseitegeschoben wurde. Instinktiv sah er genauer hin und erkannte über der Hand zuerst die Augen, dann das Gesicht eines Mannes, der offenbar glaubte, man könne ihn im dunklen Wageninnern nicht sehen. Der Mann beobachtete ihn aufmerksam. François hätte sich vor Schreck und Überraschung beinahe verraten: Er blickte in das Gesicht des Chinesen, den er zum erstenmal auf jener zutageliegenden Felskuppe in der Niederung des Todesnebels gesehen hatte, als er mit 'Bamuthi auf dem Wege zu uLangalibalela gewesen war.

Er sagte 'Bamuthi nichts davon, denn auf einmal ging es ihm auf, wie unrecht es gewesen war, Mopani seinerzeit nichts davon zu erzählen, obwohl er es 'Bamuthi versprochen hatte. Nun beschloß er, Mopani bei der nächsten Gelegenheit alles zu beichten, auch wenn dadurch Heimlichkeiten seines persönlichen Lebens gefährdet wurden. Er wäre sogar noch am gleichen Tag zu seinem Lager hinübergeritten, doch er wußte, daß Mopani als Vertreter der Landesregierung an einem internationalen Kongreß für Tier- und Naturschutz in Europa teilnahm und sechs Wochen abwesend war.

Und dann passierte noch etwas anderes, das oberflächlich gesehen nicht so beunruhigend, aber für François noch unangenehmer war, weil es Lammie Kummer bereitete. Das war nur fünf Wochen, nachdem er den geheimnisvollen Chinesen zum zweiten Male erblickt hatte. Wieder waren der Regen und der weiche Sumpfboden an der Furt daran schuld. Eines Abends blieb ein einsamer Lastwagen im Schlamm stecken, aber diesmal wartete die Besatzung nicht, bis ihr von Hunter's Drift Hilfe angeboten wurde, sondern kam und bat darum. Sie waren zu viert, ein afrikanischer Fahrer und drei in Pfarrerskleidung. Trotz ihrer Kleidung hatten sie denselben grimmigen Gesichtsausdruck, den François an den Speermännern beobachtet hatte, allerdings waren diese Bantus gewesen, ihre Gäste zum Abendessen jedoch rosige, wohlgenährte Europäer. Obwohl ihnen das Beste zu essen und zu trinken vorgesetzt wurde und Lammie ihnen mit liebenswürdiger Gastfreundschaft begegnete, gingen sie auf nichts ein. Welches Gesprächsthema sie beide auch wählten, die Entgegnungen waren rein mechanisch. Sie selbst trugen nichts zur Unterhaltung bei. Und als Lammie den Ältesten bat, das Tischgebet zu sprechen und einen Absatz aus der englischen Bibel vorzulesen, die sie ihm aufmerksamerweise gebracht hatte, entledigte er sich dieser Aufgabe, als müsse er seinen Gastgebern gezwungenermaßen bei einer heuchlerischen Handlung behilflich sein und sie noch dazu ermuntern.

Nur François wußte, wie verletzbar Lammie im Augenblick war; sie konnte zuerst kaum glauben, was an ihrem Tisch vor sich ging. Doch als das älteste Missionsmitglied schließlich verkündete, sie reisten im Auftrag des Weltkirchenrates umher, um sich über «die Ausbeutung der unschuldigen schwarzen Völker Afrikas durch euch Siedler zu unterrichten und zu empfehlen, in welchem Maße es christliche Pflicht ist, die afrikanischen ‚Freiheitskämpfer' in ihrem Kampf gegen Imperialismus und Neokolonialismus zu unterstützen", da merkte François an der Röte, die ihr in ihr zartes Gesicht stieg, daß sie endlich zornig wurde.

Es war die erste impulsive Reaktion, die er seit ihrer Rückkehr an ihr wahrgenommen hatte, und daß sie das geschafft hatten, dafür war er den Männern mit den verkniffenen Lippen beinahe dankbar. Die aber merkten gar nicht, daß sich hinter der übertriebenen Höflichkeit, mit der Lammie ihnen Gute Nacht wünschte und François bat, ihnen ihre Zimmer zu zeigen, Mißbilligung verbarg. Ebensowenig ging ihnen auf, warum Lammie morgens beim Abschied nicht zugegen war. François, der ziemlich spät von den Melkschuppen zurückkam, zögerte ein wenig, bevor er ins Frühstückszimmer trat. Erstaunlich, wie lebendig und gesprächig dieselben Herren, die beim Abendessen so schweigsam gewesen waren, nun unter sich sein konnten. Sie tauschten Bemerkungen aus, was für eine Schande es sei, daß eine Frau und ein Junge in solchem Reichtum lebten, während ihre Bediensteten in elenden Hütten hausten und offensichtlich überarbeitet und unterbezahlt waren. Kurz bevor François ins Zimmer trat, stellte einer von ihnen sogar die rhetorische Frage, ob man mitten im zwanzigsten Jahrhundert etwas so Feudales, etwas so Verruchtes für möglich gehalten hätte? Je eher sie auf das richtige Schlachtfeld kämen und herausfänden, was die Männer brauchten, die gegen solche Ungerechtigkeit kämpften, um so besser.

Nonnie hielt ihr Versprechen und schrieb ihm. Es war das erste Mal in seinem Leben, daß er einen gleichaltrigen Briefpartner hatte. Ihr Briefwechsel war zwar unregelmäßig, wurde aber fortgesetzt, und das Interesse beider Seiten ließ nicht nach. Greifbarer als die Briefe waren zwei an François adressierte Päckchen, die kurz nach ihrer Abreise eintrafen. Das eine enthielt ein phantasievolles ledernes Hundehalsband. Es war außen dicht mit golden schimmernden Messingspitzen besetzt; innen, wo die Spitzen vernietet waren, schützte ein aufgenähtes Band aus weichem Leder das Fell vor dem Scheuern. In der Mitte zwischen den Spitzen war eine zierliche Bronzeplatte mit der Inschrift ,,Für Liebling Hin von seiner ihn liebenden Nonnie" angebracht.

Das Geschenk erklärte natürlich die Episode mit dem Taschentuch, die François noch lange beschäftigt hatte. In einem Begleitbrief schrieb Nonnie, sie wisse zwar, daß François Halsbänder für Hunde gar nicht möge, aber sie hoffe, er werde dieses hier freundlicherweise annehmen, denn es sei kein gewöhnliches. Auch sei es weder eine „Sklavenkette" stelle also keine Beleidigung für Hintzas Würde dar, noch sei es bloß Ausdruck ihrer Liebe zu ihm. Hintza solle dadurch vielmehr an seinem verwundbarsten Körperteil gegen alle seine Feinde wie Leoparden, Löwen und sogar Schlangen geschützt werden, die doch alle zuerst in den Hals beißen wollten. Sie habe das Halsband eigens für Hintza entworfen, um ihn vor solchen Gefahren zu schützen.

François hatte Bedenken, wie Hintza eine solche Behinderung aufnehmen werde. Was ihn selbst betraf, so versöhnte ihn die Tatsache, daß das Halsband einfühlende Fürsorge zum Ausdruck brachte, mehr als genug mit den Hänseleien, die er von seiten Lammies, Ousie-Johannas und 'Bamuthis erdulden mußte, die ihn seit Jahren zu überreden versucht hatten, Hintza brauche wie alle andern Hunde in der Umgebung ein Halsband. Wie stand nun aber Hintza zu dieser Sache?

Als François ihm das Halsband zeigte, tat er überaus erstaunt. Vielleicht war, als Nonnie es einpackte, noch etwas von ihrem Geruch am Leder haften geblieben. Zunächst schnupperte Hintza eifrig daran herum, als traue er seiner eigenen Nase nicht. Dann begann er zu wedeln und schaute sich überall um. Anschließend nahm er das Halsband ohne Vorbehalt an. François amüsierte sich königlich, als er Hintza ein paar Tage später vorm Spiegel seines Zimmers stehen sah. Hintza war in diesem Punkt nicht wie andere Hunde und schien das Geheimnis der Spiegelung begriffen zu haben, gleichgültig ob es sich um das Wasser des Amanzim-tetse handelte oder um einen Spiegel.

Das zweite Geschenk war für François. Es war beträchtlich größer als das für Hintza, und beim Auspacken stellte sich heraus, daß es sich um ein Bild handelte; eine französische Farbreproduktion eines alten flämischen Meisters. François war der Meinung gewesen, er verstehe etwas von Malerei, denn Ouwas Studierzimmer steckte voller Bücher mit vielen farbigen Abbildungen; doch dieses Gemälde kannte er nicht. Er fühlte sich unmittelbar von ihm angezogen; es schien von einem außerordentlich begabten jungen Maler zu sein, der noch empfänglich war für Wunder und sich aller Erziehung zum Trotz das Gefühl für das Geheimnisvolle in allen Dingen des täglichen Lebens erhalten hatte. Feinfühlig und mit liebevollen Einzelheiten waren da Blumen, Steine, Bäume, Blätter und Vögel im Vorder- und im Hintergrund so gemalt, als ob jedes einzelne von allem Anfang an unerschöpflich gewesen sei. Alles wies unauffällig auf das Hauptthema, einen Mann in mittelalterlicher Jagdkleidung, der wie gebannt mit dem Speer in der Hand am Rande dieses reich geschmückten Waldes stand und reglos einen großen Hirsch anstarrte, der ihn aus einer kleinen Lichtung mit großen, dunklen, furchtlosen Augen ohne eine Spur von Vorwurf anblickte. Zwischen den Sprossen seines Geweihs trug er ein Kruzifix.

François hatte keine Ahnung, was diese seltsame Begegnung bedeuten sollte, bevor er Nonnies Brief las. Er werde sich, schrieb sie, sicher noch daran erinnern, wie sehr sie ihm einen Schutzpatron gewünscht habe. Sie sei deshalb mit Amelia den Heiligenkalender durchgegangen. Ein außerordentlicher Zufall habe es gewollt, daß sein Geburtstag auf den Tag des heiligen Hubertus falle, des Schutzheiligen der Jäger. Das Gemälde zeige, wie Hubertus, der ein leidenschaftlicher Jäger war, einmal im Geweih eines Hirsches, den er gerade erlegen wollte, das Bild der Kreuzigung erblickt habe. Von diesem Tage an wurde er nicht nur Schutzheiliger der Jäger, sondern auch der Gejagten. Ob François das Bild deshalb bitte in seinem Zimmer aufhängen wolle?

François, dessen hugenottische Vorurteile wieder einmal versagten, mochte das Bild. Er wurde darin durch Mopani bestärkt, der zwar den heiligen Hubertus auch nicht kannte, aber noch mehr von ihm beeindruckt war als François, denn er bemerkte nach einigem Nachdenken: ,,Ja–nein, Coiske, das ist *darem* etwas Wunderbares. Vor ein paar Monaten, du erinnerst dich doch noch, haben wir darüber gesprochen, was dir Ouwa von den Schriftrollen vom Toten Meer erzählt hat, daß nämlich der Mensch bloß den Vögeln, dem Vieh und den Fischen zu folgen brauche, um ins Himmelreich zu gelangen? Schau... das Bild hier drückt denselben Gedanken aus. Ein Hirsch hat vor Hunderten von Jahren in Europa einem Mann den Weg gezeigt. Wir Jäger sind ja eigentlich immer ein bißchen wie Paulus in der Bibel. Du weißt, daß er Christ wurde, als er Christen verfolgte. Mir scheint, manche von uns werden Christen, weil wir Tiere töten und eines Tages lernen, sie zu schützen, und dadurch uns selbst zu retten."

François vergaß Nonnies Empfehlung nicht, das Bild in seinem Zimmer aufzuhängen. Er dachte tagelang darüber nach, aber irgendwie gehörte es nicht dorthin. Und dann, als er wieder einmal die Höhle besuchte, begriff er warum. Es schien wie geschaffen für die Höhle von Mantis, denn war sie nicht eine Art Tempel für Jäger? So baute er dort, wo auf der honigfarbenen Höhlenwand eine lange vergessene, steinzeitliche Hand ein rotes Kreuz hingemalt hatte, einen kleinen ,,Altar" aus weißen Flußkieseln. Hintza mit seinem neuen Halsband sah ihm selbstgefällig dabei zu. François stellte das Bild auf die Steine, und mit der Zeit schmuggelte er einige Päckchen der besten langen Tischkerzen in die Höhle und achtete darauf, daß sie immer wie Wachposten zu beiden Seiten des Bildes standen. Bei jedem Besuch entzündete er sie, und jede Flamme stand rein und klar wie ein Speerblatt in der ruhigen Luft. Die Höhle als sakraler Ort war für ihn nun vollkommen.

Im Vergleich zu diesen Geschenken und der Wirkung, die sie auf ihn und Hintza ausübten, kamen ihm seine eigenen ziemlich dürftig vor. Er konnte nichts weiter tun, als 'Bamuthis älteste Tochter, die größte Expertin für vielfarbige Glasperlenhalsbänder weit und breit, um Hilfe anzugehen. Wie alle Mädchen ihres Stammes machte sie bei jedem Mondwechsel ein andres, als gehorche sie demselben Instinkt, der bei uns in Europa jedem Monat einen eigenen Edelstein zuordnet. Diese Glasperlen entsprachen ihrer Idealvorstellung vom Mann und stellten die höchste Form des Schmucks dar, die ihre Kultur kannte. Ihre Symbolik brachte, zwar nicht durch Worte, sondern durch den Entwurf selbst, verschiedene Nuancen der Liebe und Bewunderung zwischen jungen Frauen und Männern zum Ausdruck. Deshalb wurden vergröberte Formen dieser Kunst unter der Bezeichnung ,,Bantu-Liebesbriefe" auch in den Städten des Landes gehandelt. Auf Hunter's Drift hätte jeder eine so vereinfachte, vergröberte Etikettierung mit Verachtung gestraft, denn die Muster waren viel älter als alle Alphabete, sogar älter als die chinesische Schrift.

François hätte Nonnie in jenem Kloster sehen müssen, wo sie zur Schule ging, während Sir James seine Staatsgeschäfte erledigte. Ihr Gesichtsausdruck hätte verraten, welche Freude er ihr mit seinem Geschenk bereitete. So aber traute er ihren überschwenglichen Dankesworten nicht recht und hielt sie lediglich für übertriebene Anerkennung seiner bescheidenen Gabe.

Dank dieser Verbindung mit Nonnie sowie dem immer bestimmteren Gefühl, Xhabbo könnte jeden Augenblick wieder in sein Leben treten, stand François die langen Monate irgendwie durch. Dann kündigte einige Wochen nach dem Auftauchen der ,,Krähen Gottes", wie Ousie-Johanna die Pfarrer genannt hatte, ein Brief von Nonnie an, Sir James habe seine Pflichten erfüllt, und sie würden sich in ein bis zwei Wochen alle ,,im Laufschritt" zurück nach Hunter's Drift und Silverton Hill begeben.

Die letzten vierundzwanzig Stunden, bevor sie in Hunter's Drift ankamen, fast auf den Tag genau achtzehn Monate, nachdem François in der Morgendämmerung von Hintza geweckt worden war und den gefährlichen Ausflug zur Löwenfalle unternommen hatte, waren die unangenehmsten, an die er sich überhaupt erinnern konnte. Hätte er wenigstens einen inneren Hinweis dafür gehabt, warum das so war, so wäre es ihm eher möglich gewesen, damit fertigzuwerden. Aber es war etwas Ungreifbares, nur eine unglaublich deprimierende Verdüsterung der Atmosphäre, eine Art kosmische Unruhe. Alle spürten es, als sei ein Sturm im Anzug, natürlich auch die Vögel unten am schimmernden, ungerührt dahinfließenden Amanzim-tetse. Wie die Matabele glaubten, wußten sie alles als erste, und nun sangen sie unheilverkündend, als präludierten sie in einem düstren Sagenkreis zu dem Stück ,,Die Eumeniden". In diesen vierundzwanzig Stunden geschah das merkwürdigste Vorzeichen.

Mtunywa, der Bote, hatte eine Tochter namens Langazana (Die-nach-dem-Ernst-begehrt); sie galt als einfältig, und man glaubte deshalb, sie unterhalte enge Beziehungen zur Natur, vor allem zu den Vögeln des Buschs. Am Abend erschien sie laut schreiend bei den Melkschuppen und war so verzweifelt, daß alle zu melken aufhörten, sie umdrängten und abwarteten, ob sie – wie man es bei Menschen tat, deren Seele den Körper zu verlassen drohte – das Mädchen in einen Zauberkreis einschließen und sich fest gegen sie pressen müßten, um ihren fliehenden Geist wieder in den Körper zurückzudrängen. Doch es stellte sich heraus, daß das Mädchen nicht seinetwegen so aufgeregt war. Sie hatte eine dringende Botschaft, die alle betraf, und schrie deshalb so verzweifelt.

Sie war, erzählte sie schluchzend, den ganzen Nachmittag über von einer schwarzen Krähe (die bekanntlich ein böses Vorzeichen war) verfolgt worden, während sie im Busch trockenes Holz fürs abendliche Feuer sammelte. Immer wieder hatte sich die Krähe unmittelbar vor ihr auf einen Zweig gesetzt und sie angeschaut. Wenn sie sie nicht beachtete, hatte sie laut *Mamah-Weh!* (O meine Mutter) gekrächzt. Sie hatte der Krähe mehrere Male befohlen, zu verschwinden, aber die weigerte sich und verfolgte sie mit diesem Laut bis genau zwanzig Minuten vor Sonnenuntergang. Da begann die Krähe plötzlich, sie auszuschimpfen, und kreischte mit menschenähnlicher Stimme: ,,Nicht ich, sondern du solltest weggehen. Geht alle, alle weg, denn wenn ihr noch länger hier bleibt, werdet ihr alle umgebracht."

Es gab viele Quellen angeborenen Wissens, an denen sogar die für Vorzeichen so empfänglichen Leute von Hunter's Drift zweifelten. Aber sie wußten, daß das Mädchen viel zu einfältig war, um etwas zu sagen oder zu tun, was sie nicht unbedingt glaubte. Ein solcher Geisteszustand wie der ihrige galt bei ihnen als Gnadenbeweis, und deshalb nahmen sie Langazana so ernst, daß 'Bamuthi persönlich sie zu trösten versuchte. Er dankte ihr und versprach, am nächsten Tag einen Rat einzuberufen und jemanden zu wählen, der von uLangalibalela eine Deutung des Vorzeichens einholen sollte. Zu dieser Zeit war es natürlich schon so dunkel, daß sogar eine solche Unglückskrähe wie diese schon schlief, statt kundzutun (wie sie es angesichts der Dringlichkeit der Botschaft wahrscheinlich getan hätte), daß es vielleicht schon zu spät war, wenn der Bote mit uLangalibalelas Deutung zurückkam.

François war so beunruhigt durch dieses Vorzeichen, daß er nachts schlecht schlief, und Hintza neben ihm winselte, als habe er ununterbrochen Alpträume. Nur die Tatsache dieses Vorzeichens erklärte bis jetzt das ungute Gefühl und die brütende Stille, die sich am nächsten Tag auf die kleine Gemeinschaft herabsenkte. Alle spürten es, von Lammie und Ousie-Johanna bis zu den kleinen Jungs, die am anderen Ende des Gartens bei den Bewässerungsgräben Kühe aus Lehm formten.

Nach dieser Nacht und dem langen, deprimierenden Tag, der dann folgte, sah François der kommenden Nacht mit wachsendem Unbehagen entgegen, als plötzlich die fünf Bastard-Wachhunde warnend zu bellen begannen. Zwischendurch hörte man das Geräusch eines Lastwagens, der den Punda-Ma-Tenka entlangfuhr. Zuerst dachte François, es sei wieder einer dieser unwillkommenen Lastwagen, die den alten Hunter's Road benutzten und es immer so einrichteten, daß sie in der Abenddämmerung an der Furt eintrafen, aber dieser Lastwagen fuhr nicht auf den Ausspann zu, sondern schien den Hauptweg zu verlassen und stracks auf das Anwesen loszusteuern, dessen Fenster schon wie Feuer im Sonnenuntergang leuchteten, während seine weißen Mauern und Giebel die Farbe aufsogen.

,,Gott sei Dank!" rief er aus, ,,Nonnie!"

Hintza war zu demselben Schluß gekommen und rannte schon, wie François ihn noch nie gesehen hatte, auf den Lastwagen zu, der sich in ihrer Richtung heranarbeitete.

Er selbst steckte geistesgegenwärtig den Kopf durch die Küchentür und rief Ousie-Johanna zu: ,,Kleine alte Ousie - es kommt Besuch... schnell, sag Lammie Bescheid!" Dann nahm er sein Gewehr und folgte Hintza.

Natürlich war es der Lastwagen von Sir James. Amelia thronte monumentaler denn je hoch neben dem Fahrer, und Nonnie sah älter aus, war aber, was ihn beruhigte, genauso gekleidet wie beim letzten Mal: in Buschjacke, weite Hosen und Kalbslederstiefel. Nur trug sie diesmal einen weitgeschwungenen Khakibuschhut, der mit einem briefkastenroten Stoff besetzt war und ihr eine lebhafte Gesichtsfarbe verlieh. Im Augenblick, als sie ins Gras heruntersprang, warf sich ihr Hintza in die Arme und bekam nicht nur für sich selbst, sondern auch als Stellvertreter für François eine doppelte Ration Willkommensgrüße.

Während Amelia und Sir James würdevoll ausstiegen und darauf warteten, mit gebührendem Respekt empfangen zu werden, hielt es Nonnie instinktiv für sicherer, Hintza weiter zu streicheln. Dabei kniete sie auf dem Pfad und sah mit ihren ausdrucksvollen, dunklen Augen, die jetzt vor Freude glänzten, zu François hoch. Schließlich brachte sie heraus ,,Oh, das hat lange, lange gedauert." François seinerseits brachte trotz größter Anstrengung nur ein ,,Es war überhaupt nicht lange" hervor.

,,Du hast dich überhaupt nicht verändert", gab Nonnie so fröhlich zurück, daß es wohl nicht kritisch gemeint sein konnte. Vor ihrer Abreise hatte sie ja sein höchst individuelles Verhältnis zur Zeit schließlich doch noch verstanden. Aber sie hänselte ihn, um ihre Gefühlsaufwallung zu überspielen. ,,Ich sehe schon, du hast immer noch diese vornehme Gleichgültigkeit gegenüber Alter und Zeit. Also haben diese langen Monate für dich überhaupt nicht lange gedauert, junger Mann?"

François glaubte wieder einmal, sie habe ihn mißverstanden, und beteuerte: ,,Das habe ich wirklich nicht gemeint, Nonnie. Ich wollte nur sagen, diese ganze Zeit hätte es von mir aus gar nicht zu geben brauchen."

Ihre Augen zeigten deutlich, daß sie verstanden hatte. Vielleicht hätte sie ihm eine ernste Antwort gegeben, aber ihr Vater griff noch etwas offizieller, als es sowieso seine Art war, ins Gespräch ein: ,,Ah, freut mich, Sie wiederzusehen, junger Mann. Guten Abend, und ich hoffe, ich bitte Sie und Ihre Mutter nicht zu ungelegener Zeit um Gastfreundschaft, wenn auch nur für eine einzige Nacht?"

François brachte zwar unbeholfen, doch immerhin überzeugend hervor, alle auf Hunter's Drift hätten ihren Besuch erwartet und wären sehr enttäuscht gewesen, falls sie nicht gekommen wären. Doch hier unterbrach ihn plötzlich Amelia; sie schloß ihn in die Arme, streichelte und küßte ihn und teilte ihm, obwohl er kein Portugiesisch verstand, in ihrer Muttersprache mit, wie glücklich sie sei und wie sehr sie Gott und den Heiligen im Himmel danke, zu denen sie täglich gebetet habe, daß auf Hunter's Drift und Umgebung noch niemand abgeschlachtet worden sei. Das *noch* betonte sie so, daß daraus hervorging, alle Nicht-Afrikaner würden irgendwann unausweichlich einem Massaker zum Opfer fallen.

Es war ein herrlicher Abend. François freute sich nicht nur darüber, daß Nonnie zurück war, sondern daß Lammie so gut und fröhlich aussah wie seit Jahren nicht. Auch Sir James zeigte sich von der besten Seite, denn er war von Lammies Schönheit, ihrem lebhaften Geist und ihrem regen Interesse an Gegenden, in denen er sich selbst zu Hause fühlte, überaus angetan. François und Nonnie sahen sich über den Tisch hinweg an. Sie waren zufrieden, sich mit Blicken verständigen zu können, und überließen die Unterhaltungen den gewandten Zungen ihrer höchst beredsamen Eltern. Außerdem hatte Nonnie besondere Veranlassung, still zu sein und aufmerksam zuzuhören, damit ihr keine Nuance in Tonfall oder Mienenspiel entging, als sie sah, daß ihr Vater und Lammie so gut miteinander auskamen. Auch war sie nicht die einzige, die sich Zukunftsplänen überließ. Immer wenn die Tür am anderen Ende des Speisezimmers aufging, konnte sie im Dämmerlicht der Öllampe zwei umfangreiche Damen erkennen, eine Portugiesin und eine Afrikanerin, die die Arme umeinander gelegt hatten und die Köpfe zusammensteckten, um diskret die Tafelrunde zu beobachten, wobei ihre Augen zwischen Lammies Gesicht und demjenigen von Sir James hin und hergingen.

Trotz allem endete der Abend für Nonnie einigermaßen abrupt. Während man im Salon Kaffee trank, unterbrach Sir James plötzlich die Unterhaltung mit Lammie und befahl seiner Tochter in bester Achterdeck-Manier: ,,Zeit, ins Bett zu gehen, Chisai. Ab unter Deck, im Laufschritt!"

Obgleich dieser Befehl den Mutwillen ihres Vaters erkennen ließ, wußte Luciana, daß er es durchaus ernst meinte. Die Frau in ihr war schon erwachsen genug, um zu ahnen, daß diese Zurschaustellung von Disziplin und Festigkeit eigentlich für Lammie bestimmt war, da sich Frauen von männlicher Festigkeit gegenüber ihrem Geschlecht beeindruckt zeigen, wenn sie nur nicht ihnen selber gilt. ,,Sieh mal an, Pa", dachte sie bei sich, ,,ich hätte gar nicht gedacht, daß du so gerissen sein kannst!" Aber natürlich war sie willens, alles zu tun, was dazu beitragen konnte, daß ihr Vater auf Lammie Eindruck machte. Außerdem hatte sie ihre Gründe für sofortigen Gehorsam, denn sie hatte bereits mit François ausgemacht, ihn auf einem morgendlichen Gang zu der Stelle zu begleiten, wo sie die Paviane beobachtet hatten und zum erstenmal gemeinsam durch den Busch gewandert waren. Frühes Zu-Bett-Gehen kam ihrem heimlichen Vorhaben bestens entgegen.

Sie stand also ohne Zögern auf, machte einen anmutigen Knicks vor Lammie, winkte François flüchtig zu und sagte zu ihrem Vater, wobei sie mit zwei Fingern die nicht vorhandene Kopfbedeckung eines imaginären Vollmatrosen berührte: ,,Zu Befehl, Sir, und allen eine gute Nacht!" Damit verschwand sie.

François konnte lange nicht einschlafen, aber dann schlief er tief und fest, bis er plötzlich merkte, daß er aufrecht im Bett saß, nach seinem Gewehr griff und lauschte, wie ein Nachtregenpfeifer einmal langanhaltend pfiff wie ein Bootsmann auf seiner Pfeife, worauf unmittelbar das klagende Gebell eines Schakals folgte - beides täuschend echt. Nur François konnte wissen, daß es sich um menschliche Laute handelte. Mein Gott, dachte er, das ist das ausgemachte Zeichen. Xhabbo ist zurück. Dort draußen im finsteren Busch ist endlich Xhabbo.

Kaum war er sich darüber im klaren, da zündete er die Kerze an. Hintza stellte beide Vorderpfoten aufs Bett und war vor Erregung, wegzukommen, fast außer sich. ,,Pst, ich weiß, er ist wieder da. Ich weiß schon. Still, bitte, bleib still." François beruhigte Hintza und schlüpfte schnell in die Kleider. Er hatte kaum die Hosen richtig an, da hörte er schon wieder genau dieselbe Folge von Rufen, diesmal näher und dringlicher; das wurde auch dadurch betont, daß nach dem zweiten Ruf kaum eine Minute verging, als schon die dritte Folge einsetzte, und zwar noch schneller und in einer noch gebieterischeren Tonhöhe.

,,Irgend etwas ist los, irgendwas Schreckliches ist los. Mein Gott, wir müssen uns beeilen. Aber still, Hin, still! Wir *müssen* still sein." Er sprach mit sich selber und zu Hintza in der Buschmannsprache, denn Hintza war äußerst erregt und wollte offenbar auf und davon in Richtung des Rufes. Er kratzte jetzt so stürmisch an der Tür, daß das ganze Haus aufzuwachen drohte.

François war mit Ankleiden fertig, blies rasch die Kerze aus, öffnete leise die Tür und ermahnte Hintza zu größerer Ruhe. Dann schlich er auf den Zehenspitzen durch den Korridor zur nächsten Außentür.

Er war aber noch nicht weit gekommen, da fiel ihm mit einemmal Fackellicht ins Gesicht, und eine Stimme flüsterte: „Bist du's, François? Ich hab gar nicht gedacht, daß wir uns so früh auf den Weg machen. Wie gut... Ich war so aufgeregt, daß ich ganz zeitig erwachte und mich gleich fertigmachte. Ich glaube, ich habe hier stundenlang gewartet und mich nicht getraut, einen Mucks zu machen." Natürlich war es Nonnie und damit eine Komplikation, die François um alles in der Welt vermeiden wollte. Was würde Xhabbo von ihm denken, wenn er noch jemanden mitbrachte, nachdem sie sich so lange nicht gesehen hatten? Aber er konnte Nonnie auch nicht erklären, warum er sie nicht mitnehmen wollte.

Als er zögernd dastand und nicht wußte, was er tun sollte, erklang der Signalruf zum vierten Male. François wußte auf einmal, daß ihm keine Wahl blieb. Ziemlich barsch sagte er zu Nonnie: „Komm schnell mit. Aber mach um Himmels willen leise. Es ist irgend etwas los da draußen. Du mußt mir versprechen, leise zu sein... erst dann zu sprechen, wenn du angesprochen wirst, und nie jemandem etwas von dem zu sagen, was jetzt geschieht."

Ohne ihre Antwort abzuwarten, wandte er sich zur Tür, öffnete sie lautlos und ging als erster auf die breite Terrasse hinaus. Von dort konnte er sehen, daß der Morgenstern, Xhabbos Herz der Morgendämmerung, bereits aufgegangen und die Dämmerung nicht mehr fern war. Zum erstenmal, soweit er sich zurückerinnern konnte, war es im Busch unheimlich still. „Alles ist gut, Xhabbo ist zurückgekommen", sagte eine Stimme in ihm, aber eine andere übertönte sie und sagte: „Gar nichts ist gut."

François dachte, Xhabbos Ruf sei ungefähr aus der Richtung gekommen, wo er ihn damals mit Hintza in der Löwenfalle gefunden hatte – aber er war nicht sicher. Ein weiterer

Ruf von Xhabbo hätte ihm geholfen, seinen Standort genauer zu bestimmen, aber noch ein Ruf in so kurzem Abstand hätte die Matabele mit ihren erfahrenen Sinnen aus dem Schlaf geweckt. So flüsterte er Hintza zu, er solle die Führung übernehmen, denn er wußte, daß seine empfindliche Nase besser als ein Kompaß den kürzesten Weg durchs Dunkel zu Xhabbo finden würde.

Zu seinem Erstaunen begann Hintza einen anderen Pfad entlangzulaufen, der zuerst durch den Garten und dann zu einem Fußpfad führte, der zwischen den Matabele-Kraals und dem Fluß zu einer Stelle führte, wo die Hügelkette hinter dem Haus auf den Fluß stieß, fast unmittelbar unterhalb der Höhle von Mantis. Obwohl François ihn zurückzuhalten versuchte, hielt Hintza es offenbar für notwendig, daß sie sich seiner eigenen Deutung hinsichtlich der Dringlichkeit der Lage anschlossen. Denn er lief in der Dunkelheit so eilig voraus, daß François einen schnellen Trab anschlagen mußte, um dicht hinter ihm zu bleiben. Er hatte Angst, sie könnten bei diesem Tempo nicht leise genug sein, außerdem fürchtete er, daß ein Stadtmensch wie Nonnie es nicht durchhalten könnte. Aber jedesmal, wenn er sich umschaute, war sie dicht aufgeschlossen.

So liefen sie eine knappe Meile und ließen die Matabele-Kraals weit hinter sich, ohne daß jemand aufmerksam wurde. Dann, an einer scharfen Wegbiegung, glaubte François halblinks hinter ihnen, unweit der Stelle, wo der Punda-Ma-Tenka die Furt erreichte, eine verschwommene dunkle Masse zu sehen, die er sich nicht erklären konnte und die sich geräuschlos, aber rasch über die sternenhelle Lichtung auf ihr Haus zubewegte. Auch Hintza mußte diese ungewöhnliche Erscheinung wahrgenommen haben, denn François rannte fast in ihn hinein. Hintza war mitten auf dem Pfad stehengeblieben und hatte den Kopf seitwärts in die betreffende Richtung gedreht. Aus seiner Kehle stieg ein drohendes Knurren.

François wäre vielleicht auch stehengeblieben, um ausfindig zu machen, worum es sich bei diesem dunklen, bewegten

Fleck handelte, doch in diesem Augenblick erklang Xhabbos Ruf direkt über ihm, diesmal wirklich ganz nahe. Nicht nur seine Tonhöhe und Schnelligkeit, sondern vor allem die Tatsache, daß Xhabbo ihn überhaupt ausstieß, verriet seine ganze Verzeiflung.

Sie mußten still sein und sich doch beeilen – deshalb kniete François zu Hintza auf den Pfad nieder und befahl ihm: ,,Nein, Hin, nicht zurückschauen. Xhabbo ruft. Vergiß alles andere... such Xhabbo, such. Du mußt ihn schnell finden."

Er stand wieder auf und drehte sich zu Nonnie um, die schweigend hinter ihm wartete und äußerste Selbstbeherrschung aufbringen mußte, um nicht ihrer Neugier nachzugeben, die durch ein Gefühl der Unruhe gesteigert wurde. Es war ein ungeheurer Triumph des Willens und der Treue zu François, daß sie keine Fragen stellte und still blieb, obwohl sie merkte, daß sowohl er wie Hintza ihr von diesem langen, raschen Lauf und vor Angst pochendes Herz hören mußten. Trotz des schimmernden Sternenlichtes konnte François ihr Gesicht in der Dunkelheit nicht sehen, aber ihre Nähe und ihr Schweigen waren irgendwie genug und rührten ihn unsagbar. Zum erstenmal war er ganz aufrichtig glücklich, daß er sie mithatte. ,,Gut gemacht, Nonnie", flüsterte er sanft. ,,Gut gemacht. Hoffentlich war es richtig, dich mitzunehmen. Irgend etwas Schreckliches ist im Gange, vielleicht etwas ganz Gefährliches. Wir müssen sehr aufpassen und uns beeilen. Folg uns wie bisher, dann werden wir's bald wissen."

Die Warnung war vielleicht unnötig, aber sein eigenes Gefühl, daß Gefahr im Anzug sei, überwältigte ihn fast. Es herrschte im Busch ringsum etwas Fremdes, Gefährliches, Feindseliges; sonst hätte Caruso eben jetzt dem ersten Licht, das seine Rotstiftlinie über den schwarzen Zettel der rasch verschwindenden Nacht zog, sein anschwellendes Halleluja dargebracht, sonst wäre Garbo mit ihrem brünstigen Hosianna eingefallen, und der alte Schaljapin hätte im Namen allen Lebens im Busch, das eine so große, leidvolle Nacht sicher überstanden hatte, sein tiefes Amen gesprochen. Auch der alte Adonis hoch oben auf seiner Klippe, von der aus er die Explosion der Nacht in Morgenröte überschauen konnte, hätte sein Volk mit dröhnendem Gebell aufgefordert, ,,sich zu erheben und zu putzen, wie unser großer Gott, die Sonne, sich gerade erhebt in ihrem ganzen Glanz". Nur etwas Schreckliches konnte diese Herrscher im Busch von ihrer Pflicht entbinden, den neuen Tag mit Fanfarenstößen zu begrüßen.

All das ging François durch den Kopf, als er wieder hinter Hintza herlief, der schon in der Dunkelheit vor ihm verschwunden war. Genau an der Stelle, wo die Hügel an den Fluß herantraten, stießen sie zuerst auf Hintza, dann aber auf einen anderen dunklen Schatten, der auf sie zurannte und den François eher am Geruch als mit den Augen erkannte. Es war Xhabbo.

François war überglücklich; er wollte ihn grüßen, wie die Überlieferung es vorschrieb, aber Xhabbo ließ ihm keine Zeit dazu. Er wunderte sich nicht einmal darüber, daß François nicht allein kam, sondern packte seine Hand, drückte sie fest und flüsterte heiser vor Hast: ,,Komm schnell, ganz schnell, Fuß des Tages. Komm, denn wir sind alle in großer Gefahr."

François fand keine Zeit, Fragen zu stellen oder Einwände zu machen, denn Xhabbo eilte in so schnellen Sätzen den Hügel hinan, daß er schon wieder zu einem dunklen Fleck verschwamm, obwohl sich die Dunkelheit lichtete. Hintza war ihm auf den Fersen und führte sie seitlich die Klippe hoch. François konnte weiter nichts tun als mit Nonnie möglichst schnell folgen. Gerade als die Dämmerung in helles Morgenlicht überging, erreichten sie völlig außer Atem den einige hundert Fuß über dem Fluß gelegenen Gipfel. Sofort legte sich Xhabbo hinter einen Felsbrocken flach auf den Boden und winkte François und Nonnie, dasselbe zu tun. Als er sich vergewissert hatte, daß sie gut versteckt waren, begann er zu erklären.

,,Sie kommen zu Tausenden, Fuß des Tages", sagte er. ,,Dreißig Tage sind es her, daß Nuin-Tara und ich gesehen haben, wie sie zu Tausenden in dieser Richtung ziehen. Wir haben uns sehr beeilt, dich zu warnen, aber es ging nicht schneller. O Fuß des Tages, weder Xhabbo noch Xhabbos Leute haben jemals so etwas gesehen! Es waren so viele, und sie waren einfach überall, so daß wir nur nachts vorankamen und uns am Tage verstecken mußten."

François hatte keine Ahnung, wer Nuin-Tara war. Er wußte nur, daß das Wort ,,Tochter eines Sterns" bedeutete und einer der größten Ehrennamen war, den ein Buschmann einer Frau verleihen konnte. Auch interessierte es ihn viel mehr, wer die Tausende waren, die da kamen und sich überall im Busch aufhielten. ,,Aber wer sind die Tausende, von denen du sprichst, Xhabbo, und weshalb kommen sie?"

Da flüsterte ihm Xhabbo etwas lauter, mit düsterer Stimme zu: ,,Tausende von Kaffern, die solche Waffen tragen, wie du eine hast, und dazu viele Speere, Messer und Dinge, die ich nicht kenne... Ich weiß nur, daß Verwandte von uns, die zwischen der Wüste und der Welt draußen hin und hergehen, uns schon vor vielen Monaten berichtet haben, daß sich die Kaffern in den Bergen, Tälern und im Busch auf der anderen Seite der Wüste sammeln und alle, die nicht Kaffern sind, alle weißen Menschen im Hause von Fuß des Tages und in andern äusern weiter weg töten wollen."

François kannte das Wort ,,Kaffer" (es stammt aus dem Arabischen, bedeutet ,,Ungläubiger" und wurde von den Sklavenhändlern Sansibars für die endlos leidende eingeborene Bantubevölkerung Afrikas gebraucht), hätte es selber aber nie für irgendwelche schwarzen Menschen gebraucht, denn es galt schon lange als Beleidigung. Doch er wußte von der alten Koba, daß die Buschmänner, die von den Schwarzen sogar noch grausamer verfolgt worden waren als von den Weißen, diesen Ausdruck als Spottnamen für die Schwarzen übernommen hatten. Er wollte Xhabbo gerade genauer ausfragen, da ertönte ungefähr eine halbe Meile weiter weg in westlicher Richtung ein lauter Schrei.

In diesem Schrei lag der ganze Mut eines Menschen, der trotz allem Anlaß zur Furcht und in hoffnungsloser Lage seine Stellung gegenüber dem Tod behauptet. In dieser Hinsicht war es der reinste menschliche Laut, den François je vernommen hatte. Jede Faser in ihm gab Antwort und drängte ihn, dem Mann sofort zu Hilfe zu eilen. Aber Xhabbo, der spürte, wie die Muskeln von François sich strafften, weil er aufspringen wollte, hielt ihn gewaltsam am Boden fest und sagte hart und bestimmt: ,,Nein, Fuß des Tages. Wir *können nicht* helfen. Es ist viel zu spät."

Der Schrei stammte natürlich von 'Bamuthi und bedeutete jenes ,,Zu mir!", das dem erwachenden Matabele-Kraal und dem Anwesen galt. Der Ruf war kaum verhallt - François kämpfte noch wild mit Xhabbo, und Hintza begann zu winseln, ganz verwirrt darüber, warum er nicht mit François hinunterstürmen konnte –, da brach das schnelle Stakkato einer Feuergarbe aus einem automatischen Gewehr die schwer lastende Stille unter ihnen.

Als das laute Gestotter im Busch, irgendwo in der Nähe der Löwenfalle, plötzlich abbrach, folgten ihm aus der Richtung der Kraals, des Hauses, der Lichtung, der Furt und des Flusses die trillernden Pfiffe von Militärpfeifen. Dann brach ein ungeheures Kriegsgeschrei aus ein paar hundert Kehlen, dem ein Feuerschlag aus tausend oder mehr automatischen Waffen folgte, die mit gezielten Gewehrsalven die Ruhe des Morgens zerrissen.

François wehrte sich nicht mehr. Es war zu spät, irgend etwas für Hunter's Drift zu tun. Er fühlte sich elend, denn er wußte nun, was all den Menschen dort unten geschah, die er liebte und denen er soviel verdankte. Er war so betroffen, daß ihm nicht einmal Tränen in die Augen traten. Er versprach Xhabbo, nichts Unsinniges zu tun. Aber gehen und nachsehen mußte er. Xhabbos Griff lockerte sich, und er nickte. Dann standen sie ganz vorsichtig auf und schauten über den Felsblock, hinter dem sie gelegen hatten. Es war schon ziemlich hell; sie konnten erkennen, daß die weite Lichtung rings um das Haus von Uniformierten wimmelte, die offenbar gut trainiert und diszipliniert waren, denn sie umstellten die Kraals, die Gärten und das Anwesen in geordneten Abteilungen. Offenbar schossen sie auf alles, was sich bewegte.

François wandte sich Nonnie zu und merkte auf einmal, daß auch sie über den Felsblock sah. Sie stand dicht neben ihm, und die Augen in ihrem weißen, gespannten Gesicht waren voller Entsetzen. Sie blickte ihn an: ,,O Coiske, was geht da vor sich? Was können wir tun?"

Sie weinte nicht, als sie das sagte, nur nacktes Entsetzen und ein unerschrockener Zorn lagen in ihren Augen. Er wollte ihr gerade antworten, da bemerkte er, daß hinter ihnen jemand hochkroch. Erschrocken schaute er schnell über die Schulter – und starrte einem schönen Buschmannmädchen ins Gesicht, das um so schmerzlicher wirkte, als seine Augen noch jung waren.

Er hörte, wie Xhabbo erklärte: ,,Nuin-Tara. Sie ist meine richtige Frau."

François begrüßte sie überstürzt und sagte dann eindringlich: ,,Xhabbo, es ist vielleicht unmöglich, unten in der Lichtung etwas gegen die Männer zu unternehmen, die meine Leute zusammenschießen. Aber hier, vom Hügel aus, bieten Bäume und Sträucher soviel Deckung, daß ich dem Mann zu Hilfe kommen kann, der bei der Löwenfalle geschrien hat."

,,Aber auch das war bloß der Schrei eines Kaffers", wandte Xhabbo verwundert ein.

François nahm Xhabbo diese Bemerkung nicht übel, denn er konnte ja nicht wissen, um wen es ging. So gab er nur traurig zur Antwort: ,,Auch wenn es der Schrei von jemandem war, den du Kaffer nennst, Xhabbo, für mich war es der Schrei eines Mannes, der mir, soweit ich überhaupt zurückdenken kann, Vater, Bruder, Freund und manchmal sogar die Mutter bedeutet hat... Wenn eine Chance besteht, daß ich helfen kann, muß ich gehen. Es ist ein großes Pochen in mir, Xhabbo, und du selbst würdest mich für töricht halten, wenn ich es nicht beachtete. Es sagt mir: Fuß des Tages, du mußt zu ihm gehen."

François hielt inne. Plötzlich fiel ihm der Augenblick wieder ein, als Mopanis ruhige Stimme neben ihm erklang: „Übernimm du ihn, Neffe" und er den Entwurzler großer Bäume hatte erlegen müssen. Eine Sekunde lang stand das Bild jenes anderen Morgens klar vor seinen Augen. Was sich rings um sie abspielte, verwandelte sich in einen andern Entwurzler großer Bäume, der durch den Weingeist der Marulafrüchte den Verstand verloren hatte und den vielleicht nur er, François, übernehmen konnte.

Xhabbo protestierte nicht weiter. Er sagte bloß: „Wenn Fuß des Tages geht, geht auch Xhabbo. Xhabbo verlangt nur, daß deine Frau hier sofort mit Nuin-Tara in die Höhle von Mantis geht und dort wartet und nicht wieder herauskommt, sondern wartet und wartet, bis wir zurückkommen, falls wir jemals zurückkommen."

Soweit das Nonnie betraf, entsprach das den geheimsten Wünschen von François. Wie sehr sie auch bettelte, er befahl ihr gebieterisch, mit Nuin-Tara zu gehen, die kein Wort des Protestes vorbrachte, sondern einfach ein Beispiel gab. Nonnie war gezwungen, gebückt bis zur Höhle hinter ihr herzugehen; glücklicherweise lag sie ganz in der Nähe. Tief besorgt, sie könnte François zum letzten Mal lebendig sehen, blickte Nonnie noch einmal zurück, bevor sie sich duckte, um durch den engen Eingang der Höhle zu kriechen, aber François war schon verschwunden.

Hintza lief voraus, als er sich mit Xhabbo einen Weg abwärts bahnte. Sie blieben sorgfältig in der Deckung des Gestrüpps. Das regelmäßige automatische Gewehrfeuer, das vom Anwesen und von den Kraals herkam, hatte aufgehört. Dann und wann dröhnte ihnen noch ein vereinzelter Schuß in den Ohren. Vielleicht suchten die Angreifer jetzt das Schlachtfeld ab und erledigten die Verwundeten. Sonst herrschte völlige Stille im Busch, als sei alles, was da seit Jahrtausenden lebte und webte, vom Entsetzen überwältigt worden. Die Stimmen, die sonst das zarte Silberblau des Herbstmorgens zum Klingen brachten, waren verstummt. Die Stille war um so gebieterischer, als sie selbst nicht das geringste Geräusch hervorrufen durften, denn das hätte leicht zur Katastrophe führen können.

Glücklicherweise waren Xhabbo und François zwar jung an Jahren, aber alterfahren, wenn es darum ging, sich geräuschlos und unsichtbar durch den Busch zu bewegen. So kamen sie ungehört und ungesehen zu dem großen Felsvorsprung dicht beim Pfad, wo François vor achtzehn Monaten den schwerverletzten Xhabbo versteckt hatte. Xhabbo erkannte ihn sofort wieder, und zum Zeichen, wie dankbar er François noch immer war, flog ein kurzes, strahlendes Lächeln über seine archaischen Züge. Bewegt, wie Menschen es sind, wenn Todesnähe allen Lug und Trug wegwischt, ging François spontan darauf ein. Er legte Xhabbo die Hand auf die Schulter und war erstaunt darüber, daß alle Unterschiede, alle Distanz der Körper, der Kulturen und des Denkens durch diese Berührung verschwanden, ja daß sogar sein inneres ,,Anderssein" auf einmal nicht mehr da war. Er hatte das Gefühl, sie seien gar nicht mehr zwei, sondern einunddselbe in der gleichen Haut. Vielleicht hätte er dieses Zusammengehörigkeitsgefühl, das ihn auf dem Weg in die Welt der Furcht und des Todes vor ihnen ermutigen konnte, weiter ausgekostet, aber da warnte Hintza plötzlich mit einem scharfen Knurren. Er stand still, das Haar auf seinem magnetischen Rücken sträubte sich, Nase und Schwanz zeigten in Richtung Löwenfalle.

Xhabbo und François starrten beide in die angezeigte Richtung, konnten aber nichts erkennen. Auf ein Zeichen von Xhabbo legten sie sich flach auf den Bauch. Hintza folgte ihrem Beispiel, und so krochen sie alle drei leise vorwärts, bis François durch das Gebüsch hindurch etwas erblickte, das wie ein großgeflecktes Stück dschungelgrünes Leinen aussah. Er robbte näher heran. Es war ein toter Afrikaner in Tarnuniform. Er lag auf dem Rücken; über dem Herzen hatte er eine klaffende Wunde, in der das Blut kaum geronnen war. In einem Busch neben ihm hing ein automatisches Gewehr allerneuesten Typs mit aufgepflanztem Bajonett. Die tödliche Wunde stammte offensichtlich von 'Bamuthi. François war beim Anblick des Toten durchaus nicht entsetzt, im Gegenteil, eine fremde, unbändige Freude flackerte in seinem verdüsterten Innern auf: „Oh, hoffentlich hast du sie alle getötet, bevor sie dich umbringen konnten, alter Vater."

Xhabbo war wohl zu einem ähnlichen Schluß gekommen, denn schon kroch er mit Hintza zusammen weiter. Kaum fünf Meter entfernt stießen sie wieder auf einen Toten. Er war zwischen den Schultern durchbohrt worden, als habe ihn 'Bamuthi von hinten überrascht. Nach diesem Leichnam kamen sie schließlich zur Löwenfalle, und dort fanden sie einen weiteren toten Afrikaner in Uniform. Sein Bein steckte fest in der Falle, wie es damals Xhabbo passiert war.

François war es nun klar, daß 'Bamuthi bei seinem morgendlichen Rundgang zu den Fallen auf diese Gruppe von Bewaffneten gestoßen sein mußte. Wahrscheinlich war es ein Spähtrupp, der den Befehl hatte, die Hauptmacht hinter sich auf keinen Fall durch Gebrauch der Schußwaffe zu verraten. Daß einer von ihnen in die Falle geraten war, hatte sie in eine äußerst mißliche Lage gebracht. Während sie sich abmühten, ihn wieder freizubekommen, mußte 'Bamuthi sie überrascht haben. Da sie Befehl hatten, nicht zu schießen, hatten sie ihn offenbar sofort mit ihren Bajonetten angegriffen, und 'Bamuthi, der sich in der Dunkelheit besser zurechtfand und geschickter war, hatte sich so gut verteidigt, daß es ihm gelungen war, drei von ihnen zu töten.

François faßte wieder Hoffnung, doch in diesem Augenblick kam Hintza, der den Busch ringsum vorsichtshalber noch einmal abgesucht hatte, zurück und winselte leise, aber jämmerlich. Dann begann er, François an den Hosenbeinen zu ziehen. François gab Xhabbo ein Zeichen, und sie gingen hinter ihm her.

Hintza führte sie etwa zwanzig Meter durch den Busch, bis sie wieder auf einen toten Afrikaner stießen. Er lag auf dem Rücken, der Schaft eines Assegais ragte senkrecht aus seinem

Körper. François erkannte an Länge und Aussehen des Schaftes sofort, daß es sich um 'Bamuthis geliebten Speer *u-Simsela-Banta-Bami* handelte. So waren sie schließlich Zeuge geworden, wie Er-stöbert-auf-für-meine-Kinder gewaschen wurde, und François gab jede Hoffnung auf, denn daß der große Assegai noch im toten Körper eines Feindes steckte, konnte nur bedeuten, daß er zum letztenmal für 'Bamuthis Kinder „aufgestöbert" hatte. 'Bamuthi selbst konnte nicht weit sein.

Hintza führte sie zu ihm. Er lag, sechs Kugeln im Körper, etwa vier Meter weiter an einer Wegbiegung. Das war zweifellos der Feuerstoß gewesen, den François vom Rand des Hügels aus gehört hatte. Es war auch das letzte Zeugnis für 'Bamuthis Mut und Kampferfahrung, denn der vierte Afrikaner, der als einziger von der Patrouille am Leben geblieben war, hatte seinem Befehl zum Trotz auf 'Bamuthi schießen müssen, weshalb der Hauptangriff auf das Anwesen und die Kraals früher als vorgesehen begann. Trotz des schrecklichen Feuerstoßes, der ihn getroffen und eine lange Blutspur zwischen dem Toten und der Stelle, wo er selbst lag, hinterlassen hatte, war es 'Bamuthi wie durch ein Wunder noch gelungen, seinen Mörder zu töten, bevor er selber starb.

Anders als seine Angreifer war er gestorben wie ein Mann, der mit sich selber vollkommen im reinen ist, denn er lag mit geschlossenen Augen da, als sei er bloß eingeschlafen. François kniete im Staub neben ihm nieder. Er ergriff 'Bamuthis Hand, die noch warm war, und als er sie an die Lippen führte, erinnerte er sich, mit welcher Zärtlichkeit 'Bamuthi auf den toten Körper des Entwurzlers großer Bäume herabgeschaut hatte und was für ein schwarzes Loch das Verschwinden des Elefanten im Tag hinterlassen hatte. Das Loch in der weit zurückliegenden Zauberlaterne jenes Morgens wurde zu einem Nadelstich neben der Leere, der er sich nun gegenübersah, und er murmelte: „Alter Vater, lieber alter Vater, du bist ein großer Herr gewesen, und in dieser schwarzen Stunde war Er-stöbert-auf-für-meine-Kinder deine Hand. O ich danke dir dafür, daß du für uns gestorben bist. Ich danke dir."

Da zog ihn Xhabbo am Ärmel und sagte: „Schnell, Fuß des Tages! Da ist jemand, der stöhnt. Hörst du es?" Die Augen von François schwammen vor Tränen. Er gab Xhabbo die Hand, damit er ihn in die Richtung des Stöhnens führte; denn er war so bewegt, daß er überhaupt nichts hörte. Einige sechzig Meter tiefer im Busch stießen sie auf den stöhnenden Mann. Es war Mtunywa, der Bote. Er blutete aus mehreren Wunden, die ihm Kugeln gerissen hatten, und lag wohl im Sterben. Daß sofortige Hilfe nötig war, brachte François wieder zu sich. Er kniete neben Mtunywa nieder, zog die Verbandpäckchen hervor, die er immer in den Taschen seiner Buschjacke bei sich trug, und legte um die beiden schlimmsten Wunden einen Notverband. Dann nahm er seine beiden Taschentücher und verband zwei weitere tiefe Wunden. Eine fünfte, seitlich am Kopf, war glücklicherweise nicht so schlimm. François zerriß sein Hemd und verband sie.

Im Augenblick war es das Wichtigste, daß Mtunywa weiter vom Pfad weggebracht wurde, denn bestimmt schickten die Männer, die die Patrouille ausgesandt hatten, bald andere hierher, um zu sehen, was passiert war und warum die Patrouille dem Befehl entgegen das Feuer eröffnet hatte.

François bat Xhabbo, Mtunywa bei den Füßen anzupakken. Er selber legte eine Hand auf die Kopfwunde, damit sie nicht durch Blutspuren auf Gräsern und Blättern verraten wurden. Dann schwang er sich das Gewehr über die Schulter, und sie trugen ihn möglichst schnell zu dem Felsvorsprung, unter dem Xhabbo Schutz gefunden hatte. Kaum waren sie dort, da hörten sie lachende, rufende Männer durch den Busch trampeln, als gehöre er ihnen. Sie kamen aus der Richtung des Anwesens und näherten sich der Löwenfalle.

François wußte, daß sie nur Chancen hatten, nicht entdeckt zu werden, wenn Mtunywa, der immer noch laut ächzte und stöhnte, sich ruhig verhielt. Zum Glück hatte er außer dem Verbandszeug auch Tabletten bei sich. Um eine Infektion der Wunden zu verhindern, steckte er ihm schnell zwei Aureomyzintabletten und dann noch eine Morphiumtablette zwischen die Lippen und setzte ihm seine mit Wasser gefüllte Feldflasche an den Mund. Mtunywa, der vor Schmerz und Blutverlust ganz ausgedörrt war, nahm einen Schluck, und nach kaum einer Minute hörte das Stöhnen auf. Da er plötzlich keine Schmerzen mehr hatte, schlug er die Augen auf, und als er sah, daß François neben ihm unter dem schützenden Felsvorsprung kauerte, lächelte er erleichtert, als sei er gar nicht verwundet und befände sich außer Gefahr.

Doch der Eindruck trog, denn als er sich zu erinnern begann, verschwand das Lächeln sofort. Er umklammerte die Hand von François und murmelte leise, wobei er oft stockte und zögerte: „O Kleine Feder, du mußt weggehen und mich sterben lassen, denn ich muß sterben . . . Sie wissen, daß du nicht tot bist, daß du noch lebst und irgendwo in der Nähe bist . . . Sie wollen dich unbedingt finden, damit du nicht weitererzählst, was hier geschehen ist, und andere vor ihnen warnen kannst . . . Ich hörte sie davon sprechen, als sie glaubten, ich sei tot, und mich bei den Melkschuppen liegen ließen. Sie haben gesagt, alle müssen ausschwärmen und suchen, bis sie dich finden. Es sind dieselben, die wir damals mit den Ochsen aus dem Dreck gezogen haben. Sie kennen dich, und sie wollen dich töten. Verlaß mich bitte, Kleine Feder, und geh, geh zu unserm andern Vater Mopani, bevor es zu spät ist. Alle . . . alle in unseren Kraals sind tot, vom kleinsten Kind bis zur ältesten Frau. Die Lammie unseres Hauses, die Prinzessin der Kochtöpfe, die Dame von *isi-Vubas* Tochter und sogar er selbst . . . alle, alle sind tot. Ah, wie tapfer *isi-Vuba* war! Er wurde auf der Türschwelle deines Hauses angeschossen, aber selbst dann tötete er noch, bevor er getötet wurde und uns verließ. Alle sind tot außer uns beiden . . . Was mich angeht, mein Schatten wächst für die Reise nach Amageba, und ich danke den Amatonga, daß sie mich leben ließen, um dich noch einmal zu sehen. Denn ich sehe dich, Kleine Feder, ja, ich sehe dich und grüße dich!"

Die Amatonga waren Geister seines Volkes, die öfter namentlich angerufen wurden, doch – und das entmutigte François – mit dem altertümlichen Wort Amageba verhielt es sich anders. Es wurde von den Matabele nur in allerernstesten Augenblicken gebraucht, denn es war ihr heiliger Name für das Land ihres Ursprungs und bedeutete jenen Ort in den weit entfernten Bergen, wo die abendlichen Schatten sich sammeln.

Mtunywa sprach immer schwerfälliger, und seine Worte wurden undeutlich. Aller Vernunft zum Trotz hoffte François, daß das lediglich die Wirkung des Morphiums sei. Und wirklich schien Mtunywa kurz darauf in tiefen Schlaf zu fallen. Das war gut so, denn das sorglose Lachen und Sprechen der Männer, die durch den Busch brachen, hörte plötzlich auf. Es war lange still, bevor sie einen lauten Schrei des Entsetzens und des Zorns nach dem andern ausstießen: Sie hatten erst den einen, dann die drei anderen Gefährten tot aufgefunden und waren so zornig, daß sie mehrere Salven auf 'Bamuthis Leichnam abgaben, als wollten sie noch gründlicher töten als der Tod.

Dann zerstreuten sie sich, und man konnte hören, wie sie den Pfad auf und ab liefen und den Busch ringsum durchstöberten, denn offenbar konnten sie nicht glauben, daß 'Bamuthi allein so viele getötet hatte, und suchten in der Nähe nach versteckten Helfern. Einmal kamen sie dabei dem Felsvorsprung bis auf drei Meter nahe, und François mußte Hintza mit der Hand Schnauze und Nase zuhalten, weil sein Zähnefletschen sonst leicht in ein verhängnisvolles Knurren hätte übergehen können. Dann nahm er sein schußbereites Gewehr in die Hand.

Doch die Männer entfernten sich bald. Wieder herrschte völlige Stille im Busch, und zwar so lange, daß François ernstlich daran dachte, ob sie nicht den bewußtlosen Mtunywa, obgleich das schwierig sein würde, unter der Deckung des Buschs in Etappen hinauf in die schützende Höhle von Mantis tragen könnten. Aber davon wollte Xhabbo nichts wissen. Noch nie hatte François ihn so fest entschlossen gesehen. Er sagte einfach, er habe ein Pochen, und das teile ihm mit, daß die Männer noch überall herumsuchten und sie selber bis zum Abend bleiben müßten, wo sie jetzt seien.

Wie recht Xhabbo mit seinem Pochen haben sollte, zeigte sich schon bald, denn nach kurzer Zeit hörten sie eine ganze Anzahl von Männern zurückkehren. Diesmal wollten sie glücklicherweise nur ihre Toten begraben. Als sie bei der Löwenfalle ankamen, hörte François deutlich das Geräusch von Hacken und Schaufeln. Das Ausheben der Gräber dauerte bis in die frühen Nachmittagsstunden, dann hörte es auf, und bald darauf wurden die Gräber wieder mit Erde vollgeschaufelt.

Schätzungsweise gegen vier Uhr nachmittags zogen sie sich endlich zurück. Offenbar hatten sie sich noch im Schatten des großen wilden Feigenbaums ausgeruht und mit ihren mitgebrachten Vorräten gestärkt. Als sie weg waren, wollte François noch einmal zu bedenken geben, sie könnten es jetzt vielleicht riskieren, Mtunywa mit hinauf auf den Hügel zu nehmen, da merkte er auf einmal, daß Mtunywas Hand, die er die ganze Zeit über gehalten und tröstend gestreichelt hatte, steif wurde. Er sah ihn an; auch Mtunywa war tot. Vielleicht kam er seinem letzten Auftrag als Bote nach und überbrachte den Amatonga die Nachricht, trotz des Einsatzes ihres Dieners 'Bamuthi habe das Böse über Güte und Mut, die sie den Menschen verliehen hatten, triumphiert.

Er sah Xhabbo an und flüsterte: ,,Er ist tot."

Xhabbo antwortete wortlos. Er streckte die rechte Hand aus und hakte den kleinen Finger um den von François, wodurch Buschmänner zum Ausdruck bringen wollen, daß sie sich mit einem anderen Menschen eins fühlen. Und durch diese Berührung strömte mehr wissende Kraft in François, als Worte hätten vermitteln können. Sie kam nicht nur von Xhabbo, sondern von Hunderten und Tausenden anderer, die in den langen Jahrhunderten ihrer erbarmungslosen Geschichte zuerst weit im Norden, dann im Süden zur Strecke gebracht und über Generationen von Stärkeren verfolgt und abgeschlachtet worden waren, bis jetzt nur noch spärliche

Überreste von ihnen in jener Wüste, in der die Sonne versank, übriggeblieben waren.

Diese Kraft war um so reiner, als die Buschmänner trotz des unerbittlichen, unausgesetzten Gemetzels niemals ihre Lebensfreude, ihren Lebenswillen oder die Gabe, zu lieben, verloren hatten, auch nicht denen gegenüber, die wie François der Rasse ihrer Verfolger angehörten. Niemand verstand besser als Xhabbo, was für eine Tragödie François und Nonnie widerfahren war. François spürte das und fühlte sich, soweit es das entsetzliche Geschehen zuließ, etwas freier. Er konnte wieder an Nonnie denken. Sofort wollte er zu ihr, aber Xhabbo weigerte sich zum zweitenmal. Er bestand darauf, zu warten, bis die Sonne die Wipfel der Bäume berührte. Selbst dann führte er auf dem Pfad den Hügel hinauf so vorsichtig wie am Morgen in umgekehrter Richtung.

Seine Sorge erwies sich als begründet, denn als sie fast am Rande der Klippe waren, wo sie sich am Morgen verborgen hatten, tauchten plötzlich am Horizont die Umrisse von Männern auf, die Gewehre mit aufgepflanztem Bajonett über den Schultern trugen und sich wachsam in Richtung auf Hunter's Drift zubewegten. Im Vergrößerungsglas des Abends wirkten sie fast überlebensgroß. Einen Augenblick lang befürchtete François, Nonnie und Nuin-Tara gefangen inmitten der Männer zu sehen, denn diese kamen aus der Richtung der Höhle; aber es handelte sich bloß um eine andere Abteilung, die offenbar den Busch weit und breit nach ihnen abgesucht hatte und unverrichteter Dinge wieder zu ihrem Ausgangspunkt zurückkehrte. Hinter Gestrüpp verborgen, warteten sie noch lange, nachdem die Männer verschwunden waren, und erst als die Sonne gerade unter den Horizont versank, machten sie sich wieder auf den Weg und erreichten sicher die Höhle. Als sie dort ankamen, war die Sonne untergegangen und hatte eine ungeheure Feuersbrunst hinterlassen, die hoch aufflammte und den Staub der Wüste aufwirbelte, die Xhabbos Heimat war. Dieses Feuer überzog den ganzen Himmel, und seine Funken sprühten in das dunkler werdende Blau.

Xhabbo wollte sich gerade auf die Knie niederlassen und durch den Eingang der Höhle kriechen, da erschien Nuin-Tara. François kannte Buschmannaugen gut genug, um zu spüren, wie erleichtert sie war. Aber das blieb auch das einzige Anzeichen dafür, denn sie gab keinen Laut von sich, sondern stieg nur hoch zu Xhabbo, und in der Gewißheit, daß Worte unnötig waren, nahm sie seine Hand in ihre Hände und hielt sie fest.

Nonnie folgte ihr, und als sie François erblickte, rannte sie auf ihn zu und umarmte ihn. Sie sagte kein Wort, doch sie weinte vor Erleichterung, als wolle sie nie wieder aufhören. Schließlich brachte sie heraus: ,,Weißt du, ich war ganz überzeugt, sie hätten euch beide auch noch umgebracht, als ich unten Schüsse hörte . . . Gott sei Dank, daß du wieder da bist . . . O Coiske, Coiske, du bist wieder da, jetzt ist alles gut. Du bist wieder da, und ich mache mir keine Sorgen mehr, was kommen wird. Aber was tun wir jetzt?''

François stand da und streichelte ihr den Kopf so sanft wie vorher die Hand des Boten. Es gab nichts mehr zu sagen, auch sein Herz und sein Geist wußten keine Antworten mehr auf irgendwelche Fragen, nicht einmal mehr die allereinfachsten. Dann veranlaßte ihn ein Winseln, an sich hinunterzublicken, und er bemerkte, wie Hintza unverwandt zu ihnen hochsah. In seinen großen, besorgten Augen schimmerte jener volle Glanz, der schon in ihnen gewesen war, als er sie als kühler, kleiner Welpe zum erstenmal zu François aufgeschlagen hatte.

,,Sieh, Nonnie'', bat er sie. ,,Sieh dir doch den armen alten Hin an. Sag etwas zu ihm. Ohne ihn wären wir nicht hier, und er ist genauso unglücklich wie wir beide.''

Das war das beste, was er tun konnte, denn er sprach damit Nonnies noch verborgenes mütterliches Wesen an. Sie kniete nieder, nahm Hintza in die Arme und weinte auch nicht mehr, als sie ihm liebevolle, dankbare und tröstende Worte zuflüsterte.

Xhabbo jedoch tat noch etwas Besseres. Er wußte durch die endlose Geschichte der Verfolgungen, die sein Volk erlitten hatte, wie es ihr zumute war, und er sagte still: „Fuß des Tages, sag dieser deiner richtigen Frau, daß ihr Herz nicht betrübt sein soll. Xhabbo wird einen Weg finden."

François sagte es ihr, und seltsamerweise faßte er selbst wieder Hoffnung, als sie dieses Versprechen von jemandem, den sie nie zuvor gesehen hatte und von dem sie nicht einmal gewußt hatte, daß er überhaupt lebte, offenbar ernst nahm. Sie schaute auf mit ihren schönen Augen, ihre Hand lag immer noch auf Hintzas Nacken, und sie bat François, Xhabbo zu danken und ihm zu sagen, sie glaube ihm.

Einen Augenblick lang standen sie alle vier so da: ein Mann und eine Frau jenes Volkes, dem die ersten Menschen in Afrika angehört, und ein Junge und ein Mädchen jenes anderen, das den dunklen Kontinent zuletzt betreten hatte. Zwei des fernsten Beginns und zwei der nächsten Gegenwart standen vereint da und sahen zu, wie das Feuer im Westen erstarb. Dann erschien Stern auf Stern am Himmel, bis der letzte rote Schimmer verschwand. Schließlich war es, wie Xhabbo sich ausdrückte, „richtig dunkel, und die Nacht spürte, daß sie selber richtig dunkel war". Von Ost bis West, von Nord bis Süd, vom Rande des Horizontes, der so vollkommen rund war wie ein klarer, stiller Weiher, dessen Kräuselungen in spiegelglatte Nacht übergehen, bis zur größten Himmelstiefe über ihnen war der Himmel mit Sternen gespickt, die so schön waren, wie nur die Sterne Afrikas sein können.

Alle diese Sterne hatten Bogen und Speere weggeworfen, mit denen die Phantasie der Buschmänner sie bewaffnet, und netzten die Nacht mit ihren Tränen. Sie reihten wirklich, wie die Matabele gesagt hätten, Glasperlen auf für alle die guten, lieben Menschen, die an diesem Tage gestorben waren, reihten sie im Grunde auf für ein heroisches Zeitalter des Menschengeschlechts und sein Reich natürlichen Geistes, das in einer kurzen Morgenröte unwiederbringlich zu nichts zerfallen war. Irgendwie sagte das Gefühl, daß die Sterne auf ihren gesetzmäßigen Bahnen um sie weinten, den vieren auf dem Felsen hoch über dem lieblichen, dahinfließenden Strom, den sie unter sich rauschen hörten wie Wind in der Finsternis, wie den Strom der Zeit selbst, daß sie nicht allein waren und der Zukunft in grenzenloser Gemeinsamkeit entgegensehen durften.

Es war ein Augenblick so tapferer, so vollkommener nächtlicher Erleuchtung, daß Nonnie, eine Hand auf Hintza und in der anderen die Hand von François, sich im stillen fragte: ,,Wie *können* Menschen angesichts solcher Schönheit so häßlich sein, wie sie es heute gewesen sind?"

In diesem Augenblick schoß zuerst ein großer rötlicher Stern und dann eine ganze Sternengarbe über den Himmel; sie fielen jenseits des Flusses gegen den Horizont und berührten ihn fast, bevor sie verschwanden. Zum erstenmal an diesem Tag sprach eine Stimme im Busch, die Stimme des großen, einsamen alten Löwen.

In der Stille, die dieser Stimme und ihrem Echo folgte, hörten sie, wie Xhabbo einen tiefen Seufzer der Erfüllung ausstieß, als er ruhig erklärte: ,,Xhabbo wußte, daß die Sterne, die sich im Licht verstecken wie andere Dinge in der Finsternis, heute da waren und alles mitangesehen haben. Denn so fallen die Sterne, wenn unsere Herzen fallen. Wenn die Sterne fühlen, daß unsere Herzen umfallen, weil jene, die aufrecht gegangen sind und ihre Fußspuren im Sand zurückgelassen haben, umgefallen sind und auf der Seite liegen, dann fallen sie selber. Die Sterne fallen also ihretwegen. Sie wissen, wann Menschen sterben, und daß sie selber durch ihr Fallen anderen Menschen die Kunde bringen müssen, daß anderswo etwas Schlimmes geschehen ist. Sag das der, die richtig deine Frau ist, Fuß des Tages, daß die Sterne unsertwegen so handeln und daß wir nicht allein sind."

Xhabbo machte eine Pause, und François, der Nonnie alles erzählte, spürte dabei, wie aus der Hand, die er hielt, alle Spannung wich. Hintza hatte den Kopf auf die Seite gelegt und hörte still zu. Als sich ihre Augen an die Dunkelheit gewöhnt hatten, sahen sie im hellen Sternenlicht, wie Xhabbo mit dem Arm in den Himmel wies. Er fuhr fort: ,,Sieh, Fuß des Tages, wie jene Sterne dort, die nicht umgefallen sind, genauso von einem Pochen erfüllt sind wie Xhabbo. Und ihr Pochen vereint sich mit Xhabbos Pochen, es will mir den Weg zeigen, den wir gehen müssen. Ich muß jetzt in die Höhle gehen und abseits sitzen, um richtig auf das Pochen zu lauschen, damit ich erfahre, welchen Weg wir nehmen sollen."

Er legte den Arm um Nuin-Taras Schulter. Auf dieses Zeichen hin kniete sie sofort nieder und kroch in die Höhle. Xhabbo folgte ihr, und als François Nonnie gleichfalls den Arm um die Schulter legte, folgte sie Nuin-Taras Beispiel. Hintza kroch hinterher, und zuletzt kam François, wie jemand aus alten Zeiten, der im letzten Tempel auf Erden Hilfe erfleht.